계절이 없는 거리

야마모토 슈고로 지음
박현석 옮김

玄人

계절이 없는 거리
(季節のない街)

야마모토 슈고로 지음

목　　차

거리로 가는 전차

그 '거리'로 가는 데는 시전[1] 하나가 있었다. 그 외에도 길은 몇 줄기인가 있지만, 시전은 하나밖에 지나지 않았는데, 그것은 레일도 없고 공중에 달아놓은 전선도 없고 또 차체조차도 없었으며, 승무원도 운전수 한 사람밖에 없었기에 손님은 탈 수가 없었다. 다시 말해서 그 시전은 로쿠라는 운전수와 몇 개의 비품을 제외하면 객관적으로는 모든 것이 가공의 것이었다.

운전수인 로쿠는 '거리'의 주민이 아니었다. 중앙통이라 불리는 조그만 번화가에서 어머니 오쿠니와 둘이서 살고 있었다. 아버지는 안 계셨다. 죽은 건지 헤어진 건지 그 사정은 아무도 모르지만, 어쨌든 아버지를 본 사람은 없었다. 오쿠니는 여자 몸으로 튀김집을 해서 로쿠와 둘이 기도 펴지 못한 채 살아가고 있었다. ―미리 말해두겠는데 '튀김'이라고 해봐야 사실은 야채튀김일 뿐이다.

오쿠니는 마흔 살쯤으로 얼굴과 몸 모두 살이 쪘다. 눈에는 세상

1) 市電. 시영 전차.

모든 것에 대한 불신과 의심의 빛이 가득했으며, 입은 대합처럼 굳게 다물어져 있었고, 얼마간 갈색빛이 감도는 머리카락은 기름기 없이 뒤로 한껏 당겨져 묶여 있었다.

가는 줄무늬의 낡은 옷이나 솜을 넣은 무명옷, 여름이면 여러 번 빨아 빛이 바랜 홑옷에 하얀 소매 달린 앞치마를 두르고, 여름에나 겨울에나 목덜미에 수건을 걸치고 묵묵히 튀김을 튀기거나 손님을 응대했다. 목덜미에 걸친 수건과 소매 달린 하얀 앞치마가 음식물을 다루는 그녀의 동작을 참으로 청결히 보이게 해주는 듯한 느낌이었다.

오쿠니는 말이 없었다. 손님에게도 필요 이상으로 붙임성 있는 말은 하지 않았으며, 내가 튀기는 튀김의 맛이 충분히 붙임성 좋은 말을 하고 있지 않느냐고 자부하고 있는 듯한 모습이 얼핏얼핏 보였다. —사실은 그런 것이 아니라 한시도 쉬지 않고 로쿠의 일이 마음에 걸려서, 한시도 쉬지 않고 오솟사마[2]의 은혜나, 기적이나, 영험한 기도사에 대한 소문 등이, 그 얼마간 갈색으로 변한 머리카락을 기름기 없이 뒤로 한껏 당겨서 묶은 머릿속에서 엎치락뒤치락하고 있었던 것이다.

하루의 장사가 끝나 가게를 닫고 잘 준비를 마치면, 오쿠니는 불단을 열어 등불과 향을 올리고 장난감 같은 우치와다이코[3]를 들고 로쿠와 나란히 앉는다. 가능하다면 표준형 작은 북으로 하고 싶지만, 이웃들에게 신경을 써야 하고(왜냐하면 이웃 중에는 튀김을 사주는 손님이 많기 때문에) 설마 북의 크기에 따라서 오솟사마

---

2) おそっさま. 액막이에 효험이 좋기로 유명한 도쿄 스기나미 구 묘호지에 있는 니치렌 스님의 상을 말한다.

3) 団扇太鼓. 불교에서 신자가 염불을 외울 때 치는 둥글고 작은 북. 이하 작은 북.

의 기분이 바뀌지는 않으리라 생각했기에 약간은 죄송스러움을 느끼면서도 그 조그만 북으로 대신하고 있었던 것이다.

"나무묘법연화." 앉으면 로쿠가 바로 불단을 향해 절을 하며 어머니보다 먼저 소원을 빈다. "—오솟사마, 언제나 말씀드립니다만, 모쪼록 어머니의 머리가 좋아지기를 비옵니다. 나무묘법연화."

그러고 나면 오쿠니가 장난감 같은 작은 북을 두드리며 나무묘법연화경을 외우기 시작한다.

오쿠니의 기도가 자신의 아들인 로쿠를 위한 것임은 말할 필요도 없으리라. 그럼에도 불구하고 나무묘법연화경과 오솟사마에 대한 기원은 주로, 어머니의 쾌유를 로쿠가 비는 데 있다는 점에, 망가진 천칭과 같은 묘한 부분이 있었다.

로쿠는 장난을 치고 있는 것이 아니었다. 비아냥거리거나 비꼬려고 그런 짓을 하는 것도 아니었다. 어머니가 자기 때문에 늘 기를 펴지 못하며, 자신을 위해서 오솟사마를 섬기기도 하고 주술을 외우기도 하고 기도사를 부르기도 한다는 사실은 알고 있었다. 그럴 필요는 없었다. 어머니는 그런 걱정을 할 필요가 조금도 없었다.

왜 그렇게 걱정만 하는 거야, 엄마. 뭐가 부족하다는 거지, 라고 로쿠는 몇 번이고 말했다. 그래, 부족한 건 아무것도 없다, 걱정 따위 조금도 하고 있지 않다고 오쿠니는 언제나 대답했지만, 그 얼굴에 나타난 희망을 잃은 듯한 슬픔의 그림자는 지워지지도, 약해지지도 않았다. 로쿠는 그것이 마음에 걸렸다. 지금 이대로 무엇 하나 부족한 것이 없는데 마음을 졸이기만 하는 어머니가 가엾어서, 그런 어머니를 어떻게든 제정신으로 돌아오게 해주고 싶다고 바라는 것이었다.

"부탁입니다, 오솟사마." 어머니가 불경을 외우는 사이사이에 로쿠는 진심으로 기도를 올렸다. "—늘 같은 소원만 빌어서 지긋지긋하실지 모르겠습니다만, 어머니를 보살펴주시기 바랍니다. 나무묘법연화."

오쿠니는 애달픈 마음이 들기 시작했다. 벌써 몇 년째 같은 일을 빼먹지 않고 하고 있지만, 아들의 그 기원을 들을 때마다, 그때마다 애달픈 마음이 들어 눈물이 쏟아질 것만 같았다.

이 아이는 이렇게 효심이 깊고 이렇게 말도 잘하니 틀림없이 곧 머리도 좋아질 것이라고 오쿠니는 믿으려 하고 있었다. 로쿠는 그런 어머니의 얼굴을 가엾다는 듯한 눈빛으로 바라보며 마치 어머니가 두려움에 떨고 있는 아이를 달래줄 때처럼, 괜찮아, 걱정할 거 아무것도 없어, 모든 일이 잘 풀려가고 있잖아, 마음을 편하게 가져, 라고 들려주곤 했다.

로쿠가 좋아하는 것은 어머니와 '거리'의 주민인 한스케와 한스케가 기르는 고양이 토라뿐이었는데, 반대로 말하자면 이 두 사람과 한 마리만은 로쿠를 좋아했다. 그 외의 사람들을 로쿠는 좋아하지 않았다. 그들은 로쿠를 놀리기도 하고, 험담을 하기도 하고, 로쿠가 운전하는 시전을 방해하기도 했다. 특히 시전의 운전을 방해하는 사람들이 많았기에 로쿠는 한시도 마음 편할 날이 없었다.

참으로 한심하게도 그 마을 안의 사람들, 특히 아이들은 로쿠를 전차 바보라고 불렀다. 그럴지도 몰랐다. 객관적으로는 그것이 맞을지 몰랐으나, 주관적으로 보자면 로쿠는 가장 근면하고 양심적인 시전의 운전수였다.

아침, —일어나자마자 로쿠는 전차를 점검했다. 전차는 차고 안에 있으며, 차고는 집 옆의 골목에 있었다.

좁은 부엌의 물건을 넣어두는 바닥 구석에 낡은 귤상자가 있고, 그 안에 이가 빠진 간장주전자와 펜치와 드라이버와 기름에 전 목장갑과 너덜한 천 조각이 정돈되어 있었다. 이러한 것들은 객관적으로도 존재하는 것들이지만, 거기에는 또 컨트롤러를 조작하는 핸들과 명찰과 손목시계와 제모 등이 주관적으로는 존재하고 있었다. 이가 빠진 간장주전자도 주관적으로는 기름을 치는 도구였다.

로쿠는 기름 치는 도구와 드라이버와 펜치를 들고 차고로 가서 자신이 운전하는 전차를 점검한다. 객관적으로는 아무것도 존재하지 않지만, 로쿠의 주관에는 거기에 분명하게 그것이 보이는 듯하다. 그는 까다로운 문제라는 듯 눈썹을 찌푸리기도 하고, 때로는 혀를 차기도 하고, 한 손으로 턱을 문지르기도 하면서 그 전차 주위를 한 바퀴 둘러본다. 바디를 손으로 두드리기도 하고, 몸을 웅크려 바디 아래의 차축과 엔진의 연결부를 바라보기도 한다.

“정말 못 말리겠군.” 로쿠가 머리를 흔들며 중얼거렸다. “정비반 놈들, 대체 뭘 하고 있는 거야. 제대로 된 게 하나도 없잖아.”

그는 드라이버를 이용해서 어딘가를 고치고, 펜치를 이용해서 어딘가를 고치고, 축받이를 발로 차본다. 다시 한 번 차보고 머리를 갸웃거리며 혀를 차고, 아주 불만스럽다는 듯 혀를 찬다.

“이놈도 꽤 낡았으니.” 로쿠가 게으름뱅이 정비반에게 양보해서 중얼거렸다. “녀석들에게 잔소리를 해봐야 소용없겠지.”

끝나면 세수를 하고 아침을 먹은 뒤 출근하는데, 오쿠니가 장사를 위해 재료를 사러 가는 날이면 돌아올 때까지 기다려야 했다. 장을 보는 것은 대부분 이틀에 한 번이었으나 매일 나가는 때도 있었고, 그러면 로쿠는 초조해서 안절부절못하며 이렇게 지각이 계속되어서는 성적에 영향을 준다고 불평을 해대곤 했다.

출근할 때는 부엌으로 돌아서 나갔다. 예의 귤상자에서 제모를 꺼내 쓰고, 기름에 전 목장갑을 끼고, 컨트롤러용 핸들과 명찰을 꺼냈다. 위의 물건들 가운데서 현실에 존재하는 것은 장갑뿐이고, 다른 세 가지 품목이 객관적으로는 가공의 물건이라는 사실은 앞서 기록한 대로다.

로쿠는 전차에 올라 우선 명찰을 명찰 꽂이에 꽂고 핸들을 컨트롤러의 연결부에 꽂는다. 그리고 오른손으로 제동기의 핸들을 쥐어 왼쪽으로 빙글빙글 돌려본 뒤, 이어서 오른쪽으로 빙글빙글 돌려 제동기에 고장이 없다는 사실을 확인한다. 이들 동작은 매일 빠짐없이 흐트러짐 없는 순서대로 행해지는데 로쿠의 얼굴에는 그 어떤 우수한 운전수보다도 민감하고 날카로운, 진지함 그 자체라고 할 수 있는 표정이 나타난다.

"그럼,"하고 그는 중얼거린다. "출발해볼까."

그리고 제동기를 스르륵 푸는데, 이건 오른손에 쥔 핸들을 놓고 오른팔을 조금 올리면 된다. 그러면 제동기가 스르륵 제자리로 돌아가는 것이다.

사람들은 로쿠를 '전차 바보'라고 불렀다.

로쿠는 바보가 아니었다. 사람들의 견해를 거스르는 듯하지만, 그는 여러 전문의들의 진찰에 의해서 백치도 아니고 정신박약아도 아니라는 사실이 거듭 증명되었다. 그는 소학교를 나왔다. 하지만 처음부터 끝까지 전혀 공부를 하지 않았기에 각 학년의 수업 수료증도 졸업증서도 받지 못했다. 그는 학령기에 이르렀을 때 소학교에 들어가서 6년 동안 다니다 소학교를 나왔다. 학과는 무엇 하나

배우지 않았으며, 체조도 유희도 하지 않았다. 처음 교실에 들어갔을 때부터 늘 전차 그림만 그렸으며 6년 동안 오로지 전차 그림만 그렸고, 집에 있을 때는 전차의 운전에 몰두하려 했다.

사람들이 그를 바보라고 부르는 것처럼 틀림없이 로쿠의 전차는 현실에 존재하지 않았으며, 그것을 발차시키고 운전하고 막차에 이르러 차고에 넣기까지의 작업은 전부 가공의 것이었다.

하지만, 그렇다면 실제로 시전을 운전하는 사람들은 어떨까? — 중앙통을 북쪽으로 가다 다리를 건너 골목 하나를 지나면 중심가가 나오는데, 시전과 버스와 각종 차들이 다니고 있다. 그것들은 전부 현실 속의 운전수가 실제로 운전하고 있는 것으로 그 사실에는 조금의 의문도 없지만, 과연 그대로를 믿어도 되는 것일까?

여기에 한 사람의 운전수가 지금 시전을 운전하고 있다. 그러나 그의 마음은 거기에 없다. 그는 어젯밤 마누라와 다툰 일, 또 그 뒤에 동네 술집에서 모욕을 당한 일들 때문에 적잖이 염세적인 기분이 되어 있으며, 그 때문에 감정이 예민해져 있다. 그는 상상 속에서 마누라를 통렬하게 야단치고, 술집에서 자신을 모욕했던 손님을 거듭 두들겨 팼으며, 그런 불쾌한 일을 당하는 것도 결국은 자신이 시전의 운전 따위를 하고 있기 때문이라는 이유로 그 직업까지 저주했다. 이런 기분이었기에 승객이 기다리고 있는 정류소를 그대로 지나쳐버려, 내릴 손님들에게 욕을 먹은 차장이 정차하라는 종을 울렸고, 당황해서 정차조작을 하는 자신에게 한층 더 화를 내는 결과를 맞이하곤 했다.

물론 다른 직업인들에게도 비슷한 예가 있으리라. 대부분의 사람들이 자신의 직업에 만족하지 못하는 듯하다. 입으로는 어떻게 말하든 마음속으로는 자신의 직업을 싫어하거나 경멸하거나, 증오하기까지 하는 자들이 적지 않은 듯하다.

이러한 사람들과 로쿠를 비교하는 것은 올바른 평가가 아닐지도 모르겠다. 그러나 로쿠는 그야말로 정신적으로도 육체적으로도 시전을 운전하는 일에 몰입해 있었으며, 거기서 정열을 느끼고 자부심과 기쁨을 느끼고 있었다.

어쨌든 로쿠는 지금 중앙통을 달리고 있다. 왼손의 핸들을 로에서 세컨드로 올리고, 오른손으로 브레이크의 핸들을 단단히 쥐고, 그리고 차바퀴 소리를 흉내 내고 있다.

"도데스카덴, 도데스카덴."

이건 처음에는 도데, 스카, 데엔, 하고 완만하게 시작했다가 점점 박자를 빨리한다. 즉 바퀴가 레일의 이음매를 건널 때의 소리를 흉내 낸 것인데 교차점에 접어들면 다음과 같이 변화한다.

"도데도데, 도데도데, 도데스카덴."

이건 교차하는 선로 네 지점의 이음매를 전차 앞쪽의 바퀴 네 쌍과 뒤쪽의 네 바퀴가 건너는 소리였다.

앞쪽에 갑자기 부주의한 통행인이 나타난다. 로쿠는 다리를 멈추고 오른쪽 발끝으로 땅바닥을 두드리며 땡땡땡 경고의 공을 울린다. 부주의한 통행인은 깨닫지 못한다. 이쪽을 향해 선로 위를 똑바로 걸어온다. 이런 사람들은 대부분 다른 동네 사람으로, 로쿠에 대해서도 알지 못하고 로쿠가 운전하고 있는 전차와 그 선로도 보이지 않는 것이다.

로쿠는 놀라 얼굴이 시뻘게지며 당황해서 필사적으로 정차조작을 시작한다.

"위험해."

로쿠는 소리 지르며 왼손으로 컨트롤러를 털컥 제로로 변환하고, 오른손으로 브레이크의 핸들을 빙글빙글 돌리며 상반신을 뒤로 젖혀 한껏 긴장시킨다. 입으로 끼이익 브레이크가 걸리는 소리를 내면, 그 전차는 간신히 정차한다.

"위험하잖아."

로쿠는 차창으로 머리를 내밀어 시뻘겋게 부은 얼굴로 그 부주의한 통행인을 야단친다.

"전차에 치이잖아. 전차에 치이면 어떻게 해볼 수도 없잖아." 그리고 진지한 눈빛으로 노려본다. "선로를 걷는 건 위반이야. 촌뜨기는 그런 것도 모른단 말이지, 참내. 조심하지 않으면 어쩌자는 거야."

부주의한 통행인은 입을 벌린 채 로쿠의 예사롭지 않은 얼굴을 보고 서둘러 옆으로 비켜서 간다. 로쿠는 그 뒷모습을 화가 치밀어 오른다는 듯, 경멸하는 눈으로 지켜보며 별 넋 나간 놈도 다 보겠다고 중얼거린다.

"뭐 하는 놈이야."라고 로쿠는 말한다. "자기가 어디를 걷고 있는지도 모르다니, 촌뜨기."

그리고 오른쪽 팔꿈치를 들어 브레이크를 스르륵 풀고 컨트롤러를 세컨드에 놓고, 느슨하게 풀린 브레이크의 핸들을 쥐어 멈추게 하고 왼손으로 속도를 올려 도데스카, 덴 하고 앞으로 나간다.

이제 동네 사람들은 로쿠에게 흥미를 느끼지 않았다. 로쿠는 그 마을의 풍물 속에 완전히 녹아든 것이다. 로쿠 자신도 그들에게는 무관심해서 아이들이 짓궂게 장난을 치거나 놀려대도 잠깐 노려보기만 할 뿐, 전혀 상대를 하지 않았다.

중앙통을 세 번 왕복하고 나면 로쿠는 집으로 돌아가서 쉬었다가, 다시 세 번을 왕복하고 쉰 다음, 막차였다. 그날의 기분에 따라서 막차 시간은 제각각이었지만, 도중에 한스케가 기르는 고양이인 토라를 만나면 전차를 멈추고 안아 올려 한스케가 사는 '거리'까지 데려다주었다.

토라는 세 가지 색의 털이 얼룩덜룩하고 거뭇한 수고양이로 굉장히 컸다. 얼굴은 축구공만큼이나 되는 것이 둥글게 살이 쪘으며, 몸에도 살이 올라 있었다. 한스케가 기르기 시작한 뒤부터도 7년이 지났고, 고양이에 대해 식견이 있는 사람의 말에 의하면 아무리 적게 잡아도 열두어 살은 먹었을 것이라고 하는데, 이 부근에서 토라가 넘버원 보스라는 사실에는 의심의 여지가 없었다.

"무슨 일이야, 토라." 로쿠는 안아 올리며 토라에게 말을 건넨다. "오늘은 뭘 멈춰 서게 했지? 트럭이야, 전차야?"

토라는 야옹 하고 답한다. 소리는 나지 않는다. 야옹 하는 것처럼 입은 벌리지만, 소리는 나지 않는 것이다. 교미기나 일상의 투쟁으로 성대를 혹사하고 있기 때문에 꼭 필요할 때가 아니면 소리는 내지 않도록 주의하고 있다고 말하기라도 하는 듯했다.

"얼마나 세웠지?" 로쿠는 다시 묻는다. "3대야, 5대야? 튀김은 먹었어?"

이번에도 고양이는 야옹 하듯 입을 벌리고 눈을 가느다랗게 뜨며 목을 울렸다. 튀김이라고 했지만 그건 로쿠네 튀김이 아니라 중심가 맞은편의 신작로에 있는 '덴마쓰'라는 가게로 본격적인 튀김을 파는 집의 것인데, 토라와 튀김의 관계에 대해서는 나중에 이야기하기로 하겠다.

"집에 가야지?" 로쿠가 전차의 방향을 바꾸며 말했다. "그래,

그래. 규칙 위반으로 감독한테 걸리면 시끄러울 테지만, 내 전차로 데려다줄게. 꼭 잡고 있어야 돼. 속도를 낼 테니. 그럼, 도데스카덴, 도데스카덴."

전차가 낡았기에 그대로 가는 적도 있지만 고장을 일으키는 적도 있었다. 고장이 일어나면 로쿠는 혀를 차고 전차를 멈춘 뒤 운전대에서 내렸다. 어깨에 얹은 고양이를 달래면서 로쿠는 전차 주위를 천천히 돌며 점검하는데 뭔가 마뜩잖다는 듯 떨떠름한 표정으로 차체를 두드리기도 하고, 밑을 들여다보며 엔진의 운동부를 보기도 하고, 샤프트의 축받이를 발로 차기도 하고, 그런 다음 하늘 쪽을 올려다보아 공중의 전선과 폴의 접촉을 확인하기도 했다.

이런 동작들은 놀라울 정도로 사실적이어서, 처음 보는 사람에게는 그것이 단지 공상의 산물에 지나지 않는다고는 도저히 믿기지 않을 것임에 틀림없었다. 점검을 위해 둘러볼 때 그리는 직사각형의 각 변의 길이가 거기에 차체가 있다는 현실적인 입체감을 주었을 뿐만 아니라, 어딘가를 두드리거나 발로 차거나 할 때에는 그 소리가 들릴 것만 같은 리얼리티를 가지고 있기 때문이었다.

"정비반 놈들, 두고 보자." 로쿠가 중얼거렸다. "이 녀석이 아무리 낡았다고는 하지만, 정비를 게을리해도 된다는 법은 없어. 차고에 넣은 뒤, 혼쭐을 내주겠어. 두고 보라고."

로쿠는 운전대로 돌아가 전차를 발차시켰다.

"그럼, 속도를 내겠어." 로쿠가 어깨의 고양이에게 말했다. "도데스카덴, 도데스카덴."

중앙통의 남쪽 부근에 싸구려 채소집이라고 불리는 채소집이 있다. 다른 가게보다 3할쯤 싸게 판다고 하는데, 상당히 먼 곳에서도 사러 오는 사람이 있고, 그렇기에 그런 이름이 널리 퍼진 것인 듯했다. 간판에는 '채소 진'이라고 적혀 있었다.

그 채소집과 신을 수선하는 조그만 가게 사이에 골목이 있는데, 울퉁불퉁하고 웅덩이가 있는 길이 100m 정도 서쪽으로 뻗어 있었다. 길 좌우로는 낡고 사람들에게서 잊혀버린 듯한 조그만 집들이 늘어서 있고 그곳을 빠져나가면 널따란 황무지가 나왔다.

그곳은 초원도 아니고, 공터라고도 할 수 없었다. 빨간 흙이 섞인 지면에 군데군데 풀이 돋아난 것은 노쇠해서 털이 빠진 개의 옆구리 같았으며, 시야 가득 돌멩이와 이가 빠진 그릇과 빈 깡통과 종잇조각이 흩어져 있는 가운데 오래된 상수리나무 대여섯 그루가 모여 있기도 하고 폭 2m쯤 되는 도랑을 사이에 두고 관목 숲이 있기도 했으나 전체적인 풍경에서 받는 것은 황폐함이라는 느낌뿐이었다.

로쿠는 그 벌판을 가로질러간다. 듬성듬성 자란 풀 가운데로 사람들이 밟아서 난 길은 곧 도랑에 가로막힌다. 그것은 황무지의 거의 중앙에 있는데 1m 50㎝ 정도의 깊이로, 양쪽 물가에서 뒤덮고 있는 잡초와 관목들 사이를 보면 기름이 떠 있는 썩은 진흙탕 물웅덩이에 이가 빠진 대접과 접시와 부러진 젓가락과 구멍이 뚫린 양동이 등, 이미 자신의 역할을 마친 온갖 그릇, 그리고 종종 개나 고양이의 시체 등이 버려져 있어서 사계절 내내 이 세상이 끔찍하게 여겨질 정도의 악취를 내뿜고 있었다.

로쿠는 그 도랑을 뛰어서 건넌다. 그곳은 일종의 경계였다. 도랑의 동쪽은 중앙통이 있는 번화가에 속하고 서쪽은 '거리'의 영역이었는데, 어느 쪽의 사람들도 그 경계를 넘는 일은 없었다.

그것은 '거리'의 주민들이 극도로 가난하고 거의 9할 이상의 사람들이 일정한 직업도 갖고 있지 않으며 부도덕한 일이 공공연하게 행해지고 전과자나 불량배, 도박꾼이나 거지까지도 있다는 이유 때문에 접근하기를 싫어하는 것이 아니라, 동쪽 사람들에게 그 '거리'와 그곳의 주민들은 별세계의 것, 현실에는 존재하지 않는 것이라는 식으로 여겨지고 있기 때문인 듯했다.

예의 오래된 상수리나무 옆을 빠져나가면 우리의 '거리'가 보인다. 나가야[4]가 7동, 썩기 시작한 창고 같은 독립가옥이 5채. 한 덩어리를 이루고 있는 것이 아니라, 모여 있기도 하고 흩어져 있기도 하고, 불규칙적으로 아슬아슬하게 서 있다. 이들 뒤편은 높이 15m 정도의 벼랑으로 벼랑 위에는 서원사(西願寺)라는 절의 묘지가 있으나, 묘지 그 자체는 대나무 숲과 잡목림에 감싸여 보이지 않았으며 단지 그 바위가 그대로 드러나 있는 높다란 절벽의 위압적인 중량감과 면적이 '거리'의 비참한 경관을 더욱 눈에 띄게 하고 있는 듯 여겨졌다.

로쿠는 토라를 어깨에 얹은 채 그쪽으로 다가갔다. 황무지에서는 아이들이 놀고 있었으나 로쿠를 보는 일은 결코 없었다.

황무지에는 아이들뿐만 아니라 삯일을 위해서 무엇인가를 쪼개거나 말리거나 묶고 있는 노인과, 얼마간의 수고비를 벌기 위해 잡다한 일에 여념이 없는 노파나 아낙들도 있었지만, 그들도 역시 아이들과 마찬가지로 로쿠를 보려 하지 않았다.

그들에게는 로쿠가 보이지 않는 것이다. 도랑 동쪽 편 사람들에게는 이곳 주민들이 별세계의 것, 현실에는 존재하지 않는 것이라는 생각이 있는데 그것과 같은 의미가 이곳 사람들에게도 그대로

---

4) 長屋. 일본 전통의 공동주택. 이하 공동주택.

적용되는 것이리라. —이것은 굳이 무엇인가를 암시하려는 것이 아니라, 우리가 평소 늘 경험하고 있는 일이다. 복작복작한 거리에서, 극장 · 영화관 · 각 회사의 사무실에서, 사람은 자신과 구체적인 관계가 있을 때 비로소 그 상대의 존재를 인식하는 것이지, 그 이외의 경우에는 거기에 제아무리 많은 사람이 있어도 서로가 별세계의 존재이기에 현실에는 존재하지 않는 것이나 다를 바 없다.

"이제 다 왔어." 로쿠가 토라에게 말했다. "자, 바로 요 앞이 너희 집이야."

그는 골목으로 들어갔다. 그곳의 양편에는 2층짜리 공동주택이 있는데, 그렇다고는 하지만 일반적인 것과는 달리 마룻대가 낮아서 2층은 다락방이라고 부르는 것이 옳을 정도였기에 똑바로 서서 걸을 수조차 없었다. —널빤지를 얹은 지붕은 물론 처마와 차양도 불규칙적으로 휘거나 물결을 치고 있었으며, 건물 전체가 아슬아슬하게 기울어 있었다. 공동주택 전체가 한쪽으로 기울어 있는 것이 아니라 일부는 앞쪽으로, 일부는 뒤쪽으로 기울어져 있는 식이어서, 그렇기 때문에 골목 입구에서 바라보면 좌우의 공동주택이 일부에서는 사이좋게 처마를 마주대고 있었으며, 일부에서는 적의를 품고 있기라도 하다는 듯 서로가 상대에게서 몸을 젖히고 있는 것처럼 보였다.

토라는 로쿠의 어깨에서 땅바닥으로 폴짝 뛰어내려 한 집의 반쯤 열려 있는 격자문으로 들어갔다. 그 격자문은 열어둔 것이 아니라 닫히지 않는 것이다. 그 이상 열 수도 없고 닫을 수도 없기에 훨씬 전부터 그렇게 있는 것이었다.

"토라를 데리고 왔어."

로쿠가 문가에서 그렇게 말하자 땜질투성이인 장지문이 2인치 정도 열리더니 50세쯤 되어 보이는 마른 남자가 얼굴 절반만으로 이쪽을 내다보았다. 그가 한스케였다. —겁쟁이에 의심이 많은 어떤 동물이 굴에서 밖을 가만히 내다보아 거기에 있는 것이 안전한 상대인지, 아니면 위험한 적인지를 주의 깊게 살펴보듯 매우 신중하게 내다보았다.

"로쿠로구나." 한스케가 낮은 목소리로 말했다. "토라를 데리고 와주었군."

"토라를 데리고 왔어."

"늘 신세를 지는구나." 한스케가 상냥하게 웃었다. "고맙다."

그러나 2인치쯤 열린 장지문은 그대로였으며, 들어오라고 말할 기색도 보이지 않았다.

로쿠는 쓰고 있던 —실재하지 않는— 모자를 벗고 손등으로 이마를 문질렀다.

"아직도 기도를 올리고 있느냐?" 한스케가 비위를 맞추려는 듯한 목소리로 물었다. "매일 밤 오솟사마에게 빼먹지 않고 기도를 올리고 있느냐?"

"응." 로쿠가 대답했다. "매일 밤 오솟사마에게 기도하고 있어."

한스케는 한숨을 내쉬었다. "어머니도 어지간하시구나."

"괜찮아, 걱정할 것 없어. 내가 옆에 있으니까."

"응, 그도 그렇구나."

한스케는 심약한 사람처럼 가만히 로쿠에게서 시선을 돌렸다. 로쿠는 들고 있는 —공상 속— 제모의 챙을 문지르고 있었다. 그러다 한스케에게 물었다.

"아저씨 일은 잘 되고 있어?"

"늘 그렇지."

한스케가 눈으로 웃었다. "일이 아주 많다고는 할 수 없지만, 그렇다고 그렇게 나쁘지도 않아. 그냥 그럭저럭 있는 편이야."

로쿠는 "흐응."하고 코로 말했다.

한스케 옆으로 토라가 얼굴을 내밀더니 로쿠를 보고 입을 크게 벌렸다. 운 것이었으나 역시 소리는 나지 않았으며, 그대로 한스케의 뒤로 들어갔다.

"그럼—."

한스케는 이렇게 말하고 손가락으로 코를 문질렀다. 그러자 그것이 작별을 나타내는 협정의 신호라도 되는 양, 로쿠는 모자를 쓰고 한손을 흔들며 문에서 멀어져갔다.

"고맙다." 한스케가 이렇게 말했다. "어머니께도 안부 전해드려라."

로쿠는 말없이 골목을 나섰다.

밤이 되어 잘 준비를 마치고 나자 어머니 오쿠니는 로쿠와 둘이서 불단 앞에 앉았다. 불단에는 등불이 밝혀져 있고 향의 연기가 흔들리고 있었다. 오쿠니가 조그만 북을 손에 들자 로쿠가 우선 손뼉을 치고 절을 한 뒤, 어머니를 위해서 기도했다.

"나무묘법연화." 그는 합장을 하고 마치 불단 속에 오솟사마 당신이 있기라도 하다는 듯 순수한 친밀함과 신념이 담긴 표정으로 말했다. "—부디, 매일 같은 말만 해서 귀찮으실지 모르겠으나 모쪼록 어머니의 머리가 좋아지도록 잘 부탁드리겠습니다. 나무묘법연화."

그런 다음 오쿠니가 염불을 외우며 북을 두드리기 시작하자, 로쿠가 다시 절을 하고 불단을 향해서 말했다.

"토라네 아저씨도 어머니를 걱정하고 있습니다."

어머니가 북도 염불도 그치고 의아하다는 듯 로쿠를 보았다. 로쿠가 어머니를 위로하듯 고개를 끄덕이고 말했다.

"엄마, 신경 쓸 거 없어. 신경을 쓰는 게 머리에 가장 좋지 않으니까. 걱정할 거 없어, 엄마."

어머니는 시선을 돌려 염불을 외우기 시작했다.

우리 와이프

시마 씨는 왼쪽 다리가 짧다. 오른쪽 다리보다 3인치 정도 짧은 듯했다. 당연히 걸을 때면 상당히 요란하게 다리를 절었다.

시마 씨는 수염을 기르고 있었다. 눈썹이 시원하고 눈이 아름다워서 품위 있는 얼굴이었으며, 이런 '거리'에서 살 것 같은 사람으로는 보이지 않았다. 이사를 온 지 반년도 지나지 않아서 이곳 주민들 거의 대부분과 알고 지내게 되었으며, 누구도 차별하지 않고 사귀었고, 언제나 상냥한 웃음과 활기 넘치는 말투로 모두에게 호감을 주었다.

'네, 저는 만족하고 있습니다. 아무런 불만도 없습니다.'

시마 씨의 모습을 보고 있으면 이렇게 말하고 있는 것처럼 여겨졌다. '이 세상도 멋지고, 이 세상에서 살고 있다는 사실도 멋진 일 아닙니까, 네?'

한 가지 당황스러운 건, 하고 동네 사람들은 뒤에서 숙덕거렸다. 그 얼굴의 병이야, 다리 쪽은 별스러울 것도 없지만, 얼굴의 그 병만은 도무지 익숙해지지가 않아.

시마 씨에게는 일종의 지병이 있었다. 안면신경경련이라고 해야 할까? 사이를 두었다가 얼굴에 델리케이트한 경련이 일어나고 동시에 목구멍 안쪽에서 무엇인가가 치밀어 목구멍을 타고 올라와 '케케케케킁' 하는 것과 같은 소리가 되어 코로 빠져나갔다.

서로 마주보고 있으면 우선 한쪽 눈썹이 치켜 올려지고 눈이 빠르게 깜빡인다. 이게 경련을 알리는 전조인데 처음 보는 대부분의 사람들은 자신에게 윙크를 하는 것 같다는 느낌이 들어서 당황하는 모양이었다.

나는 당황스러워서 말이지, 라고 고물상 오다 씨가 말했다. ―그 눈이 깜빡거리는 것을 보고 있으면, 오늘 밤 네 마누라를 빌려줘, 라는 신호가 아닐까 하는 생각이 들어.

이 윙크에 이어서 좌우의 눈썹과 눈과 입이 각각 제멋대로 경련을 시작하고 코까지 움직이기 시작하고, 그런 다음 목에서 솟아오른 것이 '케케케케킁' 하고 코로 빠져나온다. ―이처럼 델리케이트한 발작들은 완전히 비정기적으로 일어났다. 2시간이나 아무런 소식이 없기도 하다가 10분 간격으로 반복되기도 했다. 술에 취했을 때는 대부분 안전하지만, 그렇게 깨달은 순간 격렬한 놈이 찾아오는 식이었다.

시마 씨에게는 아내가 있었다. 시마 씨보다 10㎝ 정도 키가 크고 체중도 10㎏은 더 나가리라. 살이 한껏 붙은 허리에 떡 벌어진 어깨, 손과 발도 크고 가슴에 이르러서는 젖소만큼이나 되었다.

―누가 아니래, 라고 같은 공동주택에 사는 아낙들이 뒤에서 수군거렸다. 그 여편네가 지나가면 집이 흔들리고 선반의 물건이 떨어진다니까.

머리는 갈색으로 숱이 적었으며 옴팡눈에 입술은 두껍고 왼쪽 뺨에 파란 반점이 있었다. —나이가 몇 살인지는 짐작도 되지 않았다. 시마 씨는 서른넷이라고 하는데 그녀는 비슷한 나이로 보이기도 하고, 마흔대여섯으로 보이는 적도 있었다. 언제나 말이 없었으며 동네 사람들과도 사귀지 않았고, 아침저녁의 인사조차 하지 않을 정도였다.

시마 씨의 아내는 사람들의 마음에 들지 않았을 뿐만 아니라, 오히려 미움을 사고 있는 듯했다.

그녀는 심기 불편한 바위처럼 거만하고 사람들을 볼 때는 '눈의 오른쪽 아래 끝으로 내려다본다.'는 말을 듣고 있었다. 또한 그와 동시에 입술의 왼쪽 끝이 왼쪽으로 틀어지기 때문에 아무리 성격이 더러운 사람이라도 '그렇게 험상궂은 얼굴은 하지 못할 것이다.'라는 평도 있었다.

이곳 주민들의 교류는 물건을 빌리고 빌려주는 것과 투덜거림의 교환이 중심을 이루고 있다. 어려울 때는 이웃사촌, 이라는 말이 유일하게 기댈 곳이자 그들의 신앙인 것처럼 보이기까지 했다. 물건을 빌리고 빌려주는 것이라고 해봐야 작은 종지에 간장 한 그릇, 소금 한 줌, 한 대접의 쌀 정도였지만, 빌려준 쪽은 '하라 씨네도 편하지만은 않군.'이라고 생각해서 자신의 집은 그나마 아직 여유가 있다는 조그만 마음 든든함과 우월감을 맛보게 된다. 그것은 종종 상대방에게 그런 감정을 맛보게 하기 위해서 필요하지도 않은 한 줌의 소금을 빌리러 가는, 이웃사랑의 발로가 되기도 한다.

시마 씨의 아내는 그런 행동을 하지 않았다. 이 '거리'에도 채소가게와 생선가게가 있지만, 어느 쪽이나 판자때기 하나에 늘어놓을 정도의 물건밖에 없었으며, 생선은 얼마간의 자반과 흠이 있는 것들뿐이고 채소는 시들어서 색과 싱싱함을 잃은 것들뿐이었기에, 양쪽 모두 시장에서 버리는 쓰레기를 주워온 것이라 일컬어지고 있었지만, 그래도 이 두 집의 물건들은 주민들에게 꽤나 도움이 되고 있었다. 그러나 시마 씨의 아내는 쳐다볼 생각도 하지 않고 장을 볼 때면 언제나 벌판을 건너서 중앙통까지 갔다.

"저 사모님은 굉장한 사람이야." 거리의 아낙들은 이렇게 수군거렸다. "얼마 전에 싸구려 채소집에서 양배추를 사는데 말이지, 겉의 잎들은 시들고 흠집이 있다며 북북 뜯어내서 버리더라고. 한 예닐곱 장 정도는 벗겨냈을 거야. 그러고 남은 양배추를 가게 사람에게 내밀면서 이걸 저울에 달아달라고 하잖아. 양배추는 하나에 얼마씩 파는 거다, 저울에 달아서 파는 게 아니라고 가게 사람이 말했더니, 이렇게 상하고 시든 잎까지 가격 속에 들어가는 거야? 그러면서 싸구려 채소집이라고 잘도 떠들어대는군, 너희야말로 가난한 사람들의 피를 빨아먹고 있어, 라고 사방팔방에 들릴 만큼 커다란 소리로 외쳐대더라고."

손님들은 겁을 먹고 나가고 구경꾼들은 몰려들고, 가게 사람도 악에 받친 것이리라. 그럼 공짜로 줄 테니 가져가라고 말한 것이 화근이었다. 시마 씨의 아내는 정색을 하더니, 우리는 거지가 아니라며 남자 뺨칠 정도의 기세로 몰아세우기 시작했고, 결국은 가게 사람이 사과를 한 뒤 양배추를 저울에 달아 가격을 정했다.

"그런데 기가 막혀서 말도 안 나온다니까. 그 사모님이 말이지 돈을 내고 돌아갈 때, 자신이 벗겨서 버린 양배추 잎을 모아 줍더니, 산 양배추하고 같이 끌어안고 넉살 좋게 나오더라니까."

생선가게에 갔을 때의 이야기도 있지만, 양배추 때와 마찬가지로 어디까지가 사실인지는 분명하지가 않다. 수군거리는 아낙들도 사실을 알고 싶은 것이 아니라 시마 씨의 아내에 대한 공통의 반감을 즐기기만 하면 되는 것이었기에 이야기의 진위에 대해서는 묻지 않았다.

시마 씨는 이 '거리'로 들어오자마자 고물상인 오다 다키조를 불러서 가재도구를 처분했다.

가재도구를 처분하고 그 땅을 떠난다. 즉, 집안을 정리한다는 말은 있지만, 이사를 오자마자 가재도구를 처분하는 예는 거의 없으리라. —게다가 그것들은 아직 새것처럼 보였으며, 또 값비싼 물건들처럼 보였다. 무쇠 솥, 커다란 무쇠 냄비, 난부[5]의 무쇠 주전자, 금은의 상감으로 장식한 난부의 무쇠 부젓가락. 그리고 뽕나무로 만든 찻장, 오동나무로 만든 기다란 화로, 경대, 옻칠을 한 탁자와 그 외의 물건들로 오다 다키조는 눈을 둥그렇게 떴다.

"이 정도의 물건이라면," 오다 다키조가 너무나도 존경스러운 나머지 꼬리를 내리며 말했다. "저 혼자서는 도저히 전부를 사들일 수 없습니다. 도가(都家)에 유력자가 있는데 그 사람을 불러도 되겠습니까?"

시마 씨는 상관없다고 대답했다.

"이봐, 큰돈을 벌게 됐어." 집으로 돌아온 오다 다키조가 너무나도 흥분해서 숨을 몰아쉬며 아내에게 말했다. "몇 년 동안 보지 못했을 정도로 대대적인 이삿짐 정리—가 아니지. 이사를 온 지 얼마 되지 않았으니, 이건 뭐라고 불러야 하는 거지?"

도가에서 불려온 유력자라는 사람은 과연 유력자다워서 물건을

---

5) 南部. 예로부터 철기로 유명한 지방.

보는 눈이 있는 듯, 그들 물건을 보고도 당황하는 기색은 조금도 보이지 않았다. 처음에 한 번 죽 둘러보고, 그런 다음 천천히 이거다 싶은 물건을 손에 들어 보았으나 그것은 겨우 두어 개쯤이었고 나머지는 흥미도 없다는 듯 돌아앉아 담배에 불을 붙였다.

"4월치고는 춥군." 유력자가 누구에게랄 것도 없이 이렇게 중얼거렸다. "이래서는 꽃도 늦겠어."

오다 다키조는 유력자의 모습에 놀라 시마 씨의 안색을 살폈다. 시마 씨가 태연하고 밝게 웃으며 유력자의 말에 수긍하자 유력자는 갑자기 화제를 돌렸다.

"주인장은 이것들을 얼마에 파실 생각이십니까?"

"비쌀수록 좋지, 나야." 시마 씨가 싱긋 웃었다. "이건 전부 유서 있는 물건들이야. 팔기 아까워, 정말. 거기의 그 솥 같은 건 특히 더 그렇지."

그리고 각 물건에 대해서 하나하나 전래와 유서와 비화 등을 자세히 들려주기 시작했는데 마치 상속문제를 둘러싼 집안의 내분을 다룬 만담과도 같은 분위기가 전개되어 오다 다키조는 흠뻑 빠져든 듯한 느낌이었으나, 유력자는 담배를 피우며 여전히 4월치고는 날이 춥군, 이라고 말하고 싶어 하는 듯한 얼굴을 하고 있었다.

"그런 이야기는 그런 이야기이고,"라고 유력자가 마침내 말했다. "주인장은 대체 얼마 정도에 이걸 팔 심산이십니까?"

시마 씨가 금액을 말하자 유력자는 머리를 흔들었다.

"어렵겠습니다." 유력자가 담배를 재떨이에 비벼끄며 말했다. "도무지 얘기가 될 것 같지 않습니다. 단위가 다릅니다. 나도 허투루 이 장사를 하고 있는 건 아니니까요. 이보게 다키 씨, 그만 실례하기로 하세."

그리고 오다 다키조와 함께 돌아가 버리고 말았다.

오다 다키조는 영문을 알 수 없었기에 당황해서 밖으로 나오자마자 서둘러 이유를 물었다. 유력자는 콧방귀를 뀌고, 그 물건들은 전부 모조품이라는 사실을 그 방면의 용어로 말했다. 기다란 화로의 오동나무는 겉에 붙인 것이며, 남부의 무쇠 부젓가락도 금은의 상감이 아니라 놋과 니켈을 입힌 것이라고 했다. 냄비와 솥에는 바닥에 구멍이 뚫려 있어서 고철의 값어치밖에 없어, 어느 하나 제대로 된 물건이 없어, 그런 물건에 깜빡 속아 손을 내밀었다가는 큰코다치게 돼, 라고 유력자는 주의를 주었다.

오다 다키조는 머리를 긁으며, 그런 줄도 모르고 귀한 시간을 빼앗아서 죄송합니다, 라고 거듭 사과했다.

"수염 같은 거나 기르고,"라고 유력자가 말했다. "—내참, 형편없는 놈이야."

시마 씨는 다른 고물상을 불러다 그 물건들을 처분한 모양이었다. 오른쪽 옆집에 사는 도미카와 씨 부부의 말에 의하면 오다 다키조가 불려갔던 다음날 밤, 벌써 9시도 넘은 시각에 시마 씨의 집에서 물건을 움직이는 소리와 낮은 목소리로 가격을 흥정하는 소리가 들려왔다고 한다.

"남일 같지 않더군."이라고 도미카와 씨는 말했다. "이제 막 이사를 왔는데 말이지, 이사 온 지 얼마나 됐다고 벌써 또 가재도구를 처분하는 건가 싶어서."

물론 오해였으며, 시마 씨는 그로부터 며칠 뒤에 이웃 사람들을 불러 술을 대접했다.

"저녁을 먹고 난 뒤에 와주시기 바랍니다." 시마 씨는 이렇게 말하며 돌아다녔다. "아무것도 없지만, 그저 인사를 하는 자리라고 생각해주시기 바랍니다."

그는 열네댓 집을 이렇게 말하며 돌았으나 실제로 온 손님은 5명뿐이었다. 오지 못한 사람들의 대부분은 내일 먹을 것을 벌기 위해서 밖으로 일을 하러 나갔거나, 집에서 밤새 일을 해야 했기에 짬이 없었던 것이다.

5명의 손님 가운데 모두가 선생님이라고 부르는, 50줄의 사내가 있었다. 키는 150㎝가 조금 넘었고 말랐으며 백발이었는데, 그러나 새카만 콧수염을 빳빳하게 세우고 역시 새카만 턱수염을 기르고 있었다. 눈썹도 까맣고 굵었으며 그 아래에 있는 눈은 유별나게 커서 사람을 볼 때면, 아니 웃을 때조차도 마치 위협을 가하는 것처럼 번뜩번뜩 빛났다. —닳고 닳아서 천이 얇아진, 검은색이라기보다는 검붉은색에 가까운 양복에 무릎 부분이 둥그렇게 부풀어 오른 줄무늬 바지를 입고, 그러면서도 양말을 신지 않은 맨발이었다.

"실례." 선생이 문가에서 말했다. "초대에 응해서 왔습니다. 간도 세이쿄라는 낭인(浪人)입니다. 잘 부탁드리겠습니다."

실례, 라는 고풍스러운 말과 선생의 구시대적 모습과, 그리고 예의 번뜩이는 눈을 보고도 시마 씨는 아무것도 느끼지 못한 것인지, 마치 십년지기를 만난 것처럼 하얀 이를 드러내고 웃으며 어서 오세요, 라고 손을 흔들었다. 선생은 바로 들어가려고는 하지 않고 양복의 가슴주머니에서 커다란 명함 한 장을 꺼내 시마 씨에게 건네주었다. —일반적인 것보다 3배 정도나 커다란 명함으로 거기에는 '우국숙(憂國塾) 숙두(塾頭) 간도 세이쿄'라고 커다란 활자로 인쇄되어 있었다. 그것은 오래 사용해서 낡은 듯, 손때로 더러워져 있었으며 네 귀퉁이가 젖혀져 말려 있었다.

간도 세이쿄라고 읽으며 문득 깨달았는데 간도 선생이 한쪽 손을 내밀고 있었다.

"이거 죄송합니다."라고 시마 씨가 말했다. "저의 명함은 지금 인쇄를 하고 있습니다. 전에 쓰던 것은 버렸기에, 실례인 줄은 압니다만."

그야 상관없다고 말했으면서도 간도 선생은 손을 거둬들이려 하지 않았다. 시마 씨는 곧 그 의미를 깨닫고 들고 있던 선생의 명함을 선생에게 돌려주었다. 그러자 간도 선생은 꺼냈던 주머니에 신중하게 그것을 넣고 끝이 무지러진 나막신을 벗은 다음 안으로 들어갔다.

거기에는 이미 고물상인 오다 다키조와 오른쪽 옆집 사람인 도미카와 도미오와 단바 노인이 와 있었기에 서로 인사를 나누며 간도 선생은 제일 안쪽으로 들어가 앉았다. 그 뒤를 이어서 오카다 다쓰야가 왔는데 목달이 양복에 머리를 짧게 민 빡빡머리로 시마 씨의 눈에는 열네다섯 살의 소년으로밖에 보이지 않았기에, 술을 마시는 자리이니 어린애는 자리를 피해달라고 달래는 듯한 투로 거절했다.

"전 어린애가 아닙니다."라고 오카다 다쓰야가 대답했다. "이래봬도 일가의 가장입니다."

"맞아. 그건 실례지만 시마 군의 오해일세."라고 간도 선생이 말했다. "오카다 소년은 나이는 아직 열아홉이지만, 다섯 식구의 가장으로 훌륭하게 생계도 꾸려가고 있어. 술도 마실 줄 알고."

들어오게, 라고 말하려던 순간 시마 씨의 델리케이트한 지병이 활동을 시작했기에 오카다 다쓰야는 깜짝 놀라 몸을 뒤로 빼려고 했다. 첫 번째 윙크에 이어서 얼굴 전체의 이목구비가 각자 제멋대로 경련을 일으키더니 무엇인가가 시마 씨의 목 안쪽에서 우르르 우르르 울리기 시작했기에 '돌아가.' 라는 격렬한 거절의 표현이라고 생각한 모양이었다.

시마 씨는 손짓으로 오카다 소년을 제지하고, 그러는 사이에 목을 기어 올라오던 것이 케케케케큭, 하고 코로 빠졌기에 시마 씨가 싱긋 웃으며 말했다.

"들어오게."

더는 손님이 오지 않으리라는 사실을 알았기에 시마 씨는 술을 내왔다.

방은 6첩[6]짜리 하나밖에 없었다. 거기에 조그만 밥상과 무엇인가의 빈 상자를 붙여 늘어놓고 그 위에 판자를 2장 얹은 것이 식탁이었는데 세탁한 옷잇이 덮여 있었기에 안쪽의 구조는 보이지 않았으나, 무릎을 내밀거나 몸을 기대면 힘없이 해체되어버릴 것이라고 시마 씨는 처음부터 주의를 주었다.

방에는 낡아서 흠집투성이인 옷장과 거울에 금이 간 경대와 버들고리짝과 자기로 구운 화로 등이 눈에 띌 뿐, 그 외에 이렇다 할 가재도구는 보이지 않았으나 6첩이라는 넓이에는 변함이 없었기에 주인과 손님들이 식탁을 둘러싸자 더는 몸을 움직일 수 없을 것처럼 여겨졌다.

2리터짜리 병에 절반쯤 든 일본주와 2리터가 전부 담겨 있는 소주가 나왔고, 커다란 대접의 하나에는 보리새우 조림, 다른 하나에는 초무침을 한 무, 양쪽 모두 수북이 담겨 있고 음식을 덜기

---

6) 다다미를 세는 단위. 1첩은 약 0.5평.

위한 젓가락이 한 벌. 술잔 대신으로는 차를 마실 때 쓰는 찻사발이 6개, ―크기와 모양 모두 제각각이었는데 그 가운데 3개는 옆집인 도미카와 씨의 집에서 빌린 것이었다.

"뻔한 말 늘어놓는 인사는 그만두고,"라며 시마 씨는 꾸벅 인사를 했다. "저는 시마 유키치, ―잘 부탁드리겠습니다."

"그게 바로 뻔한 말이야."라고 간도 선생이 찻사발을 집어 거기에 소주를 따르며 말했다. "―잘 부탁한다고 해봐야 이곳에 사는 사람 가운데 남을 보살펴줄 능력을 가지고 있는 사람은 아무도 없어. 자네 자신도 그렇게 생각하고 있지는 않겠지?"

"아이고 뜨끔해라."라며 시마 씨는 가슴을 눌렀다.

"장난으로라도,"라고 간도 선생이 말했다. "사내대장부가 마음에도 없는 소리를 해서는 안 되지."

그리고 들고 있던 찻사발을 위로 치켜 올리며, "잘 마시겠네."라고 말한 뒤, 꿀꺽 단숨에 들이켰다.

"자, 여러분도 드십시오." 시마 씨가 다른 네 사람에게 밝은 미소를 보이며 말했다. "안주는 각자 손에 얹어서 드시기 바랍니다. 고대 로마에서는 제왕도 귀족도 모두 손으로 집어서 먹었습니다. 저는 여기서, ―의롭지 못한 부와 허식을 비웃으며 마시자고 말하고 싶습니다만."

"제왕이나 귀족의 흉내를 내서는,"이라고 오카다 소년이 말했다. "부와 허식을 비웃을 수 없습니다."

간도 선생이 조소하는 듯한 소리로 웃자, 시마 씨가 다시 '뜨끔해라.'라고 말하기라도 하듯 가슴을 누르며 말했다.

"브루투스여, 너마저."

"자유다, 해방이다."라고 오카다 소년이 말했다. "압제는 붕괴되었다."

시마 씨는 뺨에 따귀라도 맞은 것처럼 눈을 둥그렇게 떴는데, 그러자 예의 델리케이트한 발작이 일어났다. 오카다 다쓰야 소년은 조금 전에 막 경험을 했으며, 이웃인 도미카와 씨와 오다 다키조는 이미 그 병적인 버릇을 알고 있었다. 그러나 간도 세이쿄와 단바 노인 두 사람은 처음 보는 것이었기에 순간적으로는 놀라는 것 같았으나, 그 다음부터는 흥미를 느낀 듯 시마 씨의 안면에 나타나는 무질서한, 오히려 난맥(亂脈)이라고도 할 수 있는 신경경련의 경과를 지켜보고 있었다.

시마 씨는 남들이 지켜보는 것에 익숙해져 있는 탓인지, 예의 것이 목에서 코로 빠져나갈 때까지 유유히 발작에 몸을 맡기고 있다가 그것이 끝나자 활달하게 웃었다.

"이거 서프라이즈한데."라고 시마 씨가 오카다 소년에게 말했다. "자네도 셰익스피어를 알고 있는 모양이군."

"오카다 소년은 영어의 천재일세." 간도 선생이 대신 대답했다. "낮에는 커다란 신문사에서 근무하고, 저녁에는 세이소쿠 영어학교의 야학에 다니고 있어. 장래에 대영어학자가 될 인물이야."

"앞길이 창창하군요. 이봐, 오카다 군."이라고 말하며 시마 씨는 오른손을 내밀었다. "악수하자."

그런 다음 술이 돌기 시작했고 간도 선생이 "제수씨는 어디 갔는가?"라고 물었다. 제수씨가 술을 한잔 따라주었으면 한다, 손님을 대접하는 데 일가의 주부가 얼굴을 보이지 않는 법이 어디 있는가, 라고 주장했지만 시마 씨는 "심부름을 보냈는데 곧 돌아올 겁니다."라고 답했을 뿐이었다.

시마 씨의 아내는, —나중에야 알게 된 일이지만 결코 손님들 앞에는 나서지 않았다. 동네 사람들과 사귀지 않는 것처럼 시마 씨와 아무리 친한 친구가 와도 인사는 물론 한 잔의 차도 내오려 하지 않았다. 이 '거리'의 아낙들은 얼굴의 반점을 보이고 싶지 않아서일 것이라고 말했으나, 그런 여자로서의 수치심 때문이 아니라는 사실은 남편인 시마 씨가 가장 잘 알고 있는 듯했다.

"여러분께 잠깐 묻겠습니다만," 시마 씨가 갑자기 진지한 투로 말했다. "여러분은 쌀집에서 공짜로 쌀을 약탈한 적이 있으십니까?"

"외상을 떼어먹는 거라면,"이라고 간도 선생이 대답했다. "나도 그 방면의 달인이지."

"아니, 그게 아닙니다. 외상을 하는 게 아니라 약탈을 하는 겁니다. 그것도 정정당당하게. 어떻습니까, 여러분?"

누구도 대답하지 않았으며 호기심을 품는 듯한 모습도 보이지 않았다. 이 '거리'의 주민들은 한마디로 솔깃한 이야기라 불리는 것을 믿지 않는다. 그들은 솔깃한 이야기에 덤벼들었다가 지금까지 몇 번이나 배신을 당한 기억이 있다. 이 세상에 그들에게도 솔깃한 이야기가 있으리라고는 도저히 믿을 수 없게 되어버린 것이다.

"그럼 가르쳐드리죠."

라고 시마 씨가 말했다.

우선 무쇠 솥의 안쪽을 물로 적신 다음 낯선 쌀집으로 가서 쌀 2㎏을 달아 솥에 담게 한다. 2㎏ 이상이어도 안 되고, 이하여도 안 된다. 그 이유는 심리학의 응용문제이니 생략하기로 하고, 2㎏의 쌀을 달아서 솥 안에 넣으면 이걸 외상으로 줄 수 있겠느냐고 묻는다. 낯선 얼굴이니 거절할 것이다. 거절당하면 안타깝다는 듯한 표정으로, 그럼 다음에 다시 오겠다고 말하고 솥 안을 비워 쌀을 돌려준다. 솥 안이 젖어 있기 때문에 쌀 알갱이가 대략 한 꺼풀은 붙어서 남아 있게 된다.

시마 씨가 여기까지 말했을 때 오카다 소년이 껴들었다.

"그건 만담이잖아요."라고 오카다 소년이 말했다. "네, 틀림없이 소쿠리를 들고 가서 그렇게 한다는 내용의 만담이 있었습니다. 라디오에서 들었습니다."

"그게 아니야, 틀렸어." 시마 씨는 싱긋 웃었다. "만담가라는 녀석들은 지레짐작으로 곧잘 잘못된 이야기를 하곤 하는데, 이건 소쿠리를 써서는 절대로 할 수 없는 일이야."

오카다 소년은 입을 다물었고, 다른 네 사람도 처음으로 시마 씨에게 주의를 기울였다.

"왜냐하면 말이지."라고 시마 씨가 말을 이었다. "소쿠리로 그렇게 하면 거꾸로 들어서 바닥을 두드리잖아. 쌀은 깨끗이 떨어져버리고 말아. 알겠는가?"

오카다 소년 외의 네 사람은 살짝 고개를 끄덕였다.

"그런 점에서," 시마 씨가 말했다. "그런 점에서 무쇠 솥은 그렇게 할 수가 없어. 바닥에는 그을음이 붙어 있고 그것 자체가 무겁기 때문에 거꾸로 해서 털 수가 없어."

"그뿐만이 아니야."

시마 씨는 거기서 소리를 높였다.

"무쇠의 성분 가운데 있는 이온이 쌀 알갱이에 닿으면 화학작용을 일으켜서 일종의 알칼로이드 물질이 생성돼."

"알칼로이드?" 오카다 소년이 깜짝 놀란 듯 소리를 질렀다.

“아니.” 시마 씨는 우물쭈물했다. “아니, 알데하이드였던가? 아니, 역시 알칼로이드였던 것 같은데. 뭐, 그런 건 아무래도 상관없어. 어쨌든 무쇠와 쌀 알갱이의 접촉에 의해서 어떤 화학작용이 일어나 접촉한 쌀 알갱이가 잘 떨어지지 않게 되는 거야.”

그렇기 때문에 소쿠리 따위와는 비교도 되지 않을 만큼의 양이 솥에 붙어서 남게 된다, 같은 행동을 두어 집에서 하면 500g 정도의 쌀은 확실하게 모을 수 있다는 것이었다.

“이 정도의 일도 모르다니,”라고 시마 씨가 결론을 내렸다. “여러분은 아직 진짜 가난을 모른다고 할 수 있겠네요.”

“저는 말입니다, 부끄러운 얘깁니다만,”하고 오다 다키조가 말했다. “아직 무쇠 솥을 써본 적이 없습니다. 네, 아버지 대부터 계속 흙으로 구운 솥이었으니까요.”

“그게 어쨌다는 건가? 밥은 흙으로 구운 솥에다 하는 게 제일 맛있어.”라고 간도 선생이 단정적으로 말했다. “이러니저러니 해도 사내대장부가 밥 같은 것 때문에 머리를 짜낸다는 건 한심한 일이야. 시마 군, 자네는 지금의 정계를 어떻게 생각하는가? 자네의 의견을 좀 들려주게, 어떤가?”

오다 다키조는 밍밍한 술을 홀짝이며 살림살이가 정말 어려워졌을 때를 대비해서 시마 씨의 쌀을 약탈하는 방법이 거짓말인지 정말인지, 꾀돌이 게이 씨한테 꼭 한번 물어보지 않으면 안 되겠다고 생각하고 있었다.

오카다 소년이 때를 보았다가 단바 노인의 찻사발에 술을 따라주자, 노인은 빙그레 미소 지으며 고개를 끄덕이고 말없이, 그러나 즐겁다는 듯 조금씩 홀짝이면서 모두의 이야기를 음미하듯 듣고 있었다.

간도 선생은 시마 씨를 정계의 문제로 끌고 들어가 거기에 못 박아두려 했다. 시마 씨는 명백하게 그 문제가 싫은 듯, 거기서 탈출하기 위해 가지고 있는 온갖 기술을 시도해보고 있는 것처럼 보였다.

"맞아, 맞아."라고 마침내 시마 씨가 말했다. "당신은 라이거 총리를 쏙 빼닮았습니다."

시마 씨는 드디어 정계문제에서의 탈출구를 발견했다는 사실을 깨달았다. 그는 사나운 소에 코뚜레를 끼운 것이었다.

간도 선생의 표정이 부드러워지더니 입이 옆으로 슥, 한일자처럼 펼쳐졌다.

"누군가를 닮았다고 생각하고 있었는데,"라고 시마 씨가 말했다. "그래, 틀림없이 하마우치 라이거 수상이야. 선생님의 그 입가 부근은 총리와 똑같습니다. 안 그런가요, 여러분."

도미카와 도미오가 처음으로 라이거가 뭡니까, 라고 물었고 시마 씨가 그건 라이온과 타이거가 교미해서 태어난 혼혈 짐승인데, 그렇지만 '대를 잇지 못해서' 후계자는 태어나지 않는다고 설명하는 사이에 간도 선생의 입은 더욱 굳게, 마치 하마우치 라이거 수상 자신이라도 된 양 옆으로 펼쳐지고, 윗입술은 부풀어 오른 모습을 보이고 있었다.

"흠, 사람은 아껴주어야 하는 법이야."라고 간도 선생은 표정이 흐트러지지 않도록 신경을 써가며 말했다. "—그가 모 성(省)의 차관에서 더는 승진을 하지 못하고 있을 때 나는 커다란 석간 신문사의 사회부장이었는데, 봐줄 만한 구석이 있는 놈이라고 생각했기에 국장의 반대를 뿌리치고 그를 위해서 곧잘 톱기사를 써주곤 했었지."

"흠, 사람은 아껴주어야 하는 법이야."라고 간도 선생이 커다란 콧수염을 비틀어가며 깊은 감회에 잠긴 듯 고개를 끄덕이고 말을 이었다. "차관에서 꾸물떡거리고 있던 그 사람이 지금은 하마우치 라이거 수상, 한 나라의 총리대신이 되었으니 말이야."

정말 닮았다, 어째서 지금까지 알아보지 못했는지 내가 생각해도 이해가 되지 않는다고 도미카와 씨가 처음으로 말했다.

"그만두게, 정숙."하고 간도 선생이 외쳤다. "자네들은 그렇게 말하지만, 나는 기쁘지 않아. 하마우치 따위가 어쨌단 말인가."

그리고 주먹을 들어 힘차게 식탁을 내리쳤다. 시마 씨가 말리려 했으나 한발 늦어서 테이블크로스인 욧잇 아래의 장치가 분해되어 요란스러운 소리와 함께 술병과 찻사발과 대접 등이 굴러 떨어졌고, 판자의 한쪽 부분이 튕겨져 올랐으며, 간도 선생은 제 힘을 견디지 못해 몸이 앞으로 기울었다.

결국은 그것이 연회의 끝이었다. 도미카와 씨는 자신이 빌려준 찻사발을 찾아 들고 3개 모두 무사하다는 사실을 확인하기에 바빴으며, 간도 선생은 양복의 목깃 부근을 회색이 되어버린 손수건으로 열심히 문질렀다. 오다 다키조는 걸레를 가지러 부엌으로 달려갔고, 오카다 소년과 단바 노인은 어이가 없다는 듯 자리에 서 있었다. 그리고 시마 씨는 수습 불가능해진 식탁의 잔해를 바라보며, 다시 한 번 그것을 조립할 기력이 자신에게는 이제 남아 있지 않다는 사실을 확인하고 이런 때야말로 예의 델리케이트한 발작이 일어나 주었으면 좋겠다고 말하기라도 하듯 코와 입을 자꾸만 우물우물 움직였다.

시마 씨가 어떤 일을 하는지는 아무도 몰랐다. 하지만 이 '거리'에서는 대부분의 사람들이 그랬으며, 그것을 탐색할 만큼 한가한 사람은 손가락으로 꼽을 수 있을 정도밖에 되지 않았다.

그 한가한 사람 가운데 한 명이 시마 씨의 왼쪽 옆집에 있었다. 도쿠 씨라는 독신자로, 중심가의 맞은편에 커다란 세력권을 가지고 있는 쓰키마사 형님의 식구라는 사실을 극비로 이 사람, 저 사람의 귀에 속삭였다. 전문적인 도박꾼이라고 말하고 싶은 것이리라. 나이는 마흔쯤이었는데 중간 정도의 체구에 중간 정도의 키로 어디 한 군데 특징이 없는 평범하고 온화한 성격이었다.

"그 사람은 아무래도 말이지,"라고 도쿠 씨가 한번은 속삭이는 듯한 목소리로 말했다. "고리대금업자의 배달부, 가 아니지, 심부름꾼, 도 아니었나? 어쨌든 꿔준 돈을 받으러 다니는 녀석 같아. 뭐라고 하더라, 응? —시마 씨 부부가 이야기하는 걸 들었는데 아무래도 그런 얘기였던 것 같은 느낌이었어."

"아무래도 이상해. 난 도저히 이해할 수가 없는데," 도쿠 씨가 다른 때에 다시 속삭였다. "그 사람은 고리대금업자의 앞잡이도 아니야. 아무래도 탐정사 같은 곳에서 일하고 있는 듯해. 그러니까 탐정사의 권유를 하러 다니는 사람이나 그쯤 되는 것 같아. 그게 맞는 거 같아."

그는 다음에는 시마 씨를 돌팔이 변호사라고 추측했으며, 그 다음에는 뭔가 부정을 저질러서 경찰의 수배를 받고 있기에 이런 곳에 몸을 숨긴 것 같다고 예측했다. 그리고 그 다음에는 다시, —

이러한 것들은 전부 밤의 정적 속에서 얇은 벽을 통해 들려오는 이야기 소리를 듣고 알아낸 정보였으나, 누구도 진지하게는 받아들이지 않았으며 애초부터 그런 타인에 관한 일 따위에는 관심조차 없었다.

시마 씨는 대체로 10시 무렵에 집을 나섰고, 돌아오는 시간은 일정하지가 않았다. 저녁일 때도 있었고 한밤중에 돌아오는 적도 있었다.

시마 씨는 언제나 깔끔한 차림새였다. 낡기는 했으나 맞춤인 듯한 양복에 검은 중절모. 자신이 닦는다고 하는데, 구두도 깨끗하게 손질이 되어 있었고 지팡이를 왼쪽 팔에 걸고 있었다.

"아이고, 안녕하십니까?" 집에서 나와 누군가를 만나면 콧수염이 짙은 품위 있는 얼굴 가득 미소 지으며 오른손으로 중절모를 살짝 들어올려 인사했다. "날씨가 좋네요. 요즘에는 어떠십니까?"

"정말, 부지런도 하시네요."라고 여성이나 노인을 만나면 상냥하게 말했다. "아이의 감기는 어떻습니까? 열은 좀 내렸나요?"

이런 다정한 말을 하지 않을 때에도 얼굴 가득 미소를 머금고 꾸벅 머리를 숙이며, "아이고."라고 밝은 목소리로 인사하기를 결코 잊지 않았다.

그리고 지팡이를 팔에 건 시마 씨가 몸을 한쪽으로 기우뚱하고 다음으로 반대편으로 기우뚱하고, 다시 한쪽으로 기우뚱하며 걸어가는 모습도 그런 걸음걸이를 즐기는 듯 보였으며, 그러면 사람들은 시마 씨에 대해 존경심과 따뜻한 친밀감을 느끼곤 했다.

시마 씨는 '거리'로 이사 온 지 2개월쯤 되었을 때, 어딘가의 흥신소에 취직했다.

그는 고물상인 오다 다키조와 이웃인 도미카와 씨, 그리고 간도 선생과 오카다 다쓰야 소년, 4사람에게 새로운 명함을 내밀며 그 사실을 알렸다.

“다음에 또 한잔하자.”라고 시마 씨가 오카다 소년에게 말했다. “영어 공부는 어때? 야학에는 열심히 다니고 있는 거지?”

소년은 머리를 흔들었다. “야학이 아닙니다. 오후의 부(部)입니다. 아직 다니고 있습니다.”

자신이 일하고 있는 커다란 신문사의 계장이 자신을 야근으로 돌려주었기에 학교에는 오후의 부에 다닐 수 있게 되었다고 소년은 간단히 설명했다.

“그럼 조만간에,”라고 시마 씨가 말했다. “이번에는 맥주로 성대하게 마시자.”

그러나 성대한 맥주 잔치는 실현되지 못했다. 시마 씨는 근면하게 흥신소에 다녔으며, 사람을 만나면 명랑하게 웃었고, 누구와도 스스럼없이 이야기를 나누었다. 하지만 이웃에 사는 도미카와 씨조차 한 번도 차를 마시자고 초대를 받은 적이 없었다.

시마 씨의 아내는 변함없이 동네사람들과 사귀지 않았으며, 밖에서 누구를 만나도 모르는 척했다. 그러나 잘난 척을 한다거나, 상대방을 경멸한다거나 하는 것이 아니라, 차갑다고도 느껴지지 않을 정도의 무관심—하늘을 흘러가는 구름에 대해 개가 무관심한 것과 같은 무관심을 드러낼 뿐, 이라고 말하는 듯했다.

동네 아낙들은 그녀를 ‘사모님’이라고 불렀다. 이런 종류의 ‘거리’에서 사모님이라는 것은 예외 없이 경멸의 뜻을 담은 호칭이라는 것이 공통된 점이며, 또 때로는 ‘미치광이’라는 말과 동의어로, 그것은 어딘가 심상치 않은 사람, 광기어린 사람이라는 의미를 나타내는 말이다.

“정말 깜짝 놀랐다니까.”하고 아낙 중 한 사람이 말했다. “시마 씨 집에서는 시마 씨가 밥을 짓고 그 사모님은 팔짱을 낀 채 그걸

지켜보기만 해. 세상에 그런 부부도 다 있어."

"도쿠 씨한테 들은 말인데,"라고 다른 아낙이 말했다. "시마 씨네는 손님도 없어서 언제나 둘만 있잖아. 그런데 말을 하는 건 시마 씨뿐이고 사모님은 한마디도 하지 않는대. 어쩌다 한번 들려온다 싶으면, '시끄러워.'라거나 '입 좀 다물고 있어.'라고 호통을 치는 소리뿐이래. 그러고는 다시 잠잠해져버린다네."

이러한 험담에는 끝이 없는 법이지만, 앞서 든 2가지의 경우는 그리 오래 꼬리를 물지 않은 예에 해당하리라. 여름이 지나고, 가을이 지나고, 겨울이 찾아온 11월 하순, ―참으로 드물게도 시마 씨의 집에 손님이 와서 술자리가 시작되었다.

그것은 월급날로, 손님은 3명. 모 흥신소에 다니는 시마 씨의 동료들이었다. 손님을 데리고 오겠다고 미리 얘기해둔 것이리라. 전등에 불이 들어온 뒤에 돌아온 시마 씨가 틀어져 잘 열리지 않는 격자문을 열며 밝은 목소리로 외쳤다.

"이봐, 손님이 오셨어."

그러나 집 안에서 대답은 들려오지 않았다.

장지문에는 촉광이 낮은 전등의 빛이 비치고 있었고 안에서 사람이 움직이는 기척도 있었으나 네, 라고도, 안녕히 다녀오셨어요, 라고도 말하는 사람은 없었다.

세 손님은 서로의 눈을 바라보았다.

"자, 들어오게." 시마 씨가 씩씩하게 말했다. "어려워해야 할 저택도 아니니, 어서 오게."

세 사람은 좁은 봉당으로 들어서 모자를 벗고 오버코트를 벗었다. 그리고 시마 씨의 뒤를 따라 서로 몸을 부딪치며 방으로 올라갔다.

한쪽 장지문이 열려 있어서 거기에 커다란 여자 한 명이 있는 것이 손님들에게 보였다. 여자란 말할 필요도 없이 시마 씨의 아내였으며, 그곳은 부엌으로 여자는 연탄화로의 불을 보고 있는 듯했다.

"이봐, 손님이 왔어." 시마 씨가 다시 말했다. "잠깐 와서 인사하지 않을래?"

"이놈의 불이 애를 먹이네, 쳇." 사모님은 연탄화로를 향해서 혀를 찼다. "에잇, 열 받아라. 뻔뻔스럽게 남의 집에 등을 쳐 먹으러 오는 놈들이 있어서 이런 귀찮은 일을 해야 되잖아. 쳇, 뭐 이런 불이 다 있어."

"오늘 문서부장의 얼굴, 정말 재미있지 않았어, 마쓰이 군."이라고 시마 씨가 아내의 혼잣말을 덮어 지우려는 듯 커다란 목소리로 말을 꺼냈다. "—마치 그거 같았어. 그 왜, 담배에 불을 붙일 생각이었는데 그게 장난감 담배여서 말이지."

"코앞에서 빠지직 불똥이 튀어 깜짝 놀라는 표정 같았다는 말인가?"라고 마쓰이 군이 말했다. "시마 군은 표현이 아주 좋아. 정말 그대로였어."

"코앞에서 빠지직하고 말이야."라고 시마 씨가 말했다. "평범한 담배인 줄로만 알고 불을 붙였더니, 빠지직."

세 손님은 재미있어서 견딜 수 없다는 사실을 증명하기라도 하듯 입을 벌리고 웃었다.

그 순간 사모님이 들어왔다. 손님들은 그녀의 체구가 크다는 사실과, 얼굴에 나타난 이상함, —반점이 있다는 의미가 아니라 그 비인간적인 무관심, 이 세상의 모든 사물을 인정하려 들지 않는 완전한 무관심을 나타내는 표정에 가슴이 덜컥 내려앉았다.

"이봐, 이 사람이 이가와 군."하고 시마 씨가 손님을 소개했다. "이쪽이 노모토 군에 마쓰이 군이야. —여러분, 우리 와이프입니다."

세 손님은 소개받은 순서대로 바지의 무릎에 신경을 써가며 자세를 바로하고 앉아 각자 이름을 밝힌 뒤, "잘 부탁드리겠습니다."라고 인사를 했다. 그러나 사모님은 아무것도 들리지 않고 아무것도 눈에 들어오지 않는 모양으로, 낮게 콧노래를 부르면서 그쪽으로 밥상을 밀어주고 부엌에서 커다란 대접을 2개, 한쪽에는 보리새우조림, 한쪽에는 채소절임이 각각 산더미처럼 담겨 있는 것을 가지고 와서 밥상 위에 내팽개쳤다. 과장스러운 표현이 아니라 글자 그대로 내팽개쳤기에 2개의 커다란 대접은 당장에라도 엎어질 듯 좌우로 두어 번이나 기우뚱했으며 채소절임이 한 줌 정도 쏟아졌기에 마쓰이 군은 황급히 무릎을 옆으로 향했다.

시마 씨가 얼른 손을 뻗어 두 대접을 안정시키며 마쓰이 군 쪽을 보았다. 대접 하나에서 채소절임이 국물과 함께 한 줌 정도 쏟아져 마쓰이 군이 서둘러 무릎을 피했기 때문이었다. 월부로 산 바지에 묻지 않았느냐고, 2개의 대접을 안정시키며 시마 씨는 그렇게 물으려 했으나 그 순간 평소의 발작이 일어나 그것이 케케케케킁 하고 코로 빠져나갈 때까지 묻기를 기다리지 않을 수 없었다.

"오케이, 괜찮아."

마쓰이 군이 바지의 무릎을 문지르며 답하고 곁눈질로 부엌 쪽을 노려보았다. 시마 씨는 품위 있는 얼굴로 웃으며 장난감 담배에 대해서 이야기하기 시작했다. 세 손님은 분노를 가득 담은 풍선 같은 얼굴이 되어, 그래도 시마 씨의 가슴속은 어떨까를 헤아려서 식어버린 기분은 숨기고 시마 씨의 이야기에 맞장구를 쳤다.

그때 사모님이 부엌에서 들어왔다. 한쪽 손에 목욕용품을 끌어안고 한쪽 손에 수건을 들고 입에는 불이 붙은 담배를 물고 있었다.

"목욕탕에 갔다 올게."라고 사모님이 말했다. "불은 피워놓았어."

그리고 콧노래와 함께 손에 들고 있던 수건을 흔들며 성큼성큼 걸어 나갔다. 손님들은 서로 시선을 주고받았고, 시마 씨는 쾌활하게 이야기하며 몸을 흔들흔들 자리에서 일어나 부엌으로 가서 술을 데우고, —그건 가스대에서 했는데, 다음으로 사방 20㎝ 정도의 판자를 가지고 오더니 밥상 옆에 놓고 다시 연탄화로를 끌어안고 와서 그 판자 위에 쓰러지지 않게 놓았다. 그러는 사이에도 시마 씨는 쉬지 않고 계속 얘기했으며, 술잔과 앞접시와 젓가락을 가져오고 두부를 데우기 위한 재료가 들어 있는 알루미늄 냄비와 양념장이 든 작은 종지 4개를 나르고, 그런 다음 데운 술이 담겨 있는 2홉짜리 술병을 가지고 와서는 마침내 자신의 자리로 돌아갔다.

"이 데운 두부는 우리 집의 자랑이야."라고 시마 씨는 말하다, 아참, 중요한 냄비를 안 가져왔군, 이라며 자리에서 일어서려 했는데, 제가 가져올게요, 하며 이가와 군이 얼른 일어나 냄비를 가지러 갔다.

세 사람은 마음속으로 눈물을 머금고 있었다. 다리가 불편하고 안면의 신경경련이라는 지병을 가지고 있기는 하지만, 그러나 쾌활하고 밝으며 신사 같은 풍모를 가진 시마 군이, 저렇게 여자 천하장사처럼 덩치가 커다랗고 무신경하며 냉혈동물 같은 아내의 난폭하고 오만한 태도를 꾸짖지도 못하고 손님을 대접하기 위해서 혼자

분주한 모습은, 같은 남자로서 편안한 마음으로 바라볼 수 있는 광경이 아니기 때문이었다.

"자, 이가와 군부터 받게." 시마 씨가 술병을 들었다. "우리 중에서는 자네가 가장 어리잖아. 마쓰이 군은 주니어가 있었던가?"

"그건 나야."라며 노모토 군이 말했다. "마쓰이 군은 결혼한 지 10년이 지났지만 아직 아이는 없어."

그리고는 입을 꾹 다물어버렸다.

시마 씨는 당황스럽다는 듯 두부 데우는 냄비의 상태를 살폈다. 노모토 군의 말은 입에서 짧은 막대기를 뱉어내는 듯한 투였는데, 그 막대기 하나하나가 그의 감정에 가시가 돋쳤다는 사실을 나타내고 있는 것처럼 들렸다.

시마 씨는 코와 입을 우물우물했다. 이럴 때 예의 발작이 일어나 준다면 화제를 돌리는 데 도움이 되련만, 이럴 때일수록 발작이라는 녀석은 그를 외면한 채 협력하려 들지 않았다.

"오늘 아침에 가슴 아픈 장면을 봤어."라고 시마 씨가 말했다. "평소보다 일찍 출근해서 잠깐 내 일을 처리하고 있었는데, 그때 외국차장인 니히라 씨가 출근을 했어. 그 사람은 언제나 졸기만 하잖아."

"그쯤 되면 하나의 예술이라고 할 수 있습니다."라고 이가와 군이 말했다. "타이프를 치는 건 하루에 기껏해야 5통 정도 아닙니까? 중요한 것은 부장님이 전부 처리하고 있으니."

"나카무라 부장은 영어를 아주 잘해."라고 마쓰이 군이 말했다. "호메이 대학 야간부의 교수를 하고 있을 정도이니. 말하는 걸 듣고 있으면 악센트부터가 달라, 악센트부터가."

시마 씨는 두부를 데우는 냄비에 각각의 식재료를 넣으며 니히라 씨가 하루 종일 조는 모습을 몸짓을 섞어가며 이야기하고 품위 있게 웃은 뒤, 델리케이트한 발작이 지나기를 기다렸다가 이야기를 되돌렸다.

"나는 데스크 위에 내 일을 펼쳐놓고 있었어. 문서부 사람은 아직 아무도 오지 않았어. 사장 비서인 구로이타 군이 잠깐 얼굴을 내밀었어. —자, 자, 이제 젓가락을 들도록 하게." 시마 씨가 끓기 시작한 두부 쪽으로 손을 흔들고, 세 사람에게 술을 따른 뒤 말을 이었다. "잠시 후 니히라 씨가 왔어. 평소와 다름없이 멍한 얼굴에 모퉁이가 뜯어진 가방을 끌어안고, 로스탕[7] 식으로 말하자면 납으로 만든 구두를 신은 것 같은 발걸음으로 천천히 자기 데스크로 가서 가방을 놓더니 커다란 하품을 했어. 그의 일과가 막을 올린 거야."

노모토 군은 보리새우 조림을 입에 던져넣고 자작으로 술을 세 잔 들이마셨다.

"그리고 가방을 열어 안의 물건을 꺼낸 다음 타이프라이터의 덮개를 벗겨냈어. 그때 회계부장이 부산스러운 발걸음으로 출근을 했어. 그런데 니히라 씨를 보자마자, 아 이거, 속달이 도착하지 않았습니까? 라고 말했어." 시마 씨가 우습다는 듯 희고 깨끗한 이를 보이며 웃었다. "아이고, 니히라 씨, 속달이 도착하지 않았습니까, 라고. 그런 다음 그대로 부산스러운 발걸음으로 회계부 쪽으로 가버렸어."

"그 사람은 언제나 발걸음이 부산스러워."라고 마쓰이 군이 말했다. "언제나 무엇인가를 좇고 있는 듯해."

---

7) 프랑스의 시인, 극작가.

"니히라 씨의 얼굴이 슥 변하는 걸 나는 봤어."라고 시마 씨가 말했다. "그 잠에서 덜 깬 듯한 얼굴이 갑자기 굳더니 새파랗게 질려서 한동안은 숨이 멈춘 것 같았어. 내 눈으로 직접 그걸 봤어."

어린 이가와 군이 자신의 젓가락을 들고 밥상을 돌아 냄비 옆에 앉더니 자신들 세 사람의 앞접시에 데운 두부와 양념을 덜어 2개를 마쓰이 군과 노모토 군 앞으로 밀어주고 자신은 바로 먹기 시작했다.

"나는 무슨 일인지 몰랐어."라고 시마 씨가 말했다. "속달이라는 건 무슨 소릴까 생각하고 있자니, 니히라 씨가 지금 막 데스크 위에 꺼냈던 물건을 가방 속에 다시 넣고 타이프라이터에 덮개를 씌우고 그 덮개 위로 타이프라이터를 가만히 쓰다듬었어. 20초쯤 그러고 있었을까? 마침내 가방을 끌어안고, 그 모양이 일그러진 낡은 중절모를 쓰더니 아무런 말도 없이 돌아갔어."

"속달은 해고통지였군." 마쓰이 군이 말했다. "외국부의 샐러리는 20일에 나가니, 샐러리만큼은 정확하게 일을 시킨 셈이로군."

"니히라 씨, 속달이 가지 않았습니까?" 시마 씨가 목소리를 흉내내서 말했다. "그것으로 끝이야. 그 사람은 십 몇 년을 일했다고 해. 그런데 한 통의 속달로 올 잇 오버. 니히라 씨가 타이프라이터를 쓰다듬은 건, 그것만이 작별을 안타까워하는 상대이기 때문이었을 거야."

"그렇게 졸기만 해서는 친구도 생길 리가 없지."라고 마쓰이 군이 말했다. "아내와 자식이 5명, 막내는 아직 유치원에 다닌다고 하던데."

노모토 군은 말없이 마시며 보리새우 조림만 먹고 있었다. 그의 감정에 돋은 가시는 더욱 굵고 날카로워져갈 뿐이었는데, 그는 그것이 더욱 굵고 날카로워지도록 보리새우 조림과 술로 조장하고 있는 것처럼 보였다.

이야기는 동료와 과장, 부장 등에 대한 것이 계속되었다. 그 대부분이 험담이나 조롱인 것은 이러한 경우의 상식일 것이다. 그 가운데서도 시마 씨의 표현이 가장 신랄해서 이가와 군과 마쓰이 군은 몇 번이고 소리를 높여 웃었다.

노모토 군만은 말이 없었다. 그가 가장 많이 마셨고 누구보다 먼저 얼굴이 빨개졌으나, 어느 틈엔가 그 붉은 빛이 사라지고 얼굴은 하얗게 굳었으며 눈도 또렷해져 있었다.

"이보게, 시마 군." 노모토 군이 마침내 울먹이는 듯한 목소리로 물었다. "ㅡ오늘 우리는 반갑지 않은 손님이었나?"

"왜 그래?" 시마 씨의 얼굴에 발작이 일어나 그것이 코로 빠져나갈 때까지 대답이 끊겼다. "내가 뭐 마음 상하는 말이라도 했어?"

"자네는 좋은 사람이야. 정말 좋은 사람이야. 그건 내가 보장할 수 있어."

노모토 군이 10엔짜리 인지를 증서에 붙이는 듯한 투로 말하고, 이어 본론으로 들어가려 하며 가장 간단하고 효과적인 말은 없을지 머릿속에서 기억의 페이지를 넘겨보았으나 적당한 놈이 떠오르지 않는다는 듯, 천천히 입술을 핥았다.

"그런데 그 여자는 뭐야?" 노모토 군이 입술을 핥은 뒤 갑자기 말했다. "자네는 우리 와이프라고 소개했어. 그래서 우리는, 나는 그렇게 믿었어. 믿었기 때문에 머리를 숙여서 인사했어."

"그런가? 미안해." 시마 씨는 꾸벅 머리를 숙인 뒤 이를 보이며 밝게 웃었다. "그 일은 내가 사과할게. 워낙 교양이 없고 버릇이 없는 사람이라."

"자네가 사과할 필요는 없어. 나는 자네를 탓하고 있는 게 아니야."라고 노모토 군이 말을 가로막으며 이야기했다. "자네는 좋은 사람이고, 나는 자네를 위해서 인간적인 의분을 느끼고 있는 거야. 뭐야, 그 여자는, 그래가지고 사람의 아내라고 할 수 있겠어?"

마쓰이 군이 끼어들려 했으나 노모토 군이 손을 흔들어 제지하고, 자신의 말에 스스로 감동하며 말을 이었다.

"나는 상관없어. 우리에 대한 무례함은 상관없어. 하지만 남편인 자네에 대한 그 태도는 뭔가? 남편이 직장에서 돌아왔는데 어서 오라고도 말하지 않고, 손님이 있는데 인사는커녕 차도 내오지 않잖아. 게다가 목욕탕에 갔다 오겠다, 불은 피워놨다니, 장난을 치는 것도 아니고, 세상에 그런 마누라가 어디 있어? 나 같았으면 당장에 내쫓았을 거야."

"그러니까, 노모토 군. 그건 내가 사과한다니까."

"자네를 탓하는 게 아니라고 말했잖아. 자네는 좋은 사람이야. 자네가 사과할 필요는 없어."라고 노모토 군이 울먹이는 소리로 말했다. "우리에게 사과하기보다, 자네는 그 여자를 내쫓아야 할 거야. 같은 남자로서 말하겠는데 그런 여자는,"

여기서 사태가 변해버리고 말았다. 노모토 군이 끝까지 말하기도 전에 시마 씨가 자리에서 일어나 덤벼들었다. 한쪽 다리가 짧다고는 믿겨지지 않을 정도로 잽싸게 노모토 군에게 달려들어 그를 쓰러뜨리고 그 위에 올라탔다. 노모토 군은 살이 찐 편은 아니었으나 키가 크고 뼈가 굵어서, 보통 사람들보다 몸집이 작은 시마 씨가 올라탄 모습은 불안정하다기보다 반자연적인 인상을 주었다.

"무슨 소리 하는 거야. 너, 무슨 소리 하는 거야." 시마 씨가 상대방의 어깨를 누르며 더듬더듬 외쳤다. "우리 와이프가 너한테 무슨 짓인가를 했다면 모르겠지만, 아무것도 하지 않으니 내쫓으라는 건 또 무슨 소리야."

"자자, 시마 군."하고 마쓰이 군이 말했다. "이봐, 자네. 너무 거칠게는 하지 말자고."

"상관없으니 그냥 내버려둬."라고 노모토 군이 밑에 깔린 채 말했다. "시마 군의 말도 들어보자고."

"그 사람은 우리 와이프야." 시마 씨가 이를 앙다문 투로 말했다. "너희들에게는 한 푼어치의 가치도 없는 것처럼 보일지 모르겠지만, 그 사람은 나 때문에 고생을 해왔어. 먹을 것이 없어서 물만 마셔야 했던 생활도 참고 견뎌주었어."

마쓰이 군과 이가와 군은 풀이 죽어버렸고, 노모토 군은 얼굴을 돌렸다.

"너희들은 모르겠지만,"하고 시마 씨가 말을 이었다. "쌀집에서 쌀을 공짜로 뜯어내는 데는 무쇠 솥을 적시는 게 최고야. 그런 짓까지 시험해보지 않으면 안 될 정도의 가난에도 그 사람은 참고 견뎌주었어. 그런데 뭐라고? 무슨 권리가 있어서 네가 내쫓아라, 마라 하는 거야, 응? 너한테 무슨 권리가 있어서."

시마 씨는 한마디를 할 때마다 노모토 군의 어깨를 짓눌렀다. 덤벼들 때의 기세로 봐서는 주먹을 휘두르거나 목이라도 조르는 것 아닐까 싶었으나, 시마 씨는 제빵사가 밀가루를 반죽하기라도 하듯 가느다란 팔로 그저 노모토 군의 어깨를 꾹꾹 누를 뿐이었다.

"알았어, 이제 그만 해."하고 노모토 군이 말했다. "내가 실언을 했어. 미안해."

시마 씨는 노모토 군 위에서 내려와 힘들다는 듯 숨을 헐떡이며 원래의 자리로 돌아가 앉았다. 동시에 안면에 발작이 일어나 목에서 무엇인가가 기어오르더니 쾌활한 소리를 내며 코로 빠져나갔다.

노모토 군은 자리에서 일어나 흐트러진 넥타이와 상의를 바로 했으며, 이가와 군은 두부 데우는 냄비의 속을 들여다보았고, 마쓰이 군은 그 자리의 긴장된 공기를 풀기 위해 뭔가 엉뚱한 화제를 짜내려 하고 있는 듯이 보였다. 시간으로 따지자면 그건 10초 정도의 사이였으리라. 마쓰이 군이 엉뚱한 화제를 꺼내기도 전에 바깥의 틀어져서 잘 열리지 않는 격자문이 열렸다 닫히고, 장지가 열렸다 닫히더니 시마 씨의 아내가 들어왔다. 한쪽 손에 목욕도구를 끌어안고 한쪽 손에는 젖은 수건을 들고 있었다.

세 손님은 좌우로 얼른 눈을 굴렸다. 동물원에서 '사자가 우리에서 탈출했다.'는 말을 들었을 때의 관객들이 그런 표정을 짓지 않을까 여겨지는 표정이었다.

"그만 실례하겠네."라고 노모토 군이 말했다. "-오늘은 잘 먹었네."

그 말을 듣고 나서 사모님은 부엌으로 갔다.

"이보게, 노모토 군."하며 시마 씨가 한손을 들었다. "술이 아직 한 병 남았어, 데운 두부도 아직 남았고. 이제 막 시작했잖아."

그러나 마쓰이 군과 이가와 군도 엉거주춤한 자세로 잘 먹었다고 인사를 한 뒤 돌아갈 준비를 했다. 틀림없이 세 사람 모두 시마 씨에 대해서는 우정을 느끼고 있는 듯했으나, 우정으로도 붙들어둘 수 없을 만큼 강력한 것이 그들을 내쫓으려 하고 있는 듯 보였다.

시마 씨가 세 사람을 보내고 밥상 앞으로 돌아오자 부엌에서 사모님이 모습을 드러냈다. 그녀의 얼굴은 잘 닦아놓은 구리 대야처럼 번쩍번쩍 벌겋게 빛나고 있었는데 자리에 선 채로 시마 씨를 내려다보았다.

"얘기는 들었어. 우리 와이프라고? 흥."하고 사모님이 콧방귀를 뀌었다. "내가 너의 와이프라고? 웃기지도 않는 소리 하지 마."

이건 대체 무슨 의미일까? 시마 씨는 그저 말없이 잔에 남아 식은 술을 마실 뿐이었다.

한스케와 고양이

한스케의 집은 언제나 조용했다. 그는 독신으로 토라라는 고양이와 함께 살고 있었다. 어떤 직업을 가지고 있는지는 알 수 없었다. 때때로 조그만 보따리를 들고 어딘가로 갔다가 돌아올 때면 그 보따리가 커져 있었다. 생활용품이나 먹을 것임에 틀림없을 테니, 나갈 때의 보따리에는 돈이 되는 밑천이 들어 있는 것이리라. 그렇다면 —하루 종일 집에 있으니 틀림없이 집에서 일을 하는 것일 테지만, 무슨 일을 하고 있는지는 아무도 알지 못했다.

한스케는 쉰 살쯤으로 머리카락은 청년처럼 검고 짙었지만 몸은 쪼글쪼글한 수세미처럼 말랐다. 핏기 없이 누런빛의 기다란 얼굴은 작고 언제나 누군가에게 맞을까봐 두려워하는 것처럼 비굴하게 겁먹은 듯한 눈빛을 하고 있었는데, 사람과 이야기를 나눌 때면 그것이 한층 더 두드러져 보였다. —그는 언제나 누군가에게 사과를 하고 있는 것 같았으며, 자신은 자기 자신의 몸 뒤에 움츠리고 있는 듯했다. 밖을 걸어다닐 때조차 자기 자신의 몸 뒤를 살금살금 따라가고 있는 것 같다는 느낌을 주었다.

"마치 지명수배라도 받고 있는 사람 같아."라고 퇴직한 형사인 이즈미 쇼로쿠가 말했다. "틀림없이 털면 진흙이 나올 놈이야."

나중에 그 말을 들은 예수쟁이 사이타 선생은 웃었다.

"털어서 나오는 건 먼지지."라고 사이타 선생이 말했다. "진흙은 뱉어내게 하는 거야[8]. 퇴직 형사도 뭔가 좀 수상한데."

한스케는 이웃들과 사귀지 않았다. 가끔 찾아오는 것은 다른 동네에 살고 있는 로쿠라는 소년과 이 거리에서 '움막의 히라 씨'라고 불리는 남자 둘뿐이었다.

히라 씨는 한스케와 동년배로 열흘에 한 번꼴로 찾아왔으나 특별히 볼일이 있는 것은 아닌 듯했다. 한나절 가까이 있을 때도 이야기 소리는 거의 들리지 않았으며, 가끔 들리는 소리라고는 차를 마시는 소리나 날씨에 관한 이야기, 경기의 좋고 나쁨에 관한 이야기로, 무엇을 위해서 찾아오는 것인지, 무엇 때문에 그렇게 하는 것인지 전혀 이해를 할 수가 없었다.

한스케는 이 거리의 누구보다도 일찍 일어나 우물가에서 세수를 한 뒤, 동쪽 하늘을 향해 손뼉을 치고 경건하게 눈을 감은 채 머리를 세 번 숙이며 입 속에서 무엇인가를 중얼거린다. 소원을 비는 것일 테지만 무엇을 기원하는지, 중얼중얼 중얼거리기만 할 뿐 내용은 알아들을 수가 없었다. 그런 다음 양동이 2개에 물을 떠서 집으로 돌아갔다. 이것이 일과의 시작이었는데, 이는 계절이나 날씨에 좌우되지 않고 매일 빠짐없이 행해졌다.

극히 드물게 우물가에서 다른 사람과 마주치는 경우가 있었다.

"안녕하세요."라고 상대방이 말을 건다. "언제나 이르시네요."

---

8) 자백하게 한다는 뜻.

그러면 한스케는 곧 어깨를 움츠리고 비굴하게 인사를 하며 상대방의 비위를 맞추려는 듯 머뭇머뭇 대답을 하자마자 양동이 2개를 들고 자신의 집 쪽으로 서둘러 돌아갔다.

한스케의 생활은 토라라고 불리는 고양이하고만 밀접하게 연결되어 있었다. 그렇다고 해서 특별히 이상한 점이 있는 것은 아니었다. 일반적으로 고양이를 좋아하거나 개를 좋아하는 사람들 가운데는 상식에서 벗어난 예가 적지 않으나 그러한 사람들에 비하자면 한스케와 토라의 관계는 극히 평범하고 어디서나 흔히 볼 수 있는 것에 지나지 않았다. —단지 사람들과 사귀지 않는 한스케가 토라하고만은 이야기를 나누기도 하고 같이 밥을 먹기도 하고 함께 잠을 자기도 한다는 점에서 '밀접'한 관계가 느껴지는 것뿐이었다.

아침 일찍, 여름이어도 아직 어두울 때 한스케는 눈을 뜬다.

"토라야."하고 한스케가 부른다. "이제 그만 일어나자."

이불의 끝자락에서 몸을 둥글게 말고 자고 있던 토라가 눈을 떠 주인 쪽을 바라본다. 한스케는 이불 속에서 기지개를 켜고 커다란 하품을 하며 몸의 어딘가를 긁는다. —토라를 부르는 소리는 속삭이는 듯했으며, 하품을 하는 소리도 들리지 않았다. 일어나서 이불을 개고 그것을 장에 넣을 때도 거의 소리를 내지 않았다. 이러한 일들은 모두 무거운 병에 걸린 소중한 사람이 곁에서 잠을 자고 있기라도 하다는 듯 매우 조심스럽고 조용하게 행해졌다. —그런 다음 옷을 갈아입고 우물가로 나갔는데, 맞음새가 좋지 않은 격자문과 덧문을 열 때의 소리만은 한스케도 어쩔 수가 없었다.

"배고프냐?"라고 그가 흙으로 만든 풍로에 밥을 지으며 말했다. "기다려라. 이제 거의 다 됐으니, 토라."

토라는 야옹 하고 울지만 입을 열기만 할 뿐 소리는 나지 않았다. 조그만 알루미늄 냄비에서 밥이 익으면, 역시 조그만 냄비로 된장국을 끓이고 그 사이에 절임 반찬을 꺼내 상을 차렸다. 지금은 시골에서조차 볼 수 없을 정도로 오래된, 뚜껑이 달린 상자 모양의 밥상이 있었는데 안에 식기가 들어 있고 뚜껑을 뒤집어서 상자 위에 올려놓으면 그대로 밥상이 되었다. 먹기를 마치고 나면 식기는 행주로 닦아 원래대로 상자 안에 넣으면 되니, 부엌까지 가서 설거지를 해야 하는 수고를 덜 수 있었다. 한스케는 깔끔한 것을 좋아하는 편이었으나, 그래도 행주를 가끔 빠는 것에만 만족하고 있었다.

토라는 한스케의 곁에서 떠나지 않았다. 부엌에서도 방에서도 그를 따라다니며 몸을 비비기도 하고, 그의 손과 발에 차가운 코를 문지르기도 하고, 앉으면 그 무릎 위로 뛰어오르기도 했다. ㅡ한스케는 철저한 채식주의자로 맛국물을 낼 때 쓰는 가다랑어포 외에는 생선도 고기도 절대로 먹지 않았다. 토라에게도 채소절임을 물에 씻어 잘게 썬 것을 밥에 비벼서 줄 뿐이었다.

"생선이나 고기는 몸에 해롭단다."라고 그는 토라에게 말했다. "생선이나 고기를 먹으면 수명을 단축할 뿐이야. 채소하고 쌀밥을 먹기만 하면 병에도 걸리지 않고 천명만큼은 반드시 살 수 있는 법이다."

소리는 내지 않고 야옹 울며 토라는 주인을 올려다보았다. 그것은 마치 당신의 말씀이 옳습니다, 그 사실을 모르는 이 세상 놈들은 가엾습니다, 라고 말하기라도 하는 듯했다.

밥을 먹을 때도 한스케는 그릇이나 젓가락 소리를 내지 않았다. 과장해서 말하자면 음식을 씹는 소리조차 내지 않았다. 따라서 그 모습은 식사를 하고 있다기보다는 훔쳐 먹고 있는 듯한 모습이었으나, 무엇인가가 목에 걸리거나 목이 메어 기침을 하는 등의 경우는 전혀 없었다.

아침을 먹고 나면 한스케는 바로 일을 시작했다. 무엇을 만드는지는 분명하지 않았으나, 작지만 떡갈나무로 튼튼하게 만든 조그만 책상과 작은 칼과 각종 끌, 실톱, 특별히 제작한 듯한 조그만 바이스, 3종류 정도의 송곳 등이 도구였으며, 재료는 품질이 좋은 상아와 막대모양으로 생긴 납덩이뿐이었다.

매우 정교한 작업인 듯 한쪽 눈에 시계수리공이 수리를 할 때 사용하는 것과 같은, 통 모양의 확대경을 끼고 책상 위에 엎드려서 신중하고 조심스럽게 세공을 해나갔다. 그 모습은 어떤 작업을 하고 있다기보다는, 신에게 장엄한 제사를 올리고 있다고 하는 편이 더 어울릴 것처럼 보였다. ―일을 하는 동안에도 소리는 내지 않았다. 송곳을 사용하고 각종 끌, 실톱 종류를 써도 소리는 거의 들리지 않았다. 작은 칼로 상아를 깎을 때에는 아주 조그맣게 부드러운 마찰음이 났으나, 그것조차도 옆으로 다가가 가만히 귀를 기울이지 않으면 들리지 않았다.

그것은 매우 중요하고, 또 비밀스러운 일인 듯했다. '움막의 히라 씨' 조차 그 도구들을 본 적이 없었다. 히라 씨가 오면 방 안으로 들이기는 했으나 어디로 어떻게 치우는 것인지 튼튼하게 생긴 작은 책상 외에 특별히 눈에 띄는 물건은 없었다. 히라 씨 외에 방 안으로 들이는 사람은 절대로 없었으며, 중심가의 로쿠가 와도 언제나 땜질투성이 장지문을 살짝 열고 얼굴을 절반쯤만 내밀어 이야기할 뿐이었다.

무엇을 하든 소리를 죽여, 식사를 할 때 젓가락 소리조차 내지 않고 가만히 숨을 죽인 채 살아가는 것과 같은 생활의 전부는, 모두 그 일을 하기 위한 트레이닝인 것처럼 여겨졌다. 그 일의 중요성과 비밀을 요한다는 점, 그리고 그 세공이 매우 미묘하기 때문에 기거동작까지도 거기에 순응할 수 있도록 자신을 훈련하고 있다, 는 것이 진상인 듯 여겨졌다.

토라는 주인이 일을 시작하는 모습을 보면 책상 옆에서 잠을 자거나 밖으로 나가거나 한다. 잠을 잘 때는 그냥 앉아서 잘 뿐, 눕는 경우는 거의 없었다. 밖에 나가고 싶을 때는 주인의 무릎에 몸을 비비거나, 일에 열중한 주인이 눈치를 채지 못하는 경우에는 '야옹' 하고 아주 조그맣게 운 다음 주인이 장지문을 열어줄 때까지 기다렸다.

밖으로 나온 토라는 유유히 걸어간다. 그는 세 가지 색이 얼룩덜룩하고 거뭇한 고양이로 몸도 넉넉하게 살이 쪄서 커다랬으며 얼굴도 축구공만큼이나 크고 둥글었다. 한스케가 기르기 시작한 지도 7년이 지났다고 하는데, 10살 이상 먹은 늙은이라고 하는 사람, 이제 머지않아 둔갑을 할 때가 되었다고 하는 사람도 있었다.

토라는 넘버원 보스였다.

주인 한스케가 조용히 자기 자신 뒤에 움츠리고 있는 듯 보이는 것과는 대조적으로 토라는 언제나 당당하고 거만하게, 모든 것이 마음에 들지 않는다고 말하기라도 하는 듯한 눈빛으로 유유히 좋아하는 곳을 마음껏 돌아다녔다. —그의 세력권이 얼마나 큰지는 짐작도 할 수 없었다. 이 부근은 물론 중앙통에서 중심가까지 그의 세력권에 들어 있는 듯했다. 말할 필요도 없을 테지만 이는 실력으로 획득한 것이었는데, 이 범위 안에는 상당한 고참 개조차 그에게

까불었다가 한쪽 눈을 잃거나 귀를 물어뜯긴 놈이 네다섯 마리는 있었다.

지금은 도전하는 개도 없었으며 가끔 그런 어리석은 놈이 나타나도 그가 폭력을 휘두르는 일은 없었다. 그냥 멈춰 서서 힐끗 돌아보기만 하면 되었다. 머리가 상당히 나쁘고 싸움을 좋아하는 개조차 토라의 그 눈빛을 본 것만으로도 꼬리가 내려갔다. 저절로 꼬리가 내려갔으며, 오늘은 날씨가 왜 또 이 모양이야, 라고 말하고 싶기라도 하다는 듯 하늘 쪽을 올려다보기도 하고, 또는 갑자기 볼일이 생각나기라도 했다는 듯한 모습으로 엉뚱한 방향으로 달려가기도 했다.

그가 폭력을 휘두르는 것은 교미기뿐이었다. 지금도 그 기간에는 그가 어느 정도의 넘버원 보스인지를 실제로 볼 수가 있다. —여기에 한 마리의 아름다운 암고양이가 있다고 하자. 우선 젊은 수고양이들이 그녀를 둘러싸고 사랑의 세레나데를 서로 겨루고, 거기서 승리한 놈이 그녀에게 다가가는 것을 시작으로 그들 특유의 레슬링이 펼쳐진다. 좀 더 경험을 쌓은 고양이들은 그런 경박한 짓은 하지 않는다. 젊은 그들이 독창을 하기도 하고 격투를 펼치기도 하는 것을 말없이 지켜본다. 그렇게 해서 젊은 무리들이 서로 지쳐갈 무렵에 자신이 거기에 있다는 사실을 주장하기 시작한다. 그런 다음 미들급의 토너먼트전이 펼쳐지고, 마지막 헤비급이 되면 1 대 1이나 기껏해야 삼자 대립 정도로 승패를 다투게 된다. 하지만 만약 거기에 토라가 나타나면 헤비급에서 승리를 점한 선수라 할지라도 결코 자신의 선수권을 주장하려고는 하지 않는다. 바로 자신의 권리를 토라에게 양보하고 다른 연인을 찾아 나선다.

교미기에는 상당히 영리한 고양이라도 얼마간은 머리가 뜨거워져 있기 때문에 개중에는 토라에게 도전하는 용사도 있다. 그런 순간이 찾아오면 토라는 평소 소중히 간직해두었던 목을 마음껏 개방하는데, 그 울부짖음의 섬뜩함은 형용할 수 없을 정도이고, 이빨을 드러낸 얼굴의 섬뜩함도 역시 형용할 방법이 없는 것이었다. 그래도 여전히 버텨보려는 녀석이 가끔은 있지만, 그런 녀석들은 곧 온몸에서 피를 흘리고 털을 마구 뽑힌 채 다리를 절뚝절뚝 절고 자신의 어리석음과 소중한 시간을 헛되이 낭비했다는 사실을 후회하며 거기서 도망을 쳐야 했다.

우리의 '거리'에서 나온 토라는 지금 황무지를 가로질러 중앙통을 걸어가고 있다. 살이 쪄서 커다랗기 때문에 걷는 모습도 묵직하고 여유가 있다. 왼쪽 앞발을 내딛을 때면 왼쪽 어깨의 살이 울퉁불퉁 움직였으며, 다음으로는 오른쪽 어깨의 살이 울퉁불퉁 움직였다. 곁눈질 같은 건 거의 하지 않았다. 전부를 알고 있는 것이다. 여기가 구두 수리점이고 다음이 초물전이고 그 옆의 여염집에는 개가 있으나 그건 유약하고 겁이 많은 놈으로 격자문 안에서 미친 듯이 짖어대지만 슬쩍 노려보기만 해도 마치 어딘가를 물리기라도 한 것처럼 낑낑 비명을 올리며 봉당 구석에 숨어버리고, 그러면 얼굴이 퍼렇게 부어오른 듯한 안주인이 나와서 젖먹이를 달래듯 달달한 목소리로 무슨 말인가를 한다.

"응, 여기를 물렸어요."라고 호소하기라도 하는 듯한 목소리를 그놈은 낸다. "저놈이에요. 저 나쁜 고양이가 저를 물었어요. 늘 그래요."

"그래, 그래. 괜찮다."라며 그 안주인은 그놈을 안아 올리고 토라 쪽을 노려본다. "이번에도 토라 놈이네. 정말 꼴도 보기 싫은 얼굴이야. 훠이훠이, 저리 가. 나쁜 도둑고양이."

토라는 경멸할 가치도 없다는 듯 수염을 부르르 떨며 그곳을 지난다. 싸구려 채소집 근처에는 수고양이 2마리가 있고, 감로당이라는 거창한 간판을 내건 막과자 가게에는 고양이가 됐든 개가 됐든 살아 있는 것만 보면 돌을 던지기도 하고 몽둥이로 때리기도 하는 6살쯤 된 여자아이가 있다. ―토라는 이 모든 것들을, 무료할 정도로 훤히 꿰뚫어보고 있기 때문에 새삼스럽게 주의를 기울이거나 호기심을 느낄 만한 대상은 아무것도 없었다.

"흠, 평소와 다름없군."하고 그는 중얼거린다. "이렇게 변화가 없는 생활을 되풀이하면서, 놈들은 질리지도 않는 모양이군."

중앙통을 북쪽으로 가면 다리가 있다. 수로에 설치한 돌다리로, 그것을 건너서 두 번째 골목을 거침없이 빠져나간 곳에 중심가가 있는데, 유행의 첨단을 걷는다고 칭해지는 각종 상점과 귀금속점, 옷가게, 카바레, 은행, 백화점, 레스토랑 등이 처마를 나란히 하고 있으며, 길 중앙에는 시전, 차도에는 트럭과 자전거와 각양각색의 자동차 등이 끊임없이 오가고 있었다.

토라가 여기에 오는 데는 목적이 있었다. 그것은 이 중심가를 가로질러 맞은편 골목에 자리한 '덴마쓰'라는 본격적인 튀김집이었다.

본격적이라고 했지만 그건 오쿠니가 팔고 있는 야채튀김에 대해서 한 말이며, 사실은 '싸구려 튀김'으로 바로 그렇기 때문에 구시가지 손님에게는 환영을 받고 있었다. 오자시키 튀김[9]의, 희고 품

---

9) お座敷てんぷら. 작은 방에서 튀김 튀기는 곳 앞에 여럿이 둘러 앉아 먹는 튀김.

격 높게 새침한 모습은 이런 데서 볼 수 있는 것이 아니라고 구시가지 손님들은 말한다. 담갈색보다 약간 짙은 색으로 바삭바삭하게 튀겨낸 놈이 진짜 진품으로 원래 튀김이라는 놈은 별스러운 거야, 요즘에는 만드는 사람도 먹는 사람도 그걸 모른다니까, 라는 식으로 말했다.

토라는 그 '덴마쓰'의 튀김을 각별하게 여겼다. 커다란 가게가 아니라 폭 3미터, 안으로 6미터 정도의 넓이에 입구 오른쪽이 주방, 왼쪽이 좁고 기다란 토방으로 테이블이 5개, 의자가 각각 3개씩 놓여 있었다. 4개를 놓으면 통로가 없어지기 때문으로, 밥 먹을 시간이 되면 안으로 들어가지 못한 손님들이 곧잘 가게 앞에서 순서를 기다리곤 했다.

주인은 55, 6세, 큰 키에 마른 사내로 얼굴이 5대째 기쿠고로[10]를 쏙 빼닮았다는 말을 들었다. 물론 아주 오래 된 손님들의 평이 입에서 입으로 전해진 것이어서, 지금까지 기쿠고로의 얼굴은 사진으로조차 본 적이 없지만 그런 말을 들으면 그런가보다 하고 손님들은 생각하는 것이었다. —아들은 26, 7세, 피부가 하얗고 마른 데다 아버지를 쏙 빼닮은 얼굴이었는데 아버지와 마찬가지로 말이 없었다. 그 외에 배달이나 잡일을 하는 어린 점원이 둘, 집안사정은 모르겠으나 가게에 여자라고는 그림자도 찾아볼 수 없었다.

재료를 사들이는 것에서부터 준비, 튀기는 것도 손님에게 내는 것도 이 부자가 시원시원하게 하고 있었다.

토라는 이 가게의 입구에 와서 떡하니 자리를 잡고 앉아 튀김을 얻을 때까지 움직이지 않았다. 손님이 들어가려 하면 가만히 노려

---

10) 菊五郎. 가부키 배우.

보며 이빨을 드러냈다. 워낙 몸집이 굉장히 크고 축구공만큼이나 되는 얼굴이었기에, 이빨을 드러내며 노려보면 대부분의 사람들은 들어갈 엄두를 내지 못했다. 저리가, 저리가, 하며 쫓는 정도로는 움직이지 않았다. 물을 뿌리면 얼른 옆으로 피했다가 바로 입구에 다시 앉았다.

처음 무렵이었는데, 어린 점원 중 한 명이 대나무빗자루를 들고 때리는 시늉을 하자 몸을 튕겨 어린 점원의 가슴으로 달려들더니 네 발의 발톱으로 할퀴기도 하고 물어뜯기도 했다.

"이러지 마."라고 어린 점원은 비명을 질렀다. "무서워, 미안해."

다른 점원들과 주인, 아들 등이 뛰어나오자 토라는 민첩하게 달아나버렸다.

어린 점원이 상당한 상처를 입었기에 바로 동네의 의사에게로 보냈다. 의사는 상처를 치료한 뒤, "서교증(鼠咬症)이라는 것이 있으니 묘교증(猫咬症)이라는 게 있을지도 몰라."라고 말하며 뭔가 유효한 주사를 놓았다고 했다. —며칠인가 지나서 토라는 태연하게 다시 나타났고, 무슨 일 있었냐고 말하는 듯한 얼굴로 가게 입구에 자리를 잡았다.

"오, 또 왔어." 다른 한 어린 점원이 깜짝 놀라 펄쩍 뛰었다. "아저씨 큰일 났어요, 좀 나와보세요."

여기에는 주인도 질려버린 듯했으나 연륜이 있었기에 토라가 무엇 때문에 눌러앉아 있는지를 바로 알아채고, 마침 튀기고 남은 튀김이 있으니 두어 개 내주라고 명령했다. 석유깡통에 손님이 먹다 남긴 것이 있는데 그거면 충분하지 않겠느냐고 어린 점원이 말했으나, 주인은 말없이 노려보았다. 고양이도 이 정도의 권위자쯤 되면 눈속임은 통하지 않는다, 세상에 흔히 널려 있는 인간보다 취향도 기호도 훨씬 더 세련되어 있다는 사실을 주인은 알고 있는 듯했다.

토라는 3개의 튀김 가운데 새우를 남겨놓고 붕장어와 보리멸 2개를 먹더니 입 주위와 수염에 묻은 기름을 좌우의 앞발로 정성껏 문지른 다음, '덴마쓰'의 사람들이 아니라 '가게' 쪽을 힐끗 곁눈질하고는 천천히 걸어서 떠나버렸다.

"이야아."하고 말이 없는 아들이 떠나가는 토라의 모습을 바라보며 감탄의 소리를 올렸다. "할 말이 없네."

이것이 토라와 '덴마쓰'가 친해지는 계기가 되어, 그 후부터는 양자의 관계가 스무스하게 계속 이어지고 있었다. 가게 앞으로 가기만 하면 토라는 반드시 튀김 몇 개를 얻을 수 있었으며, 상처를 주었던 어린 점원—그는 묘교증이라는 것에 걸리지 않았는데—과도 특별히 트러블은 일어나지 않았다.

튀기고 남은 것이기는 하지만 본격적인 구시가지풍의 튀김에 만족한 토라는 식후의 나른한 행복감에 잠겨 천천히 귀갓길에 오른다. 이번에도 곁눈질 따위 하지 않는, 세상은 나의 것이라고 말하고 싶어 하는 듯한 표정으로 한 걸음 한 걸음 중심가를 가로질러 간다. 각종 자동차, 자전거, 시전 등 전혀 신경 쓰지 않는다. —트럭이 달려오다 클랙슨을 울린다. 몸집이 크고 걸음걸이가 여유 있기 때문에 설령 자갈을 실은 트럭의 운전수라 할지라도 눈길을 주지 않을 수 없는 것이다.

"야, 이 도둑고양이야."라고 운전수는 클랙슨을 울리며 소리 지른다. "비키지 않으면 밟아죽일 거야."

토라는 달리기 시작할까? 아니, 그는 반대로 멈춰 서서 천천히 트럭 쪽을 바라본다. 뭐야, 하는 표정으로 운전수를 가만히 노려보는 것이다. 운전수도 설마 쳐 죽일 수는 없기에 당황해서 급브레이크를 밟아 트럭을 세운다. 토라는 그것을 확인한 뒤 천천히 차도를 가로질러 가는 것이다.

시전에서도 같은 일이 있었다. 시전에는 정규의 레일 위를 운행하는 일종의 특권이 주어져 있으니 그런 일은 없을 것이라 여겨지지만 운전수에게는 감정이 있기 때문에 역시 알고 있으면서도 쳐 죽일 마음은 들지 않는다. 화가 난 듯 경적을 울린 다음, 이도 급브레이크를 밟아 전차를 세운다. —토라는 그것을 몸을 돌려 보고 있다. 궤도 위에 멈춰 선 채 크고 둥근 얼굴을 돌려 뭐야, 하는 눈빛으로 노려보는 것이다.

시전이 확실하게 정차한 것을 확인한 뒤 토라는 유유히 걷기 시작한다. 천천히 발걸음을 옮기기에 좌우의 어깨 근육이 불끈불끈 움직이는 것이 보인다.

토라는 이처럼 인간들에 대해서조차 자신의 보스로서의 권위를 양보하려 들지 않았다. 언제나 정면에서부터 현실에 부딪쳐 나갔으며, 그것을 돌파해서 승리를 거두었다. —한스케는 이 사실을 알고 있을까? 이것을 안다면 자신의 생활태도를 바꿀까? 언제나 누군가에게 맞지는 않을지 흠칫흠칫 몸을 움츠리며 숨을 숙인 것 같은 생활에서 빠져나올 수 있을까?

그렇게 생각되지는 않는다. 토라가 시전이나 버스를 정차시키고 '덴마쓰'에서 튀김을 우려내는 모습을 보았다 할지라도 자신의 생활방식을 바꿔야겠다고는 생각지 않을 것이며, 무엇보다 토라와 자신의 생활방식을 비교할 마음조차 들지 않을 것이다. 한스케는 한스케여서, 자기 나름대로 인생의 무거운 짐을 짊어지고 있는 것이다.

어느 날, 세 신사가 한스케의 집으로 불쑥 찾아왔다. 전부 양복을 입고 있었는데 한 사람은 사냥모를 쓰고 있었고 다른 두 사람은 모자를 쓰지 않았다.

세 사람 모두 낯선 얼굴이었기에 동네 사람들은 호기심이 일어 은근슬쩍 그들을 지켜보고 있었다. 뭔가 범상치 않은 일이 벌어질 듯했다. 남들과 교제하지 않는 한스케의 집에 갑자기 그런 식으로 양복을 입은 신사가 셋이나 찾아온다는 것은 심상한 일이 아니기 때문이었다.

그러나 이 기대는 배반당하고 말았다.

"이거, 역시 당신이었구먼."하고 신사 가운데 한 명이 말했다. "꽤나 찾아다녔어."

한스케의 목소리는 들리지 않았다.

"잠깐 실례하겠어."라고 다른 신사가 말하는 것이 들려왔다. "얌전히 있어. 괜히 애먹게 하지 말고."

뒤이어 뭔가 물건 소리가 들려왔으나 난폭하게 군다거나 다투는 듯한 소리는 아니었으며 한스케의 목소리는 조금도 들리지 않았다.

용건은 어려운 일이 아니었던 듯했다. 마침내 세 신사가 한스케를 데리고 모습을 드러냈다. 신사 가운데 두 사람이 뭔가 보자기에 싼 것을 끌어안고 한스케를 가운데 낀 채 떠나갔다. 신사들도 한스케도 동네 사람들에게는 말을 걸지 않았으며 눈길조차 주지 않았다고 한다.

"무슨 일일까? 어떻게 된 걸까?"
라고 동네 사람들은 이야기를 주고받았다.

“저 세 사람은 누구일까? 한스케 씨의 친구일까?”

“그렇다면 지금까지 못 봤을 리가 없지, 친구라면 말이야.”

그들은 마음속으로 짐작하고 있었다. 이 ‘거리’의 사람이라면 그럴 때 얼핏 드는 생각은 정해져 있다. 잠시 후, 시마 유키치 씨의 이웃에 살고 있는 도박꾼, 고명한 ‘쓰키마사’ 형님의 식구라고 하는 도쿠 씨가 그들의 추측에 주석을 달았다.

“저 세 사람은 형사야.”라고 도쿠 씨가 말했다. “한스케는 장치가 된 주사위를 만드는 명인이었다더군.”

도쿠 씨가 한 말을 전해들은 단바 노인은 부드러운 목소리로 가만히 웃었다.

“형사라는 건 좀 이상한데.” 단바 노인이 말했다. “장치가 된 주사위를 만들었다 해도 형사가 3명이나 올 정도의 일은 아니잖아.”

“또 혹시, 장치가 된 주사위를 만들었다는 것이 사실이라면,”하고 노인이 덧붙여 말했다. “왔던 사람들은 형사가 아닐 거야. 그쪽 일에 손을 대고 있는 사람의 앞잡이일 거야.”

즉, 직업적 도박꾼이 장치가 된 주사위 때문에 쓴맛을 보았거나, 혹은 한스케의 주사위가 갖고 싶어서 사는 곳을 찾아내 온 것이거나, 둘 중 하나일 것이라고 노인은 말했다.

“그럼, 한스케 씨는 어떻게 되는 겁니까?”

“모르겠네, 나도.” 단바 노인이 신중하게 대답했다. “어디로 끌려갔든 후자의 경우라면 우선 몸에는 별 탈이 없겠지. 사람들 눈에 띄지 않는 곳에 갇혀서 장치가 된 주사위를 만들면 그만일 테지만, 이게 전자의 경우라면 무사히 넘어가지는 못할 거야.”

도박에서 장치가 된 주사위를 사용하면 목숨까지는 아니어도 몸의 어딘가를 잘리고 만다. 한스케가 직접 사용한 것은 아니지만 매우 교묘한 장치라면 두 번 다시 그런 물건을 만들지 못하도록 역시 어딘가를 자를지도 모를 일이었다.

"어느 쪽이라고도 말할 수 없어."라고 노인은 말했다. "어쨌든 곧 알게 되겠지."

동네 사람들은 한동안 그 이야기로 기분전환을 했다. 장치가 된 주사위에 대해서는 도쿠 씨가 각종 예를 설명했는데 그 가운데는 사람의 솜씨로는 만들 수 있을 것 같지도 않은 장치가 있어서 어디까지가 사실인지 의심스러운 면도 있었으나, 그렇기에 더욱, 평소 조용해서 숨소리조차 죽이고 있는 것 같았던 한스케의 생활, 결코 사람과 사귀려 하지 않았던 나날이 이제야 비로소 이해가 된다고 그들은 이야기했다.

한스케가 끌려가고 난 뒤 오륙일쯤 지나서, 점퍼에 바지를 입은 차림의 사내 둘이 와서 한스케의 집 안을 정리하고 갔다. 전에 왔던 세 사람과는 다른 사람들로 이웃 주민에게도 아무런 말도 하지 않고 멋대로 집 안으로 들어가 뭔가 덜그럭덜그럭 소리를 내더니 덧문에 못질을 하고 휘파람을 불며 떠나가 버렸다.

토라는 어떻게 되었을까? 흔히 고양이는 집에 들러붙는다고 해서, 기르던 사람이 이사를 해도 집에서 떠나지 않는다고들 하지만, 토라는 그런 속설에는 관심이 없었던 것이리라. 집 주위에서 몇 번인가 우는 소리를 들었다는 사람은 있었으나, 그 후부터는 모습을 전혀 볼 수 없게 되었다.

"틀림없이 한스케 씨 뒤를 따라간 걸 거야."라고 동네의 아낙 가운데 한 사람이 말했다. "사흘만 거두어도 죽을 때까지 은혜를 잊지 않는다고 하잖아."

"그건 개지."라고 다른 아낙이 말했다. "고양이는 은혜의 은자도 몰라. 고양이가 할 수 있는 일이라고는 둔갑하는 것 정도야."

한스케는 끝끝내 돌아오지 않았다.

엄마 생각

"네 차례다."라고 단바 노인이 말했다. "나는 이 마(馬)를 달렸어."

오카다 다쓰야는 무거운 돌이라도 들어 올리듯 눈을 들어 통판으로 된 낡은 장기판 위를 보았다. 얼굴빛이야 늘 안 좋기는 했으나 잘 드는 칼을 떠오르게 할 만큼 번뜩이는 활기로 넘쳐나던 얼굴이 지금은 부어오른 듯 기운을 잃고 축 처진 것처럼 보였다.

'또 뭔가 곤란한 일이 생긴 모양이군.'

단바 노인은 이렇게 생각했으나 내색하지 않고 반 인치 정도 남은 담배꽁초를 담뱃대의 담배통에 꽂아 작은 화로의 불로 거기에 불을 붙였다.

"타격이 있는데." 오카다 다쓰야가 들리지 않을 정도의 목소리로 중얼거렸다. "—망했는데."

단바 노인은 말이 없었다. 다쓰야 소년이 천천히 말을 움직여도 말없이 담배만 피우고 있었으며, 다쓰야도 말없이 판 위를 바라보고 있었다. 밖에는 비가 내려 낡은 판자를 친 지붕을 두드리는 빗소리가 꽤 높다랗게, 그리고 끊임없이 들리고 있었다.

"그래서는 안 되지."라고 단바 노인이 잊었을 때쯤 말하고 판 위의 말을 손가락으로 가리켰다. "이 마가 달렸단 말이야."

다쓰야 소년은 손가락으로 가리킨 점을 보았으나, 아니, 먹어버려, 하고 중얼거린 뒤 다른 말을 움직였다. 단바 노인은 깊은 한숨을 쉬고 담배를 빨았다. 그로부터 잠시 지나서 노인이 입을 다문 채 판 위의 한쪽 구석을 손가락으로 가리킨 다음 말했다.

"상이 먹힐 판이야."

"아아, 그런가."

다쓰야는 두 손의 손가락을 문지르며 판 위를 덮치듯이 해서 말들의 배치를 천천히 둘러보았다.

"뭐예요."

다쓰야가 노인을 보았다. 노인은 목구멍 속에서 웃음소리를 내고 있었다.

"아무것도 아니다. 지금 말이지, 불쑥 하루스케 씨의 일이 떠올랐다."라고 노인이 부드러운 눈으로 소년을 보면서 말했다. "―그 사내는 무슨 일을 하든지 신중하게, 조심스럽게 생각하는 버릇이 있어. 한번은 이런 말을 하더구나."하고 노인은 거기서 목소리의 분위기를 바꾸었다. "―나는 말이지, 가만히 마음을 정하고 말이지, 그러는 게 좋을 거라 생각했기에 말이지, 밥을 먹기로 했어."

"뭐예요, 그건?"

"특별히 의미는 없다." 노인은 다시 목구멍 속에서 웃음소리를 냈다. "밥을 먹는 데 가만히 마음을 정했다는 얘기일 뿐이야. 그 사내는 늘 그 모양이지만."

다쓰야는 들었는지 말았는지, 팔짱을 끼고 천장을 올려다보는가 싶다가 고개를 돌려 가만히 벽을 노려보곤 했다.

단바 노인은 담뱃대를 작은 화로의 가장자리에다 털고, 부젓가락으로 담배통 안을 쑤셨다.

“또 형이 돌아왔어요.”라고 다쓰야가 말했다. “전과 다를 바 없어요. 전 이제 지긋지긋해졌어요.”

단바 노인은 일단 놓았던 담뱃대를 쥐고 담배꽁초가 든 무엇인가의 빈 깡통을 앞으로 당겼다가 생각을 바꾼 듯 다시 원래의 자리에 가만히 담뱃대를 놓고 아무런 말도 없이 한숨을 쉬었다.

“얘기해보아라.”라고 노인이 말했다. “좋지 않은 음식을 먹었을 때는 피마자기름을 먹고 뱉어내는 것이 제일 좋아. 속이 시원해지는 것만 해도 득이 되니까.”

“돈을 마련하라는 거예요. 집에 오면 언제나 그랬지만, 이번에는 액수가 커요.”

노인은 입을 다문 채 통으로 된 장기판을, 말의 배치가 움직이지 않도록 해서 옆으로 가만히 밀쳤다.

“전, 제 자신이 무엇 때문에 살아왔는지, 무엇 때문에 살아가는 건지 알 수 없게 됐어요.”라고 다쓰야가 말했다. “형은 열두 살 때 가출을 했어요. 저는 두 살이었기에 아무것도 모르지만, 전쟁이 끝나고 바로 아버지가 돌아가셔서 집안의 생활이 밑바닥으로 떨어졌을 때 형은 도망쳐버리고 말았어요.”

아버지는 군수기계의 하청공장에서 근무했었는데 영양실조와 과로로 패전한 해의 10월에 세상을 떠났다. 뒤에는 아내와 열두 살이 된 장남, 두 살이 된 차남, 3명이 남았는데 장남은 아버지의 죽음 후 7일이 지나기도 전에 훌쩍 집을 나가버린 채 행방불명이 되어버렸다. —그 전에 그는 학동(學童) 소개[11]로 센다이의 마쓰시마에 가 있었다. 기간은 2년 정도였으리라. 집에 돌아온 것이 9월 말이었기에 다쓰야는 얼굴도 거의 기억하고 있지 못했다. 그 무렵 일반의 생활이 어땠는지는 여기서 되풀이할 필요도 없을 것이다. 어머니는 1946년 2월에 재혼했다.

끝을 알 수 없는 사회적 불안과 식량난, 온갖 물자부족 가운데서 여자 혼자 몸으로 앞날이 두려웠던 것은 당연한 일이었으리라. 재혼을 한 상대는 어머니보다 2살 젊고 대학을 나온 샐러리맨이었다고 했지만, 전후에는 브로커 같은 일을 하고 있었다.

"저는 그 사람을 진짜 아버지라 생각하고 있었어요. 지금도 그렇게밖에는 생각되지 않아요."라고 다쓰야는 말했다. "제 밑으로 남동생 둘하고 여동생이 태어났어요. 그게 아버지의 자식들이지만, 아버지는 동생들보다 저를 가장 사랑해주셨어요. 야단을 치기도 하셨지만, 야단치는 것도 동생들과는 달랐어요. 저는 엄마보다도 아버지를 더 잘 따랐어요."

다쓰야는 5살 때부터 영어를 배웠다. 진주군은 반영구적으로 일본을 지배할 것이다, 그러니 영어를 못하면 앞으로의 일본인은 살아갈 수 없을 것이다, 라고 아버지는 말했다.

다쓰야가 열두 살이 되었을 때 가출했던 형이 돌아왔다. 아버지가 일 때문에 오사카로 간 날의 밤이었는데, 그 사실을 확인한 뒤 온 듯했다. 땅땅하게 살이 쪘으며 눈은 빨갛고 머리카락도 더부룩하고, 수염투성이에 거친 호흡에서는 숨이 막힐 정도로 술 냄새가 났다.

---

11) 疏開. 공습이나 화재 따위에 대비하여 한 곳에 집중되어 있는 주민이나 시설물을 분산함.

어머니는 울며 와락 끌어안았다.

어머니가 다쓰야에게 이 사람이 네 친형이라고 말했으나 다쓰야는 믿을 수 없었으며, 동생들은 곁으로 다가가려 하지도 않았다. 형인가 아닌가 하는 것보다 무서운 사내라고 생각했던 것이다.

나이는 만으로 22살이었으리라. 하지만 보기에는 훨씬 나이 들어 보였다. 취한 탓에 벌겋게 된 눈과 크고 누런 이와 지저분하게 수염이 자란, 땅땅하고 기름으로 번들번들 빛나는 얼굴은 특공대 출신이라 불리던 젊은이 같았는데, 꾸민 듯 애써 부드럽게 말하는 목소리에서는 기분 나쁜 섬뜩함까지 느껴졌다.

"엄니, 밤일 같은 건 하지 마세요, 피곤하시잖아요, —라는 둥 말해요."라고 다쓰야가 무표정하게 말을 이어나갔다. "어깨를 주물러드릴까요, 라거나, 고생 많으셨네요, 라거나, 엄니가 꿈에 나타나 울지 않은 밤이 없었다는 둥. —속이 빤히 들여다보이는 달달한 목소리로 엄니, 엄니하고 하루 종일 불러요."

이튿날 아침, 다쓰야가 눈을 떴을 때 형은 이미 없었다. 시즈오카의 어딘가에서 일을 하고 있기 때문에 바로 돌아가지 않으면 안 되었던 것이라고 어머니는 다쓰야 들에게 말했다. 하지만 사실은 그런 것이 아니라, 형은 어떻게 구워삶았는지 어머니에게서 돈을 고스란히 뜯어내 떠난 것이었기에 아버지가 출장에서 돌아왔을 때 어머니와의 사이에서 처음으로 상당히 격한 말다툼이 일어났다.

그 전후부터 아버지의 일이 잘 풀리지 않게 되었던 듯한데, 몸도 눈에 띄게 쇠약해졌고 그런 마음을 달래기 위해서였는지 술을 많이 마시기 시작해서, 길바닥에 취해 쓰러져 있는 것을 다른 사람이 가르쳐주어 어머니와 다쓰야가 데리러 간 적도 몇 번인가 있었다.

다쓰야가 13살이 되던 해의 겨울, 아버지가 객혈을 하고 쓰러졌다. 의사의 진단에 의하면 예전의 폐결핵이 재발한 것으로 당장 입원하지 않으면 안 된다는 것이었다. 병원을 소개해주었으나 어디에도 비어 있는 침대는 없었다. ―괜찮아, 테베[12]라면 나는 자신이 있어, 지금까지 2번이나 의사에게 테베라고 선고받았지만 2번 다 약도 먹지 않고 내가 고쳤어, 걱정할 거 없어, 라고 아버지는 힘주어 말했다.

이때만은 어머니도 필사적이었다. 빈 침대가 없는지 열심히 병원을 찾아 돌아다니는 한편, 아버지와 공동으로 일을 하던 사람들을 찾아가 입원비용을 끌어 모으기도 했다. ―다쓰야는 신제 중학에 다니고 있었기에 집을 비운 동안의 일은 알 수 없었으나, 그 사이에도 형은 몰래 어머니를 불러내 돈을 뜯어냈다. 길에서 숨어 기다리기도 하고, 동네 아이를 시켜서 불러내기도 한 것이리라. ―공동경영자 가운데 한 사람이 아버지의 문안을 와서 어머니가 5명의 동료들로부터 돈을 모아 갔다는 사실이 밝혀졌다.

아버지가 그 돈을 보여달라고 해서 어머니가 꺼내 보였지만, 아버지가 들은 금액의 3분의 1에도 미치지 못했다. 아버지는 그 돈을 다쓰야의 손에 쥐어주고 눈물을 줄줄 흘리며 이걸 놓아서는 안 된다고 말했다.

"누가 뭐라고 해도 이걸 결코 건네줘서는 안 된다, 이건 다쓰야의 돈이야, 라고."

다쓰야는 잠시 입을 다물었다가 자신의 말이 감상적으로 들리지

---

12) Tuberkulose(독)의 약자. 결핵.

않도록 극력 단조로운 투를 유지하며 말을 이었다.

아버지는 어머니를 타박하지 않았다. 부족한 금액은 장남에게 빌려주었다는 말을 들었을 때, 그녀의 얼굴을 가만히 바라보았다. 그것은 기묘한, 지금 처음으로 만난 사람을 보는 듯한 눈빛이었다. 하지만 그 순간부터 아버지는 어머니에게 말을 하지 않게 되었다. 어머니는 변명을 하고 장남의 궁한 상황을 호소했으며, 돈은 반드시 갚을 것이라고 되풀이했으나 아버지는 듣고 있는 것 같지도 않았다.

병은 스스로 고치겠다, 2번이나 고쳤으니 자신이 있다, 결코 걱정할 필요 없다고 거듭 말했으나 아버지는 분마성(奔馬性)이라는 악성의 것이었다고 하는데 3번이나 대량의 객혈을 하고 4번째 때 피가 기관을 막은 탓에 질식사했다.

학교가 겨울방학 중이었기에 다쓰야는 그 임종을 지켰다. 처음 토한 피를 아버지는 신문지로 숨기며 아직 죽을 수 없다, 지금 죽어서는 곤란하다, 지금은 곤란하다, 고 이를 악물고 외쳤다.

"어딘가의 책에서 읽었는데 나쓰메 소세키가 죽을 때도 같은 말을 했다고 해요."라고 다쓰야는 말했다. "신문에 쓰고 있던 소설을 중단하고 싶지 않았던 것인지, 어린 자식들이 마음에 걸렸던 것인지, 어쨌든 지금 죽을 수 없다는 식의 말을 했다고 해요."

단바 노인은 눈썹도 움직이지 않고 온화한 얼굴로 천천히 고개를 끄덕였다.

아버지가 돌아가시자 어머니는, 우는 것은 나중 일이라며 가재를 처분해서 이 '거리'로 옮겨왔다. 그때까지 물건을 팔아주던 고물상 오다 다키조가 주선을 해준 것이었다. 그리고 여기로 이사함과 동시에 아버지의 공동경영자 중 한 사람의 도움으로 다쓰야도 지금의 신문사에 들어가게 된 것이었다.

인간, 내리막길에 들어서면 밑바닥까지 떨어지는 편이 낫다, 어설픈 게 제일 좋지 않다고 어머니는 아이들에게 들려주었다. 엄마는 넝마주이라도 해보일 테니 너희들도 자신의 용돈이나 급식비 정도는 스스로 벌 생각으로 있어라. —그것은 거짓말이 아니었다. 넝마주이를 하지는 않았지만 삯바느질이나 빨래의 하청이나 진주군 하우스의 잔디깎기나 졸부 집의 청소, 쌀과 감자와 어패류의 매입, 복권팔이. 그 외에도 헤아릴 수 없을 정도로, 그때그때 당면한 일을 체면이고 뭐고 돌아보지 않고 한 끝에 지금은 체력도 떨어졌는지 집에 들어앉아 직업소개소에서 소개해주는 삯일을 전문으로 하게 되었다.

다쓰야가 급사로 고용된 신문사에 '하마'라는 별명의 부장 하나가 있는데 어떤 계기가 있었는지는 모르겠으나 다쓰야를 아끼기 시작해서 특별 수당이 나오도록 손을 써주기도 하고, 영어학교의 야간부에 다니고 있다는 말을 듣고는 통학시간에 여유를 가질 수 있도록 배려해주기도 했다.

그 '하마' 부장 덕분에 다쓰야의 수입은 평사원보다 많은 경우가 있을 정도였으며, 영어학교도 오후 클래스에 다닐 수 있게 해주었다. —동생 중 한 명도 취직했지만 한 명은 신제 중학의 3학년, 여동생은 중학 1학년이었다. 남동생들은 대학까지 보낼 생각이었기에 다쓰야는 열심히 노력했지만 조금 여유가 생길 무렵이면 형이 찾아와서 얼마 되지 않는 저금까지 빼앗아버렸다. 이 '거리'로 이사를 온 뒤 3번, 오늘이 4번째인 셈이었다.

"저는 엄마 몰래 따로 저금을 하고 있어요." 다쓰야가 부끄럽다는 듯 말했다. "그건 어딘가에 집이 있으면 여기서 나가고 싶어서인데, —학교에 다니고 있는 동생들을 생각하면 조금 더 나은 환경에서 살고 싶어요."

가능하다면 그러는 편이 좋겠지, 단바 노인이 중얼거리듯 말했다.

형이 왔기에 다쓰야는 바로 집에서 나왔다. 어머니가 가지고 있는 돈 정도라면 뜯겨도 하는 수 없다, 그런 형제가 있다는 게 세상에 예가 없는 것도 아니고, 어머니는 어차피 형에게는 이길 수 없으니, 하지만 저금은 절대로 안 된다, 그것만은 우리들 일가의 장래가 걸려 있는 돈이다, 라고 다쓰야는 말했다.

"제가 집에서 나온 건, 저는 마음속에 숨기는 일이 있으면 바로 얼굴에 나타나버리기 때문이에요. 형이라면 한눈에 알아볼 거예요. 그건 저도 잘 알고 있어요."

노인이 다쓰야를 바라보며 물었다. "저금통장을 가지고 왔나?"

"통장은 집에 있지만 누구에게도 들킬 염려가 없는 곳에 숨겨놓았어요. 게다가 —제가 저금하고 있다는 사실 역시 누구에게도 말하지 않았으니 제가 가지고 있는 것보다는 나을 거예요."

단바 노인은 반 인치 정도로 자른 궐련 하나를 집어 담뱃대의 담배통에 끼우고 화로에 대서 빨아들여 맛있다는 듯 피웠다.

"돈을 마련해 달라니, 대체 어느 정도의 금액이지?"

다쓰야가 그 금액을 밝혔다. "—무슨 일이 있어도 필요하다고, 여러 가지 사정을 적은 편지가 사나흘 전에 왔어요."

"오늘도 그 얘기를 꺼냈었나?"

"저는 인사만 한 채 이야기는 나누지 않고 나왔어요."

"그럼 돈이 필요 없어져서 그걸 알리러 온 걸지도 모르겠구나."

다쓰야가 차갑게 미소 지으며 머리를 좌우로 흔들고 말했다. "그런 형이라면 좋겠지만요."

"나도 언젠가 그 형이라는 사람을 본 적이 있다."라고 단바 노인이 담배연기를 바라보며 말했다. "아마도 위험한 생활을 하고 있기 때문일 테지만, 어딘가 섬뜩한 것이 느껴졌어. 하지만 그렇게 나쁜 사내라고 여겨지지는 않았다. 왠지 마음이 약하고 낯가림을 하는 듯한 성격처럼 보이던데."

"겉모습뿐만 아니라 하는 행동도 하는 말도 그래요."라고 다쓰야가 말했다. "커다란 목소리를 내거나 난폭한 행동을 하는 일은 없어요. 부드러운 목소리로 천천히 이야기하고, 언제나 자신이 나쁜 사람이라는 둥, 모두에게 미안하다는 둥 말하며 걸핏하면 눈물을 흘릴 정도예요. 그게 형의 수법이니까요."

노인은 화로 가장자리에 담뱃대를 털고 부젓가락을 집어 담뱃대의 담배통을 쑤셨다.

"아주 오래 전의 일이다만,"하고 노인이 조용히 말했다. "내가 알던 사람 중에 좀 특이한 사내가 한 명 있었어. 상당히 큰 상점의 주인으로 하녀도 3명, 점원도 한때는 10명 이상 부리고 있었을 거야."

그 사내는 사람을 함부로 부려서 아침부터 밤까지 잔소리가 끊이질 않았다. 자신은 아무것도 하지 않으면서 부엌에서부터 가게 안팎까지 살피고 돌아다니며 잔소리를 해댔다. 아내와 자식들에게도 거칠 것이 없었다. 만담 속의 잔소리꾼 고베에는 그 사내를 모델로 한 것이 아닐까 여겨질 정도였다.

"저기에 먼지가 있잖아, 이걸 정리해, 저걸 치워, 조림이 타잖아,

걸레에 물기가 너무 많아, 이걸 이렇게 해라, 저걸 어떻게 해라."
단바 노인은 담뱃대로 무엇인가가 돌아가는 듯한 동작을 해보였다.
"―그렇게 모두를 한껏 부려먹고 정신없이 일을 시키고 난 다음 그 사내는 털썩 앉아서 이렇게 말했지. ―아이고 지쳤다, 허리가 아프군, 이라고 말이야."

노인은 거기서 잠시 입을 다물었다. 이야기의 효과를 확인하려는 것이 아니라, 그 사내를 분명하게 떠올려보기 위해서라는 듯. 그리고 마침내 입 안에서 웃음소리를 내며 굉장히 천천히 머리를 흔들었다.

"여기에는 모두가 질려버렸어."라고 단바 노인이 말을 이었다.
"마치 자신이 하루 종일 시달린 것 같은 목소리였는데 그게 또 진짜 같은 느낌이 배어나는 말투였어. ―아이고, 피곤해 죽겠어, 녹초가 됐어, 허리가 아파."

다쓰야는 단바 씨가 어째서 그런 이야기를 시작한 것인지 이해할 수 없다는 듯한 표정으로, 물론 웃지도 않고 듣고 있었다.

"모두들 뒤에서 한껏 험담을 했지."라고 노인은 계속했다. "완고하고 매정한 늙은이라는 둥, 도깨비라는 둥, 얼른 뒈져버리라는 둥. 그런데 ―어느 날 몸의 상태가 이상해서 의사에게 진찰을 받았더니 요추 카리에스라는 사실이 밝혀졌어."

다쓰야는 깜짝 놀란 듯 눈을 둥그렇게 떴다. 단바 노인은 눈을 살짝 가늘게 떴다.

"세상에는 그런 일이 흔히 있지."라며 노인은 한숨을 쉰 뒤, 부드러운 목소리로 말했다. "나중에서야 그때 그렇게 해주었으면 좋았을 걸, 하고 후회하는 일이 누구에게나 있기 마련이야. 그게 또 인간의 인간다운 면이기는 할 테지만."

단바 노인은 담배를 피워야 할지 말아야 할지 망설이기라도 하는 사람처럼, 아쉽다는 듯 담뱃대와 빈 깡통을 번갈아 바라보았다.

다쓰야는 집으로 돌아왔다. 단바 노인의 이야기가 그에게 일종의 충격을 준 모양이었다. 그것이 어떤 내용의 것인지 명료하지는 않았지만, 다쓰야의 얼굴에는 갑자기 몇 살이나 나이를 먹어버린 사내와 같은 표정이 나타나 있었으며, 걷는 발걸음에도 평소와는 달리 힘이 들어가 있었다.

"그래, 그런 경우도 있지."

라고 그는 깊은 생각에 잠긴 듯 중얼거렸다.

"형에게는 형 나름대로 할 말이 있겠지. 전쟁 중에 부모와 떨어져 먼 시골에서 소개 생활을 했어."

어쩌면 아버지와 어머니가 적의 폭탄에 죽을지도 모른다, 그럴 때는 어떻게 하면 좋을까. 틀림없이 그런 걱정이 머릿속에서 떠날 날이 없었을 것이다. 그러다 패전을 맞이했고 집에 돌아왔는데 아버지가 돌아가셨다.

"나는 아무것도 몰라." 그는 소리 내어 중얼거렸다. "나는 아직 갓난아기나 다를 바 없었으니, —하지만 형은 열두 살이었어. 그 혼란한 세상 속에서 어머니와 동생을 내가 짊어지지 않으면 안 된다, 나 혼자서 짊어지는 것은 아니라 할지라도 무거운 짐의 한쪽은 짊어져야 한다, 오히려 내가 없는 편이 엄마에게는 더 편하지 않을까, 그래."

그는 입술을 씹으며 멈춰 섰다.

"맞아."라고 그는 자신에게 대답했다. "나였어도 달아났을지 몰라. 생각만 해도 견딜 수 없었을 테니까."

부모형제에게까지 숨기고 몰래 저금을 하고 있던 나야말로 치사한 이기주의자였다고 할 수 있어. 이 비참한 '거리'에서 벗어나겠다는 생각도 이기주의야. 여기에 살고 있는 많은 가족들은 우리가 망해서 이곳으로 들어왔을 때 각자의 모습으로 따뜻하게 맞아주었어.

"그 사람들의 대부분은 여기서 벗어날 수가 없어."

그렇지 않은가? 개중에는 자녀들 세대가 되어도 벗어날 수 없는 사람이 있다. 그런 가운데 우리들만 빠져나간다. —아니, 그건 엄청난 이기주의다. 저금은 형에게 바치자. 치사하게 저금 같은 거 하지 않아도 때가 되면 자연스럽게 벗어날 수 있으리라. 저금은 형에게 바쳐야 해.

"뭐 하고 있는가, 영문학자." 뒤에서 쾌활한 목소리가 들려왔다. "지갑이라도 떨어뜨렸는가?"

간도 세이쿄였다. 다쓰야는 허둥지둥하며 얼굴이 빨개졌다.

"집에 가는 길입니다."

"누구 집에 가는 길인데? 벌써 지나쳤어." 간도 선생은 언제나처럼 낡은 양복 차림으로, 뒤에 대학의 응원단처럼 씩씩한 모습의 청년을 하나 데리고 있었다.

"이 사람은 우리 우국숙의 숙생(塾生)으로 이름은 핫타 다다하루라고 하네."

간도 선생은 그렇게 소개했다. "안녕하세요."

그 청년도 "안녕하세요."라고 말하며 활달하게 인사를 했다. 그리고 두 사람은 자유주의를 쳐부수어라, 라고 노래하며 멀어져갔다.

오카다 다쓰야가 집으로 돌아와 보니 형은 이미 없었다.

바로 아래 동생은 일하는 곳의 동료들과 하이킹을 간다며 아침 일찍부터 나갔고 둘째 동생과 여동생이 있었는데 지금은 어머니와 둘째 동생 두 사람뿐이었다.

어머니는 부엌에서 무엇인가를 하고 있었으며 동생은 책상 앞에 앉아 있었다. 다쓰야는 동생 곁으로 다가가 형은 어떻게 되었냐고 물었다.

"돌아갔어."라고 동생은 대답했다.

동생은 영작문을 하고 있는 듯했다. 책상 위는 쓰다 버린 종이와 너덜너덜해진 참고서와 사전과 노트 등으로 가득해서 보기만 해도 넌더리가 났다.

"책상 위를 어떻게 좀 해봐."라고 다쓰야가 말했다. "마치 쓰레기통을 뒤엎어놓은 것 같잖아. 그런데서 공부가 잘도 되겠다."

"정말 끈질기네."라고 동생은 말했다. "이렇게 하지 않으면 나는 공부가 되지 않는다고 몇 번이나 말했잖아. 그냥 내버려둬."

"다쓰야냐?"라고 부엌에서 어머니가 말을 걸어왔다. "찻장에 간식이 들어 있다."

"노라 씨의 선물이야."라고 동생이 낮은 목소리로 말했다. "지아이[13]의 잔반 속에서라도 주워온 모양이야."

노라 씨란 동생들이 형에게 붙인 별명이었다. 다쓰야가 찻장을 열어보니 이가 빠진 서양식 접시에 에클레어 같은 과자가 2개 놓여 있었다.

"넌 먹었어?"

---

13) G.I. 미군 병사.

"개가 아니라서 말이지." 동생은 돌아보지도 않았다. "코쟁이가 먹다 남긴 건 절대 사양이야."

이제 미군의 잔반을 먹는 일 따위는 없었다. 실제로 그것을 먹어 굶주림을 면했던 것은 어머니와 다쓰야와 바로 아래 동생 정도였으리라. 그러나 넷째인 그는 그것을 먹은 어머니의 젖으로 자랐다는 사실만으로도 지금까지 사사건건 격렬한 증오를 느끼는 모양이었다.

과자에는 손을 대지 않고 찻장의 문을 닫은 뒤 다쓰야는 동생 곁으로 다가가서, 형은 조용히 돌아갔냐고 목소리를 낮춰 물었다.

"아주 기분이 좋던데."라고 동생은 사전을 넘기며 무뚝뚝하게 대답하고 몸을 돌려 다쓰야를 보았다. "제발 부탁이니 숙제 정도는 조용히 할 수 있게 해줘. 나는,"

그가 그렇게 말한 순간 문 밖에서 사람의 목소리가 들려왔다. 아무래도 이 집을 찾고 있는 듯했다. 네, 맞아요, 라는 여자의 목소리가 들리더니 곧 문가에서 '오카다 씨'라고 부르는 목소리가 들려왔다. 다쓰야가 대답을 하며 가서 문을 열어보니 제복을 입은 경관이 서 있었다.

'마침내 왔구나.'

형이 무슨 일인가를 저질렀구나, 라고 다쓰야는 직감했기에 갑자기 숨결이 괴로워졌다. 경관은 메모와 같은 종이쪽지를 보며 오카다 다쓰야 군이냐고 물었고, 그렇다고 대답하자 신야라는 형이 있냐고 물었다.

"네, 있습니다."

그렇게 대답하며 다쓰야는 자신의 얼굴색이 변하는 것을 느꼈다.

"형은 있습니다만, 이 집에서는 살고 있지 않습니다. 다른 데로 나가서 일을 하고 있는데, 형이 무슨 일인가 했습니까?"

"교통사고야."

경관이 다쓰야의 눈을 피하듯 메모를 본 채로 말했다.

"지금 중심가 1번지의 파출소에서 연락이 왔는데, 신야 군이 소형 승용차에 치였다고 해. 그쪽에서 전화로 연락을 받은 거라,"

"우리 아들이 어떻게 됐다고요?"라며 어머니가 뛰쳐나왔다.

"아아, 진정하세요." 경관이 한손으로 달래는 듯한 손짓을 했다. "중심가 1번지의 파출소에서 전화로 연락을 받은 거라 저도 자세한 내용은 모르겠지만, 아무래도 소형 승용차에 치여서,"

"장소는 어디죠? 상처는 심한가요, 가벼운가요?"

"엄마."라고 다쓰야가 제지했다. "조용히 하지 않으면 안 돼."

"어쨌든 전화연락을 받은 거라서,"라고 경관은 오로지 메모만을 보며 말했다. "장소는 어쨌든 파출소 가까운 곳이라 여겨지지만, 부상 정도까지는 연락에서는 말하지 않았습니다. 나카바시 옆에 있는 인선병원이라는 곳에 입원시켜서,"

"병원에 입원했다고요?"

"엄마, 좀."하고 다쓰야가 다시 어머니를 제지하고 경관에게 물었다. "나카바시의 인선병원이라고요?"

"그렇다는 전화연락이었어."

경관은 처음으로 메모에서 눈을 들었다. 그리고 이 비참한 생활로 얼른 시선을 돌려 누군가 바로 갈 수 있느냐고 걱정스럽다는 듯 물었다.

"네, 바로 가겠습니다."라고 다쓰야가 대답했다. "이거, 폐를 끼쳤습니다. 감사합니다."

경관은 거수경례를 하고 떠났다. 어머니는 울음을 터뜨렸으며, 너무나도 놀란 나머지 서 있을 수 없다는 듯 거기에 털썩 주저앉아 떨리는 목소리로 장남의 이름을 부르기도 하고 다시 울음을 터뜨리기도 했다.

"얘, 미쓰오."라고 다쓰야가 동생에게 말했다. "네가 먼저 가서 보도록 해. 엄마하고 나는 필요한 물건들을 가지고 뒤따라갈 테니, 알았지?"

"그럴 필요 있을까?" 동생이 책상 앞에 앉은 채 말했다. "병원에 입원했다니 의사가 어떻게든 하고 있겠지. 내가 서둘러 가봐야 할 수 있는 건 아무것도 없을 거 같은데."

"됐다, 관둬라."라고 말하고 다쓰야는 어머니를 재촉했다. "울고 있을 때가 아니야, 엄마. 입을 것하고 그런 걸 꺼내야지. 그리고 담요 정도는 지금 가져가지 않으면 안 될 거야."

"나는 뭘 어떻게 해야 좋을지 모르겠구나. 그 아이는 틀림없이 크게 다쳤을 거야."

"하지만 여기의 주소하고 이름을 말했을 정도잖아. 분명히 대단한 일도 아닐 거야. 그보다 빨리 입을 것을 꺼내줘."

보자기에 싼 것을 자신이 들고 어머니를 부축하듯 해서 다쓰야는 그 병원으로 갔다. 전쟁 후에 날림으로 지어진 가건물로, 흰색과 녹색으로 칠한 페인트도 벗겨져 떨어져 있었으며, 인선병원이라고 적힌 간판의 글자도 드문드문 벗겨져서 간신히 알아볼 수 있을 정도였다.

좁은 토방의 한쪽 구석에 있는 접수창구에 마흔 줄의 여성이 있었다. 하얀 간호복이 회색으로 변한 것을 입고 있었으나 말투도 그렇고 동작도 그렇고, 간호부가 아니라 마치 손님이 뜸한 배급 식사권 식당의 안주인 같은 느낌이었다.

"문을 꼭 닫아주세요." 그녀는 우선 이렇게 명령한 다음, 다쓰야의 물음에 답했다. "네, 그 사람은 맡고 있어요. 당신들은 가족인가요?"

"지금 원장님께 여쭤볼게요."라고 그녀는 다시 말했다. "아마도 면회사절일 테지만."

그리고 눈을 희번뜩이며 두 사람을 노려본 뒤, 50킬로그램이나 되는 짐을 옮기기라도 하는 사람처럼 귀찮다는 듯한 발걸음으로 안으로 들어갔다. 면회사절이라는 말을 들었을 때 어머니는 다쓰야의 팔을 꾹 쥐었다. 그는 그 어머니의 손을 부드럽게 두드리며, 진정해 엄마, 괜찮을 거야, 라고 속삭였다.

"들어오세요."라고 돌아온 여자가 말했다. "지금 원장선생님께서 나오실 테니."

다쓰야는 어머니를 부축해서 현관으로 들어섰다. 다섯 켤레 정도 있는 슬리퍼는 전부 낡았고 소름이 돋을 정도로 더러웠으며, 터지고 닳아 있었다. —2㎡ 정도의 대합실에는 니스가 벗겨진 나무의자와, 담배꽁초만 가득할 뿐 불기 없는 화로가 있었으며, 벽에 붙어 있는 진료시간표도 한쪽 구석이 찢어져 밑으로 늘어져 있었다.

삐걱거리는 문을 열고 놀랄 만큼 키가 작은 중년 사내가 부산스럽게 나왔다. 처음에는 어린애가 아닐까 생각했을 정도로, 몸과 얼굴 모두 어린아이처럼 살이 쪘으며 턱 아래에 두툼한 살이 접혀 있었다.

"오카다 신야의 가족 분이시죠?"라고 그 사내가 숨 막힌다는 듯 헐떡이며 말했다. "지금 혼수상태이고, 담당관이 올 겁니다. 만나셔도 알아보지 못합니다. 저는 원장인 오토요입니다. 토요는 풍성할 풍(豊)자를 씁니다. 밖에 간판이 있기는 합니다만. 우선 앉으십시오."

어머니는 떨리는 목소리로 용태를 물었다. 오토요 원장은 진찰복 주머니에서 꼬깃꼬깃해진 종이 담뱃갑을 꺼내 구부러진 담배 하나를 뽑더니, 이번에는 주머니 곳곳을 뒤져 청진기와 함께 라이터를 집어내 드디어 담배에 불을 붙였다.

"워낙 두개골절이고, 손발에도 골절이 있을 겁니다. 심장도 비대해져 있었지. 술을 너무 많이 마셔서 그런 거라 여겨집니다만, 여기로 실려 왔을 때는 이미 의식불명이었습니다. 아아, 본인은 고통도 느끼지 못했으리라 생각합니다. 두개골절이니까요."

"하지만,"하고 다쓰야가 반문했다. "주소와 이름을 말하지 않았나요?"

"그건 아니야. 얘기가 전혀 달라. 아아,"하고 원장은 말했다. "그 환자는 의식불명인 채로 실려왔어, 조금 전에도 말한 것처럼. 담당관은 들었을지도 모르지. 아마 담당관이 사고현장으로 달려갔을 때는, 어쩌면 아직 말을 할 수 있었을지도 몰라. 그렇지만 여기에 실려 왔을 때는 의식불명으로 말을 할 수 있는 상태가 아니었어. 분명히 말하자면 통나무를 들이민 것이나 다를 바 없는 상황이었어."

"만나게 해주세요."라고 어머니가 말했다. "걔는 제 아이예요. 제발 지금 당장 만나게 해주세요."

"만나도 알아보지 못할 겁니다. 처참한 모습이 되어 있고 붕대를 감고 있기는 하지만 그것도 피투성이라, 어쨌든 어머니는 안 보시는 편이 좋을 겁니다."

"아니요, 보겠습니다. 아무리 처참한 모습이라도 놀라지 않을 겁니다. 걔는 제 아이이니."

"자자."라고 말한 뒤 원장은 다쓰야를 보았다. "자네는 동생이라고 했지?"

다쓰야는 고개를 끄덕였다.

어머니에게 보이기는 어렵다, 라고 원장은 말했다. 하지만 병원 입장에서는 환자에 대한 응급처치와 사용한 고가의 주사약에 대한 친족의 이해를 얻을 필요가 있다, 그리고 또 희망에 따라서는 —그 비용을 지불할 능력이 있을 때의 얘기지만— 더욱 고가의 주사액을 써도 상관없다, 그런 의미에서 자네가 병실에 들어가 보았으면 한다고 원장은 말했다.

"네, 제가 보겠습니다." 다쓰야는 그렇게 말하고 어머니를 보았다. "내가 먼저 보고 올게. 그 모습에 따라서 엄마도 보는 편이 좋을 거야."

"그 아이는 죽는 거겠죠?" 어머니가 원장에게 말했다. "그 아이는 살 수 없는 거죠?"

다쓰야가 "엄마."하고 제지했다. 원장은 의사로서의 위엄을 드러내며, 의사에게 환자의 생사를 말하는 것은 허락되어 있지 않다, 환자가 살아 있는 동안에는 살아 있는 것이며 호흡과 심장이 멈춰 그 육체가 살기를 그만두었다고 확인되었을 때 비로소 '죽음'을 선고할 수 있을 뿐이라고 말했다.

"우리 인선병원은 돈벌이를 목적으로 삼고 있는 병원이 아니야." 라고 원장이 갑자기 불쾌하다는 듯 말했다. "다른 데처럼 바가지를 씌웠다면 벌써 건물도 개조했을 거고 약국에도 신약을 척척 들였을 거야."

"병실은 어디입니까?"

라고 다쓰야가 물었다. 어머니가 저도 하며 천천히 일어서자 원장은 귀찮다고 말하기라도 하듯 한손으로 가리키며, 조금 전에 나왔던 문 쪽으로 걷기 시작했다. 이 병원은 돈을 버는 것이 목적이 아니라는 둥, 다른 병원처럼 했으면 약국에도 신약을 좀 더 갖추어 놓을 수 있었을 것이라는 둥 원장이 갑자기 분통을 터뜨렸을 때, 다쓰야는 원장의 좌우 손목에서 무수한 주사 자국을 보았다.

주사 자국은 옅은 갈색으로 주근깨 아닐까 여겨질 만큼 많았으며 백의의 소매 끝까지 촘촘하게 피부 표면을 덮고 있었다. 아마도 팔뚝 쪽에서부터 시작해서 손목에까지 이른 것이리라. 무슨 주사인지는 모르겠으나 그처럼 수없이 놓았다면 중독성이 있는 약임에 틀림없으리라. 신문사에서 일하고 있는 다쓰야의 머리에 몇 종류인가의 금지약품 이름이 떠올라, 이 의사는 믿을 수 없다고 생각했다.

그 병실에는 침대가 2대 늘어서 있었다. 그 이상은 1대의 침대도 들여놓을 여지가 없을 정도로 좁았으며, 창의 간유리도 대부분 금이 가 있어서 거기에 종이를 붙여 지탱하고 있었다. 형은 앞쪽 침대에 창 쪽으로 머리를 두고 누워 있었다. 커버가 없는 꼬질꼬질한 담요가 덮여 있어서 가슴부터 아래는 보이지 않았으나, 두부는 눈과 코와 입이 드러나 있을 뿐 완전히 붕대에 감겨 있었고, 담요 위로 나와 있는 두 손도 붕대에 감겨 있었는데 전부 배어나온 피로 물들어 있었다.

"이게 본인의 소지품입니다." 원장이 사이드 테이블 위에 있는 물건을 가리켰다. "얼마든지 봐도 상관은 없지만 담당관이 올 때까지는 손을 대지 말도록, 아아, 이건 담당관의 명령일세."

다쓰야는 고개를 끄덕였다.

형의 머리맡으로 훌쩍 달려간 어머니는 머리 위를 덮치듯이 해서 떨리는 목소리로 이름을 부르기도 하고 말을 걸기도 했다. 원장은 형식적으로라도 맥을 짚어보려고는 하지도 않고 바가지를 씌우지 않는 병원의 경영이 얼마나 어려운지 불평을 늘어놓기도 하고, 이번 치료비가 의외로 많이 들었다는 둥, 새로 수입한 무슨무슨 주사약을 써보고 싶지만 너무 비싸서 생각 중이라는 둥, 이런 말들을 줄줄이 늘어놓았다.

다쓰야는 사이드 테이블 위에 있는 물건들을 보다 그 표정이 조용히 굳어버렸다. 외국제 만년필과 샤프펜슬, 손목시계, 가죽표지 수첩, 가죽제 장지갑, 고급 모시 손수건, 양은에 세련된 무늬를 새긴 콤팩트, 빗 등의 옆으로 자신의 저금통장과 도장이 눈에 들어왔다.

설마, 하고 처음에는 믿을 수 없었다. 손을 대서는 안 된다는 말을 들었기에 얼굴을 가까이 가져가 자세히 보니 주소, 이름이 자신의 것이라는 사실, 도장도 자신의 것이라는 사실을 알 수 있었다.

'그랬구나. 이걸로 주소를 알아낸 거였구나.'

그런 생각이 든 순간, 억누를 길 없는 분노와 슬픔이 치밀어 올라 자신도 모르게 돌아서 어머니에게 따져물었다.

"여기에 내 저금통장이 있는데,"라고 다쓰야가 말했다. "어째서 이걸 형이 가지고 있었던 걸까?"

어머니는 형을 들여다본 채 그때까지 무엇인가 계속해서 말하던 입을 꾹 닫고 몸 전체를 웅크려 뭔가 이상한 일이 일어나기를 기다리고 있기라도 하다는 듯 가만히 숨을 죽이고 있었다.

좋지 않았다, 고 다쓰야는 바로 후회했다. 물어볼 필요도 없었다, 좋지 않은 짓을 했다고 그는 생각했다.

어머니가 갑자기 몸을 일으켜 다쓰야 쪽을 돌아보았다. 그것은 마치 다쓰야의 생각을 그 귀로 들은 듯한 모습이었다.

"저금통장은 내가 주었다."라고 어머니가 떨리는 목소리로 말했다. "형이 그렇게 어려운 사정을 이야기했는데 너는 슬쩍 나가버렸어. 피를 나눈 친형이 너무 어려워서 상의를 하러 온 거 아니냐."

다쓰야는 창백해져서 "엄마."하고 말했다. 원장은 머쓱하다는 듯 시선을 돌린 채 밖으로 나갔다.

"그런데 너는 얘기를 잘 들으려 하지도 않았어."라고 어머니는 말을 이었다. 그녀의 얼굴도 창백해졌으며 눈꼬리도 치켜 올라간 듯 보였다. "자기는 몰래 저금을 하고 있었으면서. 어미인 내게까지 숨기고 너 혼자 저금 같은 걸 하고 있지 않았느냐. 네게는 부모, 형제보다 저금이 더 중요한 거겠지."

그런 게 아니야. 그건 나를 위해서가 아니야. 엄마하고 동생들하고 같이 조금 더 나은 곳으로 옮기고 싶었던 거야. 그래도 마음을 바꿔서 형에게 주려고 집에 갔던 거야. 나는 나만을 위해서라고는 생각해본 적도 없었어. 다쓰야는 마음속으로 그렇게 호소했다. 그러나 그건 마음속의 일이었고, 입으로는 한마디도 할 수 없었다.

"형이 이렇게 됐는데도 너는 저금만 무사하면 그만이겠지. 아니냐? 그렇지?" 어머니의 목소리는 거의 외침이 되었으며 그 눈에서는 눈물이 넘쳐 떨어졌다. "형은 너처럼 매정하지 않았다. 신야는 마음이 다정하고 부모를 생각할 줄 아는 아이였어." 어머니가 침대

위 말이 없는 형을 들여다보고 오열하며 말했다. "언제나 내게 마음을 써서 엄니, 엄니 하며, 그렇게 열심히 일하기만 하면 지쳐. 어깨를 주무를까? 가끔은 쉬지 않으면 독이 돼. —이렇게 나를 걱정해준 아이는 없었다." 그리고 어머니는 다쓰야 쪽을 바라보았다. "넌 단 한 번이라도 그런 말을 해준 적이 있었느냐? 단 한 번이라도 나를 걱정해준 적이 있었느냐? 슬쩍슬쩍 몰래 저금 같은 걸 할 때, 단 한 번이라도 부모, 형제를 생각한 적이 있었느냐?"

다쓰야는 힘없이 조용하게 입을 다문 채 머리를 떨어뜨렸다.

"신야, 얘, 신야야." 어머니가 우는 목소리로 형을 불렀다. "죽어서는 안 된다. 뭔가 말을 좀 해봐라. 이 엄니가 의지할 곳이라고는 너밖에 없구나. 제발 부탁이니 죽어서는 안 된다."

다쓰야는 가만히 복도로 나가 손등으로 얼른 눈을 훔쳤다.

"맞아." 그는 단바 노인과 두던 장기를 떠올리려 했다. "그 마가 달렸을 때 수를 잘못 읽은 거야. —그때는 은[14]을 내리면 됐었어. 아래로 은을 내리고 다음에 마를 치면 되는 수였어."

그의 얼굴이 흉하게 일그러졌으며 눈물이 그 뺨을 적셨다.

---

14) 일본 장기의 말 가운데 하나.

목가조(牧歌調)

마스다 마스오는 32세, 아내인 가쓰코는 29세였다.

가와구치 하쓰타로는 30세, 아내인 요시에는 25세였다.

마스다 부부는 동쪽의 공동주택에서 살았으며, 가와구치 부부는 북쪽의 공동주택에서 살았다. 이 2개의 공동주택이 거의 T자형으로 만나는 곳에 공동수도가 있고 주위가 공터를 이루고 있어서 수돗가는 아낙들, 공터는 아이들로 양쪽 모두 떠들썩하게 북적이고 있었다.

마스다와 가와구치는 일용직 인부였다. 특별히 사이가 좋은 것도 아니었으나 일을 나갈 때는 언제나 함께였으며, 취해서 함께 돌아오는 경우도 드물지 않았다. —마스다는 가와구치를 '하쓰짱'이라고 불렀으며, 가와구치는 마스다를 '형님'이라고 불렀다.

그들의 아내들도 공동수도에서 매일처럼 얼굴을 마주했으며 다른 아낙들처럼 불평을 해대기도 하고, 다른 사람의 흉이나 험담이나 그 외에 헤아릴 수 없을 정도의 화제에 대해서 수다의 쾌락에 잠기곤 했다. —그렇다고 해서 두 사람이 특별히 친한 것도 아니었다.

"내 말 좀 들어봐, 욧상. 너라서 얘기하는 건데."

가쓰코가 요시에에게 이렇게 말을 꺼냈다. 그리고 규방의 비밀스러운 일까지 털어놓은 뒤 다른 사람에게는 비밀이라고 다짐을 두었다. 그 말투와 표정에서는 신뢰와 깊은 친근감이 넘쳐나고 있어서, 바로 그렇기 때문에 부모 형제에게도 말하지 못할 일을 말하는 것이라는 듯 느껴졌지만, 사실 상대는 요시에가 아니어도 상관없는 일이었다. 그 순간 이야기하고 싶은 충동이 일고 적당한 상대가 있어주기만 한다면 어느 아낙에게도 말할 수 없을 일을 이야기하는 데에는 아무런 지장도 없었던 것이다.

이는 주인공을 요시에로 바꿔서 말해도 마찬가지였으며, 다른 아낙들 대부분에게도 해당되는 말이리라. 마침 거기에 해당하지 않고 둘만 특별히 친하다거나, 수돗가의 파티를 좋아하지 않는 사람이 있다면, '이상한 사람'이라거나 '미치광이'라는 등의 악평에서 벗어날 방법은 없다.

10월 말의 어느 밤, 9시 무렵의 일이었는데 가와구치 하쓰타로의 집에 마스다 마스오가 술에 취해서 나타났다.

그날은 두 사람 모두 근래 없이 좋은 일당을 주는 일이 있어서 돌아오는 길에 함께 한잔 걸쳤다. 그리고 지금, 가와구치는 아내 요시에를 상대로 또 얼렁뚱땅 마시고 있던 참이었기에 마스다의 얼굴을 보자마자 용기가 나서 "아이고, 형님."하고 손을 들었다.

"마침 잘 오셨수. 얼른 들어오슈."

"나는 그런 기분이 아니야. 자네가 들어줬으면 하는 일이 있어서 왔어."

마스다는 들어와 부부 사이에 책상다리를 하고 털썩 앉았다. 얼굴은 빨갛고 눈도 빨갰으며, 숨결은 너무 익어서 썩은 감 같은 냄새가 났다.

"자, 한잔 드슈."라며 가와구치가 들고 있던 물잔을 쭉 들이켠 뒤 내밀었다. "그런 다음 얘기를 들어보겠수, 무슨 일이슈?"

"무슨 일이고 자시고 할 것도 없어." 요시에가 따라준 술을 물이라도 되는 양 마시고 마스다가 말했다. "무슨 일이고 자시고 알게 뭐야. 우리 집 호박 같은 여편네, 나는 마치 들개가 모자를 쓴 것 같은 기분이라니까."

"흐음." 가와구치는 고개를 갸웃거렸다.

"이렇게 말하면 어떨지 모르겠지만 밥을 먹고 있는 데 삼태기 하나 가득 담긴 모래를 머리에서부터 뒤집어쓴 듯한 기분이야."

"흐음." 가와구치는 형님의 마음을 헤아렸으며, 헤아릴 수 있는 한에 있어서는 사정의 복잡함—구체적으로는 아직 아무것도 모른다 할지라도—에 깊이 감동했다. "언제나처럼 형님 댁은 복잡하네요."

"가쓰 씨도 기가 세니까요." 요시에가 마스다에게 술을 따라주며 말했다. "마음씨는 고운 사람이지만, 벌컥하면 벌컥해버리죠."

"모래를 어떻게 했다고?" 요시에가 말을 하기 시작하면 모든 일이 뒤얽혀버리는 것이 늘상 있는 일이었기에 가와구치는 다른 물잔에 스스로 술을 치면서 반문했다. "정말 머리에서부터 쏟아버렸수?"

"모래를 뿌리지는 않지, 설마. 그런 기분이었다는 사실을 말한 것뿐이지만, 이건 정말 말도 되지 않는다니까."라고 마스다가 술을 마시고 말했다. "자네하고 헤어지고 나서 나는 목욕탕에 갔다가 집에 돌아와 한잔하고 있었어. 아주 통명스럽게 굴기에 뭐가 어떻게 된 거냐고 물었더니, 당신은 알 거 없어, 라며 토라져버리잖아. 내가 알 거 없다면 그렇게 퉁명스럽게 굴지 마, 라고 말했더니, 어째서, 라며 말대답을 하더라고. 어째서라니 등신하고 말을 시작했더니, 누가 등신인데 하며 덤벼들기 시작했어."

남편과 관계없는 일로 남편에게 토라지는 게 등신 아닌가, 라고 말하자, 그럼 당신도 등신이겠네, 라고 말했다. 내가 왜 등신이야? 늘 나하고 관계없는 일로 나한테 화풀이를 하잖아, 허구한 날 그러잖아, 아니야? 라고 맞받아쳤다.

"남편에게는 남편의 식견이라는 게 있어, 안 그래, 하쓰짱."

가와구치는 "당연하지."라고 말하고 물잔의 술을 들이켰다. 분위기 탓인지 참으로 식견을 확증하는 것 같은 모습이었다.

"남자는 밖에서 어려운 일이 많은 법이야."라고 마스다가 계속했다. "아직 머리에 피도 마르지 않은 애송이 같은 인력사무소장에게 굽실거리기도 하고, 감당할 수 없을 정도의 짐을 부려 녹초가 되었는데 개돼지처럼 욕을 먹기도 하고, 그야말로 피눈물도 나오지 않을 정도로 각오하지 않으면 안 된다고. 그러니 자기 집에 돌아왔을 때 정도는 마누라에게라도 화풀이를 하고 싶어지는 게 인지상정 아니겠어?"

내 말이 틀린가, 라고 말하고 마스다가 벌컥 술을 들이켜자 요시에가 바로 술을 따라주었다.

"형님이 말한 대로야. 형님이 하는 말에는 언제나 틀린 데가 없어."

"근데 우리 집 여편네는 절대로 지지 않아. 옛날부터 단 한 번이라도 네, 라고 떠벌인 적이 없었다니까."라고 마스다가 새로 따른 술을 마시고 말했다. "남자가 밖에서 어려움을 겪는다면 집에 있는 여자에게도 어려운 일은 있어, 그야말로 썩은 이를 다섯 치 못으로 후벼 파는 듯한 기분이 드는 경우가 얼마든지 있어, 그래도 나는 아내야, 지쳐서 돌아온 남편에게 일일이 이러니저러니 징징거리며 늘어놓아서는 미안하기에 입 다물고 아무런 말도 않고 참는 거야, 당신은 그런 줄도 모르고 있겠지, 라고 쥐 잡듯이 해."

그것도 일리 있는 말이라고 하려다 가와구치는 허겁지겁 입을 다물었다.

그렇게까지 남편에게 신경을 써준다니 그 참에 퉁명스럽게 구는 것도 그만두는 게 어때, 라고 맞받아쳤으나, 나도 사람이니 가끔은 퉁명스러워지고 싶어지는 건 어쩔 수가 없어, 아니면 여자는 퉁명스러워서는 안 된다는 법이라도 생겼어? 라고 지껄였어, 라고 마스다는 말했다.

"내 분통이 터져서 뒤집어엎을까도 싶었지만, 그런 여편네 아닌가. 온 동네가 시끄러워질 테니 뛰쳐나왔어. 좀 보라고, 아직도 여기가 쿵쿵 뛰고 있으니."

그는 옷의 앞깃을 펼쳐 검은 털이 빽빽하게 자란 가슴을 찰싹찰싹 두드렸다. 요시에의 눈이 마스다의 가슴털을 보고 빛났다. 안구의 내부에서 얼핏 섬광이 번뜩인 듯하더니 그대로 눈을 치켜떴다.

"어쩔 수 없다니까. 여자라는 건 어쩔 수가 없어." 가와구치가 입술을 손등으로 훔치며 말했다. "웃어넘기면 그만인 것도 식견이라는 둥 법이라는 둥, 바로 어려운 얘기로 몰아가고 싶어 해. 그러니까 남아도는 시간을 주체하지 못하는 거야. 웃어넘기면 그걸로 끝이기에 어떻게 해서든 어렵게 만들어서 재미를 보려는 거야. 그래,

내가 가서 잘 얘기하고 오겠어."

"그런 수고를 하게 해서야 미안하잖아. 그냥 내버려둬."

"그럴 순 없수. 형님과 나 사이잖수." 가와구치는 자리에서 일어났다. "이걸 그냥 보고만 있을 수 있겠냐고. 상대가 누구였더라?"

"그만둬. 참 한심한 사람이네. 완전히 취했잖아."라고 요시에가 말했다. "가쓰 씨를 타이르러 간다면서 상대가 누구였더라, 라니 가봐야 말도 제대로 못할 거야."

"괜찮아. 이 정도의 술에 취할 줄 알아."

"취했어. 틀렸으니 그만두라니까."

요시에의 말투는 그를 제지하려는 것이 아니라 등을 떠미는 것처럼 들렸다. 물론 그녀에게 그런 의지는 없었다. 남편이 한껏 취했기에 가봐야 소용없는 일이라는 사실을 알고 있었던 것이다.

그러나 사람이 언제나 의지에 의해서만 행동하는 것은 아니다. 요시에가 남편에게 '그만두라.' 고 말한 것은 남편이 너무 취했다는 사실을 알고 있었기 때문임과 동시에, 그런 식으로 말리면 더욱 객기를 부리며 자신의 뜻을 밀고나가는 버릇이 남편에게 있다는 사실도 알고 있었기 때문이었다. 인식론적으로 알고 있던 것은 아니고 본능적으로 감지하고 있던 것이라고 해야 하리라. 따라서 그녀가 그 남편을 부추기는 듯한 투로 무엇인가 말했다 할지라도 그것은 완전히 의식 밖의 일로, 그녀 자신에게는 조금도 책임을 질 필요가 없는 문제였다.

가와구치는 밖으로 나갔고 요시에는 마스다에게 술을 권했다. 마스다는 이미 정량 이상을 마셨으나 스스로는 감정을 상해서 마신 것만큼 취하지는 않았다고 생각하고 있었기에 권하는 대로 계속

마셨다.

"저도 한 잔 마실게요." 마침내 요시에도 잔을 들었다. "따라주세요."

"따라달라고 했겠다." 마스다는 술을 따르려 했으나 손이 흔들렸기에 술을 흘렸다. "아이고, 내 손이 취한 모양이군, 이놈."

"안 돼요, 안 돼. 전부 흘려버리잖아요. 제가 따를 테니 이리 주세요."

"미안, 미안해, 욧짱." 마스다는 헛웃음을 웃으며 요시에의 얼굴을 보고 머리를 흔들었다. "자네, 하쓰짱 집의 욧짱이잖아. 우와-, 이건 정말 놀랐는걸."

"또 가슴이 울리기 시작했나요?"

"가슴이, -아아, 가슴 말이지?" 마스다는 옷깃을 헤쳐 가슴 털 부근을 더듬어보고 이상하다는 듯 고개를 갸웃거렸다. "이상한데. 조금도 소리가 나지 않아. 심장도 취해버렸나?"

"어디, 제가 봐드릴게요." 요시에가 다가가 그의 가슴으로 손을 뻗어 짙은 가슴 털을 마음에 든다는 듯 만지작거렸다. "-뛰고 있잖아요, 이렇게. 보세요, 두근두근하고, -아주 세게 두근거려요. 제 손을 튕겨낼 것 같아요."

"같다고 했겠다." 마스다는 몸을 비틀었다. "자네 건 어떤가?"

"직접 보세요."

"귀찮게시리. 심장 같은 건 뒈져버려라."

"잠깐 기다려요. 난폭하네요, 형님은. 기다리라니까요."

마스다는 "아앗."하더니 거기에 벌렁 눕고 말았다. "형님, 이라고."

"왜 그러세요. 그런 데서 잠들면 어떻게 해요. 감기 들어요."

"형님이란 말이지."

마스다는 눈을 감은 채 누가 간질이기라도 하는 것처럼 입 안에서 웃으며 그만둬, 라고 말했다.

가와구치는 돌아오지 않았다. 요시에는 술을 차가운 채로 한동안 혼자 마시다가 마침내 몸을 일으켜 장롱에서 이불을 꺼내 거기에 깔기 시작했다.

이튿날 아침 일찍, 마스다의 아내가 가와구치의 집으로 와서 자기 남편의 작업복을 내밀고, 가와구치 하쓰타로의 작업복을 받아가지고 돌아갔다.

"남자들이란 취하면 답이 없다니까, 정말."하고 마스다의 아내인 가쓰코가 말했다.

"정말이에요. 남자는 취하면 어린애랑 다를 바 없어요."라고 가와구치의 아내인 요시에가 대답했다.

두 사람의 대화는 그것뿐이었다. 마음에 무엇인가 생각하고 있지만 입 밖으로는 내지 못한다거나, 말이 나오면 분위기가 어색해질 것 같다거나, 그런 심리적인 회피가 있었던 것은 아니었다. 그녀들에게는 그 이상 아무것도 할 말이 없었다. 정말로 아무것도 할 말이 없었던 것이다.

평소와 같은 시간이 되자 작업복으로 갈아입고 도시락 보따리를 든 가와구치 하쓰타로와 마스다 마스오가 수돗가에서 얼굴을 마주했다.

"어이."하고 마스다가 말했다.

"어이."하고 가와구치가 대답했다.

"해가 눈부시군."하고 마스다가 말했다. "어젯밤에는 너무 많이 마셔버렸어."

"너무 마셨어."라고 가와구치도 말했다. "이거 아직도 세상이 빙글빙글 도는데."

그리고 두 사람은 일을 나갔다. 그들도 역시 그 외에는 아무런 말도 하지 않았는데, 하고 싶은 말을 숨기고 있다거나 상대방의 마음을 살펴보려는 듯한 기색은 조금도 없었다. 그뿐이라면 그다지 놀랄 정도의 일도 아닐지 모르겠다. 사람이 하는 말이나 행동은 상당히 엉뚱한 것처럼 보여도 대부분은 어딘가에서 전후관계가 성립되는 법이다. 마스다와 가와구치 두 쌍의 부부가 어느 날 밤, 술에 취해서 각각 남편과 아내를 바꾸어 잔 정도의 일이라면 이 우리의 '거리'에서는 결코 보기 드문 예가 아니며, 도시와 마을 차별 없이 교묘하게 쓰고 있는 가면을 벗기면 비슷한 모험을 어디에서나 찾아볼 수 있을 것이다.

그러나 이 두 쌍의 경우는 약간 이례적이었다. 아침에 함께 날품팔이를 나갔던 두 사람은 그날 저녁 집에 돌아오자 마스다는 가와구치의 집으로, 가와구치는 마스다의 집으로 아무런 망설임도 없이, 매우 자연스럽고 깨끗하게 헤어져서 들어간 것이다. 어느 쪽에도 저항감이나 어색함이나 거북한 느낌 같은 것은 없었다. 각자가 원래 자신의 집으로 들어가는 듯한 태도였다.

그 이튿날 아침도 두 사람은 수돗가에서 만나 함께 일을 나갔다. 어느 쪽도 평소와 다른 점은 없었다. 기분이 좋은 것 같지도 않았고, 기분이 나쁜 것 같지도 않았다.

"계속 날씨가 좋아서 다행이야. 이런 날이 보름만 계속 되면 좋을 텐데."

"응, 보름만 이런 날씨가 계속 되면 좋겠어."라고 가와구치가 대답했다. “그럼 횡재를 할 텐데.”

그리고 두 사람은 어깨를 나란히 하고 일을 나갔다.

가쓰코와 요시에도 전날과 조금도 변함없이 수돗가에서 만나자 진일을 하며 수다를 즐겼다.

“이렇게 물가가 오르기만 해서 어쩌자는 건지 모르겠어.”라고 가쓰코가 말했다. “놀랐다니까, 욧상. 생선자반이 한 조각에 얼마였는지 알아?”

“누가 아니래요, 정말. 어처구니가 없다니까요.”라고 요시에가 대답했다. “요만한 당근 하나에, 하나에 말이죠, 가쓰상, 전 가격을 듣고 그만 앞으로 고꾸라질 뻔했다니까요.”

평소와 다름없이 이런 종류의 수다가 계속될 뿐, 남편들에 대한 이야기를 하지 않는 것 외에는 말투에서도 태도에서도 전혀 변화를 찾아볼 수 없었다.

이런 상태가 아무런 문제도 없이 계속되었다. 동네 사람들, 특히 아낙들이 몰랐던 것은 아니었다. 아주 황당한 염문에까지 익숙해져 있는 아낙들도 이 두 쌍의 행동에는 깜짝 놀랐으며, 게다가 아무런 소란도 피우지 않고 남편들도 아내들도 종전과 다름없이 사이좋고 평화롭게 서로를 대하고 있다는 사실을 확인하고는, 더욱 커다란 놀라움을 느껴 이곳 주민으로서는 예외적으로 도덕론까지 들어서 비난했다.

“도토리 키 재기이기는 하지만, 세상에 그런 부부가 또 있을까?”

“하늘이 그냥 두고 보지 않을 거야, 하늘이.”

“난 아이들이 묻는 통에 식은땀을 흘렸다니까. 요즘 아이들은 되바라졌잖아. 우리 집도 아버지와 사쿠 아저씨가 바뀌었으면 좋겠다고 말이지, 터진 입을 어떻게 막겠어."

"애들은 눈치가 빠르니까."

이 대화에는 미묘한 함축이 있었다. 즉, 미장이로 품팔이를 하고 있는 마쓰 씨의 아내와 젊은 막일꾼인 사쿠 씨는 꽤 오래 전부터 친밀하게 지냈는데, 마쓰 씨가 없을 때면 그 친밀도가 훨씬 높아진다는 사실이 상당히 널리 알려져 있었던 것이다.

"눈치가 빠른 건 아이들만이 아니기는 하지만."하고 마쓰 씨의 아내는 태연하게 받아넘겼다. "사람들의 눈을 피해서 피우는 바람이라면 인간 누구나 경험이 있잖아. 그렇게 떳떳하게 말할 수 있는 사람은 없을 거라 생각하지만 말이야, 그 부부들처럼 보란 듯이 까놓고 한다는 건 좀 심한 거 아니야."

"천지신명이 그냥 두고 보지 않을 거야, 천지신명이."

가쓰코나 요시에가 오면 모두 입을 다물었다. 물론 그녀들의 대화가 가쓰코나 요시에의 귀에 들어가지 않은 것은 아니었다. 두 사람이 알아들을 수 있을 정도로까지는 이야기를 계속해서 그 효과를 지켜보는 쾌락을 포기하는 등의 사치스러운 짓은 하지 않았던 것이다.

그럼에도 불구하고 아낙들의 기대는 배반당하고 말았다. 가쓰코도 요시에도 전혀 반응하지 않고 태연한 얼굴로 수다 파티에 가담해서 활발하게 웃기도 하고 이야기를 하기도 했다. 더는 참을 수 없었던 아낙 가운데 한 명이 어느 날 가쓰코에게 마스다 마스오에 대해서 다정하게 물었다.

"듣고 보니 그러네."하고 가쓰코가 물음에 담담하게 대답했다. "여전히 술을 마시기는 하지만 취해서 난동을 부리는 일은 없어졌어. 윗상네는 어때?"

"듣고 보니 그러네."하고 요시에도 밝은 표정으로 말했다. "변함 없이 술을 마시기는 하지만 취해서 난동을 부리는 일은 없어진 거 같아요."

질문을 던졌던 아낙은 속이 끓어오르고 조바심이 나서 무슨 말인가 하려 했으나, 두 사람의 태도가 너무나도 담담해서 끝내 더는 캐묻지 못했기에 자신이 모욕이라도 당한 것 같은 묵직한 분노를 안은 채 그곳을 떠났다.

가쓰코와 요시에가 남편들에 대해서 전혀 무관심했었는지 어땠는지는 분명하지 않다. 어느 날 수돗가에서 빨래를 하다 요시에가 문득 손을 멈추고 어디를 보는 것도 아닌 멍한 눈으로 맞은편을 바라보며 한숨이라도 쉬는 듯한 투로 천천히 말했다.

"남자라는 건, 전부 거기서 거기예요."

그러자 가쓰코도 빨래하던 손을 멈추고 멍하니 무엇인가 생각하는 듯한 눈빛으로 문득 미소 짓더니 끄덕이며 대답했다.

"정말이야. 모두 거기서 거기야."

그것이 서로가 현재 동거하고 있는 남자에 대한 감회였다고는 단언할 수 없다. 일반론으로서의 남성관이었을지도 모르겠으나, 어쨌든 그녀들의 표정이나 말투는 현실감이 담긴 것이었다.

남편들에게도 비슷한 일이 있었다. 마스다와 가와구치는 예전보다 친해져서, 갈 때도 올 때도 함께였으며 작업 현장도 가능한 한 같은 곳이 되도록 노력했다. 한쪽이 호안공사고 한쪽이 짐을 하역하는 일을 배당받았는데 짐을 하역하는 쪽의 일당이 많을 때라도, 호안공사 쪽에 사람을 더 쓸 여유가 있는 경우라면 두 사람 모두 일당에 연연하지 않고 앞장서서 호안공사 쪽을 원했다.

"왜 그러는 거야?" 매일 아침 모여드는 일용직 인부들에게 일을 할당하는 사무소의 젊은이가 어느 날 이상하다는 듯 두 사람을 보고 말했다. "너희들 언제나 붙어 다니기만 하는데, 뭔가 꾸미고 있는 건 아니겠지?"

두 사람은 말이 없었다.

"쓸데없는 짓 하지 마."라고 젊은이가 겁을 주었다. "임금인상 스트라이크 같은 거라도 꾸미고 있는 거라면 아주 잘못 짚은 거야. 당장에 온몸이 갈가리 찢어지는 사고가 일어날 거야."

"커다란 허풍을 떠는 애송이야."

그날 돌아오는 길, 포장마차에서 한잔 걸치며 둘은 재미있다는 듯 웃었다.

"임금인상 스트라이크라고 씨불였어."라고 마스다가 말했다. "임금착복 반대 스트라이크는 해도 상관없지만, 우리는 그럴 처지가 아니야, 안 그런가?"

"그럴 처지가 아니지."라고 가와구치가 말했다. "정말 그렇게 한가로운 입장이 아니라고."

두 사람이 언제나 같이 있고 싶어 하는 것이 임금인상 스트라이크나 임금착복 반대 스트라이크와 관계가 없다는 점은 분명한 듯했다. —우리는 지금 그럴 처지가 아니라고 할 만한, 그보다 더 긴급한 공통의 관심사가 있는 걸까? —그런 일이 있는 것처럼은 보이지 않았으며, 같은 현장에서 일을 해도 그렇게 친한 사이라고 생각되지는 않았다.

틀림없이 두 사람은 언제나 함께 있었으나 그것은 갑자기 우정에 눈을 떴기 때문이 아니라, 같은 병을 앓는 사람이 서로 같은 곳에 모이고 싶어 하는 것과 같은, 혹은 공동의 범죄자가 상대방의 밀고를 두려워한 나머지 서로를 감시하고 있는 것과 같은 느낌이었다.

다음번 일에서 돌아올 때 두 사람은 또 포장마차에서 한잔 걸치고 있었다. 그들은 술을 마실 때도 그렇게 친한 것 같지는 않았으며 상당히 취하지 않는 한 대화도 활발하지 않았다. —그때도 언제나처럼 소주 컵을 기울이고 딸려 나온 안주를 깨작이며 가끔 필요하지도 않은 말을 건성으로 이야기하고, 나머지는 말없이 둘 모두 각자의 생각에 잠겨 있는 듯했다. 잠시 후 마스다 마스오가 머리를 흔들며 컵의 소주를 소리 높여 마시고 혼잣말처럼 중얼거렸다.

"여자란 건 말이지, 응, 바꿔어봐야 별 수 없어."

"맞는 말이유."라고 가와구치 하쓰타로가 말했다. "여자란 건 어디의 누구와 바꿔어봐야 별 수 없소."

이 두 부부의 로맨틱한 관계가 어느 정도 계속되었는지는 분명하지 않다. 스무날을 넘지 않았다고도 하고, 한 달 이상이라고도 했다. 도덕론까지 꺼내들며 화를 냈던 사람들도 이 '거리'에서는 흥미를 끄는 일들이 끊임없이 일어나고 있고, 무엇보다 각자의 생활에 쫓겨 분주했기에, 곧 그들의 로맨스에도 익숙해져 언제부터 잊었는지도 모르게 잊고 말았다. 그러다 어느 날 문득 깨닫고 보니 이들 두 쌍의 부부가 원래대로의 조합으로 돌아가 있었기에 다시 한번 모두가 깜짝 놀랐다.

그 경위는 다음과 같았다.

어느 날, 마스다는 가와구치와 다른 일을 배당받았다. 물론 그것이 처음은 아니었다. 날에 따라서는 아무래도 같은 현장에는 가지 못하고 따로 가야하는 경우도 그리 드문 것은 아니었다. 그래도 집에 올 때는 단골 포장마차에서 만나 함께 한잔 걸치는 일만은 거르지 않았는데, 그날은 포장마차에서도 만나지 못했다.

"짝꿍은 안 보이시네."라고 포장마차의 주인이 말했다. "무슨 일 있는 거요, 형씨."

"곧 오겠지."라고 마스다는 대답했다. "－오랜만에 오니코로시[15]를 마셔볼까."

"피곤할 때는 독이요. 이번에 들어온 놈은 아주 센 놈인데, 그래도 괜찮겠수?"

"뭘 새삼스럽게 확인을 하고 그래. 어제 오늘 마시기 시작한 것도 아닌데. 피곤한 뒤에 독이 되는 거라면 오니코로시보다 훨씬 더 독이 되는 게 있지."

"그 다음은 들을 필요도 없겠군."

"됐으니, 따라줘."

오니코로시라 불리는 술은 지역에 따라서 여러 가지로 다른 듯하다. 여기서는 독한 소주를 말하는 것으로, 알코올 성분이 60도나 된다고 포장마차의 주인은 자랑했다.

알코올 성분이 60도라면 그 외에도 더 독한 술이 있으리라. 그러나 이 오니코로시는 어떻게 된 일인지 술기운이 강해서 소주 컵으로 2잔 정도까지는 아무렇지도 않고 맛과 향도 다른 소주와 크게 다르지 않지만, 3잔째를 비워갈 때쯤 되면 어지간한 호걸도 덜컥 당해버리고 만다. 우수한 저격수의 총에 맞기라도 한 것처럼 갑자기 턱 힘이 풀리며, 종종 땅바닥에 나자빠지는 자도 있다.

마스다는 쓰러질 만큼의 초심자는 아니었으나 그래도 현저한

---

15) 鬼ころし. 도깨비(귀신)를 죽인다는 뜻. 일본주의 상표명이나 특정 상품만을 말하는 것이 아니라, 같은 이름의 서로 다른 술이 전국 각지에서 출하된다.

술기운에는 이기지 못해, 그 포장마차에서 나섰을 때에는 발걸음이 휘청거렸다.

"피곤하니 독이라고? 한심한 놈. 내가 누군 줄 알고." 걸으며 마스다는 말했다. "어제 오늘 마시기 시작한 술이 아니라고, 까불고 있어."

"알겠수, 형씨."라고 누군가가 말했다. "형씨의 말이 옳소. 난 한마디도 할 말이 없지만 집에서는 마누라하고 자식 놈이 기다리고 있수다."

"기다리라고 해. 마누라하고 자식 놈은 도망가지 않으니까. 너, ―어라, 이놈, 하쓰짱인 줄 알았더니 아니잖아."

"부탁이요, 형씨. 난 그만 돌아가지 않으면 안 되니."

마스다는 상대방을 붙들려고 하다가 중심을 잃어 누군가의 집 문가에 쓰러질 뻔했다.

"조용히 해, 누구야."라고 외치는 여자의 목소리가 들려왔다. 그것 봐, 마누라는 달아나지 않는다니까, 분명히 집에 있잖아, 라고 중얼거렸다. 그리고 문가에서 떨어져 머리를 짜내며 생각했다.

"잠깐, 잠깐 기다려봐."라며 그는 주위를 둘러보았다. "그 포장마차에서 오니코로시를 걸치고, 그런 다음 골목으로 들어가서, ―어딘가에서 2차를 했지. 아니, 아니, 그런 적 없어. 없었지, 없었다면,"

"누구야?"라고 다시 여자가 말했다. "거기에 있는 게 누구야?"

"멍청하긴."하고 마스다가 소리 질렀다. "거기에 있는 게 누구야, 라니 무슨 헛소리야. 자기 남편 목소리를 잊는 여편네가 세상 어디에 있어? 그런 불량한 여편네가 세상 어디에 있냐고."

문이 열리고 전등 빛이 격자문 밖까지 뻗치더니 봉당으로 가쓰코가 나와서 밖을 내다보았다.

"어머, 당신이잖아? 뭐 하는 거야?"

가쓰코는 격자문을 열었다.

"이잖아, 라고 했겠다." 마스다는 봉당으로 비틀비틀 들어갔다. "흥, 그렇게 말한다고 놀라 자빠질 내가 아니셔. 같잖은 말 지껄이지 마."

"오오, 술 냄새." 가쓰코는 자신의 코 앞에서 손을 흔들었다. "또 오니코로시를 마셨지? 냄새 때문에 코가 비뚤어지겠어."

뭐가 오니코로시야, 오니코로시 좀 마셨기로서니 그게 어쨌다는 거야. 이런 식으로 마스다는 술주정을 했으며, 가쓰코가 달래서 방으로 들이려 했으나 마스다는 봉당에 주저앉았다.

그때 가와구치 하쓰타로가 돌아왔다. 빈 도시락 보자기를 흔들며 불쑥 나타나서는 격자문에서 안을 들여다보고, 그 눈을 가늘게 뜨기도 하고 크게 뜨기도 하다가 머리를 좌우로 세게 흔든 다음 다시 한 번 눈동자를 가만히 고정해서 뭔가 신기한 물체라도 발견했다는 듯 가쓰코와 마스다를 빤히 바라보았다.

"어머, 어서 오세요."라고 가쓰코가 말했다. "이 사람 또 오니코로시를 마신 모양이에요. 좀 봐요, 이 꼴을. —오늘은 같이 마시지 않았나요?"

"형님이로군." 가와구치는 얼굴을 내밀어 봉당에 앉아 있는 마스다를 들여다보았다. "이거 당신은 형님이잖아."

"우리 바깥양반이에요. 같이 마시지 않았나요?"

"우리 현장에서 술이 나와서 말이지, 그게 위스키였어." 가와구치는 손바닥으로 얼굴을 눌렀다. "본고장의 위스키로 1병에 얼마

하는 물건이었어. ─형님한테도 맛을 보여주고 싶었는데. 응, 오늘은 같이 마시지 않았어."

"미안하지만 좀 도와줘요. 무거워서 저 혼자서는 어떻게 해볼 수가 없어요."

"좋았어."

가와구치는 빈 도시락 보자기를 내던지고 봉당으로 들어가 마스다의 양 겨드랑이에 손을 넣어 안아 일으켰다.

"누구야. 날 어쩌려는 거야."

"나유, 형님. 정신 차리슈. 영차."

"이거 놔."

"영차."

가와구치는 마스다를 안아 일으켜 작업화를 신은 채 방으로 들어갔다. 어머, 신발을 안 벗었잖아요, 라고 가쓰코가 말했고, 가와구치는 형님을 6첩 방으로 끌고 들어가 자신도 거기에 벌렁 나자빠졌다. 마스다 정도는 아니었으나 본고장의 위스키 덕분에 그도 상당히 취한 듯했다. 벌렁 나자빠지자마자 술을 마시고 싶어, 라고 커다란 목소리로 외쳤다.

"이봐, 조용히 좀 해."라고 옆집에서 남자의 목소리가 버럭 들려왔다. "여기에도 사람이 있다고. 들판에 있는 단독주택이 아니야."

가쓰코가 가와구치의 어깨를 흔들며, 하쓰짱 조용히 좀 해요, 라고 귓가에 대고 말했다.

"응, 뭐라고?" 가와구치가 머리를 들었다. "하쓰짱이라고?"

"옆집 사람 화가 났어요."라고 말하며 가쓰코가 손으로 가리켰다. "우리 바깥양반도 이렇게 정신을 못 차릴 정도로 취했는데 하쓰짱까지 이러면 곤란하잖아요."

"거, 미안하게 됐수." 가와구치는 이렇게 말하다 이상하다는 듯이 가쓰코를 보았다. "형님이 어떻게 됐다고?"

"이 모양이에요." 가쓰코는 다시 손으로 가리켰다. 가와구치는 그 손 쪽으로 시선을 주었다가 거기에 잠들어 있는 마스다를 보고 멍하니 중얼거렸다. "형님이로군."

가와구치는 일어나 앉아 다시 한 번 확인한 뒤 말했다.

"이건 형님이잖아."

"제정신이 아니에요."

"신발을 신은 채잖아."

"하쓰짱이 끌어올렸잖아요. 하쓰짱도 신발을 신은 채예요."

가와구치는 자신의 발을 보며, 이게 뭐야, 한심한 놈이로군, 이라고 말하더니 기어 귀틀까지 가서는 봉당으로 내려섰다. 가쓰코도 뒤를 따라갔는데 가와구치는 어두운 봉당을 둘러보다 빈 도시락 보자기를 찾아 주워들고는, 안녕히 계슈, 하고 가쓰코에게 고개를 끄덕였다.

"형님께 안부 전해주슈."라고 그는 말했다. "안녕히 주무슈."

"안녕히 주무세요."라고 가쓰코가 대답했다. "욧상에게도 인사 전해줘요."

가와구치는 천천히 발걸음을 옮겨 한 치의 어긋남도 없이, 조금의 망설임도 없이 곧장 자신의 집으로 가서 왔어, 라고 말하며 격자문을 열었다. 맞으러 나온 요시에도 놀라거나 당황하는 모습은 없었다.

"어서 와. 왜 이렇게 늦었어?"라고 말하며 빈 도시락 보자기를 받아들었다. "또 취했잖아. 오오, 술 냄새. 뭘 마시고 온 거야."

"위스키야. 현장에서 줘서 마셨어. 1병에 얼마 하는 본고장의 위스키였어." 가와구치가 말했다. "—술을 모르는 너 같은 게 냄새만으로 뭘 알겠어."

"위스키치고는 냄새가 지독한데. 사실은 또 오니코로시라도 마신 거 아니야?"

그건 형님이야, 라고 중얼거리며 그는 신을 벗고 안으로 들어가, "물 좀 줘."라고 말하고 털썩 앉더니 자못 피곤하다는 듯 등을 벽에 기댔다.

이상이 일의 경위였다. 이 이상은 아무런 일도 일어나지 않았으며, 두 부부 사이에도, 또 마스다 부부와 가와구치 부부 사이에도 변한 듯한 모습은 전혀 없었다.

매일 아침 일찍 두 사람은 수돗가에서 만나 일을 나갔다. 어이, 하고 마스다가 부르면, 어이, 하고 가와구치가 답했다.

"오늘은 비가 올 거 같은데."라고 마스다가 말한다. "저 구름이 수상해."

"맞수다."라고 가와구치가 말한다. "좋은 날이 조금 오래 계속되었으니까."

그리고 함께 발걸음을 옮겼다. 또 그로부터 몇 시간쯤 뒤, 수돗가에서 가쓰코와 요시에가 얼굴을 마주치자 이들도 역시 평소와 마찬가지로 이야기가 무르익었다.

"욧상네, 어제 밤에는 어땠어?" 가쓰코가 묻는다. "우리 바깥양반은 술독이었어. 할 말이 없다니까, 정말."

"마찬가지에요." 요시에도 빨랫물을 튀기며 대답한다. "술값의 절반만이라도 가져다주면 우리도 조금은 도움이 될 텐데 말이죠."

"남자들은 어째서 그렇게 술을 마시고 싶어 하는 걸까?"

"뱃속에 술고래라도 든 거 아닐까요? 정말 지긋지긋해요, 안 그래요?"

동네 사람들은 그들이 언제 원래대로 되돌아갔는지 분명히는 알지 못했으며, 원래대로 되돌아간 이상 더는 흥미도 없었고 할 말도 없었다. 따라서 이 두 쌍의 부부 사이에는 주관적으로도 객관적으로도, 아무런 일도 없었다고 말하는 것 외에는 별다른 도리가 없었다.

풀장이 있는 집

보슬비가 뿌옇게 내리는 6월의 오후, 그 부자가 거리를 걸어간다. 아버지는 40세 정도, 아들은 6세나 7세이리라. 6세치고도 평균보다는 작고 말랐으나, 아버지와 주고받는 이야기를 들어보면 적어도 7세는 된 듯 여겨졌다.

아버지와 아들 모두 누더기를 입고, 판자처럼 닳아버린 낡은 나막신을 신고 있었다. 입고 있는 누더기는 겹옷인지 솜을 넣은 옷인지도 알아볼 수 없었다. 흔히들 쥐가 파먹은 것 같다고 말하는 머리가 그대로 길게 자랐으며, 홀쭉하고 불건강한 얼굴은 극히 보편적인 거지의 모습 그대로였고, 실제로도 이 부자는 거지와 다를 바 없는 생활을 하고 있었다.

굳이 거지와 다를 바 없다고 표현한 것은 생활의 형태가 그렇기 때문이고, 내용에는 상당한 격차가 있었다. 먹을 것도 옷가지도 다른 사람에게서 얻으며, 개집과 같은 주거지에서 생활했지만 길가에 앉아서 돈을 구걸하지는 않았다. 중앙통이나 번화가 등에서 여자가 가끔 아이에게 얼마간의 돈을 주는 경우가 있었는데 그러면 아이는 '고맙습니다.' 인사를 하고 받기는 했지만, 세상의 다른 아이들과 다른 점은 없었으며 탐욕스러운 느낌도 전혀 없었다. ― 그것은 또 아버지와 아들의 대화에도 나타나 있었다. 지금 보슬비가 뿌연 거리를 우산도 쓰지 않고 걸어가며 두 사람은 언젠가 세울 예정인 자신들의 집에 대해서 이야기하고 있었다.

"장소는 언덕 위가 좋아."라고 아버지가 말했다. "일본인은 예로부터 산그늘이나 골짜기나 언덕으로 둘러싸인 곳이나 말이지, 낮은 곳에만 즐겨 집을 짓는 버릇이 있었어."

"그래 맞아."라고 아들이 깊은 생각에 잠긴 표정으로 고개를 끄덕였다. "요코하마에 갔을 때도 코쟁이들의 집은 전부 언덕 위나 중턱쯤의 높은 곳에 있었는데 일본인들의 집은 하나같이 골짜기 같은 낮은 곳에 있었어."

"거기에도 이유는 있어."하고 아버지가 말을 이었다. 일본은 지진이 많고 태풍도 많은데 목조건물은 그런 것에 약하기 때문에 가능한 한 바람이 적고 천재를 당해도 위험도가 낮은 땅을 고르게 된 것이었다.

"하지만 그것뿐만이 아니야."

일본인은 '음영'이라는 것에 민감해서 직사광보다는 간접광, 탁트인 밝음보다는 차폐물(遮蔽物)에 의해서 부드러워진 광을 좋아한다. 생활 속에 정숙미를 가미하여 번쩍번쩍하는 것은 피하는 습관이 있다.

"그렇기 때문에 코쟁이들처럼 돌로 지은 집 안에서 신을 신은 채 떠들썩하게 살아가는 생활에는 익숙해지지 않는 거야, 좀처럼."

"흠."하고 아들이 무엇인가 짚이는 점이 있다는 듯 고개를 갸웃거렸다. "맞아, 나도 돌로 지은 집은 좋아하지 않아, 춥기도 하고.

돌로 지은 집은 싫어."

"그런데 말이지, 꼭 그렇게만 말할 수 있는 건 아니야, 그건." 아버지가 반성하는 듯이 말했다. "틀림없이 일본인에게는 목조건축이 잘 맞지만 이렇게 나무와 흙과 종이로 지은 집에서만 살면 오랜 세월이 흐르는 동안 민족의 성격까지 거기에 순응해서 지속성이 없는 경박한 인간이 되어버리고 말아."

아버지는 거기서 서구인의 성격에 대해 이야기하고 그들의 능력을 지탱해온 것은 돌과 철과 콘크리트로 지은 집이나, 구두를 신은 채 테이블에 앉아서 식사를 하고 커다란 연회도 하는 생활이라고 말했다.

아들은 그 한마디 한마디를 주의 깊게 들으며 맞장구를 쳐야 할 곳에 다다르면 자못 감탄했다는 듯 고개를 끄덕이기도 하고 한숨을 쉬기도 하고 감탄사를 올리기도 했다. 아버지의 말투도 자신의 아들에게 이야기하는 것 같지 않았으며, 아들 또한 아버지의 말을 듣고 있는 것 같은 모습은 아니었다. 언제나 그렇지만 두 사람은 아버지와 아들이라기보다 약간 나이 차이가 있는 형제나, 아주 친한 친구 사이처럼 느껴졌다.

"그건 그렇다 해도 말이지, 막상 자신의 집을 지을 때가 되면 이건 또 이것대로 문제가 달라져. 자신들이 거기서 살아갈 집이니 민족성도 민족성이지만, 현실의 문제가 기다리고 있으니까."

"민족성은 대단할 것 없다고 생각해, 나는."

"그렇게 말해도 이건 너희들의 장래와 관계가 있는 일이야. 우리 어른들은 살날도 얼마 남지 않았고 지금부터 성격을 입체적으로 가져보려 해도 쉽지는 않을 테지만, 너희들이나 너희들의 아들이나 손자들을 생각하지 않을 수 없으니 역시 일률적으로 개인적인 취향만 주장할 수도 없는 일이야."

"그렇군. 음, 맞는 말이야."

거리는 빗속에서 저물어가기 시작했으며, 길은 택시와 통행인들과 트럭 등으로 떠들썩해져 있었다. 그러나 그 부자에게는 전혀 관계가 없는 일 같았으며, 택시 운전수나 통행인이나 길가 상점의 사람들, 그리고 가게 앞에서 물건을 사는 사람들에게 있어서도 이 부자는 거기에 존재하지 않는 것이나 다를 바 없는 듯했다.

날이 저물면 그 부자는 주거지로 돌아간다. 그것은 우리 '거리'의 핫타 영감의 집 주위에 있었는데, 다시 말하자면 영감 집의 판자에 딱 붙여서 낡은 판자를 모아다 만든 것이었다. 높이 1미터 50, 폭은 1미터가 조금 넘고 길이는 약 2미터, 잠자리를 위해 손으로 지은 움막이었는데 개집을 쏙 빼닮았으며 안에는 판자를 겹쳐놓은 바닥과, 지푸라기와 멍석이 깔려 있고, 그것이 부자의 침구였다.

움막 밖에 맥주 상자가 있고, 그 안에는 주발 2개와 젓가락, 귀가 떨어져나간 냄비와 울퉁불퉁하게 찌그러진 곳이 있는 알루미늄 우유 데우는 그릇이 들어 있었다. 맥주 상자 옆에 철사로 감은 풍로가 있는데 철사를 풀면 우르르 무너져 내릴 것이 뻔할 정도로 오래되고 낡고 파손된 물건이었다.

부자는 움막 밖에서 식사를 했다. 냄비와 우유 데우는 그릇 속에 밥과 국물 등이 들어 있는데, 그것은 빵과 스튜인 경우도 있고 볶음밥과 커피인 경우도 있고 고기와 채소와 생선과 빵 부스러기와 쌀밥이 뒤섞인, 뭐라 말해야 좋을지 모를 음식물인 경우도 있었으나, 아버지도 아들도 그것이 어떤 요리인지에 대해서는 무관심했다.

무관심했다기보다, 실제로는 그 물건 자체에서 주의를 돌려 후각이나 미각이나 시각을 가능한 한 다른 방향에 집중하려 노력하고 있는 듯했다.

그러나 이는 통상적인 예이기는 했으나 불변의 것은 아니었다. 때로는 그 국물, 혹은 밥이나 빵 사이에서 두 사람의 미각을 불러일으키는 것이 나오는 경우도 있었다.

"오오, 이건, 이건,"하며 아버지가 고기의 작은 조각을 젓가락으로 집어 올렸다. "별일도 다 있군. 로스트비프인 것 같아. 그것도 솜씨 좋게 레어로 구웠어. 이 가운데 부분을 빨갛게 둔 채로 구워내는 것이 요령이야. 너 먹을래?"

"됐어, 아빠가 먹어."라며 아들은 미간을 찌푸렸다. "난 설구운 고기는 싫어."

"소고기라는 건 말이지," 아버지가 그 먹다 남은 로스트비프를 입에 넣으며 진지한 투로 말했다. "독일이나 프랑스에서는 날것으로 먹어. 독일만이었던가? 바이에른 지방만의 먹는 방법인지도 모르겠지만, 양파와 월계수 잎을 레몬에 절여서 말이다, 그 안에 넣어두었던 것을 꺼내서 말이다, 잘게 썬 양파하고 스파이스를 얹어 날것인 채로 검은 빵과 함께,"

"가루 치즈도."라고 아이가 덧붙였다가, "—그건 아닌가."

"기호에 따라 다르겠지만, 그건 맛이 느끼해질 거야." 아버지는 씹고 있던 고기를 삼키고 잠깐 상상해본 뒤 머리를 무겁게 흔들었다. "음, 이 경우 가루 치즈는 필요 없을 거야. 가루 치즈는 오히려,"

그리고 두어 가지 고기 요리에 대해서 아버지는 천천히 설명했다.

그의 이야기는 각각의 전문가가 들으면 어디서 읽은 것이나 들은 것에 자신의 공상으로 색을 입힌 것이라는 사실을 바로 알 수 있을지도 모른다. 반대로 그에게 그만큼의 경험과 지식이 있고, 게다가 어느 정도까지 타고난 재능을 가지고 있었으나 운이 나쁜 탓에 어느 방면에서도 일이 풀리지 않았다는 것이 사실일지도 모르겠다.

그는 꽤 넓은 범위에 걸친 화제를 가지고 있었으며, 아이는 그의 가장 좋은 경청자였다. 저녁을 먹고 나면, 따뜻한 계절에는 움막 밖에서 편안한 시간을 보낸다. 아이가 길에서 주워다둔 담배의 피우다 버린 꽁초를, 직접 만든 대나무 홀더에 끼워 그것을 소중하다는 듯 피우며 또 아버지가 이야기하고 아이가 그것을 듣는 것이다. ―아이가 이야기를 하는 경우도 드물지는 않았지만, 두 사람 모두 현실적인 일은 언급하지 않았다. 9푼 9리까지가 관념적인 이야기였으며, 공상이나 지어낸 이야기라고 여겨지는 것뿐이었다.

가장 분명한 것은 아이가 어머니에 대한 이야기를 하지 않고 아버지가 아내나 가족관계에 대한 이야기를 하지 않는다는 사실이었다. 어떤 사정이 있든 일곱 살 정도의 아이라면 생사에 관계없이 어머니가 머릿속에 있을 것이다. 남자도 물론 그럴 테지만 아이에게 있어서 특히 어머니의 이미지는 마음에 깊이 새겨져 있는 법이니.

그러나 아이는 결코 자신의 어머니에 대해서 입에 담지 않았으며 다른 아이의 어머니에 대해서도 이야기를 한 적이 없었다. 움막 속에서 눈을 떴을 때, 혹은 아버지와 함께 길을 걷고 있을 때 아이의 얼굴에 문득 슬픈 듯한, 사람이 그리운 듯한 표정이 나타나는 경우가 있었다. 아이는 그때 어머니를 회상하며 사모의 충동을 느끼는 것일지도 몰랐다. 그러나 그것을 애써 억제하거나 참는 듯한 모습도 없었고 입에 담은 적도 없었다.

부자가 어디에서 왔는지, 전에는 어떤 생활을 하고 있었는지, 이 '거리'의 주민들은 아무도 몰랐다. 두 사람의 이름조차도 몰랐다. 아버지와 아들이 거기에 움막 짓는 것을 허락한 핫타 영감이—정확히는 핫타 고헤이라고 하는데, 처음 남자에게 이름을 물었을 때 남자는 씁쓸한 듯한 웃음을 짓고 머리의 뒷쪽을 긁으며 새삼스럽게 이름을 밝힐 정도의 사람은 아니라고 대답했을 뿐이었다.

핫타 고헤이도 독신으로 스스로는 사업가라고 믿고 있어서 쉴 새 없이 커다란 사업을 계획했다가는 실패하기를 거듭하고 있었다. 사업가라면 도량이 큰 인격을 갖추고 있어야만 했기에 핫타는 굳이 아무것도 추급하지 않았으며, 움막의 땅값도 필요 없다고 말했다.

핫타 고헤이는 주제넘은 말을 한 것이다. 이 '거리'의 주민 가운데 토지나 집의 소유자는 없었다. 지주도 분명히 따로 있었지만 그를 아는 것은 예수쟁이인 사이타 선생과 극히 소수의 사람들뿐이리라. 몇 번인가 집 주인과 주민들 사이에서 '집세'에 대한 다툼이 있는데 사이타 선생이 그 사이에 들어가서 교섭을 한 결과 마침내 매듭이 지어지곤 했으니, 다시 말해서 핫타 영감이 '땅값'도 필요 없다고 말한 것은 배포가 크다는 점을 내보이려 한 것에 지나지 않는 일이었다.

동네 사람들이 이름을 몰랐을 뿐만 아니라 아버지와 아들 사이에서도 이름을 부르는 적은 없었다. 아버지는 아이의 이름을 부르지 않았으며, 아이도 아버지라거나 아빠라고 부르는 적은 없었다. 두 사람 모두 막연하게 '여기'라거나 '있잖아'라고 부를 뿐이어서, 그것이 두 사람의 관계를 한층 더 부자라기보다 친구나 형제처럼 느끼게 해주는 듯했다.

밤 10시가 지나면 아이는 움막에서 빠져나와 혼자서 야나기요코초로 간다. 그곳은 중앙통의 남쪽 끝자락에 있는 뒷길의 한 구역으로 조그만 레스토랑과 어묵집, 일품요리점, 중화 메밀국수, 생선초밥집 등이 늘어서 있어서 특히 '술꾼 골목'이라고도 불리고 있었다.

아이는 우선 '스시 사다'의 뒷문을 찾아간다. 이는 생선초밥집이 어느 집보다 빨리 문을 닫기 때문이었으며, 거기에 용기가 맡겨져 있기 때문이기도 했다.

"어서 와라. 춥지." 안주인이라면 이렇게 말한다. "오늘은 장사가 좀 돼서 거기에 들어 있는 것밖에 남지 않았단다. 미안하구나."

"야, 왔구나, 꼬맹이." 아저씨라면 이렇게 말한다. "거기에 있으니 가져가라. 날것은 끓여서 먹어야 한다."

아이는 인사를 하고 고맙습니다, 라고 말한다. 그 이외에는 말을 하지 않는다. 스시 사다의 아저씨는 곧잘 우리 집에 일하러 오지 않을래? 라고 농담만도 아닌 듯한 투로 묻곤 했으나 아이는 거기에 대해서 한 번도 답한 적이 없었다. 맡겨둔 용기라는 것은 낡은 알루미늄 냄비를 3개 겹친 것으로 아래에서부터 위에까지 철사로 만든 틀이 달려 있어서 겹친 채로 들 수 있게 되어 있었다. 그 냄비 가운데 하나에는 국물, 하나에는 채소나 고기나 생선, 나머지 하나에는 밥이나 우동, 메밀국수 등을 담기로 하고 있었다. 물론 그것들이 가득 차는 경우는 가끔밖에 없었으며, 채소나 고기나 밥, 우동 등이 그 원형을 유지하고 있는 경우도 거의 없었다. 국물과 형태를 조금 알 수 있는 것으로 대별할 수 있으면 그나마 나은 편으로, 상당한 경험을 쌓지 않으면 그들 내용물을 판별하기도 쉽지는 않은 일이었다.

생선초밥집 다음은 일품요리점, 다음으로 레스토랑, 어묵집, 중화 메밀국수집이 되는데 레스토랑 2곳, 일품요리점 4곳, 어묵집 3곳, 중화 메밀국수집 2곳이 있는 가운데 문을 닫으려 하는 곳이 우선이었다. 이는 시간을 잘못 가늠하면 "아직 손님이 있는데 재수없게."라거나 "손님을 쫓을 생각이야?"라는 등의 말을 들을 위험이 있으며, 한 번 그런 잘못을 저지르고 나면 다음에 얻을 수 있을 때까지 기분이 풀어지기를 기다려야 했고, 때로는 경쟁자에게 권리를 빼앗길 위험조차 있기 때문이었다.

따로 말할 필요조차 없을지도 모르겠으나 잔반을 얻으러 오는 것은 이 아이만이 아니었다. 우리의 '거리'에서도 돈을 벌지 못해 궁해지면 몰래 이들 가게의 뒷문을 두드리는 사람이 있었으며, 다른 곳에서 정기적으로 찾아오는 사람도 몇 명인가 있었다. —우스운 이야기지만 핫타 고헤이도 모습을 드러낸 적이 있었다. 하지만 핫타 영감의 경우는 궁해서가 아니라, 그것을 그의 '사업'으로 삼겠다는 계획 때문이었다. 믿을 수 없을 정도로 다채로운 그의 사업욕 가운데서도 그것은 가장 유망하고 확실성도 높은 일례였으나 어묵집인 '하나히코'라는 가게 안주인의 반대성명 때문에 안타깝게도 궤도에 오르지 못했다.

"구걸까지 하지 않으면 안 되는 것은 어쩔 수 없는 일이야."라고 하나히코의 안주인이 '술꾼 골목'의 동업자들에게 말했다. "그걸 혼자서 긁어모아 돈벌이로 삼으려 하다니 인간도 아니야. 그런 놈에게 주느니 난 차라리 시궁창에 버리겠어."

그 아이는 이런 위험들을 잘 알고 있었다. 잔반을 주는 가게의 사람들도 특별히 그만을 편애하는 것은 아니었다. 가게를 닫기 위해 정리를 할 때 마침 알맞게 나타나는 사람이 있으면 상대가 누가 됐든 그렇게 차별하지는 않았다. 단지 한발 늦었다는 이유로 단골 가게를 다른 사람에게 빼앗기는 경우도 적지 않았다.

그리고 한 가지 더. 그들 가게가 언제나 흔쾌히 잔반을 주는 것은 아니라는 사실도 알아두어야 한다.

그들도 역시 대부분은 경영이 편하지만은 않았기에, 어렵게 변통을 해서 가게를 꾸려나가는 사람이, 겉모습과는 상관없이 상당히 있었다. 이들을 일반적으로는 '물장사'라고 말하는 듯한데, 물장사는 인기가 중요해서 아무리 주머니 사정이 위기에 직면했다 할지라도 그런 내색은 표정에도 드러내지 않는 것이 요령이자, 또 위기에서 벗어나는 버팀목이 되기도 한다는 것이다. ―따라서 한 줌의 잔반을 주는 경우에도 자선의 만족감만을 맛보는 것이 아니라, '나도 지금 이럴 때가 아니야.'라는 심정이 들 때도 적지 않으리라. ―특히 그것이 스시 사다나 하나히코처럼 주인이나 안주인과 직접 마주하는 경우라면 상관없지만, 고용인, 그 가운데서도 여급이 있는 곳은 원활하게 진행되지 않는 경우가 종종 있었다. 어떤 심리작용인지는 분명하지 않지만 레스토랑, 혹은 바를 겸하고 있는 양식당의 여급 가운데는 손님들이 먹다 남긴 요리의 접시에 담배를 문질러 끄기도 하고, 립스틱이 묻은 휴지를 찔러넣기도 하고, 성냥개비, 이쑤시개, 코를 푼 종이, 그 외에도 여러 가지 물품을 던져넣는 버릇을 가진 사람이 있었다. 심한 경우에는 잔반을 담고 있는 곳으로 일부러 와서 담배꽁초를 던져넣는 가인(佳人)조차 있었다.

아이는 지금 '리자'라는 레스토랑의 뒷문에 와 있다. 그곳의 유리문은 열려 있었으나 언제나 있던 쿡의 모습은 보이지 않고 두 여급이 높다란 소리로 이야기를 나누며 설거지대에 기대서 담배를 피우고 있었다.

"어머, 또 왔네, 저 꼬맹이."라고 여급 가운데 한 명이 뒷문에 나타난 아이를 보고 말했다. "와봐야 소용없어, 아무것도 없으니까. 돌아가렴."

아이는 한쪽 구석으로 눈길을 주었다. 거기에는 드럼통 절반 정도 크기의, 법랑을 입힌 통이 있고 그 안에 먹다 남은 양식 부스러기가 8푼 정도 담겨 있었다. 평소라면 주인인 쿡이 아이를 위해서 다른 소스 냄비에 남은 것을 담아두지만 지금은 그것이라 짐작되는 물건이 보이지 않았다.

"뭘 꾸물거리고 있는 거야."라고 조금 전의 여급이 말했다. "그런 데 서 있어봤자 나올 건 아무것도 없어. 돌아가."

아이는 몸을 돌려 그곳에서 떠났다.

그는 완전히 무표정해서, 지금의 여급에게서 받은 부당한 모욕을 어떻게 느끼고 있는지 엿볼 수가 없었다. 그런 모욕에는 익숙해져 있는 것처럼 보이기도 했고, 반대로 그것을 느끼지 않음으로 해서 상대방에게 모욕을 되돌려주고 있는 것처럼 여겨지기도 했다.

대략 일곱 살쯤으로 보이는 아이였으나 그의 태도는 침착했으며 그 표정이나 말투에서는 어딘가 달관한 듯한, 또는 다난한 생활을 해온 탓에 피로감이 묻어 있는 어른과 같은 메마른 온화로움이 느껴졌다.

그가 '술꾼 골목'의 역방을 마치기까지, 일진이 사나우면 다른 강적을 만나는 경우가 있었다.

적 가운데 하나는 마루라는 이름의 개. 다른 하나는 소년 삼총사들이었다. 개 쪽은 마루라는 부드러움이 느껴지는 이름임에도 불구하고 40킬로그램이나 될 법한 거구와 고릴라도 울고 갈 정도의 무시무시한 면상을 하고 있었는데, 그 아이를 보면 이빨을 드러내고 으르렁거리며 천천히 다가왔다.

그처럼 몸집이 크고 무시무시한 면상을 하고 있는 개는 오히려 얌전해서 피해를 주지 않는다고 개를 좋아하는 사람들은 곧잘 주장한다. 틀림없이 마루도 평소에는 얌전한 데다 겁쟁이여서 자신의 반토막도 되지 않는 개가 노려보아도 풀이 죽은 얼굴로 눈길을 돌리거나 어딘가로 숨으러 가는 식이었다. 다른 개와 싸움을 한 적도 없었으며 미심쩍은 사람에게 짖으며 덤벼든 적도 없었다. —그럼에도 불구하고 그 아이를 '술꾼 골목'에서 발견하면 순간 입술을 까뒤집어 이빨을 드러내고 중량감 있는 거구를 과시하듯 천천히 다가오는 것이었다.

사람과 짐승 사이에도 궁합의 좋고 나쁨이나 거북한 상대라는 것이 있는 법인지, 마루는 아이가 마음에 들지 않는 듯했으며 아이도 마루에게는 당해낼 재간이 없었던 것이리라. 들고 있던 낡은 냄비에 잔반이 들어 있을 때는 그것을 전부 땅바닥에 비우고 달아났으며 아직 아무것도 얻지 못했을 때에는 3개의 낡은 냄비 하나하나에 아무것도 없다는 사실을 마루에게 분명하게 보인 뒤 그날 밤에는 음식 얻기를 포기하고 집으로 돌아가는 수밖에 없었다. 물론 마루는 잔반 따위에는 눈길도 주지 않았지만.

소년 삼총사는 일반적으로 양아치라 불리는 무리들로 아무런 필요도 이유도 없이 약해 보이는 사람이 눈에 띄면 협박하기도 하고 때리기도 하고 가지고 있는 물건을 빼앗기도 하는 것에서 영웅적 쾌감을 느껴, 그것만이 삶의 즐거움이라고 믿고 있는 듯했다. 나이는 큰 아이가 15세 정도, 나머지 둘은 열두어 살이리라. 번듯한 가정의 소년들로 보여서 셔츠도 바지도 유행하는 물건이었으나 그것을 일부러 삐딱하게 입고 위협적인, 이렇게 말한 것은 어딘가 관절이 빠져버린 듯한 부자연스러운 걸음걸이로 돌아다니기 때문인데, 우리의 아이를 발견하면 인디언처럼 소리를 지르고 인디언 춤과 함께 아이 주위를 맴돌며 그의 작은 몸을 찌르기도 하고, 머리카락이나 귀를 잡아당기기도 하고, 들고 있는 낡은 냄비를 빼앗아 그 안의 잔반을 쏟아내기도 했다.

아이는 결코 반항하지 않았다. 힘의 차이를 비교했기 때문이 아니라, 반항하는 것이 전혀 무의미한 일이라는 사실을 잘 이해하고 있기 때문이라는 듯. 혹은 그것이 피할 수 없는 재앙이어서 이 세상에서 살아가고 있는 이상은 모든 사람이 참고 견뎌야할 일이라는 사실을 인정하고 있기라도 하다는 듯.

갱단들이 그 유희에 싫증이 나서 그를 마지막으로 떠밀어 넘어뜨리거나, 한 대 더 때린 뒤 떠나고 나면, 그제야 아이는 눈물을 흘렸다.

내던져진 냄비를 주워 모으며 그는 아무런 말도 하지 않고 눈물을 흘렸다. 눈물이 아이의 뺨을 흠뻑 적시기는 했지만, 입으로 무슨 말인가를 하거나 울음소리를 낸 적은 없었다. 그런 경우는 한 번도 없었으며 집으로 돌아와서 아버지에게 말하는 경우도 없었다.

아이는 집으로 돌아오면 냄비를 들고 움막으로 기어 들어간다. 아버지는 대부분 기분 좋게 숙면을 취하고 있는데 그때는 아이도 조심조심 아버지가 잠에서 깨어나지 않도록 가만히 잠자리에 들지만, 일찍 잠자리에 든 아버지는 이미 충분히 잤기에 아이가 돌아오면 잠에서 깨어나는 경우가 드물지 않았으며, 그럴 때면 평소와 같은 이야기가 전개되어 새벽녘까지 이어지는 일도 각오하지 않으면 안 되었다.

"누워서 생각을 해봤는데 말이다."라고 아버지가 말을 시작했다. "집을 지을 때는 우선 문이라는 것이 중요해. 문은 사람으로 말하자면 얼굴과 같은 것이라고 할 수 있어. 얼굴을 보면 대충은 그 사람의 성격을 알 수 있잖아, 대충이기는 하지만."

"응, 그래, 맞아."

"물론 사람은 겉으로 판단할 게 아니라는 말도 있기는 하지만, 그런 식으로 말하자면, ―너 졸리냐?"

"안 졸려." 아이는 눈을 비비며 즐겁다는 듯 대답했다. "괜찮아."

그는 하품을 했다. 술꾼 골목을 돌아다니며 신경을 썼기에 몸도 지쳐 있었다. 다리는 무지근하고 눈은 당장에라도 감겨버릴 것 같았다. 그러나 그는 있는 힘껏 그들과 싸우며 아버지의 이야기상대가 되어주었다. 아버지는 눈치 채지 못한 것인지, 아니면 눈치를 채기는 했으나 이야기를 계속하지 않으면 안 될 이유가 있어서 만약 그것을 중단하면 뭔가 이상한 일이 일어나기라도 한다는 것인지, ―어쨌든 아버지는 각종 '문'과 그 풍격과 미감(美感)에 대해서 이야기했고, 아이는 인내심 깊게 맞장구를 치기도 하고 감동해서 감탄사를 올리기도 하며 열심히 동의했다.

식사를 위해서 취사를 하는 경우는 거의 없었다. 추운 계절에는 물을 끓였지만 식사는 잔반을 추려내서 각자의 주발에 담아 차가운 채로 먹었다.

"차가운 음식은 건강에 좋아."라고 아버지는 종종 말했다. "개의 예를 봐도 부르주아가 키우는 개는 소중히 여겨져 오히려 몸이 약해져버려. 하지만 음식을 주워 먹고 땅바닥에서 자는 들개는 말이지 충치도 없고 위가 약해지는 일도 없을 거야."

"응, 그래, 맞아."

"생물은 원래 차가운 음식을 먹었어. —이건 포크커틀릿 같은데, 너 먹을래?"

"됐어, 아빠 먹어."라며 아이는 머리를 흔들었다. "여기에도 있어."

아버지는 포크커틀릿 조각을 먹고, 따뜻한 옷과 따뜻한 음식이 인간의 몸을 얼마나 약하게 했는지, 무력하게 하고 많은 병에 걸리게 했는지, 거기에 반해서 차가운 음식과 옥외생활이 얼마나 자연스럽고 건강에 도움이 되는지, 자신의 이론을 펼쳤다.

차가운 음식과 옥외생활, 그것이 인간의 가장 자연스럽고 건강한 모습이라고 주장하면서, 동시에 그들의 공상 위의 집은 공상 속에서 몇 차례나 세워지고 개축되면서 점차 호화로운 저택이 되어 갔다.

문은 지붕을 얹지 않고 전부 노송나무로 만들기로 결정했으며, 담은 오타니 지방의 응회석. 서양관은 위층과 아래층 모두에 냉난방장치를 하고, 일본식 방은 다실풍으로. 정원은 전체가 잔디인데, 그건 영국에서 에버그린을 들여온다. 약 2천㎡쯤 되는 정원의 서쪽 3분의 1은 상수리나무 숲으로 만들고, 사이에 삼나무를 심으나 꽃이 피는 나무는 일체 들이지 않기로 한다.

이상은 아버지와 아들이 꼼꼼하게 거듭 검토해서 시안(試案)을 내고 결점을 보충한 결과로 거의 만족스러운 것이 되었다. 그들에게는 그 저택의 외관이 현실에 존재하는 것처럼 어떤 각도에서나, 어떤 세부에 걸쳐서도 즉석에서 지적하고 설명할 수 있게 되었다.

"드디어 가구를 들일 때가 되었군." 아이와 함께 길을 걸으며 아버지가 신중한 투로 말했다. "서양관 쪽은 말이지, 난 스코틀랜드풍으로 하고 싶은데, 이렇게, —"하며 그는 손으로 무엇인가의 모양을 허공에 그려보였다. "묵직하고 두툼한 오크 재료를 사용해서 말이다, 전부 하일랜드 지방의 오래된 영주의 저택이나, 아니 수렵지의 별장이 좋겠지. 농민의 소박함을 활용한, 거기에 기품 있고 차분한 가구를 갖추는 거야."

아이는 머리를 갸웃했으나, 맞장구 칠 말을 찾지 못했는지 오른쪽 어깨를 흔들며 올리기도 하고 뺨을 비비기도 할 뿐, 아무런 말도 하지 않았다.

"문제는 부엌이야." 아버지는 눈을 가늘게 떠서 자신의 상상에 구체성을 부여하려 했다. "다시 말해서 일본식으로 할지," 그는 다시 손으로 무엇인가의 모양을 허공에 그렸다. "아니면 조리대에 가스레인지와 프라이용 철판이 갖춰진 서양식으로 할지."

"응, 맞아." 아이가 주의 깊게 눈썹을 찌푸리며 말했다. "그건 아직 서두르지 않아도 되지 않을까?"

"그건 그렇지. 특별히 서두르고 있는 게 아니야. 그런 건 아니지만, 건물과 정원은 벌써 계획이 정리되어 그쪽은 이미 완성된 것이나 다를 바 없으니까."

"그렇군, 정말이야." 아이가 무엇인가 무거운 물건이라도 짊어지듯 대답했다. "—그럼 역시 부엌이네."

아버지는 수염이 멋대로 자란 뺨을 벅벅 긁으며 부엌을 일본식으로 할지, 아니면 서양식으로 할지에 대해서 이야기했다. 그것은 또 당분간, 이라기보다 가능한 한 오래 아버지와 아들의 즐거운 화제가 될 것임에 틀림없었다. —두 사람은 찰싹 붙어서 길을 걸으며, 어떨 때는 초원에 앉아서, 밤이면 또 좁고 어두운 움막 속에서 공복을 달래가며 이야기를 나누었다.

아버지에게는 안타까운 일이었을 테지만 실내 가구가 서양관의 응접실까지 진척되었을 때 아이가 죽었다.

9월 초의 가장 더운 밤, 개의 하우스보다 남루한 움막 속에서 일주일쯤 심한 설사를 한 뒤 거짓말처럼 맥없이 아이는 죽고 말았다.

사인이 무엇이었는지 분명히는 말할 수 없다. 어느 날 아침, 식사를 할 때 아이가 풍로에 불을 피웠다. 주워 모은 잡다한 나뭇조각과 나뭇가지 등을 태웠기에 자고 있던 아버지가 연기에 숨이 막혀 움막에서 얼굴을 내밀어 왜 불을 피우는 거냐, 물을 끓일 필요는 없지 않느냐고 말했다. 추운 계절에만 식사를 할 때 물을 끓였으며 그 외에는 언제나 냉수를 마셨기 때문이었다.

"물을 끓이는 게 아니야." 눈가가 거뭇해진 얼굴을 돌려 아이가 말했다. "날것이 있어서 삶는 거야."

"날것이라고, 흠, 어디 좀 보여줘."

아이는 우유 끓이는 용기를 들고 아버지가 있는 곳으로 가서 안을 보여주었다.

"뭐야, 절인 고등어잖아." 아버지가 코를 벌름거리고 입술을 옆으로 문지르며 말했다. "이건 말이지, 소금과 식초로 절인 거야. 이건 말이지, 날것이 아니야."

"스시 사다의 아저씨가 익혀서 먹으라고 했어."

아버지는 머리를 흔들었다. "잘못 생각한 거야, 틀림없이. 절인 고등어를 삶거나 하면 먹을 수 없게 돼."

"하지만." 아이는 다시 응수하려했으나 아버지가 천천히 머리를 흔드는 것을 보고 울상을 짓듯 웃으며 우유 데우는 용기를 밑으로 내렸다.

그날 오후부터 부자는 복통과 설사에 시달리기 시작했다. 절인 고등어가 상한 것일지도 몰랐으나, 그렇지 않은 것일지도 몰랐다. 절인 고등어는 맛있었으며 냄새도 변한 것 같지는 않았었다. 먹은 것은 그것뿐만이 아니라 구별하기 어려울 정도로 잡다한 식품들이 뒤섞여 있었다.

"이건 절인 고등어가 아니야." 아버지가 자기변호를 하려는 것이 아니라 증상을 의학적으로 성찰하려는 것이라는 듯한 투로 말했다. "—만약 절인 고등어 때문이라면 우선 두드러기가 나거나 토를 하거나 했을 거야. 그런데 나나 너나 그런 증상은 없었어. 그러니 이건 식중독이 아니야. 내 생각에는 냉증인 거 같아."

아이는 복통 때문에 얼굴을 찡그리며 맞아, 응, 이라고 고개를 끄덕였다.

서원사의 절벽 아래에 거의 무너져가는 공동변소가 있다. 훨씬 전부터 사용하지 않게 되었기에 썩어 말라버린 판자조각을 짜놓은 것처럼 보일 뿐이었다. 지금 사용하고 있는 것은 그 아버지와 아들 뿐으로 설사가 계속되는 동안 두 사람은 움막에서 그곳으로 들락거렸다.

사흘째가 되자 아버지의 증상은 멈췄다. 그의 복통은 하룻밤 지나자 나았으며, 사흘째에는 설사도 멈췄다. 아들은 복통도 설사도 잦아들지 않았으며, 사흘째를 지나자 완전히 쇠약해져서 절벽 아래까지 걸어가는 것조차 불가능하게 되었다.

"괜찮아. 걱정하지 않아도 돼." 아들이 아버지를 격려하듯 말했다. "난 곧 나을 거야."

"그야 물론 그렇지. 그런 건 조금도 걱정하지 않아." 아버지는 자신의 배를 쓰다듬었다. "이럴 때는 절식이 유일한 치료법이지만, ―거기에도 한도가 있는 법이어서 말이지."

아이는 미안하다는 듯한 눈으로 아버지를 보았다. 아버지는 벌써 나았기에 무엇인가 먹지 않으면 안 되는 것이다. 아마도 배가 고파서 견딜 수 없게 되어버린 것이리라. 그리고 지금 자신에게 그 사실을 호소하고 있는 것이라는 사실을 아이는 잘 알고 있었다.

"내가 걸을 수 있으면 좋을 텐데."라고 아이는 말했다. "조금 있으면 걸을 수 있으리라 생각하지만."

"오오, 오오, 그게 아니야." 아버지는 손을 흔들었다. "너한테 술꾼 골목으로 가라고 하는 게 아니야. 아무래도 무엇인가 먹지 않으면 안 될 때는 내가 직접 다녀오겠지. 그런 게 아니야. 아직 그 정도로는 배고프지 않아. 이 설사라는 놈에는 절식이라는 것밖에 요법이 없고, 절식은 오래 계속할수록 나중을 위해서 좋아. 공복이라고 해도 인간은 열흘이나 보름쯤 먹지 않아도, 마시지 않아도 죽지는 않아."

아이는 주름투성이가 된 얼굴을 날카롭게 찡그리더니 배를 움켜쥐고 몸을 동그랗게 말았다. 배가 아프기 시작했거나 설사가 시작되려 하는 것이리라. 신음소리를 올리지 않으리라 이를 악물었으며, 전체가 원이 될 정도로 몸을 웅크렸다.

아버지에게는 그것이 보이지 않는 것일까? 그는 눈이 부시다는 듯 아이에게서 시선을 돌려 입구의 가림막을 걷어 올리고 움막에서 나왔다. ―아이의 용태는 이미 심상치가 않았다. 몸의 살은 완전히 빠졌으며 피부는 노인처럼 쪼글쪼글해져 있었다. 변에는 피가 섞이기 시작했으며 간격은 짧아져갈 뿐이었다. 그것이 아버지인 그에게는 보이지 않는 것일까? 알면서도 모르는 척하고, 스스로를 스스로가 속이려 하고 있는 것일까? ―움막에서 나온 그는 무지러진 나막신을 신고 옆에 있는 빈 맥주상자에 걸터앉았다. 그의 얼굴은 완전히 무표정했고, 잠을 자고 있는 것처럼 개개풀린 눈으로 맞은편을 바라보며 소리가 나지 않도록 기다란 한숨을 쉬었다.

"서양관의 응접실 말이다만,"하고 아버지가 움막 안의 아이에게 말했다. "스코틀랜드풍으로 하겠다는 아이디어를 바꾸기로 했어."

그는 자신의 배가 꾸르륵 울렸기에 서둘러 목소리를 높여 응접실에 대한 새로운 구상을 열심히 이야기했다.

이봐 자네, 당장 그 아이를 안고 병원으로 가. 치료비 같은 건 나중에 어떻게든 될 거야. 일단 병원으로 가라니까. 그런 땅바닥 같은데 눕혀놓아서는 안 돼. 당장 병원의 침대로 옮기지 않으면 안 돼. 모르겠는가, 자네? 손을 쓸 수 없게 될지도 몰라.

아버지는 어슬렁어슬렁 일어나 커다란 하품을 했다.

기르는 개는 주인의 얼굴을 보면 우선 꼬리를 흔들기 전에 커다란 하품을 한다. 그건 대체 어떤 이유에서일까? ―아이의 아버지인 그도, 지금은 그럴 때가 아님에도 커다란 입을 벌려 하품을 했다. 그건 대체 어떤 이유에서일까? 무료해진 것일까? 어찌할 바를 몰랐기 때문일까? ―말할 것도 없이 거기에 개가 하는 하품과 비슷한 점은 없었다. 그의 하품은 주인을 보고 기쁨의 정을 나타내기 위한 것과는 전혀 반대가 되는 느낌을 가지고 있었다.

발병한 지 닷새째 되던 날 오후, 아이는 거의 의식불명 상태에 빠졌다. 가끔 내는 헛소리도 무슨 말을 하는 건지 알아들을 수 없었으며 말을 걸어도 대답은 없었다.

아버지는 움막에서 나왔다 들어갔다 하기만 할 뿐, 아이에게는 손도 대려 하지 않았다.

그는 한 아이의 부모가 아니라 오히려 부모에게서 버림받은 어린아이처럼 보였다. 낯선 거리에서 갑자기 부모에게 버림을 받아 지금부터 어떻게 해야 좋을지, 누구를 의지하면 좋을지 짐작조차 못하고 당장에라도 울음을 터뜨릴 듯 되어버린 어린아이처럼. —

밤 10시 무렵, 움막 밖에 웅크려 앉아 있던 아버지는 깊이깊이 생각한 끝인 양, 겹쳐놓은 3개의 낡은 냄비 쪽으로 손을 뻗었다.

"그렇지, 사람은 먹지 않으면 살 수 없어." 그는 우물우물 중얼거렸다. "환자라고 언제까지 먹이지 않고 내버려둘 수는 없어."

그래도 여전히 망설이고 있는 듯했으나 마침내 결심했다는 듯 묵직하고 낡은 냄비를 들고 자리에서 일어났다.

"잠깐 다녀올게."

아버지가 움막 안에 대고 말했다.

"술꾼 골목까지 말이다. 금방 돌아오마. 뭔가 맛있는 것을 얻어다 줄게."

그는 아들이 언제나 이야기하던 스시 사다와 하나히코 등의 이름을 기억 속에서 주워 올리며 밤의 거리로 나섰다. —그리고 약 1시간 후, 입 안에서 무엇인가를 씹으며 돌아와서는 낡은 냄비를 내려놓고 움막 안을 들여다보았다.

"지금 돌아왔다."라고 그는 말했다. "네가 배를 앓고 있다고 했더니 하나히코의 마담이 그거 안 됐다며 맛있는 것을 주었단다."

"저기."하고 아이가 말했다. "잊고 있었는데, 풀장을 만들자."

분명히 그렇게 말했다. 목소리에는 힘이 없었으며 약간 갈라져 있었지만 기분 나쁠 정도로 또렷한 말투였다. 아버지는 우는 듯한 표정으로 미소 지었다.

"그래. 응, 그렇게 하자."라고 그가 커다란 목소리로 말했다. "뭐든 네가 좋아하는 대로 할게. 아이고, 이제야 마침내 가라앉은 모양이구나."

아이의 병은 고비를 넘긴 것이다, 아이들은 생명력이 강한 법이니까. 그는 밝은 얼굴빛이 되어 드물게도 콧노래를 부르며 풍로에 불을 피우기 시작했다.

그가 우유 데우는 알루미늄 용기에 잔반의 죽을 만들어, 그것을 먹이려고 움막으로 들어가 보니 아이는 벌써 차가워져 있었다.

그 이튿날 아침, 예수쟁이 사이타 선생이 움막 앞을 지날 때, 그는 빈 맥주상자에 걸터앉아 멍하니 허공을 바라본 채 손에 우유 데우는 용기를 들고 무엇인가 중얼중얼 혼잣말을 웅얼대고 있었다.

"잘 잤는가?"라고 사이타 선생이 말을 걸었다. "아이는 건강한가?"

그는 사이타 선생을 올려다보았으나 전혀 모르는 사람을 보는 듯한 눈빛으로, 하지만 입으로는 "네, 건강합니다."라고 대답했다.

어디가 아프다고 들은 것 같은데 벌써 나았는가? 라고 사이타 선생이 묻자, 네, 덕분에, 라고 대답하고 귀찮다는 듯 얼굴을 돌려버렸다.

그가 아이를 안고 서원사의 절벽 아래와 움막 사이를 빈번하게 오갔으니 동네 사람들이 못 봤을 리가 없었다. 사이타 선생은 누군가에게서 그 말을 들은 것일 테지만, 그의 쌀쌀맞은 태도를 보고 더 이상은 아무런 말도 하고 싶지 않았기에 오늘도 더워질 것 같군, 하고 말하며 지나쳤다.

그 이후 쭉, 누구도 아이의 모습을 보지 못했다. 핫타 고헤이가 처음으로 그 사실을 깨닫고, 아이는 어떻게 되었느냐고 물었다. 어머니가 있는 곳으로 보냈다고 그는 대답했다.

"오호, 그 아이에게 어머니가 있었단 말인가?"

핫타 영감이 믿을 수 없다는 듯 다시 물었다.

"당신에게는 어머니가 없었는가?"라고 그가 반문했다.

"내게도 어머니는 있었지. 어머니도 없이 태어나는 아이가 있을 리 없잖아."

"그렇겠지."라고 말하고 그는 얼굴을 돌렸다. 핫타 고헤이는 무엇인가를 조금 더 묻고 싶었으나 그의 모습이 매우 차가웠고, 오히려 배타적이라고 생각했기에 그대로 이야기를 끊어버렸다.

얼마 지나지 않아서 누가 말했는지는 모르겠으나, 어느 날 이른 아침의 주위가 아직 새까만 어둠에 잠겨 있을 때 그가 아이를 업고 서원사 쪽으로 걸어가는 모습을 보았다는 소문이 퍼졌다. 병에 걸린 아이를 어떻게 할 수 없어서 어딘가로 버리러 간 것이라고 말하는 자도 있었으며, 사실은 어머니가 어딘가에 있어서 그곳으로 돌려보내러 간 것이라고 말하는 자도 있었으나, 그 어느 쪽이든 그들과는 관계없는 일이었기에 그에 대한 이야기조차도 곧 하지 않게 되었다.

9월의 더위가 끝나고 10월도 지났다. 그는 매일 밤 11시쯤에 '술꾼 골목'으로 가서 잔반을 얻어 모아가지고 돌아오면 움막으로 들어가 혼자서 잤다. 아침이 되면 움막 밖에서 혼자 식사를 마치고 예의 3중 낡은 냄비를 씻어 '술꾼 골목'의 어묵집인 '하나히코'의 안주인에게 맡긴 다음 하루 종일 어딘가를 돌아다니기도 하고 움막으로 돌아와 뒹굴뒹굴하기도 했다.

그러는 사이에 아이의 대리자가 생겼다.

11월에 들어선 언제인가부터 발이 작은 강아지가 그를 따라다니게 되었다. 태어난 지 겨우 사오십 일쯤 지났으리라. 검정과 하양 반점이 있는 잡종이었으나 네 다리가 굵은, 깜찍하고 영리해 보이는 얼굴로 그가 가는 곳이면 어디든 따라다녔으며 움막에 돌아오면 같이 잠을 자게 되었다.

"그래, 그렇게 된 거야." 그가 거리를 걸어가며 무의식중에 혼잣말을 했다. "—잠깐만, 반드시 그렇다고만도 단언할 수는 없겠는걸. 응, 그렇지 않은 경우도 있어. 간단하지 않아."

강아지는 그의 발에 몸을 비비듯 하며 따라갔다. 간간이 그 깜찍한 얼굴을 들어 그를 보고, 맞아요, 정말 그래요, 라고 말하기라도 하듯 꼬리를 흔들었다. 그리고 그가 돌아보거나 하면, 네, 저는 여기에 있어요, 걱정할 것 없어요, 괜찮아요, 라는 의지를 가르쳐주기라도 하려는 듯한 눈빛으로 꼬리를 훨씬 더 크게 흔들었다. —그는 아주 가끔밖에 말을 걸지 않았다. 몸을 돌려 강아지를 볼 때에는 뭐라 표현할 수 없는 표정이 얼굴에 나타났다. 그것은 무엇인가 말을 하고 싶어 하는 듯도 보였으며, 말을 해도 상대방에게는 들리지 않는다는 사실을 알기에 '슬프구나.'라고 중얼거리는 것처럼 보이기도 했다.

이봐, 아이를 어떻게 한 거야? 죽은 아이를 너는 어떻게 한 거야? 그 아이는 생각나지 않는다는 거야? 벌써 잊어버린 거야? 너를 위해서 잔반을 받아오고, 그것을 데워 식사 준비를 하고, 너의 되는 대로 지껄이는 이야기, 아무런 도움도 되지 않는 비현실적인 이야기를 짜증도 내지 않고 들어주고, 비에 젖는 것도 신경 쓰지 않고 언제나 너와 함께 돌아다니고, 너를 위해서 쉴 새 없이 마음을 써주었던 그 어린 아이를 가엾다고 생각하지도 않는 거야? 넌 대체 그 아이를 어떻게 한 거야?

"그리 대단할 것도 없군." 그가 계속해서 걸으며 소리 높여 말했다. "어느 쪽이든 크게 다를 건 없어. 오십 보와 백 보 사이에는 상당히 커다란 차이가 있지만 세상에서는 오십 보 백 보라고 같은 정도로 말하고 있잖아. 자신의 문제인 경우에는 구십 보와 백 보라도 아주 까다롭게 생각할 테지만, 그래도 뭐 대수롭지 않은 것인 듯해."

차가운 비가 내리기 시작했다. 벌써 12월에 가까운 오후의 거리는 갑자기 사람들의 왕래도 뜸해졌으며, 길은 천천히 젖기 시작했고 작은 돌멩이가 차갑게 빛나고 있었다. 강아지는 꼬리를 늘어뜨리고, 머리를 늘어뜨리고, 젖어가는 털이 무겁다는 듯, 그래도 그의 곁에서 떨어지지 않고 쫑쫑쫑쫑 따라가다가 거리의 한 모퉁이에 다다르자 길을 아주 잘 알고 있다는 듯 한쪽으로 꺾어졌다. ―그가 언제나 그쪽으로 방향을 틀었던 것은 아니었다. 때로는 똑바로 가기도 하고 반대편으로 꺾어지기도 했으나 강아지가 멈춰 서서 이상하다는 듯 지켜보고 있다는 사실을 깨닫자 말없이 발걸음을 돌려 강아지가 꺾어진 쪽으로 걷기 시작했다.

그 길을 2정[16]쯤 가면 완만한 경사의 언덕이 나오고 언덕이 시작되는 곳 오른쪽에 파출소가 있는데, 거기서 한 30걸음쯤 위로 오르면 오른쪽에 서원사의 산문이 있었다.

강아지를 데리고 온 그는 그 산문으로 들어가 본당 앞의 정원을 가로질러 곧장 묘지로 들어갔다. 비는 거세지지도 않았으나 그칠 기미도 없이 내리고 있어서, 알몸이 된 나무들의 가지에 맺혀 있던 방울이 그와 강아지 위로 자꾸만 떨어졌다.

묘지에도 지구의 구별이 있어서 고급주택지와 중산계급은, 하급 주택이나 공동주택 계급과 매우 분명하게 지구를 달리하고 있었다. 그리고 전자에는 50년이나 100년, 드물게는 그 이상도 공양이 끊이지 않는 무덤이 있었으나, 후자의 지구에서 30년이 넘은 것은 드물었다. 조금 오래 지나면 청소도 하지 않아서 황폐해진 채로 남게 되며 그 대부분은 연고자가 없는 무덤이기에 언제 없어질지도 알 수 없는 것들이었다.

그는 묘지의 서쪽 끝까지 걸어가서 뒤쪽은 대숲, 좌우는 고목들의 숲으로 가로막힌 사방 2m 정도의 공터 앞에 멈춰 섰다. ―그곳은 붉은 흙에 잡초가 드문드문 말라 있을 뿐, 조금도 특이한 점은 없었으나 그는 그 앞에 웅크리고 앉아 붉은 흙의 한 점을 가만히 바라보았다.

"풀장을 만드는 건 찬성이야." 그가 입 속에서 말했다. "―정원의 잔디 한가운데가 좋을까? 에버그린 한가운데 하얀 타일로 만든 풀장이 있는 건 나쁘지 않아. 살짝 부르주아 같은 기분이 들잖아."

강아지는 비에 젖어 추운 탓인지 그 옆에 찰싹 달라붙어 앉아 몸을 가느다랗게 떨며 그의 얼굴을 올려다보기도 하고, 때로는 '돌

16) 거리의 단위. 1정은 약 109m.

아가요.'라고 말하듯 낮은 콧소리로 끙끙거리기도 했다.

그의 봉발도 덥수룩한 수염도 입고 있는 너덜너덜한 솜옷도 짜면 물이 나올 정도로 젖었으며, 봉발에서 흘러내린 빗방울이 이마와 뺨, 그리고 턱과 목덜미로 뚝뚝 떨어졌다.

"물을 넣고 빼는 설비에 약간의 난점이 있어, 맞아."라고 그가 얼굴 전체를 손으로 닦고 눈 주위를 닦으며 말했다. "지대가 높은 곳이니까 가뭄 때를 대비해서 탱크를 갖춰놔야 하고, 배수도 풀장 가득 담았던 물을 빼내려면 웬만한 하수로는 감당할 수 없어."

강아지가 콧소리로 끙끙댔다.

그는 한쪽 손으로 허공에 무엇인가를 그리는 듯한 손짓을 하다 곧 그 손을 툭 떨어뜨리고 동시에 머리도 낮게 떨어뜨렸다. 그리고 누군가 사람이 거기에 있어서 그 사람에게 이야기를 하는 듯한 투로 말했다.

"걱정할 거 없어, 틀림없이 만들 거야. 네가 보챈 것은 풀장을 만드는 것뿐이었으니까. —너는 좀 더 원하는 것을 무엇이든 보챘으면 좋았을 텐데."

빗방울이 떨어졌기에 그는 다시 얼굴을 손으로 문지르고 눈 주위를 비볐다. 하늘은 상당히 어두워졌고 강아지는 떨며 어리광을 부리듯 끙끙거리는 소리를 냈다.

온실 속의 아내

도쿠 씨가 결혼했다.

도쿠 씨는 고명한 두목 '쓰키마사' 일가의 식구라고 하는데, 프로 도박꾼이라는 사실을 늘 자랑스럽게 여기고 있었다. 어디까지 믿어야 좋을지 누구도 짐작할 수 없었다. 그러나 내기를 좋아하는 것만은 명백한 사실이었다.

도쿠 씨는 시간과 장소를 가리지 않고 상대만 있으면 내기를 걸었다.

"야아, 한 판 하자, 야아."라고 도쿠 씨는 조른다. "다음에 오는 시전의 번호가 홀수인지 짝수인지, 야아, 그걸 걸고 한 판 하자, 야아."

"자자, 한 판 하자, 자자."라고 그는 조른다. "네 이빨로 하자, 윗니로 한 판, 아랫니로 한 판, 아니면 위아래 합쳐서 해도 상관없어. 홀수인지 짝수인지."

"아아, 잠깐만."하고 그는 황급히 상대방을 제지하는 듯한 손짓을 한다. "그 입을 다물어서는 안 돼. 입을 다물면 혀로 이빨의 숫자를 셀 수 있으니까. 입을 벌리고, 그런 다음 혓바닥을 내밀고 있어. 자, 홀수야, 짝수야?"

벽에 붙은 판자 안 나뭇결의 숫자. 길을 가는 노인의 나이. 밧줄의 잘린 조각. 감귤류 열매의 알맹이 숫자. 성냥개비의 숫자. 꽃의 꽃잎. 전차의 레일. 교각. 밥 한 공기 속 밥알. —이처럼 헤아리자면 끝이 없었다. 다시 말해서 한정된 숫자를 알고 있는 사물 이외라면 무엇이든 즉석에서 내기의 재료로 삼는 것이었다.

그는 32세라고 자만하고 있지만, 사실은 서른여덟이나 아홉쯤인 듯했다. 근육질이 아니라 퉁퉁하게 약간 살이 찐 몸에, 여름이고 겨울이고 여러 번 빨아 색이 바랜 유카타[17] 한 벌을 입었으며 겨울에는 터진 곳 투성이인 한텐[18]을 걸쳤다. 줄무늬도 잘 보이지 않을 만큼 낡은 여성용 한텐이었는데, —여성용이 아니냐고 물으면 얼추 1시간 정도는 그것을 입어달라고 울며 부탁한 여자에 대해서, 설마 하는 생각이 들 정도로 노골적인 이야기를 들어야 했다. 만약 "그 얘기는 이미 들었어."라고 말하기라도 하면, 반대로 또 한 명의 다른 여자를 끄집어내서는 그야말로 이삼일은 기분이 처질 정도로 이야기를 들어야만 했다. —얼굴은 길고 갸름한 것 같기도 했고, 둥근 것 같기도 했고, 또 그 어느 쪽도 아닌 것 같기도 했다. 눈썹도 분명하지 않았으며 눈은 가늘고 입술은 두툼하고 코는 귤껍질처럼 구멍투성이였고 얼굴 전체가 여드름을 짠 자국투성이였다. 1미터 60 안팎의 키를, "다섯 척 일곱 치는 족히 된다."고 자랑했으며 그것을 증명하기 위해서였으리라, 남들이 보는 곳에서는 언제나 몸을 곧게 펴고 있었다.

---

17) 浴衣. 목욕 후나 여름에 입는 홑옷.
18) 袢纏. 실생활에 맞춰 간략화한 상의의 일종. 작업복이나 방한복으로 입었다.

한번은 이 '거리'의 신고 씨에 대해서 묻기 위해 경관 한 명이 도쿠 씨의 집으로 찾아왔었다. 아직 젊은 경관으로 처음에는 옆집인 시마 유키치에게 도쿠 씨의 집을 물었고, 그런 다음 그의 집으로 간 것이라는 사실이 나중에 밝혀졌다.

"왜 그러시죠?" 경관의 모습을 보자마자 도쿠 씨는 부들부들 떨었다. "무슨 일입니까? 난 다케 씨와는 관계도 없습니다."

"당신에 관한 일이 아니야. 당신과는 관계없는 일이야." 경관이 수첩을 넘기며 그는 보지도 않고 말했다. "당신 도베 신고라는 사람을 알고 있나?"

자신의 일로 온 것이 아니라는 사실을 안 순간 도쿠 씨의 굳었던 표정이 풀어지고 몸의 떨림이 멈추었다. 그리고 눈꼬리를 내려 미소를 지은 순간 그만 평소의 버릇이 나왔다.

"내가 도베에 대해서 아는지 모르는지,"라고 도쿠 씨가 말했다. "그걸로 한판 하지 않으시겠습니까, 나리."

경관이 이싱하다는 듯 그를 보았다. 그리고 "뭘 하자는 거야?"라고 반문했다.

"모르시겠습니까? 내기입니다, 내기."

경관의 입이 천천히 벌어졌다.

"나리가 먼저 거는 겁니다."라고 그가 솜씨 좋은 투로 말했다. "제가 도베를 아는지 모르는지, 어느 쪽에 걸든 나리의 자유입니다. 내기이니 속임수를 쓰기는 없습니다. 저는 솔직하게 말하겠습니다. 자, 한판 해보시지 않으시겠습니까?"

나리에게 있어서 이렇게 유리한 내기는 없다고 말했다고 한다. 젊은 경관이 거기에 뭐라고 대답했는지는 모른다. 화를 냈다고도 하고, 웃었다고도 하고, 아무것도 듣지 못했다는 듯 입을 다물고 있었다고도 한다. —이튿날 저녁, 그는 집 앞에서 이웃인 시마 씨에게 붙들렸다.

시마 씨에게는 안면신경경련이라는 미묘한 지병이 있었으며 한쪽 다리가 약간 짧았다. 그러나 성격은 밝고 사람 사귀기를 좋아해서 누구와도 곧 친해졌으며 언제나 상냥한 미소를 보였다. 도쿠 씨와는 이웃지간이었으나 거의 교류가 없었고 이야기도 아주 드물게밖에 나눈 적이 없었다.

"자네, 일을 냈더군." 시마 씨가 그에게 싱긋 웃으며 말했다. "무슨 큰 싸움이라도 있었는가?"

"무슨 말씀이십니까?"

"숨기지 마. 어제 저녁에 경찰이 왔었잖아."

"알고 계셨나요?"

"우리 집에 먼저 왔었어. 자네도 상당한 인물인 것 같더군."

"조용히 해주세요." 그는 우쭐해져서 그것을 숨기려고 머리를 긁었다. "가끔 동정을 살피러 오곤 합니다. 귀찮아서 참을 수가 없지만 뭐, 경찰도 그게 일이니 어쩔 수가 없죠."

"그 정도의 인물인 줄은 몰랐어. 다시 봐야겠는데."

"조용히 해주세요." 그는 프로 도박꾼답게 거북해하는 모습을 보였다. "나 같은 건 아직 그저 신출내기에 지나지 않으니."

도쿠 씨는 이 이야기를 알고 있는 사람들 모두에게 했다. 시마 씨가 뜻밖의 장면을 보아서 말이지, 라거나, 잔챙이라면 이런 일은 없었을 텐데, 라거나. 내가 간부가 될 것이라는 사실을 경찰에서는 이미 감지하고 있는 듯하다, 라고까지 말했다.

그 도쿠 씨가 결혼을 한 것이다. 그는 어느 날 밤, 결혼했다고 하는 그 젊은 여자를 데리고 동네의 집들을 전부 돌았다.

"이번에 아내를 맞아서 말이죠."라며 그는 그 아내를 소개했다. "나이는 열여덟, 이름은 구니코라고 합니다. 잘 부탁드리겠습니다."

구니코는 1미터 50 정도의 키에 통통하고 상당히 인물이 좋았으며, 눈과 입과 코도 작고 아담했다.

"구니코라는 건 가짜 아닐까?"라고 동네 아낙들은 서로 말했다. "나이도 스물에서 두엇은 넘었어. 열여덟이라니, —흥, 틀림없이 어딘가에 있는 불법 바의 여급이나, 요리점에서라도 낚아채 온 거겠지."

"그러면 그나마 다행이게. 밤이 되면 어딘가의 길모퉁이에라도 서 있었던 것 아닐까?"

"온순한 얼굴을 하고 있지만 한 꺼풀 벗기고 나면 분명히 꽤나 닳고 닳았을 거야."

언제나 그런 것처럼 특별히 악의가 있는 것은 아니었다. 외지에서 들어온 사람은 예외 없이 이런 종류의 평을 듣게 되는 법이다. 물론 근거 없는 말이기에 사오일쯤 지나거나, 서로 말이라도 섞게 되면 이런 평은 바로 역전되어버릴 뿐만 아니라 순식간에 친척보다 더 친하게 지내는 사이로 바뀌어버린다.

그러나 이번 경우는 그렇게 되지 않았다. 안사람인 구니코가 이웃과도 사귀지 않았으며, 수돗가에도 나오지 않고 장을 보러 나가는 모습도 보이지 않았기 때문이었다. —예전과 마찬가지로 그런 일들은 도쿠 씨가 전부 했다. 보자기나 손바구니를 들고 장을 보러 갔으며, 수돗가에서 빨래도 했다. 때로는 구니코의 속옷이나 내복

등도 빨았기에 아낙들은 몹시 흥분했다.

나이 많은 부부 가운데 안사람의 몸이 약한 경우에는 용납이 되었지만, 도쿠 씨처럼 신혼 초기로 특별히 신부의 몸이 약한 것도 아닌데 어엿한 사내가 그런 일을 한다는 것은 금기였다. ―특히 이 '거리'의 아낙들은 각자 남편과 아이들 때문에 고생을 하고 있었기에 그런 부도덕한 일을 보면 가만히 입을 다물고 있을 수 없었다.

"뭐야 그 국자는, 어디서 뭘 하던 분이실까?" 국자란 말할 것도 없이 구니코를 말하는 것이리라. "이제 막 시집을 왔으면서 남편한데 속옷까지 빨게 하는 천벌을 받을 계집이 세상 어디에 있어?"

"볼 것도 없이 물장사를 하던 여자야. 밥도 못 짓고 바늘도 못 드는 대신 아마도 그쪽 일만은 선수일 거야."

"도쿠 씨도 도쿠 씨지. 지쿠마사 두목의 식구라면서 그 꼴은 또 뭐야. 내가 다 창피하다니까."

이 역시 언제나처럼 도쿠 씨의 귀에 그대로 들어가 버렸다.

"우리 구니코는 온실 속에서 자라서 말이죠."라고 그는 생글생글 웃으며 공세에 나섰다. "그 사람은 아직 세상에 물들지 않았고 수줍음이 많아서 당분간은 온실 속의 아내로 둘 생각입니다."

"부부 사이에서 말이지,"라고 그는 또 말했다. "남편이 아내의 옷을 빠는 건 애정이라는 거야. 좋지 않게 말하는 사람들도 있는 듯하지만 그건 쓸데없는 참견이야. 너무 부러운 나머지 시기하는 거야."

아낙들의 분노는 정점에 달했다. 자신들의 평을 '너무 부러운 나머지 하는 시기'라고 면전에서 듣게 될 줄은 몰랐으며, 그런 폭언을 들은 예도 없었고, 더욱 참을 수 없었던 것은 그 말이 '사실'이기 때문이었다. 아낙들은 도쿠 씨를 남자의 쓰레기라고 욕했으며, 그 사타구니 속에는 금은커녕 은도 철도 아니라 시궁창의 진흙이 들어 있을 거라며 웃었다.

도쿠 씨는 무슨 말을 들어도 태연했다. 이렇게 예쁜 아내를 얻으면 험담을 듣게 되는 정도는 당연한 일이라고 스스로 인정하고 있었다. 그는 이 '거리'에서는 단바 노인과 가장 친하게 지내고 있었다. 단바 노인만은 그의 이야기를 진지하게 들어주었고 때로는 궁해져서 염치없이 소액의 돈을 요구하면 흔쾌히 빌려주기도 했던 것이다. 신부 구니코를 자랑하고 싶어지면 자연스럽게 노인에게로 가서 한껏 이야기를 들려주었다.

"정말 신심이 깊은 사람이어서 말이지."라고 그가 노인에게 말했다. "잠을 잘 때가 되면 매일 밤 그, 이부자리를 까는 방향 때문에 한바탕 소동이 벌어져. 처음에는 나도 황당했어. 왜냐하면 이부자리를 펼 때가 되자 갑자기 내 얼굴을 보더니 제석님은 어느 방향에 계시냐고 물었으니까."

그는 덜컥했다. 이 단계에 이르러 제석님을 어쩌겠다는 것인지. 증인으로라도 불러내려는 것일까 당혹스러웠다. 그러자 그녀는 공손한 투로 오늘은 제석님의 날이니 그쪽으로 발을 두고 자면 벌을 받는다고 설명해주었다.

"그것으로 안심하기는 했지만 나는 다시 당황했어. 제석님이 어느 쪽에 있는지 나는 전혀 알지 못해. 단바 영감은 알고 있어?"

"글쎄. 그게, ―그게, 잘 모르겠는데."

구니코는 미간을 찌푸리린 채 생각하더니 마침내, 그럼 자신이 원래 알고 있는 방향으로 하겠다며 남서쪽에 머리를 두고 잤다.

“다음날 밤은 말이지, 부동명왕님이야.”라고 도쿠 씨가 말했다. “이건 나도 축일 덕분에 알고 있었기에 망설이지 않았어. 금비라도 대충은 짐작이 됐고, 이나리[19]도 바로 알 수 있었어. 관음님 때는 당황했었지. 누가 뭐래도 말이지, 관음은 사방팔방에 있잖아. 여기에는 구니코도 포기해버리고 말았어. 한참을 생각하다가 본산님 쪽으로 맞추고 그것으로 용서를 빌겠다며 간신히 마음을 가라앉혔다니까.”

“매일 밤 그러는가?”

“매일 밤이야.”라고 도쿠 씨는 말했다. “그러던 중에 말이지, 어처구니없는 날을 맞이하게 됐어. 구니코 녀석은 묘한 달력 같은 책을 가지고 있어서 그걸 펼쳐 보고 오늘은 무슨 신의 날에 해당하는지를 살피는데 그 어처구니없는 날이라는 건 말이지, 어느 쪽에 머리를 두어도 발이 향하는 방향에 전부 각각의 신인지 부처인지가 있다는 거야.”

단바 노인의 얼굴에 느슨한 미소가 떠올랐다가 느슨하게 사라졌다. 그거 곤란했겠군, 하고 노인이 동정하듯 말했다.

“구니코 녀석은 잠을 잘 수가 없다며 울기 시작했어.”라고 도쿠 씨는 말을 이었다. “동서남북, 어느 쪽에도 무엇인가가 버티고 있는데 그놈들 전부가 기념일 같은 날에 해당해서 누구 하나 실례를 해도 괜찮은 놈이 없다는 거야. 그러니까 잘 때 다리를 뻗을 방향이 없다는 거지. 그래서 내 이렇게 말해줬어. 그 달력 같은 책을 자세히 살펴봐, 동서남북 어딘가에 빈틈이 없을 리 없어, 경찰의 비상선에

---

19) 稲荷. 곡식을 관장하는 신.

도 틈은 있는 법이니, 라고. 안 그래, 단바 영감?"

그게 그렇지가 않다고 구니코는 말했다. 어느 방향이고 전부 막혀서 1㎝의 틈도 없다는 것이었다. 도쿠 씨는 기다리다 지쳐서 잠을 자버리고 말았는데 한밤중에 눈을 떠보니 구니코는 낡은 옷장에 기대어 앉은 채 잠을 자고 있었다고 한다.

"듣자하니 1년에 1번이나 2번은 그런 날이 있다더군."하고 도쿠 씨가 말했다. "—여자 몸으로 그런 학문이 있는 것도 아닌데 구니코만큼 신이나 부처님의 가르침을 충분히 알고 있는 사람도 없어. 그렇게 신심 깊은 사람도 드물 거야."

단바 노인은 천천히 "아직 젊은데 대단하군."이라고 말했다.

"그야 뭐, 정말 놀랐다니까, 단바 영감."이라고 다음 순간 도쿠 씨가 말했다. "—구니코 녀석이, 이번에도 신심에 대한 얘기지만, 열다섯 살 때였다고 하는데 볼일을 보러 갔대. 무슨 볼일이었는지는 잊어버렸다고 했지만, 어쨌든 계속 걷고 있자니 굉장히 훌륭하고 기둥과 난간 등을 새빨갛게 칠한 어마어마하게 큰 건물 앞에 다다르게 됐대. 그게 너무나도 눈부시게 아름답고 장엄해서 구니코 녀석, 깜짝 놀라 자신도 모르게 두 손을 모으고 공손히 절을 했다더군. 그런 다음 지나가는 사람에게 이건 무슨 신을 모신 신사냐고 물었더니, 그 사람도 놀라며 이건 말이죠, 가부키 극장입니다, 라고 말하기에 구니코 녀석도 다시 한 번 깜짝 놀라서 도망쳐버리고 말았대, 음."

그렇게 열다섯 살 정도 때부터 구니코는 그만큼 신심이 깊었다고 증명하는 것 같은 투로 말하고 도쿠 씨는 자랑스럽다는 듯 턱을 쓰다듬었다. 단바 노인은 조심스럽게, 감탄한 건지 만 건지 알 수 없는 애매한, 그러나 결코 웃고 싶다는 듯한 기색은 보이지 않으며 천천히 몇 번이고 고개를 끄덕였다.

30일이 지나고 50일이 지났다. 신부를 맞아들인 지 대략 70여 일쯤 지났을 무렵, 도쿠 씨가 다른 문제로 단바 노인의 의견을 구하기 위해서 왔다.

"그게 거시기해서 조금 말하기 어려운데 말이지." 그는 자꾸만 뒷머리를 긁기도 하고 쓰다듬기도 했다. "이건 단바 영감이라 얘기하는 건데, 구니코 녀석은 온실 속의 아내야. 세상에 물들지 않은 순수한 아이라는 건 지금까지 몇 번이고 얘기한 대로지만, 아무리 그래도 이해할 수 없는 부분이 있어."

노인은 말없이 무릎 앞에 있는 박보장기의 판을 들여다보며 도쿠 씨의 다음 말을 기다렸다.

"그건 말이지, 그 뭐냐, 그러니까 그때의 일을 말하는 거야."라고 도쿠 씨가 우물쭈물하며 말했다. "그때라고 하면 알아들었을 테지만, 내가 말이지, 그, 뭐냐, 땀투성이가 돼서 용을 쓰고 있을 때 말이지, ―구니코 녀석 갑자기 이상한 말을 하기 시작해. 저기요, 가을이 되면 나뭇잎은 왜 가지에서 떨어지는 걸까요, 라고. ―난 깜짝 놀랐어, 정말. 너 그런 생각을 하고 있었던 거야? 라고 물었더니 지금 갑자기 궁금해졌대. 이런 때 왜 또 궁금해진 거냐고 물었더니, 왜인지는 모르겠지만 어쨌든 궁금해서 견딜 수가 없다더군. ―잊어버려, 지금은 그럴 때가 아니잖아, 라고 말하고 나는 더욱 용을 써봤지만, 글렀어, 단바 영감. 가을이 되면 가지에서 나뭇잎이 떨어지지, 맞아, 어째서 가을이 되면 떨어지는 걸까, 하고 나도 궁금해지더니 힘이 쑥 빠져버리고 말았어."

"그 다음은 말이지, 이빨이야."라고 도쿠 씨는 말을 이었다. "내가 땀투성이가 되어 있을 때, 저기요, 사람의 이는 무엇으로 만들어져 있을까요, 라고 물었어. 이빨은 그냥 이빨이잖아, 라고 말했더니, 하지만 뼈도 아니고 살도 아니니 뭔가 다른 것으로 만들어져 있을 거 아니에요, 하더군. —잊어버려, 지금은 그럴 때가 아니잖아, 라고 말하고 나는 다시 용을 써보려 했지만, 그게 글러먹었어, 단바 영감. 잠깐, 듣고보니 사람의 이빨은 살도 아니고 뼈도 아니야, 그렇다면 대체 무엇으로 만들어져 있는 걸까, 하고 말이지, 그게 궁금해지기 시작해서 이번에도 중도하차야."

그 다음은 돈(지폐)에 대한 것으로, 100엔 지폐가 있고 1000엔 지폐가 있는데 왜 150엔 지폐나 1500엔 지폐는 없는 걸까, 물었다고 한다. 정부에서 하는 일이라 모르겠다고 대답했더니 신문의 신상상담에 투고해볼까, 하고 말했다. 150엔 지폐와 신상상담 사이에 무슨 관계가 있을까 생각했더니 도쿠 씨는 머릿속이 어지러워져서 역시 중도하차해버렸다고 한다.

"뭔가를 생각한다는 건 좋은 거야. 안 그래, 단바 영감?"이라고 도쿠 씨는 말했다. "가을이 되면 왜 나뭇잎이 떨어지는가 하는 건, 보통사람이라면 생각하지도 못할 거야. 그건 말이지, 구니코 녀석이 좋은 머리를 가지고 있다는 증거이니, 나도 절대 반대하지는 않아. 그래도 말이지, 아무리 좋은 생각이라고 해도 하필이면 그럴 때 말할 필요는 없잖아. 안 그래, 단바 영감? 그래서 내 이렇게 말했어. 시간과 경우를 좀 생각해가면서 말하라고. 사람이라면 누구나 이런 때에는 정성을 쏟아서 해야 하는 법이야, 나는 정신 사나워서 계속할 수가 없잖아, 라고 말이지."

단바 노인은 박보장기의 말 하나를 신중하게 움직인 뒤, 별다른 뜻도 없이 흠 하고 숨을 뱉었다.

"구니코 녀석은 얌전한 성격이기에 내게 말대답은 하지 않아. 네 하고 고개를 끄덕이지만, ㅡ잊어버리는 건지 타고난 버릇인지 내가 땀투성이가 돼서 용을 쓰기 시작하면, 저기요를 또 시작해버린단 말이야. 저기요, 칠복신은 누구하고 누구였었죠? 라고 물어봐. 또 시작이야? 그런 건 나중에 생각하라니까, 하지만 궁금해서 견딜 수가 없으니 가르쳐줘요, 라고 해. 신이나 부처는 네 전문이잖아, 라고 말했더니, 칠복신은 아니래. 달리 방도가 없어서 벤텐하고 주로진하고 비샤몬텐하고 호테이하고 다이코쿠하고 에비스하고, 여기서 막혀버리고 말았는데 구니코 녀석 손가락을 꼽고 있다가 아직 하나가 부족해요, 라고 말했어. 그래서 내 처음부터 다시 헤아려봤지만 아무래도 나머지 하나가 떠오르지 않았어. 그러다 나도 궁금해지기 시작해서 어라, 하나가 뭐였더라, 하고 생각하자 또 힘이 쑥 빠져버렸어. ㅡ웃을 일이 아니야, 단바 영감."

"웃지 않아."

"나는 심각해, 정말로."라고 도쿠 씨가 진지하게 굳은 표정을 지으며 말했다. "어젯밤에도 말이지, 네 저기요를 시작해버렸어. 택시 운전수들은 왜 차멀미를 안 할까요, 라고 묻더군. 그야 당연하지, 멀미를 하면 어떻게 택시 운전수를 할 수 있겠어, 라고 나는 말해줬어. 그랬더니 구니코는, 제가 가게에 있을 때 세일러 손님이 있었는데 세일러 중에는 뱃멀미를 하는 사람이 상당히 많다던데요, 라고 말하더군. 세일러가 뱃멀미를 하니 택시 운전수가 차멀미를 안 한다고 정해진 건 아니잖아요, 라고 했어. 나는 흠 하고 숨을 내쉬었어. 숨을 내쉰 다음, 그래 알았어, 다음에 택시 운전수에게 물어볼게, 라고 말했어."

"그래서 또 중간에 끊겨버리고 말았지만, 나는 마음을 가다듬고 간신히 다시 시작했어."라고 도쿠 씨는 말을 이었다. "그런데 이번에도 글렀어. 홈스트레치에 접어들려는 순간 구니코 녀석이 또 저기요, 라고 했어. 그게 또 황당하기 짝이 없었어. 목을 매다는 것과 투신을 하는 것과, 철도 자살을 하는 것 중에서 어떤 게 제일 괴로울까요, 라고 물었어. 쳇, 그 순간 내가 어떤 기분이 들었다고 생각해? 단바 영감."

노인은 손등으로 입을 가리고, 그런 다음 중얼거리는 듯한 목소리로 그 홈스트라는 건 뭔가? 라고 반문했다. 도쿠 씨는 그런 말은 귀에 들어오지도 않는 모양이었다. 아주 심각한 눈빛으로 마치 노인에게 책임이 있기라도 하다는 양 노인의 얼굴을 응시했다.

"난 말이지, 위가 여기까지," 그는 자신의 목을 가리켰다. "—이 근처까지 튀어오른 것 같다는 생각이 들었어, 정말. 정말이야, 단바 영감."

"나도 더는 참을 수 없었어."라고 도쿠 씨는 바로 말을 이었다. "이런 일을 그냥 내버려두면 일가를 다스릴 수가 없잖아, 안 그래? 그래서 나는 몸을 일으켜, 이럴 때 왜 자꾸 그런 생각을 하는 거야. 지금 하고 있는 일하고 목을 매다는 거나 투신하는 거나 철도 자살을 하는 게 무슨 상관이 있다는 거야. 장난치는 거야? 라고 말했어. —구니코 녀석 생각에 잠기더군. 자신의 가슴속을 가만히 생각해보더니, 제가 가게에 있었을 때 오나쓰짱이 손님하고 2층에 올라갔는데 손님만 내려와서 돌아가고 오나쓰짱은 문을 닫을 때까지 내려오지 않았어요. 그래서 서방이 올라가보았더니 오나쓰짱은 목을 졸려 죽어 있었어요. 해서 제가 틀림없이 괴로웠을 거라고 말했더니 마아코는 목을 졸리는 것보다 투신하는 게 천배나 괴롭다고 하고, 리리이는 그보다 철도 자살을 하는 것이 훨씬 더 괴로울 것 같다고 말했어요. 아아, 끔찍해라. 언젠가 신문에 무허가 매춘가 여급 살해라고 실렸었잖아요, 라고 하더군."

"이젠 됐어, 그 이야기는 그만해, 라고 나는 말했어." 도쿠 씨는 무엇인가를 제지하는 듯한 손동작을 해보였다. "난 오나쓰짱에 대해서 말하고 있는 게 아니야. 왜 이런 순간에만 그런 생각을 하느냐 하는 거야. 이런 때가 아니라도 생각을 떠올릴 시간은 얼마든지 있잖아. 어째서 이것을 할 때만 쓸데없는 생각을 하는 거야. 나까지 감정이 상해버리잖아. 왜 그러는 거야, 라고 말했어. 안 그래, 단바 영감? —당신."하고 그는 갑자기 놀란 듯한 눈으로 노인을 보았다. "당신 경마를 모르는 거야?"

"경마, —응, 모르는데."

"그럼 홈스트레치라는 것도, 그래, 그 홈스트레치야." 그는 이야기를 되돌렸다. "내가 그렇게 말하자 구니코 녀석 고개를 갸웃거리며 생각하더군. 잠시 후 다시 고개를 이쪽으로 까딱하더니, 자기도 잘은 모르겠지만 가게에 있을 때 마담에게서 들은 말이 있다, 그럴 때는 마음을 다른 곳으로 돌려 무엇인가 다른 생각을 해야 한다, 그렇게 하지 않으면 몸이 버티질 못한다, 고 거듭 말했었는데 그게 버릇이 된 것일지도 모르겠다고 하더군. 그게 말이나 되는 얘기야, 응? 단바 영감."

"글쎄." 노인이 잠깐 생각한 뒤 위로하듯 말했다. "—말이 될지도 모르겠는데, 세상에 물들지 않은 온실 속의 아내라면 말이야."

"너무 세상에 물들지 않았어, 정말로. 열여덟 살 때부터 7년 넘게 바에서 일했는데도 그 모양이니, 아무리 순진하다 해도 한계가 있을 거 아니야, 안 그래? 단바 영감."

"소중히 여겨줘야 해."라고 노인은 말했다. "곧 좋은 아내가 될 테니, 틀림없이."

그 구니코는 집에 벌렁 누워서 '아이의 엄마가 되면 한없이 바쁘다'는 내용의 노래를 부르고 있었다.

고 목

히라 씨는 독신자로 손수 지은 움막에서 살고 있었다. 낡은 재목으로 기둥을 4개 세우고 둘레에 낡은 판자를 박고, 지붕도 낡은 판자 위에 낡은 함석을 얹은 것이었다. 문은 여닫이였으나 몸을 웅크리지 않으면 안 될 정도로 작았으며 남쪽에 사방 1m 정도의 창이 하나, 그것도 직접 만든 것으로 간유리가 끼워져 있었다.

사람이 기거하고 있는 집은 살아 있는 것처럼 보이는 법이다. 살고 있는 사람에 따라서는 그 집이 성격을 가지고 있는 것처럼 보이는 경우도 드물지 않다. —히라 씨의 '움막'은 히라 씨가 직접 손으로 지은 것이니 훨씬 더 단순하게 그의 성격을 나타내고 있을 터였다. 그럴 터였으나, 움막은 아무런 성격도 없었으며 조그만 특징조차 없어서 낡은 재목과 판자를 끌어다 모은 '움막'이라는 것 외에는 아무런 의미도 정취도 느껴지지 않았다.

이런 '거리'에서 사는 사람들은 그 가난한 주거의 어딘가를, 어떤 형식으로든 꾸미려하는 법이다. 여름에 시원하게 보이도록 넉줄고사리를 휘어 만든 장식을 걸기도 하고, 이가 빠진 화분에 나팔꽃을 기르기도 하고, 처마 끝의 손바닥만 한 땅에 화초를 심기도 하고, 또는 썩기 시작한 것처럼 보이는 집의 기둥이나 문지방을 닦아보기도 하고, 벽에 붙인 널빤지와 두껍닫이를 뻔질나게 물청소하기도 하고, 각자의 미적 감각이나 취향에 따라 그러한 것들에서 겸손한 위안과 안도를 얻는 듯하다.

히라 씨는 그런 일을 하지 않았다. 어느 공동주택과도 떨어져 있었으며 주위는 불모의 공터로, 지면은 깨진 기와조각이나 사기그릇이나 타고 남은 코크스의 재 등으로 덮여 있기 때문에 풀도 제대로 자라지 못했고, 히라 씨가 밟고 지나서 생겨난 길이 길이라고도 할 수 없을 만큼 희미하게 그 공터를 가로지르고 있을 뿐이었다. 움막의 창밖에 한 그루, 높이 1m 정도의 가느다란 고목이 있었는데 말라 죽은 지 몇 년이나 지난 것이리라. 지금은 무슨 나무인지도 알 수 없었다.

히라 씨의 움막과 그 주위에서는 생명이라는 것이 느껴지지 않았다. 거기서 볼 수 있는 것이라고는 사람들이 돌아보지 않게 된 황폐함이 아니라 불모와 고사(枯死) 그 자체인 듯했다.

히라 씨는 누구와도 사귀지 않았으며 일상적인 인사도 거의 하지 않았다. 진짜 이름도 나이도 알지 못했다. 보기에는 50세에서 60세 사이인 듯했지만, 때로는 70세 가까운 노인처럼 힘없이 수척해 보이는 경우도 있었다. 몸집은 작고 말랐으나 근육이 탄탄했으며 볕에 그은 피부에도 윤기가 있어서 참으로 건강해 보였고 눈썹이 짙고 갸름한 얼굴도 가만히 보면 꽤나 품격이 있었다.

“젊었을 때는 틀림없이 잘생긴 사람이었을 거야.”라고 아낙들은 서로 이야기했다. “지금도 봐줄 만하잖아. 얼마 전에는 누군가가 밤에 기어들어갔다고 하던데.”

"귀가 솔깃해지는 얘기로군. 누군가라니, 누구지?"

"시치미 떼지 마세요, 오요시 씨. 구리다고 처음 말한 놈이 방귀 뀐 놈이라는 말도 모르세요?"

방귀 뀐 놈이라는 말을 들은 아낙이 흥 하고 콧방귀를 뀐 뒤 새침한 얼굴로 말을 이었다.

"누군가는 누군가지. 이렇게 말하면 그 장본인은 알아들을 거야. 스스로 짚이는 데가 없다면 다른 사람의 일이니 몸이 달을 필요도 없잖아."

"그건 그렇다 해도 말이지, 중요한 건 일이 뜻대로 됐는가 하는 거야."

"정말인지 거짓말인지는 모르겠지만 히라 씨는 움막 속에서 촛불을 켜놓고 앉아 있었대."

눈이 움푹하고 뺨이 홀쭉해서 흐릿한 촛불이 흔들리자 그 얼굴은 해골처럼 보였다. 그리고 들어선 여자를 본 그는 낮고 갈라지는 목소리로 "오초냐?"라고 말했다. 그것은 무덤 속에서라도 들려오는 듯한 목소리로 여자는 뼛속까지 얼어붙을 정도로 온몸의 털이 곤두서 그대로 정신없이 밖으로 뛰쳐나왔다고 한다.

"정말인지 거짓말인지는 모르겠지만 그런 일에 있어서는 솜씨가 좋은 누군가의 일이고, 한번 노린 사람은 실패한 적이 없었던 사람이니, 그게 정말 사실일지도 몰라."

"오초는 누구야?"

"이 공동주택 중 어딘가에 있을지도 모르지."

"아니면 헤어졌거나 죽은 전처일지도 모르고."

이런 소문이 히라 씨의 귀에 들어갔는지 어땠는지는 모른다. 그는 돌처럼 말이 없고 무뚝뚝하고 완고하게 자신의 고독을 지키고 있었다.

히라 씨의 직업은 매트리스를 만들어 파는 것이었다. 폐품회수업자의 가게에서 누더기 천을 사온다. 움막 밖에 벽돌과 돌로 만든 즉석 아궁이가 있어서 취사를 하게 되어 있는데, 거기에 석유 깡통을 걸어놓고 사온 누더기 천을 넣어 삶는다. 기름기와 때를 벗겨내는 것이리라. 삶은 천은 햇빛에 말린 다음 폭 2㎝ 정도로 찢고 그것을 꼬아, —자신이 만든 듯한 원시적인 베틀로 정성스럽게 매트리스를 짰다. 목욕탕의 발판이나 화로의 깔판 정도로밖에 쓰이는 데가 없을 테지만, 정성껏 꼼꼼하게 짰기 때문에 히라 씨의 물건은 평판이 좋아서 단골도 꽤 많은 듯했다.

히라 씨는 말이 없고 동네 사람들과 사귀지 않았으며 일상의 인사조차도 하지 않는다는 사실은 이미 기술했다. 하지만 그때까지 딱 한 사람, 가끔 찾아가는 지인이 있기는 있었다. 보스 고양이 토라의 주인인 한스케가 그 상대였는데 찾아가서도 이야기는 별로 나누지 않았다. 한스케는 겁쟁이에 마음이 약해서 늘 누군가에게 맞지나 않을까 두려워하는 듯한 사내였고, 그 역시 사람과 사귀기를 좋아하지 않아서 기르고 있던 고양이 토라에게만은 말을 걸었으나 사람과는 말을 하고 싶어 하지 않는 성격이었기에 히라 씨와 둘이서는 이야기가 무르익을 리도 없었다. —히라 씨가 찾아가서 한나절 정도 앉아 있어도 말소리는 거의 들리지 않았다. 가끔 어느 한쪽이 오늘은 날씨가 좋군, 이라고 말하면, 응, 활짝 갰어, 라고 다른 한쪽이 대답했다. 상당히 시간이 흘러서 이제는 잊어버렸다 싶을 즈음에, 세상의 경기는 여전히 변함이 없더군, 이라고 한쪽이 말하면 변함이 없어, 라고 다른 한쪽이 답하고 그것으로 목소리는 끊겨버리는 식이었다.

그러던 중에 한스케도 자취를 감추어버렸다.

한스케는 사람들에게 끌려갔다. 끌고간 것은 형사라고도 하고, 한스케가 장치가 된 주사위를 만들었기에 프로 도박꾼들이 낚아채 간 것이라고도 했다. 어느 쪽이 됐든 히라 씨는 단 한 명의 친구, —라고도 할 수 없겠지만, 어쨌든 단 한 명의 지인을 잃어 다시 자기 혼자만의 생활로 돌아갔다.

아침 일찍, 히라 씨는 움막에서 나와 수건을 담은 대야와 낡은 양동이를 들고 수돗가로 가서 세수를 하고 양동이에 물을 담아 돌아와서는, 그 다음 귤상자 가운데 하나에서 쌀, 다른 하나에서 보리를 가늠해서 퍼내 알루미늄 냄비에 담고 다른 하나의 양동이와 함께 수돗가로 가지고 간다. 쌀을 씻고 물을 뜬 다음 움막으로 돌아와 밥을 짓기 시작한다. —이 '거리'의 사람들은 하루 벌어 하루 먹는 사람들이 많기 때문에 모두 아침이 빨라서 수돗가에는 대부분의 사람들이 나오는데, 개중에는 히라 씨에게 말을 거는 사람도 있었으나 그는 건성으로 대답할 뿐 상대를 하지 않았다. 언젠가 성격이 거친 사내가 화가 나서 인사 정도는 하라고 소리를 질렀다. 히라 씨는 조용히 몸을 돌려 그 사내의 눈을 응시했다. 사내는 덤벼들 생각이었던 듯 주먹을 쥐고 앞으로 한 걸음 나섰으나, 히라 씨의 움직이지 않는 눈동자와 가면처럼 무표정한 얼굴을 보더니 뒤로 물러나 시선을 돌리고 무슨 말인가를 내뱉으며 서둘러 그 자리를 떴다.

"기분이 나쁘네 뭐네 하는 정도가 아니라,"라고 훗날 그 사내가 말했다. "그놈의 눈은 살아 있는 인간의 눈이 아니야. 그건 말이지,

죽은 사람의 눈이야. 내기를 해도 좋아, 그놈의 몸에 흐르는 피는 얼음장처럼 차가울 거야, 분명히."

히라 씨는 세 번의 식사 때 절임류와 된장국밖에 먹지 않는다. 된장은 사다 먹었지만 절임류는 자신이 담갔다. 그것도 간장통 5개에 각각 다른 재료를 다른 방법으로 담가 1년 내내 떨어지는 적이 없었다. ―누더기 천을 사러 갈 때는 커다란 삼베 자루를 들고 간다. 그리고 움막의 창은 안에서, 문은 밖에서 자물쇠를 채운다. 이 '거리'에서 문단속을 하는 집은 그 외에 2집밖에 없는데 그 2집은 문단속을 하기 때문에 뭔가 뒤가 켕기는 일을 하고 있는 것이라는 비난을 들었으며, 몇 번인가 집 안을 뒤진 흔적이 남아 있었다. 덧붙여 말하자면 이곳에 사는 주민들에게 있어서 집의 문단속을 해야만 하는 물건을 가지고 있다는 것은 덕의에 어긋나는 일이기 때문이다. ―히라 씨의 움막도 몇 번인가 습격을 당했지만 문도 창도 열리지 않았다. 어떤 식으로 장치를 해놓았는지 여러 가지로 공격해본 듯했지만, 한 번도 성공하지 못했다. 애초부터 반은 장난삼아 하는 일이었기에 움막을 깨부술 정도로 난폭하지는 않았으며, 마침내 히라 씨가 소중히 여기는 것은 5개의 절임 통이라는 사실이 밝혀진 뒤부터는 더 이상 관심을 갖는 사람이 아무도 없었다.

히라 씨는 이런 사실들을 알고 있었을까? 아니면 전혀 깨닫지 못했던 것일까?

어쨌든 그의 모습은 조금도 변하지 않았다. 그는 언제나 움직이고 있었다. 일하고 있다는 느낌이 아니라 '움직이고 있다.'는 느낌이었다. ―커다란 삼베 자루를 짊어지고 돌아오면 그 안의 누더기 천을 꺼내 분류하고, 즉석 아궁이에 불을 피워 석유깡통의 물을 끓인 다음 가루비누를 풀어 분류해낸 누더기 천을 넣고 나뭇가지로 휘저으며 삶았다. 한눈을 파는 적도 없었으며, 콧노래나 혼잣말을 중얼거리는 적도 없었다. 필요에 따라서 몸과 손발이 동작을 하고 있을 뿐, 의지의 작용이나 감정이 나타나는 듯한 모습은 조금도 볼 수 없었다. —움막의 남쪽에 삼나무 통목을 2개 세우고 새끼줄을 3단으로 친 건조장이 있다. 히라 씨는 삶은 누더기 천을 수돗가에서 빨고 나면 그 건조장에 널어 누더기 천을 말렸다. 얼굴은 무표정했으며 눈도 2개의 구멍처럼 공허했다. 말린 누더기 천을 하나씩 손으로 펼치면서도 그 눈은 누더기 천도 새끼줄도 보고 있지 않는 듯했다. 빈 구멍이 아무것도 보고 있지 않은 것처럼, 히라 씨의 눈은 언제나 아무것도 보고 있지 않는 듯 느껴졌다.

"히라 씨의 매트리스는 평판이 좋다던데. 늘 단골이 있어서 주문을 따라갈 수가 없대." 아낙들의 수다 파티에서는 종종 이런 이야기가 오갔다. "돈을 아주 많이 모았을 거야, 분명히."

"무엇 때문일까? 혼자 살면서 친척도 없는 것 같던데, 돈을 모아봐야 아무런 소용도 없잖아."

"무슨 낙으로 살아가는 걸까? 영화를 보러 가는 것도 아니고 라디오를 사는 것도 아니고, 아니면 몰래 갈보에게라도 돈을 처들이는 걸까?"

"우리 공동주택 안에는 언제나 몸이 근질근질한 사람들이 얼마든지 있는데 말이지."

어느 해의 11월, —50줄로 보이는 여자 하나가 조그만 보따리를 끌어안고 히라 씨의 움막에 나타났다. 여자는 마르고 작은 체구에 얼굴도 작고 아담했다. 피부는 하얗고 머리카락과 눈썹은 새카맣고 짙었으며 콕 집어놓은 듯 작은 입술은 함초롬하고 빨갰다. 나이는

50줄인 듯했으나 전체적인 느낌은 훨씬 더 젊었고 얼마간 요염하게 보이기까지 했다.

히라 씨가 집에 없었기에 여자는 움막 밖에서 기다렸다. 그녀는 움막 주위를 둘러보기도 하고 닫힌 창 밖에 서 있는 마른 나무를 바라보다 그 가지를 만져보기도 한 다음, 움막 벽의 판자에 등을 기대고 웅크려 앉아 가만히 눈을 감았다. —이곳은 어느 공동주택으로부터도 떨어져 있었기에 말이 많은 사람들의 눈에 띌 염려는 없었다. 들개가 2번쯤 지나갔으나 그녀를 보기만 했을 뿐, 아무런 관심도 보이지 않고 지나쳤다.

2시간 정도 기다렸을 때, 히라 씨가 돌아왔다. 넋을 놓고 있었던 듯한 여자는 움막의 문 여는 소리를 듣자마자 갑자기 숨이 멎어버린 듯한 얼굴로 일어섰다.

희고 아름다운 여자의 얼굴이 순간 굳더니 그것이 솔로 칠한 것처럼 붉어졌다. 잠시 멎었던 숨결이 점점 거칠어지고 작은 보따리를 끌어안은 손에 힘이 들어갔다. 여자가 여닫이문을 열자 히라 씨는 이쪽으로 등을 향한 채 낡은 외투를 벗고 있었다. 여자는 여닫이문을 닫은 뒤 저예요, 라고 중얼거리듯 말했다.

히라 씨는 외투의 한쪽 소매를 벗은 채로 돌아보았다. 여자는 보따리를 가슴으로 한껏 잡아당겨 그것으로 몸을 지키려고 하는 듯한 모습으로 인사를 했다. 여자를 보는 히라 씨의 눈이 움직이지 않자 여자의 표정이 변했다. 희고 아담한 얼굴에서 조용히 붉은 기운이 사라져가서, 젊고 요염하게 보였던 것이 삽시간에 차갑고 건조하게 시들기 시작한 것처럼 느껴졌다.

히라 씨는 아무런 말도 하지 않은 채 몸을 돌려 외투를 벗고 낡은 갈색 피케 모자를 벗은 뒤 판자를 깔아놓은 방으로 들어갔다. 여자는 가만히 봉당 안을 둘러보았다. 세숫대야와 가루비누 깡통과 무엇인가의 병이 늘어서 있는 대 밑으로 양동이가 2개 있었고, 그 대 반대편에 낮은 선반이 매달려 있었는데 거기에는 식기를 넣은 바구니와 안전면도기와 비누 상자 등이 가지런히 놓여 있었으며 아랫단에 귤상자 3개와 알루미늄 냄비 등이 있었다.

보따리를 판자가 깔린 방의 끝에 놓은 여자는 그 속에서 짧은 허리띠를 꺼내 어깨 끈에 걸고 2개의 양동이를 살펴본 다음 비어 있는 하나를 들고 움막 밖으로 나갔다.

그리고 여자는 그대로 움막에 눌러앉았다.

히라 씨는 여자에게 말도 걸지 않았으며 눈길도 주려 하지 않았다. 그것은 여자의 존재를 무시하는 것이 아니라, 그녀가 왔다는 사실도 같은 움막에 있다는 사실도 전혀 현실이 아니라고 생각하는 듯한 태도였다. —그녀는 물을 긷고 밥을 짓고 청소도 빨래도 했으며, 장도 보았다. 히라 씨는 그녀가 지은 밥을 먹었으며 빨아준 옷을 입었고, 깔아주는 이부자리에서 잤다. —이러한 행위들은 평소의 '그저 움직이고 있다'는 느낌을 주는 것과 다를 바 없어서 밥을 먹을 때조차 밥을 먹는다는 의식 없이 젓가락을 놀리고, 먹을 것을 씹고, 그것을 삼키는 동작이 있을 뿐인 듯 여겨졌다.

히라 씨의 생활은 조금도 변하지 않았다. 누더기 천을 사러 갔으며, 그것을 석유통에서 삶아 말리고 찢어서는 매트리스를 짰다. 여자가 옆에서 도우려 하면 말없이 여자가 하는 대로 내버려두었다. 그 물건이 좋은 평가를 얻고 있는 것은 히라 씨가 정성스럽게 일을 하기 때문으로 거기에는 그가 정열을 쏟아 붓고 있기에 다른 사람은 손도 대지 못하게 할 것이라고 누구나 쉽게 생각할 법도 했으나, 히라 씨에게 그런 마음은 없는 듯 여자가 손을 내밀면 그것을 여자에게 맡겼으며 자신은 다음 일을 시작했다.

몇 장인가가 완성되면 히라 씨는 그것을 싸서 팔러 나갔다. 뒤에 남은 여자는 쉬려고도 하지 않고 움막 안을 정리하기도 하고 움막 주위를 깨끗하게 쓸기도 하고 땅바닥에 흩어져 있는 기와조각이나 깨진 사기그릇 조각을 주워 버리러 가곤 했다.

여자가 히라 씨의 움막에 눌러앉은 사실은, 곧 동네 사람들의 눈에 띄었다. 처음 수돗가에서 봤을 때는 새로 이사 온 사람이라고 생각해서, 이런 곳에서 살 사람이 아니라는 둥, 귀여운 얼굴이라는 둥, 작고 가뿐한 듯한 그 몸매를 보면 여자인 나도 품에 안아 얼러주고 싶다는 둥, 아낙들은 이야기를 주고받았다. 그러나 그것은 이틀 동안의 일이었을 뿐, 사실을 알고 나자 곧 아낙들의 평은 역전되었다.

"놀랍지 않아? 굴러들어온 여자라던데. 나이도 먹을 만큼 먹은 사람이 무슨 짓인지."

"히라 씨도 히라 씨지. 그런 할망구한테 돈을 처들이고 있을 줄은 꿈에도 몰랐어."

"그 얼굴을 좀 봐, 그 몸매를 좀 봐."라고 한 아낙이 말했다. "내가 예전에 잘 알고 지내던 사람 중에 그런 비슷한 사람이 있었는데, 그건 보통사람보다 훨씬 더 색을 밝히는 성격이야, 분명히. 50이 되어도 60이 되어도 몸은 언제나 뜨거워서 조금도 식을 줄 모르는 부류지. 가만히 보면 알 수 있어."

"당신, 그래서 품에 안아 얼러주고 싶다고 말했던 거구나. 망측해라."

"아이고, 망측하다고?"라고 그 아낙은 반문했다. "당신 알고 있는 거야?"

의미는 달랐지만 그들은 몰랐던 것이다. 히라 씨의 움막에서는 아낙들이 상상하는 것과 같은 일은 무엇 하나 일어나지 않았다.

저녁을 먹고 나면 히라 씨는 잠시 쉬었다가 대략 10시 무렵까지 매트리스를 만들었다. 필요해서가 아니라 심심풀이처럼 하는 것이었기에 일은 그다지 진척되지 않았다. 촛불에 눈이 피로해져 눈물이 나올 듯하면 베틀을 정리하고 잠자리에 들었다. —여자는 뒷정리를 한 뒤 얇은 이불 하나에 몸을 말고 히라 씨 옆에 누웠다. 물론 촛불은 꺼버리기 때문에 달밤이 아닌 한 움막 안은 새카만 어둠에 잠겼다. 히라 씨는 가끔 몸을 뒤척였으나 코를 고는 일도 거의 없었다. 그리고 잠시 후, 여자가 훌쩍이기 시작한다.

바람이 초원을 건너가는 것처럼 은밀한 목소리로 훌쩍이며 목에 무엇인가 막히기라도 한 듯, 갈라지고 속삭이는 목소리로 더듬더듬 이야기를 시작하는 것이었다.

"가게는 잘 돌아가고 있어요. 사위가 열심히 일해주고 있어서." 라고 어느 날 밤 말했다. "아주 좋은 사위로, 제게도 잘해주고, 지금도 당신 이야기가 나오면 집으로 모셔오자고 해요."

"전 어쩌면 좋은 거죠?"라고 어느 날 밤은 말했다. "집안의 대를 이어야 할 딸로 태어나서 오냐오냐하며 자랐기에 죄가 되는 일도 죄인 줄 몰랐던 거예요. 특별히 좋아서 그 사람하고 그렇게 된 것도 아니고, 낳은 아이가 그 사람의 아이라는 사실도 저는 잘 몰랐었어요. —그것만은 믿어주셨으면 해요."

히라 씨는 꿈쩍도 하지 않았다.

"당신이 이렇게 된 지도 벌써 25년이나 되었는데, 제가 어떻게 하면 좋을까요?"

또 어느 날 밤, 그녀는 가느다랗고 막막한 목소리로 호소했다. "당신도 힘든 시간을 보내셨을 테지만 저도 늘 상당히 괴로운 시간을 보냈어요. 돌아가신 어머니는 당신께 면목이 없다며 돌아가실 때까지 저를 용서해주시지 않으셨고, 어머니가 돌아가시고 난 뒤에는 저 스스로 자신을 책망하기도 하고 미워하기도 하며 살아왔어요."

이러한 말들은 몇 십 번이고 되풀이해서 외운 것처럼 정연하게 술술 입에서 흘러나왔다. 힘들다거나, 괴롭다거나, 죽을 때까지 용서하지 않았다거나, 자신을 미워했다거나 하는 등의 강한 의미를 가진 말들이 너무나도 막힘없이 흘러나왔기에 그 강한 의미를 잃고 너무나도 뻔한 단조로운 느낌밖에 주지 않는 듯했다.

"살인 같은 무거운 죄를 지은 사람도 사정에 따라서는 죗값을 치르고 나면 용서를 받는다고 하잖아요." 어느 날 밤은 이렇게 말했다. "―만약 이렇게 하면 당신의 마음이 풀리겠다고 생각하는 일이 있으시다면 그걸 말씀해주세요. 전 무슨 일이든 할 테니."

히라 씨는 무슨 말을 들어도 대답하지 않았다. 여자의 한탄이나 호소를 무시하는 것이 아니라 그 목소리가 전혀 들리지 않는다는 듯이. 그것은 마치 쉴 새 없이 불어대는 바람 속에 있으면서도 돌이 그 바람과는 조금의 관계도 없는 것과 비슷한 듯도 했다.

여자는 히라 씨의 움막에 열이틀 동안 있었으나 열이틀 되던 날 저녁에 떠났다. 그날 매트리스를 팔러 나갔던 히라 씨가 돌아왔더니 여자는 조그만 보따리를 무릎 위에 올려놓고 움막 안 판자가 깔린 방 끝에 앉아 있었다. ―겨울의 오후 4시를 지난 시각, 문

밖도 땅거미가 지고 있었으며 움막 안은 더욱 어두워서 어깨를 움츠리고 있는 여자의 작은 모습이 그 깊은 어둠 속으로 지금 당장이라도 꺼져버릴 듯 보였다.

히라 씨는 평소처럼 외투를 벗고 피케 모자를 벗은 다음 여자 옆으로 해서 판자가 깔린 방으로 올라갔다.

여자는 고개를 숙인 채 봉당의 흙을 보고 있었다. 아담한 얼굴은 하얗게 말라서 오그라든 듯 보였으며, 무릎 위에 있는 두 손도 회색으로 주름 잡혀 있었고 손가락 끝은 힘없이 늘어져 있었다. 여자는 무엇인가를 기다리고 있는 것일까? 뒤쪽에서는 히라 씨가 움직이는 소리가 들리고 있었다. 지금도 여전히 히라 씨가 무슨 말인가 해줄 것이라고 기대하고 있는 것일까? ―그렇지는 않은 듯했다. 여자는 마침내 오른손을 들어 머리카락을 만지며 가늘고 힘없는 한숨을 쉬었다.

"무슨 일이 있어도 안 되는 건가요?"라고 여자가 말했다. 목소리는 속삭이듯 낮았으며, 또 목구멍에 엉겨붙은 듯 갈라져 있었다. "―용서해주실 수 없으신 건가요."

히라 씨는 봉당으로 내려가 선반에 있는 알루미늄 냄비를 열어보았다. 그것은 비어 있었다. 여자는 밥을 짓지 않았던 것이다.

빈 냄비를 본 히라 씨는 곧 쌀과 보리를 푸기 시작했다. 여자가 오늘따라 밥을 짓지 않았다는 사실도 깨닫지 못하고 지금까지 죽 자신이 해왔던 일을 지금도 변함없이 하고 있는 것이라는 듯, 매우 자연스럽고 익숙한 손놀림으로 ―2개의 귤상자에서 쌀과 보리를 일정량씩 가늠해서 냄비에 담은 뒤 그것을 들고 그는 움막에서 나갔다.

여자는 히라 씨를 보지 않았다. 히라 씨가 수돗가까지 반쯤 갔으리라 여겨질 무렵, 무릎 위의 조그만 보따리를 들고 완전히 지쳐버린 사람처럼 일어나 움막 안을 빙글 둘러보았다. 감각이 완전히 닳아 없어져 감정의 움직임이 사라져버린 듯한 눈빛이었다.

여자는 망설이듯 움막에서 나와 여닫이문을 닫았다. 하늘에는 희미하게 마지막 햇빛을 받는 구름이 있어서 그것이 지상의 어둠을 더욱 눈에 띄게 하고 있었다. —여자는 움막을 돌아 창 밖에 서 있는 고목 쪽으로 갔다. 그리고 한손으로 그 나무의 가지를 만지며 입 속에서 가만히 중얼거렸다.

"그래 맞아, 이건 틀림없이 수유나무였던 거야."

수유나무는 말라버려도 수유나무라고 할 수 있는 것이 아니라, 말라버리면 더는 그 어떤 나무도 아니라고 말하듯 공허한 말투였다. 그리고 여자는 몸을 웅크리듯 해서 떠나버렸다.

수돗가에는 아낙들 셋이 있었는데 히라 씨가 오는 것을 보고는 모두 갑자기 입을 다물어버렸다. 히라 씨는 말없이 냄비 속의 쌀을 씻었다. 물을 3번 갈아가며 쌀과 보리를 손으로 문지르듯 씻고, 그런 다음 물을 가늠한 뒤 입을 다문 채 그곳을 떠났다.

"어떻게 된 일일까?" 아낙 가운데 한 명이 히라 씨가 멀어지기를 기다렸다가 말했다. "별일도 다 있네, 직접 쌀을 씻으러 오다니. 그 여자 병이라도 걸린 걸까?"

"그럴지도 모르지."라고 다른 한 사람이 말했다. "겐짱하고 누군가의 말에 의하면 매일 밤 그 여자의 우는 소리가 들려왔다고 하니."

"또 겐짱이야? 그 사람의 엿들으러 다니는 것도 병이야."

"당신도 당했어?"

"먼 옛날의 얘기지. 이 나이가 되면 그런 힘은 남아 있지 않으니까."

히라 씨의 움막 밖에서 즉석 아궁이에 불이 타기 시작했다.

저녁 어스름 속으로 푸르스름한 연기가 퍼지더니 곧 빨간 불이 냄비 바닥을 핥으며 천천히 주위로 빛을 던져 거기에 웅크려 앉아 있는 히라 씨의 얼굴 반쪽을 선명하게 비췄다. 히라 씨의 얼굴은 딱딱하고 무표정했으며, 동공이 산대(散大)한 듯한 눈은 무엇을 보는지도 모르게 앞에 펼쳐진 어두운 공간을 바라보고 있었다. 아궁이의 불이 흔들리면 히라 씨의 얼굴도 너울너울 움직이는 것처럼 보였으나 그 표정은 조금도 변하지 않았다.

바람이 조금 강해져 아궁이의 장작이 연기를 피워올리기 시작했다. 히라 씨는 장작의 위치를 조금 바꾸고 연기를 마셔가며 나뭇조각 두어 개를 집어 불 속으로 던졌다.

비스마르크 왈

간도 세이쿄 선생이 말했다.

"자네는 로터리클럽의 숨겨진 의도를 알고 있는가?"

핫타 다다하루가 잠시 생각하다 기름이 번지르르한 이마를 쓰다듬으며 대답했다.

"잘은 모르겠습니다만 국제적인 사교단체 아닙니까?"

"그건 카무플라주야. 각국의 민족독립정신에 대한 그들의 눈속임적인 선전에 지나지 않아. 내가 물은 건 그 선전 뒤에서 그들이 어떤 야망을 꾸미고 있는가 하는 거야."

"그들이 무엇인가를 꾸미고 있습니까?"

"미국의 세계 정패(征霸)야."

핫타 청년은 위가 약한 환자가 쓴 약을 삼킬 때와 같은 얼굴을 했다. 그것은 매일 3번 반드시 먹어야 하기에 지긋지긋하지만 먹지 않으면 위약(胃弱)이 낫지 않으니 어쩔 수 없이 먹는 것이라는 듯한 표정이었다.

처음 미국인은 기독교라는 간판 뒤에 숨어서 일본 정복을 시도했다. 이른바 종교에 의한 민족 노예화를 획책한 것이었으나 도쿠가와 씨에 의해서 그 야망은 괴멸되고 말았다. 그 이후, ―라는 식으로 선생의 극히 독창적인 의견이 전개되었고 핫타 청년은 눈물을 머금었다.

이는 핫타 청년이 우국숙의 숙생이 된 지 일주일쯤 지났을 때의 일이었다. ―처음 핫타 청년이 찾아와서 숙생으로 삼아달라고 말했을 때는 숙두인 간도 세이쿄 선생이 깜짝 놀랐었다.

간도 선생은 새카맣고 짙은 눈썹 아래의, 굉장히 크고 위협하는 듯한 눈을 가느다랗게 뜨고 의심스럽다는 듯 핫타 청년의 얼굴을 바라보며 반문했다.

자네 사람을 놀리러 온 건가?

무슨 말씀이십니까, 라고 청년은 직립부동자세로 말했다.

숙생이 되고 싶다는 말 말일세.

받아주실 수 없으십니까?

받아줄 수 없는 건 아니지만, 이라고 말하고 선생은 생각했다. 틀림없이 그 초라한 공동주택의 입구에는 '우국숙'이라는 간판이 걸려 있고, 숙두의 이름도 분명하게 적어놓았다. 그리고 또한 오랜 세월, ―어느 정도의 햇수인지는 분명하지 않지만, 그 직함으로 선생은 생활을 지탱해왔다. 그건 분명한 사실이었으나 숙생을 지망하는 사람이 나타날 줄은 꿈에도 생각지 못했고, 지금까지 한 번도 그런 예가 없었다.

흠, 하고 선생은 재빠르게 생각을 정리했다. 숙생을 지망하다니 요즘 같은 시절에 기특한 청년이다, 이런 청년은 순진하고 눌변이어서 아마도 부모님이 돈을 보내줄 테고, 아울러 애국적 정열도 가지고 있을 테니 자금조달 역할에 도움이 될 것이다, 마침내 우리 우국숙도 궤도에 오를 때가 온 것일지도 모른다, 좋았어, 하고 간도 선생은 마음을 정했다.

알겠네, 하고 선생은 말했다. 자네를 숙생으로 채용하겠네.

뭔가 자격시험 같은 것이 있습니까, 라고 핫타 청년은 그때 질문했다. 솔직히 말씀드리자면 시험 같은 건 제 성격에 맞지 않습니다만.

그런 어리석은 짓은 내 성격에도 맞지 않아, 라고 선생은 호탕하게 대답했다. 한 번이나 두 번의 시험 따위로 인간의 가치를 알 수는 없어, 인간은 여기야. 선생이 마르고 납작한 배를 두드리자 그곳에서 슬픈 듯, 공허한 소리가 울렸다.

인간의 가치는 배포로 결정된다는 선생의 판정에 따라서 핫타 청년은 그날부터 숙생이 되었다. 이 사제의 관계는 단순하지가 않았다.

선생님의 고향은 어디십니까, 라고 핫타 청년이 묻는다. 그러면 선생은 일본이라고 대답한다. 이보게, 일본 같이 이렇게 벼룩의 똥처럼 조그만 나라에서 출신지가 여기네 저기네 따지는 한심한 일에 구애돼서는 안 되네, 출생은 일본, 그거면 충분하지 않은가, 하고 말한다.

또 선생이 문득 자네의 고향은 어디인가 하고 묻는다. 그러면 핫타 청년은 매우 중요한 비밀이라도 되는 양 무릎에 힘을 주어 앉은 자세를 바로 하고 머리를 깊이 숙인 뒤, 그 문제에 대해서는 묻지 않으셨으면 한다고 대답한다. 내 일신은 국가에 바쳤으니 황국만대를 위해서 이 몸을 기꺼이 희생할 각오이지만 부모형제, 일족과 친척에게 폐를 끼치는 것은 바라는 바가 아니다, 라고 말한다.

간도 선생이 일본 벼룩의 똥 설을 제창했을 때 핫타 청년은 얼굴의 살갗 한 꺼풀 아래서 득의의 미소를 지은 듯했으며, 핫타 청년이 일신희생론으로 일가친척을 감쌌을 때 선생은 무엇인가에 발끝이 걸려 혀를 차는 듯한 얼굴을 했다.

우국숙에는 이부자리가 한 채밖에 없었다. 선생이 핫타 청년에게 짐은 언제 도착하느냐고 물었더니 그런 것은 무엇 하나 없다고 청년은 깔끔하게 대답했다. 갈아입을 옷이나 이불 정도는 있겠지, 라고 묻자 핫타 청년은 선생을 비난하듯 보더니 우국숙에서는 그런 자질구레한 물건까지 숙생이 조달하지 않으면 안 되느냐고 반문했다.

이 문답에서는 간도 선생이 한방 얻어맞고 말았다. 국가적 관점에 입각한 계몽도장이자 특히 황도학적인 진리를 구명하여 이를 실천적으로 프로파간다하는 사명이라는 엄숙한 선생의 주장에 의하면 그런 자질구레한 일은 문제될 것이 없을 터였다. 알겠네, 선생은 고집을 꺾었다. 대여해주는 이불을 빌려오도록 하게.

핫타 청년에게는 숙생으로서의 정신수양을 위한 일과가 정해져 있었다. 식사준비, 청소, 장보기, 심부름, 황거 요배[20], 선생의 신변을 돌보는 일, 그 외의 잡무 등이었다. 그런 일들은 그렇게 힘들지 않았다. 그 가운데 어떤 일이든 적당히 하고 싶으면 선생의 눈을 속이는 정도, 매우 간단한 일이었기 때문에. —그러나 그러한 것들 외에 한 가지 더 피하기 어려운 중노동이 있었다.

피하기 어려운 중노동이라고 하면 그뿐으로, 설명의 필요는 없으

---

20) 황궁을 향해 멀리서 절함.

리라. 그렇다, 간도 세이쿄 선생의 강화를 듣는 일이 그것이었다.

로터리클럽이 일본 침략의 의도를 가진 것이라는 이유에서 일본 지부가 해산을 명령받은 일은 그리 오래 된 이야기가 아니다. 그 무렵의 일본에도 몇몇 부자가 있었는데 국가 장래의 경제적 전망을 믿을 수 없었기에 자산을 외국으로 옮기는 조작이 행해졌거나 행해지려 했던 듯하다. 부자라면 어느 나라에서나 같은 일을 하는 듯, 일본에만 한정된 이야기는 아니었으나 로터리안은 국제적인 귀족 · 부자의 우호기관이니 자산의 국외 도피 등에도 편의를 봐주었을지 모른다. 진짜 이유는 알 수 없지만 적어도 간도 선생의 강화처럼 기독교의 포교활동과는 관련성이 없으리라.

핫타 청년이 눈물을 머금은 것은 선생의 강화가 언제나 독창적으로 지나치게 비약하기 때문은 아니었다. 그렇다고 너무 장황해서 따분하기 때문도 아니었으며, 정신의 고결함에 감동했기 때문도 아니었다. 분명하게 말하자면, —이 두 사람의 관계를 보고 있으면 알 수 있는 것처럼, —요컨대 특별한 이유는 아무것도 없는 듯했다. 선생의 강화를 듣고 있으면 그 내용과 조리와는 상관없이 자연스럽게 눈물짓고 싶어지며 현실에서도 눈물을 머금게 되는 모양이었다.

그런데 선생의 강화가 하나의 문제에 경주하는 일은 드물어서 대부분의 경우는 A에서 S로 뛰어오르고, B에서 K로 튀고, C에서 D, 그러다 갑자기 A나 B로 되돌아오는 식이었다. 로터리클럽 때도 마찬가지여서 갑자기 "자네는 신황정통기(神皇正統記)를 읽어보았는가?"라고 이야기를 바꾸기에, 그건 뭡니까, 라고 반문했더니 "잠깐 심부름을 다녀오게."라고 말했다.

"자금조달을 위해서."라고 선생이 수줍다는 듯 웃으며 말했다. "지금부터는 자네에게 맡기겠네만, 그냥 간단한 일일세."

선생은 벽에 걸어놓은 양복의 주머니에서 낡고 커다란 명함을 꺼내 젖혀진 가장자리를 손가락으로 펴며 A, B, C 3개의 신문사 이름을 들고 A는 국장대리인 누구, B는 사회부 데스크인 누구, C는 누구누구라고 가르쳐주었다.

"모두 나의 후배야."라고 선생은 말했다. "이 명함을 보이면 알 게야. 돈에 대해서는 말하지 않아도 무슨 뜻인지 알고 있어. 알겠나?"

핫타 청년은 애매하게 "네."하고 대답했다.

"그리고 이 명함은 가지고 돌아오게. 모두 믿을 만한 사내들이라 걱정할 필요는 없을 테지만, 명함이라는 건 자칫 악용될 위험이 있으니. 잊지 말고 가지고 돌아오게, 알겠는가?"

핫타 청년은 3개 신문사의 주소와 방문할 사람들의 이름을 확인한 뒤, 불안하다는 듯한 얼굴로 나갔다. ―높이 10m의 점프대에서 처음으로 다이빙을 하려는 사람과 같은 얼굴이었다.

핫타 청년의 걱정에도 불구하고 자금조달은 순조롭게 진행됐다.

"그랬겠지. 모두 나의 부하나 다를 바 없는 녀석들이니."

간도 선생은 대범한 듯 말했으나 조달이 순조로웠다는 사실에 스스로도 놀란 듯한 모습을 감출 수는 없었다.

"대(大)비스마르크 왈, 장수는 전술보다 자신의 병사를 알라. 그리하면 승리는 언제나 그 손으로 돌아오리라." 선생은 모인 자금을 헤아리며 이렇게 말했다. "내 그 3사람은 특별히 아껴주었지. 요즘의 저널리즘은 인정을 경시한다고들 하지만 이런 사람들이 남아 있는 동안에는 아직 괜찮아. 프레스 캠베인은 백뽄을 잃지 않았어. ―자, 오늘은 축배를 드세."

그날 저녁, 간도 선생은 핫타 숙생을 데리고 중앙통의 '술꾼 골목'으로 원정을 나가 장어를 파는 포장마차에서 구운 장어머리를 안주로 소주를 많이 마시고 취했다. 선생의 말에 의하면 양념구이는 초짜들이나 먹는 것이고, 진짜 꾼들은 '머리와 간을 최고'로 친다는 것이었다.

"대놓고 말을 할 수는 없지만,"이라고 선생은 말했다. "양념구이에는 말이지, 양식을 한 것들이 많이 쓰여. 그래서 말이지, 양념구이에는 종종 번데기 냄새가 나는 게 있잖나? 하지만 머리만은 그럴 수가 없어. 머리는 말이지, 눈속임을 쓸 수가 없어. 천연 장어에는 말이지, 바늘이 들어 있기 때문에 이건 아무래도 속일 수가 없어."

자, 이렇게 말이지, 하며 선생은 판자 끝에 늘어놓은 바늘 3개, 즉 선생이 그때까지 먹은 머리에서 나온 그것을 핫타 청년에게 가리켜 보였다.

"그런데 말입니다, 선생님."하고 숙생이 속삭였다. "그건 장어집에서 몰래 넣어두는 것이라는 설도 있습니다."

"속설이야. 문제 삼을 것 없어."

"사실은 저도 장어 낚시에 대해서 알고 있습니다만," 숙생은 목소리를 좀 더 낮추었다. "장어를 낚을 때는 바늘이 다릅니다. 이런 바늘로 하나씩 낚아서는 품삯도 나오지 않고, 낚아도 빼내는 데 시간이 걸려서 수지가 맞지 않습니다."

"수지가 맞네, 맞지 않네, 사내대장부가 그런 쩨쩨한 정신으로는 큰일을 할 수가 없어. —바늘이라면 말이지, 이 간도가 A지의 정치부에 있었을 때 말이야,"

어떤 일이 계기가 되었는지 분명히는 알 수 없으나 얼마 지나지 않아서 간도 선생과 한 노동자가 서로 주먹다짐을 하는 싸움을 시작했다. 아니, 서로 주먹다짐을 했다고는 말할 수 없다. 때리는 것은 노동자였고 선생은 맞는 입장이었는데, 그래도 높다란 의기만은 꺾일 줄 몰랐다.

"자, 좀 더 때려. 너는 네가 무엇을 하고 있는지 모르지?"라고 선생이 땅바닥에 나자빠진 채 외쳤다. "알기나 해? 너는 지금 일본의 운명을 때리고 있는 거야."

이는 실제로 선생의 입에서 튀어나온 말이다. 이에 노동자는 다시 2대를 더 때렸다.

"어젯밤에 무슨 일이 있었지?" 이튿날, 선생이 핫타 숙생에게 물었다. "그 사내는 왜 그렇게 화를 냈던 건가?"

선생은 가만히 머리를 문질러 혹을 만져보고 눈썹을 찌푸렸다. 왼쪽 광대뼈 부근과 이마에도 자주색 멍이 생겨 있었다.

"저도 잘 모르겠습니다." 핫타 청년이 목 뒤를 손으로 두드리며 말했다. "저는 술에 취해 포장마차 옆에 있는 방화조 안에서 자고 있었습니다. 그런데 선생님께서 —들어라 만국의 노동자라거나, 제단의 유해는, 이라거나, 커다란 목소리로 노래 부르기 시작한 소리가 들려왔습니다."

"그건 아니야. 그건 자네의 착각이야. 생각해보게, 그건 전부 공산당의 노래 아닌가."

"그래서 노동자가 화를 낸 겁니다."

"그럴 리가 없어. 그건 완전히 반대야. 내 이래봬도 말이지, 우국숙의 숙두라고."

"어쨌든 그 노동자가 화를 낸 것은 사실입니다. 저는 빈 방화조 속에서 잠을 자고 있었기에 자세한 사정은 잘 모르겠습니다만, 그 노동자가 화가 나서, 나라를 좀먹는 빨갱이놈, 이라고 소리를 질렀습니다."

간도 선생은 천천히 머리를 흔들고 한손으로 입에서부터 턱 부근을 쓰다듬으며 고개를 들어 천장을 보았다.

"대비스마르크 왈,"하고 선생이 지쳐버린 듯한 투로 말했다. "병사를 심복으로 만드는 데는 병사와 침식을 함께하는 것이 상책이다. 나는 병사를 잘못 택한 모양이군. 이보게, —내 생각에는 숙취인 것 같으니 소주를 조금 사가지고 오게."

선생의 얼굴에 괴로운 듯한 표정이 떠올랐다. 그것은 '괴로운 듯한'이라고 할 수 있을 만한 것이 아니라, 실제로 선생의 흉중을 살펴본다면 복잡하고 답답한, 자기 부정과 회한의 표출이라고 하지 않을 수 없는 것이었으리라.

이곳의 주민들 가운데 선참자 몇몇은 아직 기억하고 있을 테지만, 선생은 이 '거리'에서 2번 슬픈 실연을 경험한 적이 있었다. 그 가운데 한 사람은 아직도 건재해서 조문(弔問) 마담이나 광녀 씨 등으로 불리며 아들 하나와 공동주택의 한 집에서 여전히 살고 있다. 다른 한 사람은 다른 곳으로 이사를 가버렸는데 오토미 씨라고 하는 과부로 나이는 서른일고여덟, 상당한 미인으로 혼자 살고 있었다.

오토미 씨는 무엇을 해서 생계를 유지하고 있는지 집에서 삯일을 하는 것도 아니고, 다른 사람이 돈을 보내주는 것도 아닌 듯했으나 언제나 여유롭게 굴었으며 시간만 나면 동네의 이웃 아낙들을 불러 모아 떠들썩한 티 파티를 열었다. 그것이 다도회 등과 같은 품위 있는 모임이 아니라는 사실은 새삼스럽게 말할 필요도 없으리라. 아낙들의 남편들은 이 파티를 매우 기꺼이 여겼다. 왜냐하면 자신들의 마누라들이 이 파티에서 진귀한 풍류담을 여러 가지로 듣고 오기 때문이었다. 그러한 것들은 남자들로서는 상상조차 하지 못할 생리적인, 그리고 심리적이자 동시에 물리적인 요소를 갖춘 것으로 연구심 강한 남편들이 자신도 모르게 실험을 해보고 싶어지는 예도 적지 않았다.

이들 남편들로부터 오토미 씨의 이야기를 들은 선생은, 그런 여자는 양풍(良風)을 문란하게 한다며 화를 내고, 장래를 타이르지 않으면 안 된다며 훈계를 위해서 나섰다. 어디에나 있는 이야기지만 그 첫 번째 방문에서 돌아올 때 간도 선생은 실없이 웃고 있었으며 동네 사람들에게도 오히려 칭찬을 했다. 아니, 그 부인은 극히 순박한 여성에 지나지 않아, 여자가 가장 여성스러움을 증명하는 나이이자 경험자일 뿐이야. 그리고 하나 더, 무엇인가에 지나지 않아, 라고 말하고 호걸처럼 웃었다.

선생이 오토미 씨와의 첫 대면에서 홀딱 빠져버렸다는 평판이 일었으며, 그것을 스스로 증명하듯 선생은 뻔질나게 오토미 씨 방문에 공을 들였다. 아아, 정말, 하고 선생은 동네 사람들에게 말했다. 그 여자만큼 남성을 위해서 태어난 여성도 없을 거야. 남아로서 진심으로 호연지기를 기를 수 있는 것은 그와 같은 여성을 제외하고는 또 없을 거야.

선생님도 독신 생활이 길었습니다, 라고 동네 사람들은 말했다. 마침 상대도 과부고 하니 차라리 하나가 되는 것이 어떻겠습니까? 나이도 어울립니다. 응, 조금 더 사귀어본 뒤에 경우에 따라서는 그렇게 하는 것도 나쁘지는 않을 듯하네, 라고 선생은 답했다.

사실 간도 선생은 그렇게 생각하고 있었으며, 프러포즈하려고 은밀하게 그 기회를 엿보고 있기도 했다. 그러나 그것은 성공하지 못했다. 오토미 씨는 선생님에 대해서도 실험욕을 굉장히 자극하는 풍류담을 했다. 때로는 자신의 팔다리로 어떤 종류의 포즈를 취해 보이는 일조차 있었는데 그것은 오토미 씨가 기회를 만들려는 것이라고 추측되었기에 선생의 정열은 그야말로 비등점에까지 이르렀고 충동에 휩싸여 구혼의 태세로 들어갔다. 그러면 선생의 혀가 선생의 의지로부터 등을 돌렸다.

오토미 씨, 대비스마르크 왈, 하고 선생의 혀가 움직이기 시작했다. 싸워서 이기지 못하는 것은 곧 패배라고. 또 말하기를, 패배하기를 원치 않는다면 싸우지 않는 것이 상책이라고. 또 말하기를, ―또 말하기를 하는 식으로 줄줄이 비스마르크(하지만 누구인지, 혹은 그 누구도 아닐까?)의 금언이 끊이질 않았다. 아무리 용을 써봐도 그 혀는 이쪽으로 되돌릴 수 없었으며 오토미 씨가 진절머리를 내는 것을 막을 방법도 없었다.

선생님은 이상한 사람이야, 라고 오토미 씨가 티 파티 때 아낙들에게 말했다. 내가 기껏 재미있는 이야기를 시작하면 언제나 비스 군이 뭐라고 말했다는 둥, 그거 비스 군이라면 이렇게 했을 거라는 둥, 나도 모르고 누구도 알 수 없는 잠꼬대를 늘어놓는다니까. 누구라도 흥이 깨져버리고 말 거야. 어마어마한 벽창호야, 선생님은.

이 말이 선생의 귀에 들어가기까지 그렇게 시간은 걸리지 않았으며, 동시에 선생의 사랑도 마지막을 알리는 공을 울렸다.

조문 마담 때에도 거의 같은 경과를 거쳐서 비슷한 결과를 맞이했다.

조문은 물론 장례식을 의미하며 마담이란 예의 경멸하여 부르는 말로 진짜 이름은 세이코였으나, 한편으로는 '광녀 씨'라는 은밀한 별명도 있었다. ―남편은 혼다 마사키치라는 사람으로 어딘가의 항구에서 배에 채소를 실어 팔고 있다는데 1달에 1번이나 2달에 1번 정도밖에 모습을 드러내지 않았다. 초등학교 3학년생으로 진이라는 아들이 있어서 세이코는 그 아들과 둘의 생계를 스스로 꾸려나가고 있었다.

옛날처럼 보편적이지는 않은 듯하지만 장례식에서는 시아귀(施餓鬼)라는 것이 행해진다. 다시 말해서 조문객들에게 문상 과자나, 과자값 정도의 딱지를 나누어주는 것이다. 신심이 깊은 부자의 장례식 때에는 화장장에서 가난한 사람들에게 돈을 던져주기도 하기에 그 보시를 기다리는 가난한 아이와 노인들이 길가에 열을 짓는 경우도 있다고 한다.

세이코는 장례식의 조문객 속으로 섞여 들어가 과자 상자나 딱지 등을 받았으며 그것을 바로 과자가게로 가지고 가서 돈으로 바꾸었다. 삼나무 판자로 만든 상자에 담긴 과자든 그 가격에 상당하는 딱지든 대략 2할 정도 제하고 과자가게에서 사들였기에 하루에 5번쯤 장례식이 있으면 날품팔이 노동자보다 더 많은 돈을 벌 수 있었다. ―물론 밑천 없이는 불가능한 일이었다. 조문객으로서 검은 예복도 필요했으며 머리 모양도 단정하지 않으면 안 되었다. 세이코는 면이기는 했으나 검은 예복과 허리띠가 있었으며, 머리 모양도 자신이 매일 단정하게 손질했다.

이 검은 예복과 머리 모양을 늘 단정하게 했기에 세이코는 '마담'이라 불리게 된 것인데, 그뿐만이 아니라 그녀는 말투와 태도 모두 고급주택가에 사는 사람 같아서 '~여요.'를 썼으며, '호호호' 하고 웃을 줄도 알았다.

아들인 진은 분방한 무정부주의의 신봉자였다. 그는 어머니를 싫어하고 학교를 싫어했으며, 힘이 센 상대는 피했으나 약한 사람이나 여자아이를 보면 폭력을 휘둘렀고, 개나 고양이는 눈에 띄기만 하면 학대를 했다. 자기 집에는 거의 들어가지 않았으며 다른 집의 창고나 처마 밑 등에서 자고 배가 고프면 다른 사람 집의 부엌을 뒤졌다. —입고 있는 것은 너덜너덜, 얼굴에도 손발에도 때가 덕지덕지했으며, 옆으로 다가가면 그 어떤 저급한 거지보다도 지독한 냄새가 났다. 아주 가끔 세이코가 그를 잡는 적이 있었다. 그러면 세이코는 집으로 데리고 와서 여름이고 겨울이고 상관하지 않고 알몸으로 만들어 물과 비누로 그를 씻긴 다음 머리를 깎아주고 손톱을 깎아주고 옷을 갈아입혔다.

그러는 동안 내내 세이코는 부드러운 '~여요.'투로 진을 타일렀으며 진도 얌전하게 네 하고 사과했다. 반성을 하고 돌아온 방탕아와 따뜻하게 맞아들이는 어머니의 그림을 떠오르게 하는 아름답고 감동적인 순간이었다. 그러나 이러한 개장(改裝)작업이 끝나는 순간, 종교단체에서 채찍으로 다스리는 것과도 같은 행사가 시작되었다.

그것은 "너는 왜 그렇게 좋지 않은 짓을 하는 거니?"라는 부드러운 질책으로 막을 올린다.

어째서지? 밖에서 자는 아이는 사람이 아니란다. 어째서 그러는 거니? 동네 분들이 뭐라고 하시는지는 너도 알고 있지 않니? 왜 좋지 않은 짓만 하는 거니? 응? 어째서 고치려 하지 않는 거지?

그 목소리는 부드럽고 다정하며 꿀을 듬뿍 뿌린 푸딩처럼 달콤한 울림을 가지고 있었으나, 말과 말 사이에서 찰싹, 찰싹 매서운 소리의 반주가 들려왔다. 동네 아낙들의 말에 의하면 엉덩이를 까고 자로 때리는 듯하다고 한다. 꿀을 듬뿍 뿌린 푸딩처럼 달콤한 목소리와 뼈까지 얼어버릴 것 같은 꾸짖음의 소리가 그대로 무시무시한 화음이 되어 듣는 사람의 귀를 찌르는 것이었다.

잘못했어, 라는 진의 비명이 들려온다. 다시는 그러지 않을게, 아파. 용서해줘. 찰싹, 찰싹. 거짓말이 아니야, 학교에 갈게, 아아 죽을 것 같아. 찰싹찰싹. 그렇게 커다란 소리를 내면 이웃에게 피해가 되잖니, 찰싹. 조용히 좀 하렴, 찰싹. 우는 척해봐야 소용없어, 찰싹. 이게 그렇게 아프니? 어머니는 속지 않아, 찰싹.

잠시 후, 언제나 그렇지만, 진은 어머니의 손에서 벗어나 밖으로 뛰쳐나오자마자 거기서 바로 반역의 횃불을 올린다. 마귀할망구, 뒈져버려라—, 라는 첫 번째 화살로 그것은 시작되어 상당한 무뢰한이라도 생각해내지 못할 만큼 풍부한 어휘를 구사해서 저주와 욕설과 조롱을 퍼붓는다. 물론 이웃 따위는 조금도 생각하지 않으며 만약 호기심이 일어 그 소동을 구경하러 나오는 사람이 있으면 진은 조금의 망설임도 없이 돌이나 나뭇조각을 집어던졌다.

밖에서 그렇게 떠들어서는 안 되잖니, 하고 집 안에서 세이코가 소중한 물건을 품솜으로 감싸는 듯한 목소리로 말한다. 안으로 들어오렴, 동네 분들이 웃으실 거야. 뭐라고 지껄이는 거야, 마귀할망구, 라고 진은 조소한다. 웃기지 마, 뒈져버려—.

그리고 당분간 집 근처에는 다가가지도 않고 어딘가의 헛간이나 창고에서 자기도 하고 훔쳐 먹기도 했다.

간도 선생은 이 어머니와 아들의 트러블을 어떻게든 호전시켜야겠다고 결심하고 몇 번인가 방문한 뒤, 요컨대 아버지의 부재가 문제라고 역설했다. 대체 아버지는 왜 별거를 하고 있는 것이냐,

가뭄에 콩 나듯이 오는 것은 어째서냐, 그렇게 이야기를 해나가는 동안 세이코도 점점 마음을 터놓게 되어 실은 남편에게 여자가 있다, 경륜에 빠져서 조금도 돈을 벌지 않고 정말 궁할 때에만 돈을 쥐어짜러 오는데 몇 년 전부터 부부관계는 끊어져 있기에 자신도 적당한 상대가 있으면 다시 한 번 가정을 꾸리고 싶다, 남편이 다른 여자를 두고 멋대로 살아가고 있는데 자신만 고생을 하는 것도 한심한 일이니, ―이렇게 말하며 세이코는 곁눈질로 간도 선생의 눈을 가만히 바라보았다고 한다.

간도 선생의 심장은 열여덟 소년처럼 부풀어 올랐으며, 동시에 가슴막의 안쪽을 난타했다. 세이코가 그 사실을 확인했다는 점에도 의심의 여지는 없었다. 왜냐하면 그녀는 그 변변찮은 벌이에도 불구하고 얼굴에 분을 발랐으며 립스틱을 발랐고 간도 선생이 오는 날이면 음식을 장만해서는 그 상 위에 술까지 내게 되었기 때문이었다.

소주는 몸에 좋지 않으니, 라며 세이코는 진심이 담긴 말을 했고, 선생을 곁눈질로 바라보았다. 또한 술을 따를 때에는 왼손으로 오른쪽 소매를 잡는 세심한 재주까지 펼쳐 보였으며, 선생이 권하면 수줍어하면서도 술잔을 받았다.

설령 간도 선생이 부처님 가운데 토막 같다 할지라도 이렇게까지 하는데 안온하게 있을 수는 없는 법이다. 선생은 자신이 무슨 말인가를 하지 않으면 안 될 입장에 놓였다는 사실을 깨닫고, 우선 '그런 남편과는 이혼해야 한다.'는 사실, 그리고 진 소년의 장래를 위해서 누군가 교양이 있는 견실한 사람과 재혼해야 한다는 사실 등에서부터 말을 시작했고, 그러자 세이코는 일일이 지당하신 말씀이라며 고개를 끄덕이고 선생에게 돌파구를 열어주기 위해서였으리라, 손을 뻗어 선생의 무릎을 지그시 눌렀다. 그러자 선생의 혀가 다시 자기주장을 시작했다.

대비스마르크 왈, 승리하고도 자만하지 않는 자는 장수 중의 장수라고 할 수 있다.

세이코는 다음 말을 기다렸다. 선생이 마침내 돌격을 개시할 것이라 생각한 모양이었다. 과연 선생도 그럴 생각이었다. 그러나 현실은 언제나 산문적인 법이다. 선생의 심장이 열여덟 소년처럼 두근거리고 있음에도 불구하고 혀는 고집스럽게 양보하려 들지 않았다.

비스마르크 왈, 패해 달아나는 병사는 떨어지는 꽃과 같다. 이를 전선으로 되돌려 보내려는 것은 떨어지는 꽃을 가지로 되돌리려는 것과 같다.

세이코는 그래도 다음을 기다렸다. 설마 대비스마르크만이 용을 쓰리라고는 생각지 않는다, 다음에는 색정적인 말이 나오리라 생각하고 있었기에. 그러나 비스마르크는 고집스럽고 완고했다.

선생의 이마에는 땀방울이 맺혔고 그 눈은 눈물을 머금기 시작했으나 혀는 자못 자랑스럽다는 듯 '비스마르크'를 가지고 놀며 그칠 줄을 몰랐다.

세이코에게는 친하게 지내는 아낙들이 없었기에 선생을 어떻게 평했는지는 모르겠으나, 선생을 바라보는 표정으로 추측하건대 부처님 가운데 토막보다 점수가 좋지 않았던 것만은 틀림없는 사실인 듯했다.

그 '술꾼 골목'에서 노동자와 싸움이 벌어진 것도 아마 선생의 의지와는 상관없이 혓바닥 자체가 멋대로 자기주장을 했기 때문이리라. 그렇지 않다면 선생씩이나 돼서 공산당의 노래를 부르는 일 따위가 있을 리 없기 때문이다.

"괘씸하네요, 선생님." 사온 소주로 선생과 숙취에 활기를 불어넣어가며 핫타 숙생이 말했다. "방금 술집에서 신문을 잠깐 봤는데 우익단체의 전국대회가 공회당에서 열린다고 하지 않습니까. 선생님께 초대장이 오지 않은 것은 어째서입니까?"

선생은 잠시 생각한 뒤, 딱하게 됐다는 듯 청년의 얼굴을 바라보았다.

"자네는 자신의 입장을 조금 더 잘 살펴볼 필요가 있네."라고 선생은 말했다. "지금 공회당에 모인 자들은 잔챙이들이야. 우익단체라고 참칭(僭稱)하고 있지만 인물다운 인물은 한 마리도 없어. 모두 졸보 같은 놈들뿐이야."

"하지만 말입니다, 대의공평 선생이라거나, 국수순일 선생이라거나,"

선생은 머리를 흔들고 손을 흔들었다.

"그리고 신슈 남아 선생 등과 같은 사람들의 이름도 있었습니다."

"그게 어쨌다는 거지?" 간도 선생은 입술을 굳게 다물었다. "공평한 남아도 순일이도 나는 알고 있어. 녀석들은 아시하라 미즈호의 문하에 있었지만 모두 파문당한 것과 다를 바 없이 쫓겨난 녀석들이야. 진심으로 국가 만대를 근심하기보다 권문의 부귀에 영합해서 허명을 꾸미고, 양민을 위협해서 금전을 탐하고,"

핫타 숙생은 자못 감격했다는 듯한 표정으로 선생의 왕성한 강개를 도취되어 듣고 있었다.

"내 특히 자네에게 묻겠네만, 핫타 군."하고 선생이 끝으로 말했다. "나치스의 당대회 같은 곳에 대비스마르크가 출석하리라 생각하는가?"

핫타 청년은 반사적으로 입을 열어 무엇인가 외칠 뻔했으나, 아슬아슬한 순간에 간신히 입을 다물 수 있었다. 눈에 보이지 않는 손으로 덥석 입을 막은 듯한 느낌이었는데 그 반동 때문에 기침이 발작적으로 찾아왔다.

"저는 스스로를 자랑스럽게 생각하겠습니다. 새삼스러울 것도 없지만," 기침 때문에 목이 메어 빨개진 얼굴로 숙생이 말했다. "이번 일로 제게도 얼마간은 사람을 보는 눈이 있다는 사실을 깨닫게 되었습니다."

"인생은 심원한 법이야. 자, 마시게." 선생이 깊은 생각에 잠긴 듯 말했다. "인생은 심원하고 변화는 측량할 수 없는 법이지, 건배."

건배, 하고 핫타 숙생도 말했다.

우국숙이란 대체 무엇을 하는 장소일까? 이름으로 추측하건대 국가의 장래를 근심하는 숙으로 그것을 사상의 좌냐, 우냐로 보자면 우선 우파에 속한다고 보는 것이 일반이리라. 결론적으로 말하자면 극단적인 파괴사상에 대해서 국가의 전통을 지키겠다는 입각점에 서 있는 것이니 좌파에 속하는 인사의 활동과 정반대가 되는 어떤 활동을 해야 할 것이다. 물론 선생이 말하는 우익파의 '잔챙이' 제씨들은 각자에 알맞은 활동을 하고 있는 듯했으며 그 동정이 종종 각종 저널리즘에 보도되고 있는 듯했다.

그러나 우국숙에서는 그러한 움직임을 볼 수 없었다. 때로 그러한 논의가 나오는 적이 있기는 했으나 그것도 선생의 일방적인 주장의 전개로, 핫타 숙생은 경청할 뿐이었다. 선생의 주장은 대부분의 경우 놀랄 정도로 비약적이고 믿을 수 없을 만큼 독창적이어서 숙생조차도 자신의 귀를 의심할 때가 드물지 않았으나 그래도 여전히, 결코 반론하려 들지는 않았다.

이를 속되게 말하자면, 숙두와 숙생 모두 빈둥빈둥 시간을 죽이며 자금이 있는 동안에는 오로지 먹고 마시는 게으른 생활을 즐기고 있을 뿐이라고 할 수 있을 듯하다.

그런 일이 현실에 있을 수 있다 할지라도 오래 지속되리라 생각할 수 있을까? 새삼스럽게 확인할 필요도 없이 그럴 가능성은 없다. 핫타 숙생은 3번째 자금조달에서 그 사실과 맞닥뜨렸다. 간도 선생이 예전에 아껴주었다던 신문 각사의 데스크나 국장대리인 모 씨, 그 외의 사람들이 사실은 간도 세이쿄라는 인물을 모르며 얼굴도 본 적이 있는지 없는지 기억이 없다는 사실, 캄파를 한 것은 일종의 사회적 활동으로 그때그때의 기분과 주머니사정에 의한 것이었다는 사실, 게다가 자신이 캄파를 투여했다는 사실조차 바로 잊어버렸다는 사실 등이 분명해졌다.

핫타 청년은 그것을 감싸줄 만큼의 배려심도 없이 사실을 그대로 보고했다. 선생도 또한 특별히 부끄러워하거나 변명하려 들지 않았다. 흥 콧방귀를 뀌고 불만스럽다는 듯 청년의 얼굴을 빤히 보았다.

"본인을 만났는가?"

라고 선생이 물었다.

"만나지 못했습니다."라고 청년은 대답했다. "급사로 있는 아이가 말을 전해줍니다." 그리고 바로 덧붙였다. "지금까지도 그랬습니다. 모두 바쁘다고들 합니다."

"이 명함을 분명히 보여줬겠지?"

달리 무슨 방도가 있겠습니까, 라고 말하기라도 하듯 핫타 숙생은 두 손을 펼쳐 보였다.

"어쩔 수 없지. 이런 일은 흔히 있어." 선생이 핫타 청년을 위로하듯 말했다. "그들 저널리즘은 청빈하니까. 거기에 그들의 존재가치가 있는 거야. 보도를 위해서는 몇 십만이나 되는 돈을 아낌없이 쓰지만, 자신들의 주머니사정에 대해서는 전혀 신경을 쓰지 않아. 바로 그렇기 때문에 대비스마르크 왈,"

"저녁은 어떻게 하시겠습니까?"하고 핫타 숙생이 물었다. "이제는 쌀이 떨어졌습니다."

선생은 비스마르크를 물렀다. 음식에 관해서 선생은 숙생 이상으로 즉물적이었으며 현실론자였다. 쌀이 없다는 말을 들은 순간 선생의 뱃속에서 꼬르륵꼬르륵 소리가 났으며 3일이나 먹지 못한 것처럼 격렬한 기아감에 휩싸였다.

"그런 일은 사전에 얘기해주지 않으면 곤란하지 않은가."

"오늘도 자금조달이 가능하리라 생각했기에."

"어쩔 수 없지." 선생이 잠시 고개를 갸웃거리고 턱수염을 만지작거리다가 말했다. "─자, 그럼 자네 미안하네만 단바 노인의 집에 잠시 다녀오게. 간도 세이쿄가 쌀을 좀 빌리고 싶어 한다고 말하면 알아들을 거야. 내일은 내가 조달에 나서겠지만, 이런 일도 인격 구성을 위한 중요한 경험이야. 소홀히 생각해서는 안 돼."

핫타 청년은 비스마르크 녀석이 나오기 전에 자리에서 일어났다.

선생에게는 따로 자금원이 있는 듯 이튿날은 직접 외출했다가 해가 저문 뒤 고주망태가 돼서 돌아왔다.

"이건 고주망태라고 하는 게 아니야."라고 선생은 말했다. "고주망태라는 속된 것이 아니야. 이건 그거야, 그, 뭐냐."

"뒷문으로, 뒷문으로."라고 핫타 청년이 목소리를 죽여 말했다.

"자네는 무슨 잠꼬대 같은 소리를 하는 겐가."라고 선생이 비틀비틀하며 숙생을 노려보았다. "실례 아닌가, 뒷문으로라니, 뭔가?"

"아니, 고양이가 말입니다."하고 핫타 청년이 오른 손등으로 입을 닦으며 말했다. "고양이 놈이 부엌에 있었기에, 저녁 준비를 할까요?"

"어째서 또 고양이에게 저녁을 먹인다는 거야."

"저녁은 선생님입니다."

이렇게 말하며 핫타 청년은 손을 뒤로 돌려서 팔랑팔랑 흔들었다. 그러자 부엌문이 덜컹 움직였고 핫타 청년은 당황해서 크게 마른기침을 했다.

"밥이라니, 주의자 같은 말을 하는군. 이봐, 술이야." 선생이 거기에 양반다리를 하고 앉아 줄무늬 바지의 무릎을 잡고 주름을 펴며 말했다. "나는 지금부터 본격적으로 마실 거야. 소주를 사오게. 자네에게도 한턱내겠네."

"돈을 주십시오."라고 말하며 핫타 청년은 손을 내밀었다.

"도온, 돈, 돈." 양복 상의의 안주머니에서 지갑을 꺼낸 선생이 안에서 지폐를 1장 뽑아 핫타 숙생에게 건넸다. "—국가 장래에 대해서 근심하고, 금전에 대해서 근심하고. 간도 세이쿄 또한 바쁘구나. 예전에 대비스마르크 왈,"

핫타 청년은 부엌으로 술병을 가지러 가서 그쪽으로 서둘러 나갔다. 그리고 밖의 어둠 속에서 기다리고 있던 누군가와 무엇인가를 속삭이는 목소리가 들렸으나 물론 간도 선생에게는 들리지 않았다. 선생은 혼자서 비스마르크 장군과 논쟁을 벌이며 낡은 다다미 위에 떨어져 있던 가느다란 머리핀을 집어 들어, 그것이 무엇인지도 깨닫지 못한 채 봉당으로 던지고 벌렁 나자빠지고 말았다.

이튿날 아침, 핫타 청년이 선생과 밥을 먹으며 말했다.

"저는 역시 풋내기입니다. 네, 스스로도 그것을 잘 알게 되었습니다."

"겸손은 미덕 가운데 하나지."

"저도 꽤나 버텨보았습니다만 거절당했습니다. 선생님께서 출마하시니 자금조달이 통과 아닙니까. 경의를 표하겠습니다."

이는 인격의 문제로 자신은 더더욱 수양하지 않으면 안 된다고 주장했다. 속내를 살펴볼 것도 없이 자금조달을 선생에게 떠넘길 생각인 것이리라. 선생은 그런 말의 저의 따위에 신경을 쓰는 소인이 아니었기에 숙생의 고백을 지당하다고 인정하고 당분간은 자신이 분주하게 뛰어다니겠다고 받아들였다.

어느 날, 선생이 다시 낡은 다다미 위에서 언젠가와 같은 머리핀을 집어 들고, 이번에는 이상하다는 듯 가만히 그것을 바라보았다.

"이보게 핫타 군, 잠깐."하고 선생이 숙생을 불러 그것을 보였다. "이게 뭐지."

글쎄요, 하며 핫타 청년은 고개를 갸웃거렸다. 눈에 당황하는 빛이 떠올랐으나 선생은 그런 것은 깨닫지 못했다.

"전에도 이것과 같은 물건이 떨어져 있었는데."

선생은 두 갈래로 갈라진 그 물건을 엄지와 검지로 들고 무심결에 냄새를 맡아보았다.

"기름에 찌든 내가 나는군."하고 선생은 말했다. "대체 뭘까? 누가 이런 물건을 떨어뜨리고 간 걸까? 어디에 쓰는 거지, 이건?"

"고양이일지도 모르겠습니다."

"고양이라고? —이런 물건을?"

"요즘 가끔 집 안을 통해서 지나다니는 고양이가 있습니다."라고 핫타 청년이 침을 삼키며 말했다. "뻔뻔한 놈으로 어떨 때는 앞에서 부엌으로, 어떨 때는 부엌으로 들어와서 앞으로, 유유하게 집 안을 지나다닙니다."

"지름길이란 말인가."하고 선생이 머리핀을 봉당으로 집어던지며 말했다. "다음에 또 그런 짓을 하면 말이지, 고양이탕을 해서 먹겠다고 협박을 해. 사람을 바보로 아는 녀석이로군."

그리고 또 어느 날 아침. 숙취 때문에 입맛이 없어서 된장국만 마셔대던 선생이 자꾸만 고개를 갸웃거리기도 하고 눈을 치떠서 천장을 올려다보기도 하다가, 자네 어젯밤에 신음소리를 내지 않았는가, 하고 숙생에게 질문했다. 핫타 청년은 이번에는 당황한 기색도 보이지 않고 조용히 선생을 향해서 머리를 흔들었다.

"그럼 꿈을 꾼 건가."라고 선생은 중얼거렸다. "그게 말이지, 괴롭다는 듯 신음했어. 가느다란 소리로 신음을 했단 말이지."

"고양이일 겁니다, 분명히."

"아니 그건 아니야. 들킬 것 같다고 말하는 소리를 들었어. 맞아, 고양이는 아니야, 그건."

"발정 난 고양이는 이상한 울음소리를 내니까요. 저희 고향에서 실제로 있었던 일인데 갓난아기가 죽었다, 갓난아기가 죽었다며 우는 소리가 들려왔습니다. 땔감을 파는 집 뒤편에서 매일 밤 들려왔습니다. 땔감 파는 집에는 마침 갓난아이가 있었기에 누군가 원한을 품은 사람이 저주를 하는 것이 아닐까 일대 소동이 벌어졌습니다만 결국 발정 난 고양이의 울음소리라는 사실이 밝혀졌습니다.

그 다음에는 가마니를 짜는 집 옆에서 또."

"아니, 고양이가 아닐세."라며 선생은 머리를 흔들었다. "들릴 것 같다고, 그 말만은 분명하게 귀에 남아 있어. 그리고 가느다란 신음소리도."

"그렇다면 꿈일 겁니다. 선생님은 심하게 코를 고셨고, 밤새 뒤척이기만 하셨습니다."라고 핫타 청년이 말했다. "한번은 제 옆구리를 차셨습니다. 정말입니다."

"그럴지도 모르겠군." 선생은 눈썹을 찌푸렸다. "음, 그럴지도 모르겠어, 실례했네."

또 어느 날. 선생이 자금조달에서 돌아와 보니 격자문이 잠긴 채 열리지 않았다.

자물쇠가 있는 것도 아니고 버팀목을 대둔 것도 아니었다. 그런 것을 한 적이 없었기에 선생은 격자문을 흔들며 핫타 군, 핫타 군, 하고 불렀다.

핫타 청년의 당황한 듯한 대답이 들리고 무엇인가 탁하는 소리가 들리더니 핫타 청년이 나왔다.

"어서 오십시오. 지금 열겠습니다." 핫타 청년이 바지의 허리띠를 졸라매며 말했다. "오늘은 일찍 돌아오셨네요."

"격자문을 어떻게 한 건가?"

"잠깐 머리를 굴려보았습니다." 핫타 청년이 격자문을 열고 선생을 위해서 몸을 옆으로 비키며 낡은 5치짜리 못을 하나 보였다. "이걸 끼워놓았습니다."

"왜 또 그런 묘한 짓을 한 거지?"

"고양이 놈이 조심스럽지 못하기 때문입니다."

"고양이라니, ―그 지름길로 질러 다닌다는 녀석 말인가?"

"워낙 흙발로 뻔뻔스럽게 지나다니니까요. 집 안이 더러워져서 참을 수가 없습니다."

선생이 양복을 벗고 기모노의 겹옷과 하오리로 갈아입으며 코를 킁킁거렸다.

"뭔가 이상한 냄새가 나는데."라고 선생이 말했다. "누군가 왔었는가?"

"사람이 말입니까? 아니요." 핫타 청년은 머리를 흔들었다. "선생님께서 안 계실 때는 사람을 들이거나 하지 않습니다. 게다가 제게는 그럴 만한 사람도 없습니다. 차를 내올까요?"

선생은 여전히 코를 킁킁거리기도 하고 머리를 갸웃거리기도 하고 있었다. 그리고 다시, 그로부터 얼마 지나지 않은 어느 날 밤, 선생은 누군가의 신음소리와 나 더는 안 되겠어, 안 되겠어, 라고 말하는 소리를 꿈결에서 듣고, 아아 또 꿈을 꾸고 있구나 생각했으며, 아침에 일어나서 되짚어보고는 역시 꿈이었다고 수긍했다.

세상의 불경기가 더욱 심해져 사업계의 어두운 전망, 중소기업자의 도산 등에 관한 소문이 사람에게서 사람에게로 연달아 전해졌다. 일본에서 이는 유행성 감기와 같은 것으로 어떤 비정기적 기간을 사이에 두고 내습하면 당국은 허둥지둥 눈 가리고 아웅 하는 식의 대책을 세워 중소기업자, 저임금 소득자 등의 희생으로 경기의 회복을 꾀하지만, 근본적인 치료법은 생각하지 않기 때문에 잠시 잠잠해졌나 싶으면 다시 찾아오게 되어 있는 듯하다. 단바 노인의 조심스러운 의견에 의하면 이는 일본의 거간 경제를 구하기 위해 필요한 정치적 조작이라고 하는데, 이를 들은 간도 선생은 눈을 부릅뜨고 단바 군은 빨갱이 아니냐고 비난했으며 그런 위험사상을 가진 자라면 훗날 쓴맛을 보게 될 것이라고 말했다.

그러나 아무런 위험사상도 가지고 있지 않은 선생 자신이 단바 노인보다 먼저 쓴맛을 보게 되었다. 어떻게 된 일인가 하면, 어느 날 저물녘에 선생이 자금조달에서 돌아오자 기다리고 있었다는 듯 하루스케가 호통을 치며 다가왔다.

"이봐, 선생. 우리 마누라를 잘도 낚아챘겠다."

그리고 그는 소매를 걷어붙였다.

이 '거리'에서 하루스케는 부지런한 부류에 속하는 사람이었다. 나이는 47세나 48세, 아이는 6명 있었으나 5살인 막내 외에는 모두 어딘가로 집을 나가버렸다. 오하치라는 지금의 아내는 세 번째 아내로 나이는 하루스케보다 20살 정도 어리리라. 도호쿠 출신으로 피부가 하얀 미인인데, 그렇다고 아이들의 친엄마는 아니었으며 하루스케와 부부가 된 지 아직 2년 안팎밖에 되지 않았다.

하루스케는 평소 차분한 사내로, 단바 노인의 말에 의하면 "밥을 먹을지 말지 깊이깊이 생각한 뒤에 비로소 밥을 먹기로 결정한다."고 하는데, 우직한 사람의 전형이라고 할 수 있어서 이웃집에 호통을 치러 간다거나 싸움을 하는 등의 일은, 도박에 미친 도쿠 씨조차 내기의 대상으로는 삼지 않으리라 여겨질 만큼, 하루스케와는 인연이 없는 일이었다.

그런 그가 지금은 화 때문에 주먹을 떨며 멋대로 자란 수염투성이 검은 얼굴을 앞으로 내밀고 낡은 작업복 소매를 걷어붙인 채 당장에라도 선생을 칠 것 같은 기세를 보였다.

"왜 소리를 지르는 겐가, 무슨 일이지?"라고 선생이 당황해서 하루스케의 주먹을 막기라도 하려는 듯 한손을 앞으로 내밀며 말했다. "—내가 무슨 나쁜 짓을 했다면 사과하겠네. 우선 마음을 가라앉히게."

"우리 마누라를 돌려줘."하고 하루스케가 외쳤다. "우리 집사람인 오하쓰를 내놓으라고 하고 있는 거야."

"오하치 씨 말인가?"

"그건 사투리야. 오하쓰라는 게 진짜지만 그런 건 아무래도 상관없어. 선생은 지금 나를 달래보려고 이러는 동안에도 그 머리를 굴리고 있을 테지만, 내게는 증인을 서줄 사람이 몇 명이고 있어. 그 증인들은 머리는 쓰지 않지만 눈을 써서 현장을 봤단 말이야."

선생이 거기에 양반다리를 하고 앉아 줄무늬 바지의 무릎을 쥐고 주름 펴는 것을 바라보며 하루스케는 아직 화가 가라앉지 않은 표정으로, 다른 사람의 마누라를 가로채는 것은 적어도 선생이라 불리는 사람이 할 짓은 아니라고 몰아붙였다. 나는 그런 일은 모른다, 그건 틀림없이 누군가의 악의에서 나온 험담이라고 선생은 대답했다.

"증인들도 선생이 그렇게 맞받아쳐서 내 기세를 꺾어놓으려 할 거라고 하더군. 하지만 선생, 모두가 실제로 봤단 말이야."라고 하루스케는 말했다. "오하쓰가 이 집의 뒷문으로 숨어들었다가 1시간쯤 지나면 살금살금 나와서 머리카락 같은 걸 매만지며 살금살금 돌아가는 모습을 말이지. 이봐, 선생, 이래도 모른다고 계속 잡아뗄 거야?"

"잠깐, 잠깐." 선생은 턱수염을 쓰다듬었다. "—그래, 음, 그렇게 된 거로군. 그래, 있을 법한 얘기야."

"뭐가 그렇다는 거야."

“이건 말일세, 하루스케 군.”하고 선생이 침착하게 말했다. “증인이 봤네, 못 봤네 할 문제가 아니라, 당사자인 오하치 씨,”

“오하쓰라니까.”

“그 사람이 말일세, 알겠는가.” 선생이 비장의 카드를 꺼내는 듯한 투로 말했다. “그 본인이 직접 오면 백흑이 분명해질 문제 아닐까. 난 그게 가장 간단명료한 수습책이라고 생각하는데 자네는 어떻게 생각하는가?”

“그래서 그 본인을 내놓으라고 하는 거 아냐, 선생.”

“내놓으라니, 내가 오하치 씨를 어떻게 하기라도 했단 말인가?”

“아니란 말이야?” 하루스케는 답답하다는 듯 머리카락을 쥐어뜯었다. “난 말이지, 오늘 처음 얘기를 듣고 여기에 온 게 아니야. 오하치의, 아니 오하쓰 녀석의 모습이 이상하다고 깨달은 건 2달도 전이었지만, 나는 깊이 생각했어. 나는 잠을 잘 수 있을까, 몇 십 번이고 생각해보았는데, 내가 잠을 자지 못하는 일은 없었어. 하지만 이상하다고 눈치 챈 것도 사실이어서 내가 잠을 못 자는 일은 없다 할지라도,”

“아아 이봐, 하루스케 군.”하고 선생이 제지했다. “이야기를 간단히 하지 않겠는가, 응? 자네 말은 오하치 씨를 내놓으라는 거지? 나는 또 나대로 오하치 씨를,”

“오하쓰라니까.”

“그 사람을 데리고 오면 간단명료하다고 말하고 있어. 그렇지? 그러니까 그 본인을 여기로 데려오는 게 가장 우선 아닐까?”

“선생은 내 머리를 어떻게 해보려는 거지?”

“자네 머리를 어떻게 해보려 한다고?” 선생의 말투에 마침내 날이 섰다. “자네가 말하는 장본인은, 자네의 아내 아닌가. 자기 아내의 부정을 내게 와서 항의할 생각이라면 그 장본인인 아내를 말일세, 남편인 자네가 데리고 오는 게 당연한 일 아니겠는가? 안 그런가, 하루스케 군."

이 문제가 중심의제 주위를 헛되이 맴돌기만 했다는 사실은 말할 필요도 없으리라. 그러나 헛되이 맴도는 동안에 두 사람의 사고는, 구심력의 작용으로 마침내 문제의 핵심에 부딪치게 되었다. 그리고 그것은 선생의 말처럼 참으로 간단명료한 일이었다.

"우리 숙생이야, 그건."이라고 선생은 말했다. "핫타 다다하루라고 3개월쯤 전에 숙에 들어온 청년이야."

"선생이 아니란 말이야?"

"한심한 소리 하지 마. 비록 지금은 이 모양이지만 이 간도 세이쿄는 이래봬도 국사(國士)라고. 그런 건 아까부터 거듭 말한 대로 오하치 본인에게 물어보면 알 일이야."

"그게 집에 없다니까, 선생." 하루스케는 귀틀 끝에 앉아 두툼한 입술을 손가락으로 꼬집었다. "어젯밤에 뛰쳐나간 것 같아. 아침에 일어나보니 없었고, 지금까지도 돌아오지 않는 꼴을 보니. 정말이야, 선생."

"우리 숙생도 어젯밤부터 사라져버렸어. 내가 그 사실을 안 건, 역시 아침이 된 뒤였지만, —그렇다면 이건 눈이 맞은 걸지도 모르겠는데."

"이놈의 여편네, 자기 물건을 전부 가지고 갔어."라고 하루스케가 혼잣말처럼 중얼거렸다. "어째서지, 선생. 나와 오하치는 서로 합의를 하고 부부가 된 사이야. 길가에 있는 돌을 내가 나 혼자만의 생각으로 들고 온 게 아니라고. 오하치 녀석도 자신이 생각해서 바로 나와 부부가 되는 편이 앞으로 든든하리라 생각했기에 승낙하고 하나가 된 거야. 그렇게 된 거라고, 선생."

선생은 하루스케의 말을 듣고 있지 않았다. 그날 이른 아침, 핫타 숙생의 모습이 보이지 않는다는 사실을 알았을 때, 선생은 그것을 일시적인 일이라고 생각했다. 숙에 들어온 이후 아직 개인적인 이유로 외출한 적이 없었으니, 누군가 친구라도 찾아간 것이리라, 하고. 따라서 지금 하루스케의 말을 듣고 아마도 오하치와 약속을 해서 달아난 것이라 추측한 순간, 자신의 신뢰가 종잇조각처럼 무시당하고 배신당했다는 사실을 깨달았기에 절망하지 않을 수 없었다.

"그런 넋두리를 해봐야 방귀만큼도 도움이 되지 않아."라고 선생은 말했다. "자네는 그 본인이 어디로 갔을지 짚이는 데가 있겠지."

"그게 있었으면 좋겠지만."

"짚이는 데가 없다는 말인가?"

하루스케는 머리를 흔들었다. 오하쓰와는 매립공사 현장에서 만났고 그때 여자는 식당에서 일을 하고 있었는데, 공사가 끝나자 식당은 이전하지 않고 그대로 해산해버렸다. 따라서 그쪽을 통해서 살피기는 불가능하며, 오하쓰와 부부가 되기는 했으나 아직 신고를 하지 않았기에 본적도 기류지(寄留地)도 알 수 없었다. —이런 '거리'의 주민들 대부분은 아이가 태어날 때까지 혼인신고 따위에는 관심을 갖지 않는 것이 일반적인 듯하다. —그게 말이지, 라고 그들은 말한다. 우리들 마누라는 언제 누구하고 눈이 맞아서 집을 나가버릴지 짐작할 수도 없으니까.

"그거 난감하게 됐군."

"선생 쪽은 어떤가?"라고 하루스케가 되물었다. "그 숙생인가 하는 놈의 부모님이 사는 곳은 알고 있겠지?"

이번에는 선생이 머리를 흔들었다.

"그럼 보증인은?"

선생은 같은 동작을 했다. 핫타 다다하루가 숙에 들어왔을 때의 대화가 떠올라 떫은 표정을 지었으며, 하루스케는 격분했다. 부모님이 사는 곳도 보증인도 알아보지 않고 인간 한 마리를 고용한다는 건 선생에게 어울리지 않는 비상식적인 행동 아닌가, 하고 비난했다.

"그건 법률위반이야."라고 하루스케가 말했다. "개 한 마리를 기를 때도 감찰(鑑札)을 받아야 하는데 하물며 사람을 고용하는데 보증인도 없이 도박을 하는 사람이 어디 있어. —아무리 선생이라고 해도 사람은 겉보기와는 다른 법이군."

"그건 고용인이 아니야."라고 선생은 맞받아쳤다. "우리 우국숙의 숙생이야."

하루스케는 한숨을 쉬었다. 깊고 터무니없을 정도로 길고 힘이 없는 한숨이었다. 숙생은 고용인이 아니라는 선생의 대답이 이치에 맞는 것인지 아닌지, 하루스케로서는 알 길이 없었다. 그는 한숨을 쉬고 입술을 손가락으로 꼬집고 머리카락을 마구 긁고, 다시 한숨을 쉬었다.

"그래서, 그—."하며 하루스케는 선생을 보았다. "선생은 그 숙생을 어쩔 생각이지?"

"어쩌지 않을 거야."라고 선생이 침착하게 말했다. "대비스마르크 왈, 패해 달아나는 병사를 전선으로 되돌려 보내는 것은 떨어지는 꽃을 가지로 되돌리려는 것과 같다. —나는 떠나는 사람은 잡지 않는 주의야."

"난 어려운 말은 몰라. 어렵지 않은 말도 모를지 모르지만, 후-. 어떻게 해야 좋은 건지."

"그럼 경찰에 수색을 의뢰하는 수밖에 없지."

"그건 안 돼." 하루스케는 세차게 머리를 흔들었다. "그러면 마누라의 전남편이나 전전남편이 수색을 의뢰했을지도 모르니, 3개고 4개고 수색 의뢰가 맞부딪치게 되어 설사 오하치 녀석을 찾았다 할지라도 경찰 역시 어찌해야 좋을지 모를 뿐이잖아. 그런 당치 않은 짓은 말도 되지 않아."

선생은 "흠-."하고 말하고 살피는 듯한 눈으로 하루스케의 시커먼 얼굴을 뚫어져라 바라보았다.

"그렇다면,"하고 잠시 후 선생이 말했다. "거기에 그렇게 있어봐야 소용없잖아. 돌아가는 게 어때?"

"여기에 이렇게 있어도,"라고 하루스케가 생각다 못한 듯 대답했다. "소용없는 일이라는 건 알고 있지만, 또 그렇다고 해서 돌아갈 마음도 들지 않아. 언제까지고 여기에 있을 생각도 없지만, 돌아가고 싶은 마음도 들지 않아. 오하치 녀석이 지금쯤 어딘가에 자빠져 있을 거라 생각하면 난 그만 미쳐버릴 것만 같아."

선생은 눈을 부릅떴다. 하루스케가 잠시 후 돌아간 뒤에도, 그리고 또 저녁밥을 지으면서도 그 눈을 커다랗게 부릅뜬 채였다. -거의 일주일쯤 지난 어느 날, 핫타 다다하루로부터 선생에게로 엽서가 왔다.

-나는 우국숙의 공리공론을 탄핵한다. 남아는 모름지기 실행적이어야 한다는 것은 옛 사람의 금언, 내 감히 선생에게 선언하겠다. 나 핫타 다다하루는 몸소 여성해방운동의 기수가 되겠다, 오호.

다다하루.

라는 글이었다. 선생은 읽자마자 엽서를 갈기갈기 찢어서 내던지고 얼굴을 잔뜩 찌푸린 채 턱수염을 쓰다듬었다.

"자, 그럼." 선생은 주위를 둘러보았다. "그럼 우선, —제길, 이럴 때야 말로 소주를 쭉 들이켰으면 좋겠는데, 2잔이 됐든 1잔이 됐든 상관없는데, 술꾼 골목의 욕심쟁이들은 하나같이 실행적인 놈들뿐이란 말이지."

선생은 자리에서 일어나 잠깐 생각하다, "우선은 단바 영감이야."라고 중얼거리고 결의에 찬 표정으로, 그러나 확신은 없다는 듯 밖으로 나갔다.

아버지

사와카미 료타로에게는 5명의 아이들이 있다. 다로, 지로, 하나코, 시로, 우메코. 거의가 연년생으로 큰아이가 10살, 다음이 9살, 8살, 7살, 5살. 그리고 아내인 미사오는 임신 중이었다.

이 '거리'의 사람들은 그들 5명이 사와카미 료타로의 자식이 아니라 1명씩 각자 따로 진짜 아버지가 있으며, 그 아버지들 5명이 이 '거리'에 살고 있다는 사실도, 그들이 자기 자신의 자식을 판별하고 있다는 사실도 잘 알고 있었다.

아내 미사오는 자신의 배를 앓았으니 물론 누구보다 더 잘 알고 있으리라. 그 사실을 모르는 것은 아이들과 사와카미 료타로뿐이라 여겨지고 있었다.

사와카미 료타로는 '료 씨'라고 불렸다. 키는 그렇게 크지 않았으나 보기 좋게 살이 쪘고 둥글둥글한 얼굴은 한눈에도 사람이 좋아 보였다. 굵은 눈썹도, 작고 동그란 눈도 꼬리가 처졌으며 입술이 두툼하고 광대뼈 부근에 살이 부풀어 올라 있었기에 작고 둥근 눈이 그 살덩이의 안쪽에서 엿보고 있는 것처럼 느껴졌다.

료 씨의 얼굴은 사람 좋음의 조건을 전부 갖추고 있다고 구두쇠인 하키이 노인이 말했다. 눈도 입도 코도 뺨도 귀도 전부 사람 좋음의 부분품만을 모아 빚어놓은 것이다.

료타로의 얼굴을 자세히 보면, 하고 예수쟁이 사이타 선생은 말했다. 그건 아내의 최면술에 걸려 거기서 깨어나지 못한 얼굴이야.

농담이 아니야, 그 사람의 눈을 자세히 봐, 라고 무당인 오쓰네 씨가 진지하게 말했다. 그건 완전히 사람을 무시하고 있는 눈이야, 사람도 신도 부처님도 애초부터 무시하고 있는 눈이야.

아내인 미사오는 마르고 조그만 체구였는데 얼굴도 갸름했으며 광대뼈가 튀어나왔고 옴팡진 눈은 언제나 번쩍번쩍 호전적으로 빛나고 있었다. 피부는 검고 머리카락은 갈색으로 곱슬곱슬했으며 이마가 벗겨져 있었다. 나이는 료타로보다 3살 어린 32세였으나 보기에는 반대로 4살 정도 연상인 듯했다.

미사오는 거의 집에 없었다. 식사 준비나 아이들의 옷을 수선하는 등의 일은 했으나 그 외에는 공동주택의 어딘가에서 아낙들과 수다 파티를 벌이거나, 머리채를 잡고 싸움을 하거나, 그 중재를 해서 술을 마시거나, 그런가 하면 종종 한나절씩 어딘가로 모습을 감추기도 했다.

"아아, 여자란 정말 따분해." 그녀는 하루에도 몇 번이고 이렇게 한탄하지 않는 날이 없었다. "—남자는 자기 하고 싶은 대로 하고 집에서는 독불장군처럼 큰소리 뻥뻥 치지만, 여자는 허리가 부러져라 일하고도 연극 하나 보러 가는 즐거움조차 누리지 못해. 생각해 보면 무엇 때문에 살아가고 있는지 정말 내 자신이 가엾어져."

료 씨는 온화하게 미소 지으며 자신의 직업인 솔 만드는 일에 부지런히 열중하고 있었다.

료 씨는 솔 만드는 솜씨가 좋았는데, 솔이라고 했지만 사실은 헤어브러시였으나, 도매상에서도 그가 만든 물건은 고급품으로 취급해 일류 화장품점이나 양품점, 백화점 등에 납품했지만, 일하는 속도가 느려서 물량을 확보하기 어려웠기에 '조바심이 난다.'는 말을 듣고 있었다. 아마도 그의 느린 작업속도에는 아내인 미사오도 조바심이 났는지, 작업뿐만 아니라 젓가락을 들었다 놓았다 하는 것에까지 노골적인 비난을 퍼부었다.

"당신 하는 짓을 보고 있으면 내 속까지 터져버릴 지경이야."라고 미사오는 말했다. "정말 어떻게 해야 이런 굼벵이 같은 사람이 태어나는 걸까? 당신 부모가 살아 있다면 내 당장 달려가서 물어보고 싶을 정도라니까."

료 씨는 작고 둥근 눈을 가늘게 뜨고 입술 부근에 희미한 미소를 지은 채 말없이 일을 계속할 뿐이었다. —적갈색으로 변해버린 작업대 위의 약간 오른쪽 편에 두께 3인치쯤 되는 판자가 세워져 있고 돼지털이 든 통과 브러시 자루로 쓸 나무, 아주 가는 철사, 아교가 담긴 냄비 등의 재료가 료 씨의 좌우에 늘어서 있었다. 그는 왼손으로 통 속에서 돼지털을 슥 집어든다. 구멍 하나에 넣는 숫자는 대략 30가닥으로 정해져 있지만 그는 단 한 번도 그 숫자만큼 집어든 적이 없었다. 집어든 다음 그때마다 꼼꼼하게 헤아려 2가닥 더하거나, 1가닥 빼거나 했다.

"아이고, 1가닥이나 2가닥,"하고 미사오가 타박을 주었다. "그렇게 가느다란 털의 2가닥이나 3가닥쯤 많아도 달라질 건 없잖아."

"그럴지도 모르지만," 료 씨가 미소 지으며 혀가 무거워 움직이지 않는다는 듯한 투로 천천히 대답했다. "30가닥으로 하지 않으면 내 맘이 편치 않아."

숫자만큼 모이면 세워둔 두꺼운 판자의 측면에 털의 뿌리 쪽을 톡톡 두드려 뿌리를 나란히 한 다음, 오른손에 든 아주 가는 철사로 칭칭 뿌리를 감고 한쪽 끝을 브러시의 구멍에 통과시킨 철사를 당겨 털의 뿌리를 구멍 속에 고정시킨 뒤 철사의 남은 부분을 가위로 잘랐다. 구멍은 가운데의 3열이 20개, 좌우의 1열이 17개, 전부해서 94개였는데, 그 하나하나에 30가닥씩의 털을 끼우고 나면 고정한 철사를 두드려 평평하게 하고 아교를 발라 뒤쪽을 나무로 덮은 다음 염색을 했다.

아교는 늘 녹은 상태로 있어야 했기에 여름이고 겨울이고 화로에 올려놓았는데, ―그렇기에 집 안에서는 그 자극성 강한 냄새가 끊긴 적이 없었다.

"이 냄새를 맡고 있자면 나는 세상이 허무하게 느껴져."라고 미사오가 과장스럽게 얼굴을 찌푸리며 말했다. "세상에 조금은 머리가 좋은 사람도 있으련만 아교에서 이 냄새를 없애는 지혜 정도 가진 사람이 없단 말이야? 쳇, 고약해서 도저히 집에는 있을 수가 없다니까."

미사오는 남편의 작업을 돕는 일 따위는 결코 하지 않았다. 느린 작업 속도를 비난하고 아교 냄새에 불평을 하고 나면 자신은 쏜살같이 밖으로 나가버렸다. 저녁을 먹을 때는 대부분 집에 돌아왔으나 점심을 먹을 때는 돌아오지 않는 경우가 많았다. 료타로도 아이들도 익숙해져 있기 때문에 그녀가 돌아오지 않아도 특별히 이상히 여기지는 않는 듯, 아버지가 상을 차려주면 모두 얌전하게 밥을 먹었다. 아이들은 모두 순종적이었고, 시로까지 4명이 소학생인데 모두 성적은 상위를 점하고 있었으며, 다로는 계속해서 급장을 맡고 있었다.

"그 아이들은 이 거리의 7대 불가사의 가운데 첫 번째야."라고 이곳 사람들은 말했다. "아무리 생각해봐도 그런 아이들이 태어날 리가 없는데 말이야."

아이들은 5명 모두 어머니를 그다지 따르지 않았다. 생활의 대부분이 아버지만으로 꾸려지고 있기 때문인지, 아니면 어린 마음에도 본능적으로 아버지를 가엾게 여기기 때문인지, 어머니가 집에 있어도 어리광을 부리는 일은 없었으며, 무슨 일이든 아버지와 상의하고 아버지의 일을 도우려 했다. ―이곳에 살고 있는 사람들의 옷은 대부분 수없이 빨고 수없이 기운 것이다. 새 옷을 장만할 때도 헌옷을 사는 것이 고작이었는데 그랬기에 허름한 옷이나 헌옷을 짊어지고 정기적으로 도는 상인이 2명 있었으나 가지고 온 물건을 팔기보다는 반대로 넝마를 억지로 사야 하는 경우가 많다며 불평을 해댈 정도였다.

료 씨의 가족도 예외는 아니어서 아이들이 입고 있는 옷은 전부 누군가가 입던 헌옷으로 셔츠도 바지도 블라우스도 스커트도 전부 기운자국투성이였으며, 쉴 새 없이 빨고 뜯어서 다시 바느질을 하고 헝겊을 덧대고 뜯어진 곳을 꿰매지 않으면 안 되었다. ―물론 미사오도 말없이 보고 있지만은 않았으나 8할 정도까지는 료 씨가 하지 않으면 안 되었다. 직업 관계상 섬세하게 손으로 하는 일에는 익숙해져 있기 때문이리라. 끈기를 가지고 해야 하는 일이라면 특기라고 할 수 있었는데 하루 종일 집에서 아이들을 보고 있기 때문에 더러워진 것을 입고 있거나 옷이 터진 것을 보면 자기도 모르게 손이 가는 모양이었다.

요즘에는 아이들 스스로 할 수 있는 일은 자신들이 하게 되었다. 하나코는 아직 2학년생이었으나 바느질을 그럭저럭 해냈으며 다로와 지로는 빨래를 담당했다. 게다가 그들은 조금이라도 시간이 나면 브러시 만드는 일을 도우려고까지 했다.

"볼썽사나운 아이들이로구나, 너희들은."하고 미사오는 곧잘 말했다. "사내 주제에 빨래 같은 거나 하고. 성격이 그렇게 좀생이 같아서야 변변한 사람이 될 수 없다."

아이들은 말이 없었다. 학교 선생님이 자기가 할 수 있는 일은 스스로 하라고 말했다고 하면 학교 선생님까지 조소의 대상이 되기 때문이었다.

"난 평범한 몸이 아니라서 말이지."라고 미사오는 주장했다. "내 반찬은 따로 만들겠어."

그게 다진 고기가 됐든 참치 뼈에 붙은 살점이 됐든, 미사오만은 반찬을 1접시 따로 만들었다. 다시 말해서 임신 중이기에 그만큼 영양을 섭취하지 않으면 안 된다는 것이었다. 다른 사람들은 쳐다보지도 않았으나 막내인 우메코는 아직 5살이었기에, 고기를 구울 때면 냄새가 나기도 하고, 아무래도 그쪽으로 눈이 가버리고 만다. 그러면 미사오는 적을 볼 때와 같은 눈으로 노려보았다.

"뭐야 그 눈빛은."하고 미사오는 외친다. "엄마는 평범한 몸이 아니라고 했지? 2인분은 먹지 않으면 몸이 버티지 못한다고, ㅡ밖에 나가서 사람들 얘기 좀 들어봐라. 사와카미의 마누라는 그렇게 살면서 잘도 버틴다고들 하고 있으니."

"이런 누린내 나는 고기조각조차 마음 놓고 먹을 수가 없어."라며 울부짖는 경우도 있었다. "그렇게 먹고 싶으면 네가 먹어라.

이 엄마는 임신 각기로 죽어도 상관없겠지. 자, 먹으라니까, 먹으라고."

그리고 꺼억꺼억 소리 내어 울며 접시에 담긴 것을 우메코의 얼굴에 집어던지곤 했다.

미사오가 임신한 것은 틀림없는 사실이었으며, 그 상대도 동네 사람들은 알고 있었다. 1년쯤 전에 요네무라 고로라는 젊은이가 이 '거리'로 이사를 왔다. 순간 미사오가 눈독을 들였으며, 동시에 과부인 오토미 씨도 눈독을 들여, 두 사람 모두 고로에게 정신이 없었다. 과부인 오토미 씨는 혼자 살고 있고 여유도 있었기에 5명의 아이가 있는 미사오보다 우위를 점하고 있어서 선취득점은 오토미 씨의 것이었던 듯하다. 어느 날, 고로가 오토미 씨의 집으로 들어갔고, 30분쯤 지나서 미사오가 그 집으로 뛰어들었다. 고로가 들어가는 것을 보고 대충 시간을 가늠했다가 그렇게 한 것이리라. 가는 허리띠만 매고 있는 알몸의 오토미 씨와 머리끄덩이를 잡는 커다란 싸움이 벌어졌기에 동네 아낙들이 모여들어 간신히 두 사람을 떼어놓았는데 고로는 언제 어떻게 해서 도망쳤는지 이미 그 자리에는 없었다. ―그때 미사오가, 내게서는 단물 쓴물 쪽쪽 빨아먹더니 이런 여자랑 눈이 맞은 거야, 라는 의미의 소리를 질렀기에 아낙들의 의문 2가지가 풀렸다. 즉, 미사오 같은 여자에게 어째서 차례차례로 남자가 생기는가 하는 의문, 그리고 료타로는 솜씨 좋은 장인인데 왜 가난에서 벗어나지 못하는가 하는 의문이었다.

료타로가 만든 브러시를 중계업자에게 가져다주고 삯을 받아오는 것은 미사오의 일이었으며, 지갑을 쥐고 있는 것도 그녀였다. 료 씨는 삯이 얼마인지도 묻지 않았으며, 미사오가 가지고 있는 지갑에 지금 돈이 얼마나 있는지도 물은 적이 없었다. 미사오는 남편이 번 돈을 마음대로 쓸 수 있었던 것이다. 그렇다고는 해도 수입은 뻔할 테니 남자에게 공을 들인다고 해봐야 대단치 않은 것이리라. 다른 사회에서처럼 양복을 지어주거나 자동차를 사주는 등의 일과는 이야기가 1천 마일이나 떨어져 있지만, 이 '거리'에서는 한 잔의 소주가 다른 사회의 양복 1벌에 해당하는 경우도 드물지 않았다.

미사오가 고로에게 얼마나 공을 들였는지는 분명하지 않다. 고로는 직업상의 스승인 다우라라는 사람의 집에서 함께 살고 있었는데 가끔 일용직 인부로 나가는 적이 있어도 금방 싫증을 내서, 한 달에 열흘쯤 일하고 나면 나머지는 빈둥빈둥 지낼 뿐이었다.

오토미 씨는 강적이었으나 물질적으로는 미사오가 우세했고, 고로도 그 사실을 잘 알고 있었기에 교묘하게 양면작전을 펼치고 있었다. 그런데 올해 봄, 오토미 씨가 다른 곳으로 이사를 갔기에 미사오가 고로를 독점하게 되었고, 휴전 나팔이 울리게 된 것이었다.

료 씨네 다섯 아이들의 친아버지들 각자도 아직 이 '거리'에서 살고 있는데 그들 역시 미사오와의 관계가 완전히 해소된 것은 아니라는 소문이었다.

"이봐, 다로 엄마."하고 다로의 친아버지는 말한다. "너, 젊은 놈이 생겼다던데 요즘 물이 오른 거 같아."

"어이, 하나코 엄마."하고 하나코의 친아버지는 말한다. "너, 요즘 너무 무심한 거 아니야? 너무 젊은 것만 좋아하지 말고 가끔은 내게도 좀 나눠줘."

"너무 새침하게 굴지 마, 미사."라고 시로의 친아버지는 말한다.

"한창 기름이 올라서 애송이 하나 가지고는 영 성에 차지 않을 텐데. 어때 오랜만에 마음껏 용 좀, —써보지 않을래?"

지로의 친아버지는 아무 말도 하지 않는다. 아무런 말도 하지 않고 실력행사를 한다고 한다. 이러한 말들이나 행동은 동네 사람들의 눈과 귀가 있는 곳에서 공명정대하게 펼쳐졌는데 미사오는 결코 부끄러워하거나 화를 내지 않았다. 오히려 동네 사람들의 눈이나 귀에 대해서 자신을 과시해 선망의 마음을 품게 하려는 듯한 태도를 취한다는 것이었다.

이처럼 노골적인 아내의 부정을 료타로는 전혀 몰랐던 것일까? 주민들은 모르는 것이라 믿고 뒤에서 몰래 비웃었을 뿐만 아니라, 때로는 면전에 대고 넌지시 빈정대는 말까지 했으나 료 씨는 작고 둥근 눈의 꼬리를 내리며 부드럽게 미소만 지을 뿐, 어떤 반응도 보이지 않았다.

"일본 개벽 이래 그렇게 사람 좋은 얼간이는 본 적이 없어."라고 남자들은 말했다. "내가 개벽 이래부터 지금까지 살아온 건 아니지만."

그런데 료 씨는 때로 아이들을 유심히 바라보는 경우가 있었다. 밥을 먹을 때, 아이들과 밥상을 둘러싸고 앉아 있다가 갑자기 밥그릇과 젓가락의 움직임을 멈추고 깜짝 놀란 듯한 눈으로 다로를 보고, 그 눈을 지로에게로 옮기고, 하나코, 시로, 우메코를 바라보는 것이었다.

"왜 그래, 아빠." 아버지의 시선을 깨닫고 어떤 아이가 묻는다. "무슨 일 있어?"

료 씨는 천천히 머리를 흔들고 다정하게 미소 짓는다.

"아무것도 아니다."라고 료 씨는 대답한다. "모두들 많이 자랐구나 싫어서."

어느 날 저녁, 지로가 울면서 집으로 돌아왔다. 미사오는 언제나처럼 집에 없었지만 아버지와 형제들은 모두 있었다. 지로는 가끔 밖에서 싸움을 하고 오기에 처음에는 아무도 신경을 쓰지 않았다.

료 씨는 브러시를 만들고 있었고 다로는 그 옆에서 브러시 자루의 광을 내고 있었다. 지로의 우는 모습이 평소와 다르다는 사실을 하나코가 가장 먼저 깨달았다.

"왜 그래, 지로." 하나코가 바느질하던 손을 멈추고 지로를 보았다. "우메코가 걱정을 하잖아. 울음, 뚝 그쳐."

"아빠."

지로는 아버지의 얼굴을 보았다. 그 자신의 얼굴은 눈물로 흠뻑 젖었으며 눈 주위에서부터 뺨까지, 더러운 손으로 비볐기 때문이리라, 회색 반점이 생겨나 있었다.

"왜 그러냐, 지로."

"아빠."하고 지로는 다시 말했다. "우리 모두 아빠의 자식이 아니라는 거, 진짜야?"

다로도 하나코도 시로도 갑자기 거기서 딱총이라도 터진 것처럼 깜짝 놀랐으며, 그리고 모두가 아버지 쪽을 보았다. 그 모습에는 그들이 같은 일을 오래도록 의심해왔고, 그것이 마침내 표면으로 드러났기에 지금이야말로 진위를 분명하게 듣고 싶다는 기대감이 나타나 있었다.

료타로는 일하던 손길을 멈추고 1명씩, 다섯 아이들의 얼굴을 바라보았다. 평소의 온화한 미소를 띤 채 작고 둥근 눈을 가느다랗게 뜨며. 그리고 다시 천천히 일을 시작했다.

"그런 건 스스로 생각해보아라."라고 료 씨는 말했다. "—자신이 아빠의 아이인지, 그렇지 않은지."

아이들은 말이 없었다.

"아빠는 모두가 내 아이들이라는 사실을 알고 있다." 료 씨가 사이를 두었다가 말을 이었다. "그렇기 때문에 모두가 소중하고, 모두가 견딜 수 없이 사랑스럽단다. —하지만 너희들이 아빠를 좋아하지 않고 자신의 아빠라고 생각하지 않는다면 아빠는 너희들의 아빠가 아니다. 안 그러냐, 지로?"

지로의 목에서 아직 남아 있던 흐느낌이 훌쩍이는 소리를 냈고 그는 손등으로 눈을 닦았다.

"하지만 모두가 그러던걸, 아주 오래 전부터. 우리들은 아빠의 아이들이 아니라고. 진짜 아빠는 따로 있다고."라고 지로는 말했다. "—나만이 아니야. 형도 그렇고 하나코도, 시로도 그런 말을 들어."

아버지는 달래듯 웃었다.

"사람들은 여러 가지로 말이 많은 법이다. 아빠에 대해서도 느림보에 물러터진 사람이라고 말하는 것을 들은 적이 있지?" 료 씨는 목 안에서 웃었다. "—말도 안 되는 소리, 아빠는 힘도 세고 싸움도 잘한단다. 어렸을 때는 지로의 2배는 싸움을 했지만 한 번도 진 적이 없었어."

료 씨는 셔츠의 왼쪽 소매를 걷어 올리더니 팔뚝을 아이들에게 내밀어 거기에 있는 길이 15㎝ 정도의 갈색으로 변해버린 상처를 보여주었다.

"이건 말이다, 친구의 나이프에 찔린 흔적이야."라고 그는 말했다. "아빠가 소학교 6학년 때였는데,"

그리고 그는 담임선생님까지 위협하던 반의 가장 난폭한 아이를 어떻게 때려눕혔는지 몸짓을 섞어가며 이야기했다. 나이프에 팔을 찔려가며 상대방의 콧등을 때린 장면에서 아이들은 입술을 앙다물었으며 몸서리를 쳤다. 그런 가운데서 다로만은 아버지가 눈치 채지 못하도록 눈을 내리깔았다. 그는 아버지의 팔에 있는 상처가 어떻게 해서 생긴 것인지를 알고 있는 듯했다. 게다가 그것은 료 씨가 말하고 있는 것처럼 용맹스러운 장면이 아니라 어린 그가 떠올리기에도 부끄럽고 굴욕적인 일이었다는 사실이 가만히 눈을 내리깐 그의 표정에 나타나 있었다.

료 씨는 또 자신은 느림보가 아니며 일이 느린 것은 일을 소중하게 생각하기 때문으로 그건 너희 아이들을 위해서, 아이들을 무탈하게 기르기 위해서는 믿음을 줄 수 있는 일을 할 필요가 있기 때문이라고 설명했다.

"이게 아빠의 진짜 마음이다."라고 료 씨는 말했다. "필요하다면 3명이나 5명쯤은 언제든 때려눕힐 수 있어. 약한 사람들은 안 돼. 강한 상대가 아니면 그렇게 하지 않을 거야. 그리고 일도 그래. 마음만 먹으면 브러시 2백 개나 3백 개 정도는 하루에 만들 수 있어."

그리고 료 씨는 자신 있다는 듯 미소 지으며 아이들의 얼굴을 차례대로 둘러보았다.

"하지만 공동주택 사람들은 이런 사실을 알지 못한단다. 이러쿵저러쿵 자기들 멋대로 떠들고 있지? 안 그러냐, 지로?" 료 씨는 더욱 크게 미소 지었다. "어떻게 생각하냐, 너희들은? 아빠를 믿겠냐, 아니면 공동주택의 아무것도 모르는 사람들의 말을 믿겠냐?"

"아빠야."라고 말하며 지로가 손을 들었고 다음으로 다로, 뒤이어 시로, 하나코가 "아빠."라고 말하며 손을 들었다. 우메코는 이야기를 잘 이해하지 못했던 것이리라. 모두의 얼굴을 둘러본 뒤, "나는 언니."라고 말하며 하나코를 가리켜 모두가 웃음을 터뜨렸다.

"진짜 아버지인지, 진짜 자식인지는 말이다, 아무도 모르는 일이다." 료 씨가 일을 다시 시작하며 더없이 부드럽게 말했다. "서로가 이 사람이 우리 아빠다, 이 아이들이 내 자식이다, 라고 진심으로 생각하면 그게 진짜 부모와 자식인 거야. 만약 다음에 또 그런 말을 하는 사람이 있으면 이번에는 너희들이 물어보렴. —너는 어떠냐고."

대답할 수 있는 사람이 있다면 나도 보고 싶구나, 라고 말한 뒤 료타로는 아주 가는 철사를 단단히 조였다. 다로는 말없이 광을 내고 있었다.

메 주

가쓰코는 15살이었다. 또래 여자아이들에 비해서 키도 작았고 살도 많지 않았으며 가슴도 납작하고 허리도 가늘었다. 피부는 윤기 없는 갈색으로 살결이 거칠었으며, 팔과 정강이에는 상당히 짙은 솜털이 자라고 있었다. —용모도 좋지 않았다. 어디가 어떻다고는 말할 수 없었지만, 전체적으로 소녀다운 신선함이 없고 온갖 생활고를 경험한 중년여자 같다는 인상이 강했다.

가쓰코는 이모 부부의 손에 자랐으며 지금도 이모 부부와 셋이서 생활하고 있다. 이모부인 와타나카 교타는 56세, 이모인 오타네는 57세. 가쓰코는 이모 동생의 딸로 태어나자마자 이모가 데리고 왔다. 자세한 사정은 모르겠으나 그 친어머니는 가쓰코를 낳은 뒤 얼마 지나지 않아서 한 상사 회사의 사장과 결혼해 거기에도 자식이 3명 있고, 사치스러운 생활을 하고 있다고 한다. —가쓰코를 데리고 올 때 약속했다고 하는데 지금도 생모는 이모 부부에게 일정 금액을 송금하고 있었으며, 가나에라는 생모 자신도 1년에 3번에서 5번 정도는 이 '거리'를 찾아왔다.

와타나카 교타는 원래 중학교의 교사를 하고 있었다고 한다. 말만은 청산유수였으나 철저한 술꾼에 게으름뱅이로, 가나에가 보내는 돈은 물론 아내와 가쓰코가 벌어들이는 것까지 대부분 술값으로 써버렸으며 자신은 일다운 일을 무엇 하나 하려 들지 않았다.

교타는 무슨 일에나 분류학적인 주석을 다는 것이 버릇이었다.

"내 술은 유전학의 프레잼플이야."

"이 물고기는 토막을 내서 삶아버렸으니 이제는 동물학이 아니라 위생학에 속하는 거야."

이런 식으로 말을 했다. 그는 자신의 용모에 커다란 자부심을 가지고 있었다. 특히 옆얼굴에는 절대적인 자신이 있었다. 그는 이를 '존 배리모어즈 프로필'이라고 자칭했으며 술에 취하면 아내와 가쓰코에게까지 그것을 보이려고 자꾸만 옆으로 향하는 포즈를 취하곤 했다.

"내 코를 좀 봐."라고 교타는 술 상대에게 말한다. "이건 이미 골상학이나 인체해부학의 문제가 아니라, 미학의 대상 그 자체야."

안면신경경련이라는 지병을 가진 시마 씨가 이 '거리'로 이사를 온 지 얼마 지나지 않아서 두 사람은 상당히 친한 사이가 되었는데 한번은 교타가 자신의 코에 대해서 해설을 하자, 시마 씨가 싱긋 신속하게 웃고 되물었다.

"미학이라." 시마 씨가 감탄했다는 듯 말하고 자신의 코를 가리키며 물었다. "그러니까 비학(鼻學)[21]이란 말이지. 병리적 비학인가? 나쁘지는 않군."

용모에 자신을 가지고 있는 자에게 용모에 대해 비아냥거리는

---

21) 일본어로는 미학(美學)과 비학(鼻學)의 발음이 같다.

말을 해서는 안 된다. 시마 씨의 말은 비아냥거림도 되지 않는 겉말에 지나지 않았으나 교타는 감정이 상한 듯, 그 뒤부터는 시마 씨와 술을 잘 마시지 않았다.

"정말 지긋지긋한 날씨야."라고 오타네가 한번은 말했다. "머릿속까지 곰팡이가 슬 것 같아."

장마가 길어져 낡은 다다미에 파란 곰팡이가 필 것 같은 우중충한 날이 계속되었다. 오타네는 가쓰코와 둘이서 조화 만드는 일을 받아다 집에서 하고 있었으며, 교타는 혼자서 아침부터 찬술을 마시고 있었는데 아내의 자못 울적하다는 듯한 말을 듣고는 갑자기 진지한 얼굴로 되물었다.

"당신은 날씨가 어떻다는 둥 말하고 있는데, 그건 기상학적 불평인가, 아니면 천문학적 불평인가?"

북쪽 공동주택에 부속해서 한 건물에 2세대가 붙은 낡은 집이 있는데 너무 낡고 손질도 하지 않았기에 전체가 남쪽으로 기울어서 당장에라도 쓰러질 것처럼 보였고 그 때문에 그쪽에 기다란 삼나무를 3개 버팀목으로 받쳐놓았다. —그런데 폭풍우가 불어오면 그 집 사람들은 서둘러 그 버팀목을 빼냈다. 여기에는 누구나 일단, '반대 아니야?' 라는 의문을 품게 된다. 폭풍이 불기 때문에 그때야말로 버팀목이 필요하다는 것이 일반적인 생각이기 때문이다. 그러나 그 집 사람들은 "그건 상식이라는 것이지 우리 집에는 해당하지 않아."라고 말한다. 만약 이 집에 버팀목을 대면 강풍 때문에 집은 산산조각이 나버리고 만다, 버팀목을 빼주면 집이 바람의 강약에 순응해서 흔들흔들 흔들린다, 다시 말해서 바람에 저항하지 않는 것이 이 집의 유일한 보전법이라는 것이었다.

"그건 더 이상 건축학으로는 논할 수 없는 문제로군." 교타는 이야기를 듣고 이렇게 말했다. "그건 오히려 재료강약학의 문제야."

아내인 오타네는 순종적이었다. 남편보다 1살 더 많다는 점 때문에 기를 펴지 못하는 것은 아니었다. 두 사람 모두 이제는 그럴 나이가 아니었으며, 교타는 술이 전문이기는 했으나 밖에서 마실 때도 여자가 있는 집에는 결코 들어가지 않았다.

여자 냄새가 나는 곳은 무엇보다 술맛이 떨어진다는 것이 그의 입버릇이었다. —또한 그는 중학교 교사였다는 감각이 남아 있어서 아내나 가쓰코에게도 난폭한 행동을 하거나 소리를 지르거나 한 적은 없었다. —따라서 오타네의 순종적인 모습은 선천적인 성격이었을 테지만, 가난한 살림살이와 쉴 새 없이 계속되는 삯일에 쫓기면서도 불평을 한 적조차 없었으며 남편에게 일을 하라고 말을 한 적도 없었다.

"세상에는 생활이 어려워서 온 가족이 자살하는 사람들도 얼마든지 있단다, 가엾게도." 오타네는 일을 하며 가쓰코에게 곧잘 이렇게 말했다. "그런 사람들에 비하면 살아갈 수 있다는 것만으로도 우리는 행복한 거야, 정말로. 온 가족이 자살을 하는 사람들의 마음은 어떤 걸까?"

가쓰코는 말없이 들리지 않을 정도로 낮고 굵은 한숨을 가만히 내쉬거나, 일하던 손길을 멈추고 낡은 다다미의 한 점을 응시할 뿐이었다.

가쓰코만큼 부지런히 일하는 사람도 없었으며 가쓰코만큼 말수가 적은 사람도 드물었다.

태어나자마자 데려왔다고 하고 오타네와는 피를 나눈 조카이기도 하니 친모녀와 다를 바 없는 애정이 있을 터였다. 그럼에도 불구하고 이곳으로 이사 온 지 얼마 지나지 않아서 동네 아낙들은 가쓰코가 부부의 친딸이 아니라는 사실을 알게 되었다.

그것은 4년 전의 일로 가쓰코는 아직 11살이었는데 학교에 가 있는 시간을 예외로 하면 가쓰코가 일하지 않는 모습을 본 적이 없었을 뿐만 아니라 그 동작에는 소녀다운 애교나 명랑함이 없었고, 너무나도 억척스러워서 어른 같은 부분이 있었기에 회초리로라도 교육을 시키고 있는 것 아닐까 여겨질 정도였다.

“뭘까, 저 아이는?” 그 당시 동네 아낙들은 곧잘 이렇게 말하곤 했다. “무슨 말을 해도 그 기분 나쁜 눈으로 힐끗 보기만 할 뿐, 대답도 제대로 하지 않잖아. 혹시 벙어리 아니야?”

“학대하고 있기 때문이야. 조심스러워져서 누구와도 친하게 지내지 못하고 누구도 믿지 못하게 된 거지.”

어렸을 때는 어땠을지 모르겠으나 이곳에 살기 시작한 이후부터, 오타네와 가쓰코는 친모녀가 아닐 뿐만 아니라, 친밀함도 애정도 없는 사이라는 사실을 누구라도 느낄 수 있었다.

오타네는 남편에게만 순종적인 것이 아니라 주변에서 일어나는 모든 일을 순종적으로 받아들였으며 성직자가 신의 뜻에 거스르는 것을 두려워하듯 어떤 일에도 결코 거스르려 하지 않았다. —가쓰코가 자신을 따르지 않으면 따르지 않는 대로 받아들였다. 가쓰코는 벙어리처럼 입이 무거워서 말을 걸어도 거의 대답을 하지 않았으나, 오타네는 대답을 다그친 적이 없었다. 대답을 하지 않아도 이야기하고 싶은 것이 있으면 말을 했으며 대답을 하지 않는다고 해서 화를 내거나 앞으로는 말을 하지 않겠다는 식으로 마음을 먹은 적도 없었다.

“너는 인류학적인 존재가 아니야.”라고 교타는 말했다. “너는 동물학적도 아니야. 이건 식물학적인 존재라고 말할 수밖에 없어.”

가쓰코가 소학교를 졸업했을 때 딱 1번, 오타네는 남편과 약간 말다툼을 했다.

교타는 이 이상 가쓰코를 학교에 보낼 필요는 없다고 주장했으나, 오타네는 보내오는 돈이 있으니 중학만은 보내고 싶다고 말했다. 보내오는 돈이라고, 웃기지 마, 라고 교타는 말했다. 저런 몰래 낳은 자식을 떠넘겨놓고 새 발의 피 같은 푼돈을 보내는데 그걸 감히 송금이라고 할 수 있겠어? 술도 제대로 못 마신다고. 그야 그렇지만 지금은 중학까지가 의무교육이니, 라고 오타네는 버텨보았다. 그리고 두어 개의 응수가 더 있었는데, 교타가 갑자기 묘안을 떠올렸다. 그럼 이렇게 하자, 가쓰코를 중학에 보내려면 그만큼 돈이 더 드니 송금을 지금의 2배로 해달라고, 그렇게 말해보사, 만약 도키오카 쪽에서 그것을 받아들이면 나도 다시 생각해보겠어.

그렇게 해서 가나에가 이 ‘거리’에 나타나게 되었다.

오타네가 남편에게 자신의 생각을 주장한 것은 그때뿐이었다. 그리고 가쓰코의 생모에게 연락이 닿은 것이리라. 가나에 부인이 처음으로 찾아왔다.

그녀는 오타네보다 7살 어리다고 하니 그때는 47살이나 48살이었을 테지만, 입고 있는 옷도 화려했고 머리와 화장도 지금 막 미용실에서 나온 듯한 느낌이었기에 아무리 많아도 32살이나 33살 정도로밖에 보이지 않았다. 그녀의 출현은 이 ‘거리’ 사람들에게 일종의 충격을 주어 공터에도 골목에도 그녀를 보기 위해 뛰쳐나온 아낙과 아이들이 빙 둘러서 있었고, 그들 모두의 눈이 호기심과 찬미와 질투가 뒤섞인 빛으로 그녀에게 집중되었으며 그녀가 걸어가는 쪽으로 움직였다.

—한번 맡아봐, 라고 이튿날 한 아낙이 말했다. 그 사람이 지난 곳에서는 아직도 향수 냄새가 나.

가나에를 맞아들인 와타나카의 집에서는, 교타가 가장 먼저 소란을 피우기 시작했다. 그는 언제나처럼 혼자 마시고 있었는데 벌떡 일어나서 가나에를 안으로 들였으며, 당장 뭔가 음식을 내오라고 오타네와 가쓰코를 들볶았다.

"어머, 언니."하고 가나에가 오타네에게 말했다. "얘가 그 아이야? 흠."

그리고 가쓰코를 위아래로 훑어본 다음 그 얼굴에 시선을 고정시킨 채 그대로 잠시 응시했는데, 가쓰코가 빨개진 얼굴을 돌리자 굵은 한숨을 내쉬며 머리를 흔들었다.

"아이고, 아이고."하고 가나에는 말했다. "정말 못생긴 아이네. 마치 짓밟아놓은 메주 같아."

가쓰코는 무표정하게 가나에를 돌아보고 말없이 천천히 자리에서 일어났다. 오타네는 가쓰코를 데리고 장을 보러 갔다와서 생선을 굽기도 하고 삶기도 했다. 술만은 중앙통의 술집에서 배달해주었다. 무슨 일이 있어도 교타는 술값을 어김없이 치렀으며 마시는 양도 많았기에 술집 입장에서는 좋은 단골인 편이기 때문인 듯했다. 이렇게 해서 교타의 귀가 따가운 독촉을 들어가며 상을 준비했고, 교타와 가나에가 마시기 시작했다.

"어머, 세상에나." 오타네가 동생을 빤히 바라보았다. "너 술을 마실 줄 아니?"

"파파한테 배웠어."라고 가나에는 대답했다. "위스키 1병 정도는 아무렇지도 않아. 그리고 우리 집은 교제의 폭이 넓고 사교계는 언제나 부부동반이잖아. 술 정도 마시지 못하면 호스티스 역할을 해낼 수 없어."

"대단하군."하고 교타가 말했다. "그럼 가쓰코를 여자대학까지 보내는 정도는 식은 죽 먹기겠군."

"한심한 소리 좀 그만해요, 형부."라며 가나에가 때리는 시늉을 했다. "사업이 크면 클수록 그냥 놀려둘 현금은 없는 법이예요. 나도 장을 볼 때 자잘한 것들은 수표로 사는 걸요. 형부 들이 생각하는 것과는 달라요."

"그래도 말이다,"라고 오타네가 말했다. "이 아이도 중학 정도는 보내지 않으면,"

"오, 마이 갓, 안 돼." 가나에는 언니의 말이 반도 끝나기 전에 손을 흔들었다. "저렇게 짓밟아놓은 메주 같은 아이를 중학에 보내다니, 낭비야. 소학교만 해도 감지덕지지. 그 얘기는 이제 그만해."

그리고 교타에게 잔을 내밀었다.

사교계네 호스티스네 하는 말들이 가진 개념과 가나에의 말투나 먹고 마시는 태도는 전혀 관련성이 없는 것처럼 보였다. 그녀는 부어주는 술을 들이켜듯 목구멍으로 흘려 넣었으며, 하나도 빠짐없이 안주 접시로 젓가락을 가져갔다. 구운 생선은 뼈까지 빨았으며 이 사이에 낀 잔가시는 입에 손가락을 찔러 넣어 파내 탁자 위에 문질렀고, 그 손가락을 아무렇지도 않게 쪽쪽 빨았다. 그리고 술기운이 돌기 시작하자 풍류담을 시작했는데 갑자기 교타의 어깨를 밀치기도 하고 커다란 입을 한껏 벌려 깔깔 웃기도 했다.

그러는 동안에도 오타네와 가쓰코는 계속 삯일을 했는데 교타와 가나에 두 사람은 그들이 눈에 들어오지도 않는다는 듯 자신들만 먹고 마시며 하고 싶은 말을 거침없이 했고, 세상이 떠나가라 웃었다. 2리터짜리 2병을 1병 반 이상이나 비우고 안주도 전부 휩쓸고 난 뒤에야 가나에는 트림을 하며 돌아가겠다고 말했다.

"아~ 재미있었어. 형부는 교양이 있어서 싫증이 나지 않아요." 가나에가 교타에게 이렇게 말했다. "교양이 없는 사람들하고는 마셔봐야 그야말로 오, 마이 갓이에요. 잘 먹었어요."

"응, 정말이야."하고 교타는 중얼거렸다. "그런 녀석들은 정말 오, 마이 갓이야."

오타네가 황무지의 도랑까지 배웅하러 나갔다.

"얘, 가나에야." 헤어질 때 오타네가 말했다. "여자 얼굴에 대한 험담은 하지 말았으면 한다. 가엾지 않니."

"메주 말이야? 흥."

"그렇게 말하지 말라니까. 너는 예쁘게 생겼으니 상관없겠지만."

"그건 말할 필요도 없지." 가나에는 코를 높이 치켜들었다. "파파가 내게 한눈에 반해버렸으니까. 그럼, 잘 있어."

그 이후부터 이 '거리'의 사람들, 특히 아이들은 가쓰코를 메주라고 부르게 되었다. 가쓰코는 소학교를 나온 뒤부터 그대로 집에 눌러앉아 삯일을 하기도 하고 집안일을 돕기도 했다. 조금이라도 시간이 나면 집 안팎을 청소했으며 동네 이웃의 몫까지 쓰레기를 쓸기도 하고 풀을 뽑기도 하고, 모두가 싫어해서 손을 대려 하지 않는 도랑 청소까지 1달에 1번은 스스로 했다.

"저 나이에 참 기특하네."라고 아낙들은 말했다. "한시도 가만히 있질 않으니. 저기에 애교만 조금 있으면 흠잡을 데가 없을 텐데."

그 이후에도 1년에 1번이나 2번, 가나에는 호화로운 모습으로 찾아왔다. 그리고 가쓰코를 '짓밟아놓은 메주'라고 불렀으며, 교타와 술을 마시고 연극에 나오는 마부나 가마꾼의 아내 같은 말투로 저속한 이야기를 떠들어댔다.

가나에가 시집간 곳이 상당한 사업가라는 건 사실인 듯했다. 그러나 어떤 종류의 사업을 하고 있는지도, 그 가정이 어떤 집안인지도 알 수 없었다. 무슨무슨 상사 회사라는 둥, 또 거기서 자신이 낳은 세 아이들에게 피아노 선생을 붙여주었다는 둥, 가정교사가 2명씩 언제나 붙어 있다는 둥 이야기를 할 때도 회사 그 자체나 아이들에 대해서 이야기하는 것이 아니라, 가나에 자신을 돋보이게 해서 가나에 자신을 자랑하려는 것 같다는 느낌이었다. 걸핏하면 외국어를 입에 담았으나 그것도 대부분은 사용법이 엉터리여서 빤쓰처럼 어디 말인지도 알 수 없는 것이 많았다.

오타네와 가나에가 어떻게 살아왔으며 어떤 부모형제를 가지고 있는지, 또 지금도 부모형제가 있는지, ―그러한 것들은 이 '거리'의 다른 주민들과 마찬가지로 전부가 애매해서 명확하지가 않았다. 여기에는 늘 현재만이 있을 뿐 과거의 일 따위에는 관여하지 않는 것이 일반적이었으며, 간혹 이야기하는 과거의 일들은 9할까지 미화하고 과대하게 왜곡하는 것이 상식처럼 되어 있었다.

흥미로운 점은, 그런 과장된 이야기를 할 때면 이야기하는 사람 자신도 거짓이라는 사실을 알면서도 흥분해서, 그것이 만약 슬픈 이야기인 경우에는 그 슬픔에 자기 자신이 눈물을 흘렸다. 듣는 쪽도 아아, 이건 만들어낸 이야기다, 라고 생각하면서도 여전히 남일 같지가 않아서 같이 우는 일도 드물지 않았다. 단, 그것이 허영심과 관련된 문제일 경우에는 사정이 완전히 바뀌었다. 거짓말이라는 사실을 분명히 알고 있다 할지라도 반드시 반감을 사서 호되게 험담을 들어야 했는데, 실제로 예전에 부자였거나 지금 그것을 은근슬쩍 내보이거나 하면 그야말로 원수라도 만났을 때와 같은 욕을 먹어야 했다.

가나에는 후자의 예에 속하리라. 호화롭게 꾸미고 향수 냄새를 사방 100m까지 뿌리며 거만하게 찾아왔다가 거만하게 돌아갔다. 무리를 이루어 오가는 모습을 지켜보는 주민들에게는 눈길조차 주지 않았고, 물론 인사를 하는 일 따위도 없었다. 그럼에도 불구하고 이곳에서 가나에에 대한 평판은 나쁘지 않았다. 입이 걸기로는 누구에게도 지지 않을 한 무리의 아낙들조차 가쓰코는 메주라고 부르면서도 가나에에 대해서는 선망과 동경의 시선을 보냈으며, 기껏해야 여자로서의 질투를 느끼는 정도에 지나지 않는 듯했다.

한번은 사회의식에 눈을 뜬 유명 부인들이 단체로 이곳 주민에게 헌옷가지와 과자와 분유와 가정약 등을 무료배급하기 위해서 찾아온 적이 있었다. 주민들에게는 커다란 기쁨이었으리라. 마치 굶주린 야수가 사냥감에게 덤벼들듯 그들 물자에 달려들어 모든 물건을 눈 깜빡할 새도 없이 앗아가 버리고 말았다. 그리고 유명 부인들이 황당한 표정을 짓고 있자, —더 없어? 겨우 이것밖에 안 가지고 온 거야, 라고 남자들이 호통을 쳤다.

이런 시시한 물건을 가지고 와서 잘난 척하는 거야, 라고 다른 사내가 외쳤으며, 얼른 꺼져버려, 우물쭈물했다가는 그냥 두지 않겠어, 라고 위협했고, 아이들은 돌을 던지는 결과를 낳았다.

그런 그들이 교만함 그 자체와도 같은 가나에에게는 반감이나 악의보다, 오히려 외경심과도 같은 태도를 보인 것은 어째서였을까?

—위문단이 욕을 먹은 것은 주민들의 빈궁함을 건드렸기 때문이야, 라고 예수쟁이인 사이타 선생은 평했다. 그 유명 부인단은 기부를 함으로 해서 자신들의 속죄의식과 우월감을 채우려 했어. 가난한 사람들만큼 그런 일에 민감한 사람들도 없지. 그들은 자신들의 빈궁함이 이용되었다는 사실을 알고 화를 낸 거야. 성경에도 분명히 적혀 있잖아. 오른손으로 베풀 때, 자신의 왼손에게도 그것을 알리지 말라고.

—극히 간단한 얘기야, 라고 단바 노인은 평했다. 가나에 부인에게 반감을 갖지 않는 것은 이곳 사람들에게, 부인이 같은 종속의 사람이라는 느낌이 있기 때문일 게야.

그렇다면 가쓰코는 어떨까? 예를 찾아볼 수 없을 만큼 부지런하고 이웃들의 집 앞까지 빼먹지 않고 청소를 했으며, 못생긴 데다 무뚝뚝하기는 했지만, 다른 사람에게 못되게 구는 것도 아니어서 누구에게도 해가 되지 않았다. 술에 빠져 사는 게으름뱅이로 단돈 1엔도 벌지 않는 교타를 끌어안은 채 이모와 둘이서 삯일을 하느라 생활에 쫓기면서도 중학교에 가지 못했다는 사실에조차 불평을 하지 않았다.

—그런 가쓰코를 이곳 사람들은 '메주'라고 부르며 조소해. 그것도 가쓰코의 귀에 들어가서는 미안하다는 조심스러움도 없이.

—나쁜 마음은 없어, 라고 사람들은 말할 테지만 말이지, 라고 단바 노인은 평했다. 나쁜 마음은커녕 모두가 미워하고 있는 거야. 아무리 열심히 일을 해도 보상을 받지 못하는 자신들의 경우를 그 아이가 형상화해서 보여주고 있는 것 같다는 느낌이 들기에.

가쓰코는 이렇게 해서 만 15세가 되었다. 그해 겨울, 오타네는 부인과에 속하는 종양을 수술하기 위해서 3주일 정도 병원에 입원했다. 그 비용은 가나에가 대주었으나 동시에 "송금에서 까겠다."고 선언했기에 교타는 궁지에 몰리고 말았다.

"얘, 가쓰코야. 한번 잘 생각해봐라." 교타가 술 냄새 나는 하품을 하며 말했다. "낳아준 어머니도 미치지 못할 만큼 커다란 은혜를 베푼 이모의 병 아니냐. 자칫했다가는 생사가 갈릴지도 모르고, 안 그러냐?"

가쓰코는 말없이 받아온 일을 계속하고 있었다.

"그러니까, 이모의 은혜를 잊지 않았다는 증거로라도 지금은 열심히 일을 해야 할 때야. 이모가 무엇을 걱정하고 있는지, 병원에서 무엇을 가장 마음에 걸려하고 있는지는 너도 잘 알고 있겠지?"

교타는 자신이 한 말의 의미를 가쓰코가 제대로 이해했는지 확인하는 듯한 눈으로 소녀의 얼굴을 바라보았다. 가쓰코는 아무런 표정도 드러내지 않고 그저 일하는 손길을 더욱 부지런히 놀릴 뿐이었다.

"네 얼굴이 조금 더 반반하고 몸매도 어른스러웠다면 좋았을 텐데."라고 교타가 혼잣말처럼 중얼거렸다. "그랬다면 훨씬 더 편하고 수입이 좋은 일도 있었을 테지만, 너 같아서는 별 수가 없다. 어쨌든 받아온 일이라도 하는 수밖에 방법이 없을 거야. 그 대신 이모 몫까지 해야 한다, 알겠지?"

가쓰코는 알았다는 듯 가만히 고개를 끄덕였으나 역시 말은 하지 않았다.

거의 3주일 동안 가쓰코는 자기 능력의 한계를 알아보기라도 하겠다는 듯 밤낮 쉬지 않고 일했다. 삯일이란 언제나 일감을 받아 올 수 있다고 장담할 수 있는 것이 아니다. 2배, 3배로 겹치는 경우가 있다 싶다가도 열흘 넘게 끊기는 경우도 있다. 가쓰코는 그 '끊기는' 경우를 무엇보다 두려워했다. 그랬기에 일을 다른 사람보다 빨리, 그리고 다른 사람보다 정교하게 하지 않으면 안 되었다. 다시 말해서 '그 아이라면 일을 빠르고 정확하게 해.'라는 평가를 얻을 필요가 있었다. 밤이고 낮이고 쉼 없이 일하는 가쓰코의 머리는 끊임없이 그것만을 생각했으며 그 생각에 지배받고 있었다.

교타는 술꾼답지 않게 하루 세 번의 식사를 거른 적이 없었다. 밖에서 마실 때에도 밥때가 되면 반드시 집으로 돌아와 먹었다. 게다가 세 번 모두 반찬으로 생선이나 고기를 요구했으며 된장국도 없어서는 안 됐다.

"이게 뭐야, 이 고등어는 맛이 갔잖아. 이 껍질을 좀 봐." 교타가 접시의 조린 생선을 젓가락으로 찌르며 말했다. "싱싱한 생선은 껍질이 탄탄하게 붙어 있어. 이걸 좀 보라고, 껍질이 이렇게 너덜너덜 벗겨져 있잖아."

"또 토막 난 고기야?" 교타는 코에 주름을 만들었다. "포장마차의 소고기덮밥도 아니고 말이지 언제나, 언제나 토막 난 고기만 먹어서는 신물이 난다고. 이건 식품조리학이 아니라 식품위생학의 문제야."

가쓰코는 아무런 말도 하지 않았다. 15살의 솜씨와 머리로 할 수 있는 모든 음식을 하고 있는 것이다. 싱싱한 생선을 고르거나 토막이 아닌 고기를 사거나 할 돈도 없었고, 지혜도 없었다. 그리고 또 이모부의 잔소리에 귀를 기울일 여유조차 없었던 것이다. ―가쓰코는 일하고 또 일해서 이모와 둘이 벌 때와 거의 같은 정도의 돈을 벌었다. 그녀는 밤 1시 전에 잔 적이 없었으며 오전 4시 넘어까지 잔 적도 없었다. 수면시간은 많아야 3시간, 그 동안에는 실신한 사람처럼 몸 한 번 뒤척이지 않고 코도 골지 않고 깊은 잠을 잤다.

어느 날 밤, —이라기보다 오전 2시가 조금 지났을 무렵, 교타는 잠에서 깨어나 화장실에 갔다가 돌아와 이부자리에 들려다 문득 가쓰코를 보았다.

가쓰코는 천장을 보고 누운 채 한쪽 다리를 이불 밖으로 내밀고 있었다. 평소에는 그런 적이 없었다. 똑바로 누우면 그 자세 그대로, 옆으로 누우면 옆으로 누운 채로 눈을 뜰 때까지 움직이지 않았다. 그런데 그때는 한쪽 발이 이불 밖으로 나와 허벅지 윗부분까지 드러나 있었다.

교타는 이불을 덮어줄 생각으로 몸을 구부렸다. 발육이 좋지 않은 가쓰코의 몸 어디에서도 소녀다운 매력은 느낄 수조차 없었다. 가슴과 허리 모두 소년처럼 뼈가 앙상해서 굴곡이나 부드러움 따위는 눈에 전혀 띄지 않았다. —평소에는 틀림없이 그랬지만, 금이 간 유리문을 통해서 들어오는 밤의 희미한 불빛의 장난인지, 교타의 눈에 비친 가쓰코의 드러난 다리는, 특히 대퇴부에 부드러운 볼륨감과 묵직한 탄력을 가지고 있어서, 놀랄 만큼 유혹적으로 보였다.

가쓰코는 바로 눈을 떴다. 잠에서 깨어났다기보다 잠들지 않았던 사람이 눈을 뜬 것 같다는 느낌이었는데, 그대로 눈동자도 움직이지 않고 이모부를 바라보았다.

"아무것도 아니다."라고 교타는 말했다. "아주 당연한 일이야. 그냥 가만히 있으면 돼."

가쓰코는 언제나처럼 아무런 말도 하지 않고 그저 이모부의 얼굴을 바라볼 뿐이었다. 그 눈에는 놀라는 빛도 없었으며 감정의 편린조차 없었다. 유리구슬처럼 차갑고 투명한 채였다.

"눈을 감아라, 가쓰코."라고 교타가 말했다. "가만히 눈을 감고 있기만 하면 돼. 아무것도 아니니."

그러나 가쓰코의 눈은 이모부를 바라본 채 움직이지 않았다. 이에 교타 자신이 눈을 감았으나 감은 눈 속으로 가쓰코의 둥그렇게 뜬 눈이 보였던 것인지 바로 눈을 뜨고, 눈을 감아, 라고 날카로운 목소리로 꾸짖었다.

가쓰코의 입술이 천천히 벌어지더니 이가 보였다. 미소 지은 것 같기도 했고 비웃고 있는 것처럼 느껴지기도 했다. 교타는 뼛속까지 얼어붙을 정도로 섬뜩해서 황급히 눈을 다시 감았다. 가쓰코는 끝끝내 눈을 뜬 채로 있었으며 한마디도 입을 열지 않았다.

"여자라는 건 말이지, 영감." 교타가 술꾼 골목의 포장마차 어묵집에서 마시며 가게의 노인에게 이렇게 말했다. "—열다섯이 됐든, 서른이 됐든 닮은 구석이 있어. 서른네다섯이나 됐는데 어느 날 문득 보면 열네다섯 살 처녀애처럼 순수한 얼굴을 하고 있는 경우가 있고, 또 열네다섯 살 처녀 주제에 얼핏 서른네다섯 살 여자 같은 눈으로 남자를 빤히 보는 경우도 있어. —요물이야, 그건."

"손님이 여자 얘기를 하다니, 별일도 다 있네요."

"여자라는 건 말이지, 영감." 교타는 여전히 말했다. "그건 인류학적으로 논할 게 못 돼. 그건 박물학, —아니, 요괴학, 도 아니야. 차라리 그건, 음, 역시 요괴학의 대상이야."

오타네가 퇴원하자 가쓰코는 한층 더 바빠졌다. 퇴원을 하기는 했지만 앞으로 2주일 동안 안정하라는 지시가 있었다. 가쓰코에게는 지금까지의 삯일과 허드렛일 외에도 오타네를 위한 환자식—그것은 의사가 차림표에 적어서 건네주었는데 자리에서 일어날 때까지는 이 식사표를 반드시 지켜야 한다고 했다—을 만들고 수발을 들고 약을 받으러 가는 일이 더해졌다.

"내게도 행운이 있었구나." 오타네가 병상에서 천천히 손발을 펴며 자신의 행운에 취한 듯한 표정으로 말했다. "—병원에서 수술을 받을 때는 무서웠지만, 그래, 죽게 되면 죽어도 상관없다, 죽으면 억척스럽게 돈을 벌지 않아도 되고, 편안하게 쉴 수 있을 테니, 라고 생각했어."

"그런데 수술이 잘 끝나서,"라고 오타네는 말을 이었다. "20일 넘게 편안히 누워 있었고 아직 보름 가까이나 더 누워 있어야 한다지 않니. 철이 든 이후로 지금까지 이런 행복은 처음 맛보는구나."

그런 말로는 전부 표현할 수 없는, 깊은 인간미가 느껴지는 행복감이 오타네의 눈에서 생생하게 넘쳐나고 있었다. 그러나 집을 비운 동안 고생한 가쓰코를 위로하거나 앞으로 수발을 들어줄 것에 대한 감사의 마음은 한마디도 입에 담지 않았으며, 그런 것을 마음속으로 생각하고 있는 듯한 모습조차 없었다.

가쓰코가 이모로부터의 그런 위로나 감사를 기대하고 있지 않다는 사실도 명백했다. 이모가 퇴원한 후로 일이 더욱 늘어 잠잘 시간이 더욱 줄었기에 낮에 일을 하다가도 종종 졸게 되었으며 그때마다 이모가 불러 깨웠기에, 결국에는 눈을 감지 않고 꾸벅이지도 않고 졸 수 있게 되었다. 의식적인 가면이 아니라 깨우는 것을 피하기 위한 자기방어본능과도 같은 것이었으리라. 그래도 일에서 실수를 하는 경우는 매우 드물게밖에 없었다.

"당신, 뭐 하는 거예요?" 어느 날 밤, 오타네가 목소리를 죽여 말을 걸었다. "거기서 뭐 하는 거예요?"

"지금 쥐가 말이지."라고 교타의 뭉때리는 듯한 대답이 들려왔다. "여기에 쥐가 있어서 말이지, 위험하기에."

"잠에 취했나보군요."

"사라졌어." 교타가 우물쭈물 말했다. "지금 쥐가 쪼르르 여기를, ―맞아, 이쪽에서 이쪽으로 말이지."

"당신 잠에 취한 거예요."

"내가, ―잠에 취했다고."

"지난 번 밤에도 잠에 취했었어요. 이상한 사람, 어린애 같아."

마침내 오타네는 자리에서 털고 일어났으며 생활은 평상으로 돌아갔다. 그 사이에 가쓰코는 한마디도 불평을 하지 않았으며 불만스러운 듯한 표정도 보이지 않았으나, 동네 사람들은 그녀가 놀랄 정도로 마르고 얼굴도 수척해졌다는 사실을 깨달았다.

그로부터 50일쯤 지난 어느 날 밤의 일, 오타네는 조카의 몸에 이상이 있다는 사실을 깨달았다.

이곳의 주민들은 거의 목욕탕에 가지 않는다. 예외가 있기는 하지만 사계절 내내 대부분은 통에 물을 받아 씻는다. 그날 오타네는 삯일에 대한 품삯을 받아왔고, 꽤 오래도록 차분하게 목욕을 한 적이 없었기에 가쓰코와 둘이서 중앙통의 구사쓰 온천이라는 대중탕에 갔다. ―거기서 가쓰코의 벗은 모습을 보고 깜짝 놀랐다. 뼈만 앙상한 마른 몸의 젖가슴이 부풀어 올랐으며 젖꼭지와 그 주위가 거뭇해져 있었다. 그리고 복부도 얼마간 부풀어 올랐고 배꼽에서부터 아래쪽으로 길게 뻗은 힘줄도 눈에 띄게 검은빛을 더하고 있었다.

오타네는 아무런 말도 하지 않고 조카의 모습을 관찰했다. 가쓰코의 일상에는 변화가 없었으나, 단지 식욕에 기복이 있어서 가끔 한 끼를 굶기도 하고 한 번에 두 끼분을 먹기도 하고 아침에 일어나자마자 구토를 하기도 하는 것이 눈에 띄었다.

오타네는 남편에게 주의를 기울이기 시작했다. 한밤중에 '쥐가 돌아다닌다.'는 둥, 잠꼬대 같은 소리를 몇 번인가 한 적이 있다는 사실이 떠올랐기 때문이었다. 오타네가 주의를 기울여 살펴보고 있다는 사실을 깨달은 것인지, 그 이후부터 교타도 이상한 잠꼬대 같은 소리는 하지 않았으며 가쓰코에 대해서도 이상한 행동을 하는 일은 없었다.

어느 날, 오타네는 말없이 가쓰코를 데리고 나와 중심가에서 전차를 타고 나카바시에 있는 인선병원으로 갔다. 그곳은 건물도 낡았고 의사도 돌팔이였으나, 진찰료가 싸기로 유명했다. ―병원에서는, 지금 부인과 담임이 없어서, 라며 원장이 대충 진찰을 한 뒤, 틀림없이 임신이라는 사실, 2개월의 막바지쯤일 것이라는 사실, 모체에 이상은 없다는 사실 등을 가르쳐주었다. 오타네는 넌지시 인공유산을 해줄 수 있느냐고 떠보았고, 원장도 은근슬쩍 아직 성년 미만이니 부모나 남편의 승인과 상응하는 비용을 낼 수만 있다면 불가능한 일도 아니라는 식으로 대답했다. 상응하는 비용이란 대충 얼마쯤 되느냐고 오타네가 조심스럽게 묻자, 원장도 조심스러운 투로 대략적인 금액을 말했다.

병원에서 나온 오타네가 가쓰코와 뒷길을 걸어 돌아가며 상대는 누구냐고 물었다. 진찰을 받은 뒤 대합실로 나가 있었던 가쓰코는 이모와 원장의 대화를 듣지 못했기에 상대는 누구냐는 질문을 바로는 이해할 수 없는 모양이었다.

"숨겨도 소용없어." 오타네가 사실을 이야기한 뒤에 말했다. "네 자신의 일이니 말이다. 나와는 상관없는 일이고 어떤 이유에서였든 나는 특별하게 생각하지 않을 테니 사실대로 말해보려무나. 상대는 누구였지?"

자신이 임신했다는 사실을 들은 순간 가쓰코의 전신이 굳어 오그라들었기에 체액이 빠져나가 뼈만 남은 것처럼 보였다. 가쓰코는 입을 벌려 이 사이로 숨을 쉬며 두 손의 손가락을 있는 힘껏 꼭 쥐었다.

"숨겨서 될 일이 아니야. 어떻게든 정리를 하지 않으면 안 돼. 가쓰코, 누구인지 상대를 말해주렴, 응?"

가쓰코는 대답하지 않았다. 이모의 말 따위 귀에 들어오지 않는 것일지도 몰랐다. 멍해진 눈으로 전방의 한 점을 응시한 채 흐느적흐느적 이모를 따라 걸을 뿐이었다.

오타네는 상대를 대충은 짐작하고 있었다. 날짜를 헤아려보니 그 일이 일어난 것은 자신의 입원 중이었던 듯했다. 그리고 한밤중의 쥐 소동. 가쓰코는 밤이고 낮이고 쉬지 않고 일을 하니 밖에서 그런 과오를 범할 여유는 없지만, 집에서라면 기회는 얼마든지 있다. 단 하나 이해할 수 없는 일은, 지난 5년 이상이나 교타가 자신의 몸에 손을 대지 않았으며 여자 자체를 싫어해서 늘 피하기만 했다는 점이었다. 50이 되기 전까지는 귀찮을 정도로 빈번했으며, 싸구려 유흥을 즐기기도 하고 변변찮은 여자에게 걸려들어 고생을 시키기도 했으나, 그에 대한 반동처럼 깨끗하게 손을 씻었으며 술집도 여자 냄새가 나는 곳은 근처에도 가려 하지 않게 되었다.

술꾼에게 여자는 필요 없다고 스스로도 큰소리를 쳤으며 그것을 배신하는 듯한 예도 없었다. 가쓰코는 생모조차 '메주'라고 부를 만큼 얼굴도 못생겼고 몸매에서도 여성스러움이라고는 조금도 찾아볼 수 없었다. 그런데 어째서 교타가 손을 댈 마음이 들었는지, 거기에 적잖은 의문이 있었다. 물론 오타네에게 그것은 중요한 일도 아무것도 아니었다. 설령 상대가 교타라 할지라도 분하다거나 질투한다거나 하는 마음은 일지 않을 것이었다. 낡은 생각인지 어떤지는 모르겠으나 달거리가 끝난 이후, 자신은 더 이상 여자가 아니다, 라는 사실이 막연하게 느껴져 욕망의 냄새가 나는 감정에서는 완전히 해방되어 있었다. 게다가 이번의 종양 절제로 실제로도 여자를 상실했기에 그런 문제에는 한층 더 담백해지게 되었다.

하지만 그것으로 끝날 일이 아니었다. 가쓰코의 체내에는 하루하루 커가는 것이 있었다. 그대로 낳게 할지, 아니면 중절할지 정해야만 했는데 어느 쪽이 됐든 비용은 동생인 가나에에게 부탁하는 것 외에 방법이 없었기에 우선은 남편에게 물어보았다.

날이 저물기 시작할 무렵, 가쓰코는 술집으로 심부름을 보내놓고 둘만 남았을 때 바로 이야기를 꺼냈다.

교타는 깜짝 놀랐다. 너무 놀란 나머지 그는 자신의 몸속에서 빠져나와 버렸고, 거기에 있는 것은 물론 교타였으나 지금은 그저 무엇인가의 허물에 지나지 않는 것 같다는 인상을 주었다. —하지만 그것은 아주 짧은 시간이었다. 그는 오타네가 냉정하기 짝이 없으며 문제로 삼고 있는 것은 아이를 낳게 할 것인가, 중절할 것인가 하는 2가지 점에 집중되어 있을 뿐, 드라마틱한 감정 따위 냄새조차 나지 않는다는 사실을 깨닫자마자 지금 막 빠져나갔던 자신의 허물 속으로 서둘러 다시 기어들어간 것처럼 보였다.

"당신 설마,"라고 교타가 반문했다. "가쓰코를 거시기한 것이, 설마 나라고 생각하고 있는 건 아니겠지?"

"전 어떻게 할지를 묻고 있을 뿐이에요."

"그도 그렇군." 교타는 일부러 씁쓸한 표정을 지었다. "2개월이 꽉 차간다니 어떻게 할지 결정하는 게 선결 의제야. 상대방을 찾는 건 나중에 해도 돼. 하지만 미리 말해두겠는데, 당신은 의심하고 있을지 모르겠지만 난 아니야. 말도 안 되지. 이모부하고 조카라기보다는 부녀와 다를 바 없어. 호적도 들어 있는데 설마 내가 그런."

"어떻게 할 건가요?" 오타네가 남편에게 말했다. "낳게 할 건가요, 지울 건가요?"

"그야 낳게 할 수는 없지. 나이도 너무 어리고 세상의 눈도 있으니. 이건 윤리학이라기보다 범죄의학, 아니, 그러니까, 그거야. 즉 법의학적인 처치를 취하는 게 합리적이라고 생각해."

"알아듣게 말하세요. 지울 거죠?"

"당신은 신문의 자극적인 기사 같은 말밖에 할 줄 모르는군. 그래, 지울 거야."

이에 오타네는 자금 문제를 꺼내고 어차피 동생에게 부탁할 수밖에 달리 방법이 없다는 사실, 하지만 자신의 입원수술로 빚을 졌기 때문에 부탁하기가 어렵다는 사실, 거절당하지 않기 위해서는 어떤 식으로 교섭해야 할지 방안을 잘 짜둘 필요가 있다는 사실 등을 열심히 이야기했다.

문가에서 사람을 부르는 소리가 들렸기에 부부는 이야기를 중단하고 오타네가 밖으로 나가보았다. 문가에는 제복을 입은 경관이 서 있었는데, 와타나카 가쓰코의 집이 여기냐고 물었다.

오타네는 그렇다고 대답했다.

"중앙통의 이세마사로 얼른 가보세요."라고 경관이 말했다. "가쓰코 군이 상해사건을 일으켰습니다. 제가 동행하겠습니다."

"가쓰코가 뭘 어쨌다는 거죠?"

"상해사건입니다, 상해."라고 경관은 말했다. "경우에 따라서는 상해치사나 살인사건이 될지도 모릅니다. 그건 취조 결과를 기다려봐야 압니다만, 어쨌든 얼른 동행해주십시오."

그때 교타가 나왔다.

"수고하십니다."라고 그가 경관에게 인사를 한 뒤 오타네에게 말했다. "안에서 듣고 있었는데 그대로 상관없으니 당신 당장 따라가도록 해, 당장. 준비 같은 건 필요 없어."

얼른 가라고 성화였다. 경관이 교타를 보고 당신이 가쓰코의 아버지냐고 묻자 교타는 무슨 생각을 했는지, 밀가루 반죽을 한 뒤에 땀을 닦듯 손가락을 앞으로 뻗은 손등으로 이마를 문지르며 가쓰코는 아내인 오타네의 조카라고 얼른 대답한 다음, 바로 말투를 바꿔 상해사건이라고 들었는데 가쓰코가 어떤 폭행을 당했냐고 되물었다.

"아니, 가쓰코는 피해자가 아니라 가해자입니다."라고 경관은 말했다. "교긴이라는 생선가게에서 식칼을 훔쳐 그 옆에 있는 가게인 이세마사라는 술집의, 오카베 사다키치라는 꼬맹이, 아니 어린 점원을 찔렀습니다. 어린 점원은 중상입니다."

오타네는 턱이 빠져버리기라도 한 듯 입을 쩍 벌리고 눈을 한껏 동그랗게 떴다. 교타는 머릿속에서 사태가 의미하는 것을 해명하려 했으나 실마리를 도저히 찾을 수 없었기에 자신이 어떻게 대처해야 좋을지 몰라 당장은 애매한 입장을 취하기로 결정했다고 말하는 듯한 표정으로 서 있었다.

"얼른 와주시기 바랍니다."라고 경관이 말했다. "저는 범행현장의 담당이 아니기에 동행한 뒤 바로 파출소로 가지 않으면 안 되니."

오타네는 목에 걸치고 있던 수건을 벗어 그것을 교타에게 건네주고 두 손을 비비며 봉당으로 내려가 나막신을 신었다. 한때는 충격을 받은 듯했으나 거의 순간적인 일이었고, 오타네의 모습에서 허둥지둥하는 느낌이나 감정의 흥분 등과 같은 느낌은 조금도 찾아볼 수 없었다.

이세마사에는 제복을 입은 경관과 사복 경찰과 하얀 덧옷을 입고 있기는 했으나 명백히 경찰관계자로 보이는 사람들이 예닐곱 명이나 있었는데 오타네로서는 뭐가 뭔지 모를 일을 매우 바쁘다는 듯 하고 있었다. 가쓰코는 경찰로 호송되었고 피해자인 오카베 사다키치는 응급처치를 받은 후 근처의 구사다 병원으로 옮겨진 뒤였다.

오타네를 데리고 온 경관은 거기에 있던 사복의 사내에게 그녀를 넘겨주고 자리를 떴다. 사복의 사내는 호리우치라는 형사라고 했는데 오타네로부터 간단하게 메모를 하더니 같이 서까지 가자고 말했다.

"저, 그 전에 이세마사의 점원을 문병하고 싶습니다." 오타네는 이렇게 우겨댔다. "가쓰코는 경찰에 잡혀 있으니 서둘지 않아도 잘못될 일은 없겠지요. 점원의 상처가 어느 정도인지 걱정이 됩니다. 사과를 하고 싶기도 하고."

호리우치 형사는 잠깐 생각하다가, 사복에 수염을 기른 또 다른 사람 하나와 상의를 한 뒤, 그렇다면 자신이 함께 가겠다고 말했다. —술집 부근에서는 수많은 사람들이 야단스럽게 오가기도 하고 수군수군 이야기를 나누기도 하고 있었다. 오타네를 손가락으로 가리키는 사람도 있었으나 그녀는 아무것도 보지 않고 아무것도 듣지 않았다.

구사다 병원에도 경관이 있었는데 오타네의 희망을 듣자 의사와 상의를 한 뒤, 면회는 안 된다고 거절했다.

"지금 수혈을 하고 있는 중으로 당사자는 실신상태이니."라고 병원에 있던 경관이 말했다. "당신이 왔었다는 얘기는 전해주도록 하지. 여기는 이런 상황이니 서에 먼저 가도록 해."

"상처는 어떤가요? 생명에 지장이 있는 건 아니겠죠?"

"지금은 아무 말도 할 수 없어."라고 그 경관은 대답했다. "피해자는 출혈과다라는 사실과 실신하기 전에 가해자의 이름을 자꾸만 불렀다는 사실 정도만 말할 수 있을 뿐이야. 그 이외의 일은 관계자 책임이 되면 곤란하니까. 어쨌든 서로 가. 가해자의 부모라는 입장을 잊어서는 안 돼."

오타네가 집에 돌아온 것은 밤 8시를 지난 시각이었다. 교타는 혼자서 술을 마시고 있었던 것이리라. 시퍼런 얼굴이 되어, 소주 냄새가 코를 찔렀다.

"어떻게 됐어? 어떤 상황이었지? 가쓰코는 어디 있어?" 앉은 채 상체를 흔들거리며 교타가 물었다. "술집의 점원을 찔렀다는 게 사실이야? 정말 식칼로 찌른 거야?"

오타네는 부엌으로 가서 손을 씻으며 지금 얘기할게요, 라고 말하고 식사 준비를 시작했다.

“가만히 생각을 해봤는데 가쓰코가 정말로 그 점원을 찔렀다면 이유는 딱 한 가지야. 안 그래? 당신도 그렇게 생각하지? 이유는 딱 하나, 그 점원이 가쓰코를 그런 몸으로 만든 상대이기 때문이야. 그렇지 않겠어?”

“그 점원은 이제 17살이 되었을 뿐이에요.”

“가쓰코는 15살이야.”

“여자하고 남자는 달라요.”

“인체생리학에서는 다르지 않게 되었어. 미국 같은 데서는 말이지, 아이들의 성장이 빨라져서 결혼 연령을 확 낮추지 않으면 안 될 상황이라더군. 일본에서도 말이야, 텐에이저의 문제가 윤리학이나 해부사회학에서 골칫거리가 되고 있어.”

교타는 의미도 없는 수다를 늘어놓았고 오타네는 혼자서 밥을 먹었다. 교타의 수다는 무의미하게 보였지만, 사실은 어떤 주체를 감추기 위해 연막을 피우고 있는 것 같다는 인상을 주었다.

“천하태평이로군.” 교타가 오타네를 보고 말했다. “자신과 피를 나눈 조카가 상해죄로 체포되었는데 우선 식욕부터 채우려 하다니 정말 대단해. 여자란 심리학적이기보다 언제나 생리학적인 존재야.”

오타네는 말없이 식사를 마친 후 뒷정리를 했다. 조금 끈덕진 듯하지만, 그녀의 모습에서는 이번에도 역시 커다란 충격 때문에 말을 할 수 없다거나 조카 때문에 너무 슬퍼서 감정의 정리가 되지 않는다거나 하는 등의 기색은 전혀 찾아볼 수 없었다. 시간이 늦어져서 배가 고프기에 우선은 밥을 먹는다, 그것이 끝난 뒤에 할 얘기는 하겠다, 무엇 하나 달라진 것은 없다고 말하기라도 하는 듯한 태도였다.

"가쓰코는 아무런 말도 하지 않아요." 앉아서 받아온 일감을 손에 쥐며 오타네가 이야기를 시작했다. "식칼은 옆의 생선가게에서 가져온 것이고 사다키치를 찌른 것은 자신이라는 말만은 했다고 하는데, 어째서 그런 짓을 한 것인지, 무슨 원한이라도 있는 건지, 아무리 물어도 대답을 하지 않아요. 네, 형사님이 물어보라고 해서 저도 가쓰코에게 물어봤어요. 이유가 있어서 저지른 일이라면 아직 나이도 15살이고, 그렇게 무거운 죄가 되지는 않을 거라며."

"그야, 볼 것도 없이 아이를 배게 한 상대이기 때문이야." 교타는 주장했다. "다른 일이라면 말할 수 있을 테지만 부끄러운 일이라 말을 못하는 거야. 들어볼 필요도 없어."

점점 열을 올리는 남편의 말을 오타네는 소리 없이 듣고 있을 뿐이었다. 경찰에서 불러도 나하고는 상관없어, 가쓰코는 당신의 조카니까, 라며 교타는 외면을 했다. 오타네는 거스르려 하지도 않고 혼자 갔으며, 아버지는 어디 있느냐고 물으면 교타가 가르쳐 준 대로 몸이 좋지 않아서 올 수 없다고 대답했다.

가쓰코에 대한 조사는 조금의 진척도 없었다. 온갖 수단을 다 동원해 보았지만 범행 이유를 말하지 않았기 때문이었다.

"기분 나쁜 아이야."라고 형사 가운데 한 사람이 말했다. "무엇을 물어도 입을 다문 채 말이지, 가끔 이를 드러내. 웃는 건가 생각했었지만 그렇지도 않아. 입술이 이렇게 천천히 벌어지고 그러면 이가 보이기 시작하는데 말이지, 가만히 살펴보면 웃는 게 아니야. 원숭이를 화나게 하면 꺄악 하며 이빨을 드러내는데, 그런 것도 아니야. 웃는 것도 아니고 화를 내는 것도 아니야. 보고 있자면 오싹해. 아아, 기분 나쁜 아이야, 정말."

오타네는 구사다 병원에도 문병을 갔었다. 오카베 사다키치는 다행히 목숨을 건졌으며, 전치 3주라는 진단을 받았다. 찔린 곳은 가슴이었지만 다행스럽게도 아슬아슬하게 심장을 빗겨나갔으며, 수혈도 순조로웠고 찔린 상처의 상태도 대략 양호하다는 것이었다.

"어째서 이런 일을 당한 건지 모르겠습니다. 저는 가쓰코를 좋아했습니다." 오카베 소년은 형사의 심문에 이렇게 답했다고 한다. "저는 가쓰코가 가여워서 견딜 수가 없었습니다. 죽어라 일만 시키고 먹을 것도 제대로 주지 않는 듯했습니다. 늘 삐쩍 마른 데다 눈도 움푹했습니다. 그랬기에 저는 가쓰코가 오면 커다란 만두를 사주었습니다. 때로는 같이 묘켄 보살님이 계신 곳으로 가서 이야기를 나누며 먹기도 했습니다."

소년은 가쓰코의 마음을 알 수 없다고 거듭 말했다. 가쓰코는 모두에게서 '메주'라고 놀림을 받았지만 소년은 결코 그런 말은 하지 않았으며, 누군가가 그렇게 말하는 것을 보면 그에게로 다가가 말릴 정도였다. 가쓰코도 소년을 좋아한 듯했다. 커다란 만두를 받으면 기쁘다는 듯한 표정을 지었으며 묘켄 보살이 있는 곳으로 가자고 하면 함께 가서 조금은 말도 했던 모양이었다. 그런데 어째서 이런 짓을 한 건지, 아무리 생각해보아도 알 수가 없었다. 가쓰코는 무엇인가를 잘못 생각하고 있는 것 아닐까, 틀림없이 그럴 것이라며 소년은 말을 이었다.

"네, 저는 아무렇지도 않습니다. 가쓰코가 한 일 때문에 가쓰코를 미워하지도 않고 원망하지도 않고 분하다고도 생각지 않습니다." 소년은 이렇게 말했다. "제가 무슨 일인가를 해서 가쓰코가 벌을 받지 않게 된다면, 저는 무슨 일이든 하겠습니다. 그런 것에 찔린 건 저고, 당사자인 제가 대수롭지 않게 생각하고 있으니 가쓰코를 벌할 수 없는 것 아닌가요?"

오타네에게서 그 이야기를 들었을 때 교타는 그것 봐, 라고 말했다. 자신에게 나쁜 짓을 한 기억이 있기 때문에 그런 말을 하는 거야. 이유도 없이 식칼에 찔려 죽을 뻔했는데 미워하지도 않고, 원망스럽지도 않다니, 거기다 벌을 내리지 말아달라는 멍청한 소리를 하는 사람이 이 세상에 어디 있어? 그것만 봐도 자신의 나쁜 짓을 자백한 거나 다름없어. 열예닐곱 살밖에 안 됐으면서, 정말 뻔뻔스러운 애송이야, 라고 욕을 했다.

오타네는 삯일에 쫓기면서도 이세마사에 가기도 하고 경찰서에 가기도 하고 구사다 병원에 문병을 위해 들르기도 했다. 이세마사에서는 오카베 소년의 치료비와 가쓰코의 신병 인수에 관한 이야기를 나누었다. 돈은 동생인 가나에에게 대략적인 사정을 이야기하고 부탁하는 편지를 보냈으나, 신병 인수는 가쓰코가 고집스럽게 침묵을 지켰기에 경찰의 심증을 나쁘게 하여 일이 당장 진행될 것 같지는 않은 상황이었다.

이렇게 열 몇 번째인가 경찰서로 불려갔던 오타네가 집에 돌아와서 교타에게 18살 미만의 소녀와 관계를 맺은 사람은, 사정에 따라서는 폭행죄가 된다는 의미의 말을 했다.

"그야 그렇겠지."라고 교타가 옆으로 누운 채 술 냄새 지독한 하품을 하며 말했다. "그 애송이는 17살이라도 남자니까 말이야. 호적상의 부모인 우리가 고소하면 폭행죄가 되는 건 당연한 일이지."

"경찰에서는 당신보고 출두를 하라고 하던데요."라고 오타네가 일감을 손에 쥐며 말했다. "병이 아니라는 건 형사도 알고 있는 모양이에요. 출두하지 않으면 무슨 죄가 된다고 하더라고요."

"내가, 경찰에? —하지만," 교타는 미심쩍다는 듯 오타네의 얼굴을 바라보았다. "뭣 때문에?"

"가쓰코가 할 말이 있대요, 형사님 앞에서."

"나랑 무슨 상관이지?"

"몰라요." 오타네가 일하는 손을 움직이며 말했다. "18세 미만의 일과 무슨 관계가 있는 거 아닐까요? 이세마사의 점원이 죽지 않고 살았다는 사실을 알고는 가쓰코가, 그럼 할 말이 있으니 이모부를 불러달라고 했대요. —형사님은 벌써 무슨 말인가를 들은 듯한 말투였어요."

"엉터리야." 교타는 벌떡 일어났다. "그 불량소녀가 무슨 말을 했는지 모르겠지만 그건 전부 엉터리야. 그런 중상을 믿는 바보가 어디 있어. 난 처음부터 알고 있었어. 그 배은망덕한 불량소녀가 언젠가는 분명히, 개가 주인의 다리를 무는 것 같은 짓을 할 거라고."

오타네는 남편의 사나운 모습에 약간 놀란 듯, 일하는 손길은 멈추지 않고 천천히 교타 쪽으로 시선을 돌렸다. 그것은 사실이지만, 그녀의 얼굴은 평소와 다름없이 숫돌처럼 평온해서 감정이 움직인 듯한 모습은 조금도 찾아볼 수 없었다.

"하지만 엉터리는 엉터리야. 흥, 엉터리로 무엇을 증명할 수 있겠어, 응? 무엇을 증명할 수 있겠느냐고."

교타는 계속해서 외쳐댔다.

오타네가 처음으로 되물었다.

"가쓰코가 무슨 거짓말을 했나요?"

"뻔하잖아. 그렇지 않고서는 경찰에서 부를 리가 없잖아. 그 불량소녀!"라고 교타는 소리를 질렀다. "생모에게 버림받은 거나 다름 바 없는 녀석을 갓난쟁이일 때부터 고생해서 길러줬더니 그 은혜를 이제 와서 원수로 갚고 있어. 짐승보다도 못한 녀석이야."

하지만 증명할 수 없어, 그 녀석이 뭘 증명할 수 있겠어, 라고 혼자서 거듭 외쳐댔다.

이튿날 아침, 남은 술을 있는 대로 다 마시고 교타는 집을 나섰으나 경찰서에는 모습을 드러내지 않았다. 그는 아내가 삯일을 받아오는 3군데의 가게로 찾아가 3군데에서 가불한 돈을 가지고 종적을 감추어버리고 말았다.

가쓰코가 집으로 돌아온 것은 3개월 뒤의 일이었다. 보호시설과 같은 곳에 들어갔었고 거기서 중절까지 했다. 가쓰코가 미성년자라는 사실과 자술한 내용에 의해서 법률적으로 중절 처치가 행해진 것이리라. 이 사건은 일부 신문에 발표되었으나, 아주 짧은 기사였고 가쓰코가 임신을 한 사실이나 중절수술이 있었다는 사실 등은 발표되지 않았기에 아무도 모르게 일이 마무리 지어졌다.

오카베 소년의 치료비는 가나에가 내주었다. 그녀는 언제나처럼 화사한 모습으로 나타나서, ―그때 가쓰코는 아직 유치되어 있었는데, ―혼자 활발하게 떠들어댔다. 그 설봉(舌鋒)의 표적이 된 것은 교타로, 그는 가나에의 집에도 돈을 우려내기 위해서 갔던 모양이었다.

"나는 단박에 수상하다고 생각했어, 단박에."라며 가나에는 코를 치켜들었다. "배짱이 없는 사람은 무슨 일이든 바로 얼굴에 나타나니까. 그 사람, 오른쪽과 왼쪽 신발을 바꿔 신은 채 지금부터 100마일을 달려야 한다고 말하는 듯한 얼굴을 하고 있었어. 나는 10엔 하나 주지 않았어. 아디오스, 그래서는 이제 막 태어난 갓난아기도 속지 않을 거야."

가쓰코에 대해서는 말하고 싶지 않았던 것인지, 그녀는 수다를 떨고 싶은 만큼 떤 뒤 돈을 놓고 가버렸다.

돌아온 가쓰코는 아무 일도 없었다는 듯 그날부터 예전처럼 부지런히 일하기 시작했다. 이모에게도 평소와 다름없이 감사의 인사도 사과도 하지 않았으며, 이모부가 어째서 집에 없는가 하는 것도 묻지 않았다. —동네 아이들은 아마도 부모로부터 무슨 말인가를 들은 것이리라. 가쓰코가 지나가면 옆으로 비켜설 뿐, 더는 메주라고 놀리지 않았다.

누가 그녀에게 폭행을 가한 것인지, 그녀가 어째서 오카베 소년을 찌른 것인지, 그녀 자신이 아무런 말도 하지 않았기에 오타네조차 알 수 없었다. 담당 형사에게는 가쓰코가 무엇인가를 말한 듯했으나 직무규칙이라도 되는지 경찰 쪽에서 이야기가 흘러나오는 일도 없었기에 상해사건의 내용은 어둠 속에서 처리된 물건처럼 누구에게도 알려지지 않고 끝날 듯했다.

교타가 종적을 감추고 난 뒤부터 자연스럽게 술집에는 볼일이 없어졌고, 된장이나 간장은 열흘에 한 번, 다른 데 싸게 파는 가게가 있었기에 이세마사와는 인연이 끊어진 것처럼 되어버리고 말았다.

오카베 소년은 예후도 좋아서 퇴원했다는 소문을 듣기는 했으나, 오타네는 물론 아무런 말도 하지 않았을 뿐만 아니라 가쓰코도 자신과는 상관없는 일이라도 되는 양 이세마사에는 가까이 가려 하지도 않았다.

그러던 어느 날, 심부름을 갔다 돌아오는 길이었는데 오카베 소녀이 가쓰코를 불러 세웠다. 소년은 데님으로 만든 바지에 점퍼를 입었으며 술의 이름이 새겨진 앞치마를 두르고 목이 짧은 고무장화를 신고 있었다.

"어떻게 된 거야, 가쓰코."하고 소년이 멈춘 자전거를 한쪽 발만 땅으로 내려 지탱하며 밝은 목소리로 말했다. "가게에 전혀 안 오잖아. 아, 맞다. 아저씨가 안 계시지."

가쓰코는 차분한 눈빛으로 소년을 올려보았다가 그 눈을 천천히 내리깔며 미안해, 라고 잘 들리지 않는 목소리로 말했다. 오카베 소년은 그 말을 간신히 알아들은 듯, 눈동자를 반짝이며 가쓰코의 얼굴을 응시했다.

"난 잘 모르겠는데,"라고 소년이 진지한 투로 속삭이듯 물었다. "가쓰코, 어째서 그런 거야? 응? 어째서지?"

가쓰코는 다시 소년을 올려보았다가 그 눈을 다시 내리깔며, 죽어버릴 생각이었다고 대답했다.

"죽을 생각이었다고? 가쓰코가?"

가쓰코는 고개를 끄덕였다. 오카베 소년은 고개를 갸웃거렸다.

"그래도 모르겠는데. 자기가 죽을 생각이었으면서 내게 그런 행동을 하다니, 어째서였지?"

가쓰코는 가만히 생각하다가, 말로는 잘 설명할 수 없다, 고 말했다. 지금 생각해보니 자신도 잘 모르겠다, 고 말했다. 단지 죽고 싶다고 생각한 순간 너에게 잊혀버리는 것이 무서웠다, 내가 죽어버리고 난 뒤 바로 잊혀버릴 거라 생각하자 무섭고 무서워서 견딜 수가 없었다, 정말 무서워서 견딜 수가 없었다, 고 말했다.

"흠—." 오카베 소년은 다시 고개를 갸웃거리며 땅바닥에 댔던 다리를 페달로 되돌리고 반대편 발을 땅바닥에 내렸다. "충격인데."

가쓰코는 눈을 들었다. 오카베 소년이 휘파람을 불며 시선을 들어 먼 곳을 보다가 갑자기 돌아보며 말했다.

"또 만두 먹을래?"

가쓰코는 머리를 흔들며, 나 먹고 싶지 않아, 라고 대답했다.

"그럼 다음에 먹자." 소년은 싱긋 웃었다. "나 이번에 스케이트를 시작했어. 롤러가 아니라 아이스 스케이트야. 잘 타게 되면 보러 와, 가쓰코."

가쓰코는 말이 없었다. 자전거를 일으킨 오카베 소년이 손을 흔들고 페달을 밟아 점점 속력을 더하며 떠나갔다. 가쓰코는 그 뒷모습을 바라보며 "미안해, 오카베."라고 입 속에서 중얼거렸다.

촐싹이

본명은 쓰치카와 하루히코라고 한다. 5년쯤 전에 이 '거리'로 옮겨왔는데 그 이후부터 계속 37세라고 자신은 우겨대고 있었다. 동네 사람들 가운데 마흔대여섯 살보다 어리게 보는 사람은 아무도 없었으나 본인은 언제 물어봐도 서른여덟이라고 대답했다.

아내는 몇 명 있었는지 알 수 없다. 이곳으로 온 뒤만 해도 3명이 바뀌었는데, 세 번째가 나간 뒤부터 벌써 1년 이상이나 혼자서 살고 있었다.

그는 1m 60 정도의 키로 근육질의 마른 몸매에 얼굴도 말랐고, 눈알과 입만 눈에 띄게 컸다. —그는 차분하지 못한 사내였다. 하루히코라는 자신의 이름을 부끄러워할 정도로 신경질적이었으며, 이타정신과 이기주의를 겸비한 즉물적 센티멘털리스트였고, 또 사업가였다.

쓰치카와 하루히코의 머릿속에는 언제나 커다란 사업계획이 가득 들어차 있었다. 그런 점에 있어서는 같은 주민인 핫타 고헤이와 공통되는 듯했으나, 그런 견해는 어설픈 식견에 지나지 않아서,

실제로는 이곳에 사는 사람들의 과반수가, —비록 공상으로만 그친다 할지라도, 모두 어엿한 사업가이자 기업가였다.

사실인지 아닌지는 알 수 없으나 쓰치카와 하루히코는 증권가와 관계가 있어서 가끔 손쉽게 돈을 번다고 알려져 있었다. 이곳의 주민 가운데 증권가에 드나들 만한 사람은 없다. 그렇다면 그 소문은 본인의 입에서 나온 것이라 생각할 수밖에 없는데, 그의 일상생활을 살펴보면 가끔 어딘가에서 얼마씩 돈을 벌어온다는 사실, 그것도 일용직 노무나 임시직이 아니라 손을 깨끗이 한 채 벌어온다는 사실은 틀림없는 일인 듯했다.

그가 얼마나 차분하지 못한 사람인지를 설명하기는 매우 어렵다. 자세히 알고 있는 것은 그의 아내였던 몇 명의 여성들과, 그리고 몇 명인가의 동거인들뿐이리라. 아니, 그 외에도 이 거리의 아이들이 있다. 그에게는 '촐싹이'라는 별명이 있고, 그것은 해안에 사는 갯강구를 가리키는 말이라고 하는데, 그 언제나 촐싹촐싹 우왕좌왕하고 있는 갯강구를 쓰치카와 하루히코에 비한 점, 아이들의 정확하고 날카로운 관찰에 그저 놀랄 뿐이다.

그의 집에는 언제나 동거인이 있었다. 아직 아내가 있었을 때에도 반드시 1명은 동거인이 있었다. 비정기적인 동거인으로 누구도 오래 머물지는 않았다. 30일 만에 사라지는 사람도 있었고 100일 이상 머무는 사람도 있었다. 그가 이곳에 온 뒤로 부부가 된 두 번째 아내는 그런 동거인 가운데 한 사람과 도망을 쳤는데, 그 남자는 동거인이 된 지 7일밖에 지나지 않았었다.

이들 동거인은 전부 쓰치카와 하루히코가 데리고 온 사람들로 어디서 데리고 오는 건지, 어떤 연고가 있는 건지는 아무도 몰랐으나 신기하게도 그들은 몸집이라든가, 성격이라든가, 또는 말투 등에 어딘가 비슷한 점이 있어서 아이들은 그들에게 '호박'이라는 공통의 별명을 붙였다.

호박이라는 별명은 역대 동거인들의 풍모와 성격을 상당히 잘 나타내고 있었다. 그들의 체격은 크기가 서로 달랐고 얼굴 생김새와 나이도 제각각이었지만 굼뜨고 둔중하다는 점이나 말재주가 없고 게으르다는 조건에서는, 다소간의 차이는 있으나 같은 부류에 속했다.

그리고 지금은 7대째 호박이 동거하고 있었다. 쓰치카와 하루히코는 그를 반 군이라고 불렀으나 어떤 한자를 쓰는지는 알 수 없었다. 나이는 서른에서 마흔 사이이리라. 보통 정도로 살이 있고 보통 정도의 키였는데, 단단하고 좋은 몸매를 가졌지만 동작은 굼떴으며 입은 무거웠고 하루 종일 뒹굴뒹굴하며 부채를 움직일 때와 밥을 먹을 때 외에는 거의 아무것도 하지 않았다.

"자네는 영기(英氣)를 기르고 있게. 곧 내가 사업을 시작하면 일을 해주어야 하니." 촐싹이 쓰치카와 하루히코는 이렇게 되풀이했다. "지금 자네가 맡은 역할은 이야기를 듣는 거야. 나는 이야기 상대가 없으면 10분도 견딜 수 없는 성격이라서 말이지. 자네는 단지 내 이야기를 들어주는 역할만 해주면 돼."

반 군의 눈꼬리가 내려가고 눈이 가늘어지더니, 두툼한 입술이 아주 희미하게 움직였다. 아마도 미소를 지은 것일 테지만, 진심에서 미소를 지은 것인지를 판별하기란 어려울 것이라 여겨졌다. ─ 이 7대째 호박의 묵묵함과 비할 데 없이 완만한 동작에는 천하의 쓰치카와 하루히코도 내심 놀란 듯했다. 지금까지의 호박은 같은 느림보 게으름뱅이였다 할지라도 뭔가 한두 가지 정도는 집안일을 도왔다. 식사 후 설거지를 돕는다거나, 청소를 한다거나, 불을 피운다거나, 물을 떠온다거나, —완전히는 하지 않는다 할지라도 어쨌든 돕는 형식만은 보여주었다. 물론 거기에는 일장일단이 있어서 그들에게는 7대째처럼 하루히코의 장광설을 얌전하게 듣는 능력은 없었다. 이야기가 자신의 관심사에 이르면 말없이 듣고 있을 만큼의 인내력을 잃어 눌변은 눌변대로 무심결에 자신의 의견을 이야기하는 결과를 맞곤 했다. 그러나 거기에는 하루히코도 본의는 아니나 한발 양보했다. 참을 수 없는 것은 이론을 제기하는 일조차 하지 않고 비겁하게도 조는 척하는 사람이 있다는 사실인데, 물론 그런 사내는 동거인으로서 오래 머물지는 않았다.

반 군은 철저한 무위도식주의자이기는 했으나 이야기를 듣는 역에 있어서는 만점에 가까운 자격의 보유자였으며, 따라서 하루히코는 예전의 어떤 동거인보다 이 7대째가 가장 마음에 들었다.

"인간에게는 궁합이라는 게 있단 말이지."라고 촐싹이가 말했다. "나는 아내가 8명, —아니, 정확히는 10명 있었는데 전부 궁합이 맞지 않았던 모양이야. 길어야 2년, 이건 1명뿐이었는데 귀가 먼 여자였어. 구운 고등어자반을 아주 좋아해서 한번은 된장국에까지 넣어 먹기에 깜짝 놀랐었지. 그 여자를 생각하면 지금도 고등어자반을 굽는 냄새가 코를 찌를 정도야. 귀가 멀면 코와 혀도 얼마간 무뎌지는 거 아닐까."

쓰치카와 하루히코가 10명의 아내에 대해서 이야기하는 것을 7대째는 참을성 있게 들었다. 참을성 있게, 라는 건 객관적으로 말한 것일 뿐이고, 실제로 그의 내부로 들어가 보면 그렇지 않아서, 몸은 거기에 앉아 촐싹이의 이야기를 듣고 있는 것처럼 보이지만 진짜 그 자신은 그 육체 속에서 수면을 취하고 있거나, 또는 그 육체에서 빠져나와 어딘가 조용한 곳에서 하품이라도 하고 있을지도 모를 일이었다.

"그 여편네, 그 여편네라는 건 고등어자반을 좋아하는 여자를 말하는 건데,"라고 하루히코는 말했다. "그 사람하고는 반년 정도 만에 헤어졌을 거야. 그 뒤로 거의 2년 가까이 지났을 때, 아무런 말도 없이 불쑥 돌아왔어. 나는 사업계획 때문에 동분서주, 남선북마 하던 중이었기에 아직 다른 아내를 들일 여유조차 없었지. 이건 고아미초에서 살던 때의 일이었어. ―어떻게 된 일이냐고 물었더니 그 여자가 말하기를, 고등어자반을 굽고 있자니 도저히 참을 수 없게 되었다는 거야."

그는 효과를 확인하듯 반 군의 얼굴을 보았다. 반 군은 수행 중인 선승이나 그런 사람처럼 눈을 반쯤 감은 채 편안하게 양반다리를 하고 있었는데 하루히코가 쳐다본 순간 왼쪽 뺨의 살을 살짝 꿈틀거렸다.

"자네는 유머를 이해하기에 기뻐." 춤싹이가 만족스럽다는 듯이 중얼거렸다. "정말이지 전 남편이 그리워져서, 라는 식으로라도 말하면 모르겠지만, 고등어자반을 굽는 냄새로 떠올리다니 한심한 얘기야."

거기서 화제는 사업 쪽으로 튕겨갔다. 대체로 쓰치카와 하루히코가 하는 일이나 말은 지속성이 없어서, 지금 목재에 대한 어리석은 견해를 이야기하고 있나 싶으면 갑자기 중국요리 중에서는 무엇이 맛있느냐고 묻고, 자신이 가장 좋아하는 것은 밥인데 밥을 깨소금과 함께 주먹밥으로 만든 것만큼 맛있고 정력에 좋은 음식물은 세계 어디를 찾아봐도 없을 거라고 단언하며, 현재 무엇이 유망한가 하면 시멘트보다 더 좋은 사업은 없다는 등의 말을 하기 시작했다.

이런 화제나 화제에서 점프하는 다음 화제, 그리고 다음 화제로 릴레이 하는 것이 듣는 사람에게는 어마어마하게 따분하고 한심해서, 살아 있다는 사실이 짜증이 날 정도였다. 고등어자반 여사가 복귀한 것도 귀가 멀다는 기관의 이점이 있었기 때문일 테고, 졸았던 몇 대째인가의 호박 씨를 비겁하다고 말한 것도 옳은 말은 아닐지 모른다.

쓰치카와 하루히코가 촐싹이라 불리는 데는 이유가 한 가지 더 있었다. 그는 단지 끊임없이 이야기만 하는 게 아니라, 그 사이에 조금도 가만히 있지를 못했다. 7대째가 된 이후부터는 그것이 특히 더 심해졌다. 왜냐하면 하나에서부터 열까지 전부 자신이 하지 않으면 안 되었기 때문이었다.

예를 들어서 아침이면 부엌에서 불을 피우고 질솥으로 밥을 짓고 된장국을 끓이고 채소절임을 썬다. 밥상을 꺼내 식기를 늘어놓고 먹다 남은 음식이 있으면 그것도 꺼낸다. —이 불을 피우는 작업과 동시에 이야기가 시작되어 작업 진행과 번갈아가며, 그리고 자유분방하게 비약하기도 하고 옆길로 빠지기도 하고 공중제비를 돌기도 하며 끊임없이 이야기가 계속 이어졌다.

"이 된장이라는 건 말이지,"라고 그가 흙으로 만든 풍로 앞에서 반 군에게 말을 시작했다. "영양가라는 점에 있어서도, 응용의 폭이 넓다는 점에 있어서도 식품 중의 왕이라고 할 수 있을 거야, 반 군."

그리고 일본인이라면 하루도 거를 수 없는 된장국에서부터 시작해서 무침, 삶은 요리, 반죽 요리, 절임, 구운 음식 등에 대해서, 나아가 그들의 요리법과 누구도 생각지 못할 바리에이션에 대해서 이야기한 후, 장탄식을 했다.

"아아, 만약 내가 먼저 이 녀석을 발명했다면 좋았을 텐데. 그랬다면 지금쯤은 일본 산업계를 좌우할 정도의 대사업가가 되어 있었을 거야."

이 말을 듣고 웃거나, 커다란 흥미를 느끼거나, 새로운 인생관에 눈을 뜰 사람이 있을까? 어떠한 화제라도 이야기하는 당사자가 스스로 흥분하고 스스로 재미있어하는 경우, 듣는 사람은 흥이 깨지고 따분해져버리고 마는 법이다. 하물며 그 화제가 된장 따위와 같이 극히 진부한 일상식품이고, 요리법의 응용가치에 대해, 그것도 열심히 자세하게 이야기를 한다면 듣는 사람은 견딜 수 없을 것이다.

"쌀밥이라는 것도 굉장한 거야, 반 군."하고 이야기는 계속되었다. "원자폭탄만 없었어도 전쟁은 일본이 이겼을 거야. 알고 있는가, 자네?"

7대째는 눈을 천천히 가느다랗게 했다가, 그런 다음 천천히 떴다. 그것은 사진기 렌즈 셔터의 개폐를 고속촬영으로 보여주고 있는 것 같은 느낌이었다.

어째서 전쟁에 이기는가, 하고 촐싹이는 말을 이었다. 전력의 기초는 병사이자, 병사에게 전력을 부여하는 기초는 식량이다. 일본인은 다행스럽게도 취반(炊飯)이라고 해서 쌀과 물만 있으면 어디서든 밥을 지을 수 있지만 외국인은 빵을 먹기 때문에 어디를 가나 빵 굽는 아궁이와 전문 제빵사를 동반하지 않으면 안 된다. 반찬도 마찬가지여서 일본인은 매실 장아찌든 단무지든, 또는 필요하다면 소금이나 된장으로도 밥을 먹을 수 있다. 그러나 코쟁이 병사들은 그렇지가 않다. 스튜네 크로켓이네 민스볼이네 오믈렛이네 스테이크네, 이 역시 전문 요리사가 있어야 하며, 이를 요리하기 위해서는 스튜 냄비네, 크고 작은 여러 가지 프라이팬이네, 나이프와 스푼과 포크네, 이래저래 짐이 되어버린다. 따라서 일본군이 후다닥 반합에 밥을 지어 깨소금이나 그런 것과 함께 후다닥 먹어치운 뒤 전선으로 나설 때쯤이면, 녀석들은 간신히 빵 아궁이에서 구워진 빵을 꺼내고 한쪽에서는 스튜 냄비를 젓고 있는 형편이다, 라고 하루히코는 말했다.

"이래서는 말이지 전쟁이 되질 않아."라고 촐싹이가 밥상을 펼치며 계속했다. "그들이 빈둥빈둥 빵이 구워지기나 스튜가 끓기를 기다리는 동안 이쪽은 반합에 밥을 지어서 후다닥, 매실 장아찌와 함께 후다닥 해치우고는 얼른 전선으로 나가서 자, 올 테면 와봐, 라고 해. —아주 오래 전의 일이지만 영미의 관전무관이 대대적인 연습을 보러 왔었어. 후지산 기슭의 벌판에 있는 막사에서 일본 병사들이 생활하는 모습을 보고 무엇보다 놀란 것이 이 식사였다고 해. —이 햄은 냄새가 조금 이상하지 않은가, 반 군? 자네가 좀 맡아보지 않겠는가?"

7대째 호박이 그 햄의 냄새를 맡는 동안에도 그의 혀는 펄떡펄떡 활동하고 있었다. —영미의 관전무관들은 반합에 밥 짓는 모습을 보고 토목공사장의 함바집보다 더, 지푸라기 위에서 담요를 덮고 자는 침대를 보고, 소고기 통조림이 청일전쟁 때부터의 저장품이라는 사실을 알고, 이건 조병(造兵)기구의 경이이자, 특히 즉석식량에 있어서는 그 어떤 문명국 군대도 대적할 수 없다며 혀를 내둘렀다고 해, 라고 열심히 말했다.

"그러니까 원자폭탄이라는 야만스러운 발명만 없었다면 틀림없이 일본군이 이겼을 테지만, 영미 제국은 침략주의에 집착하고 있었기에 자신들의 약점을 교활하게, ―그 햄은 상하지 않았는가?"

반 군의 커다란 콧방울이 벌어졌다가 천천히 원래대로 되돌아가더니, 반 군은 그 접시를 다다미 위에 놓았다.

"햄을 만들게 된 것이 우연이 아니라는 사실은 알고 있지, 반 군?" 촐싹이가 햄 접시를 밥상 아래로 밀어 넣고 부엌에서 질솥을 가지고 오며 말했다. "거기에는 말이지 유리 제조와 끊고 싶어도 끊을 수 없는 관계가 있어. 아주 오래 전 얘기지만, 서력으로 기원전이었던가, 그건 아닌 거 같은데, 유리는 벌써 이집트 시대에 있었단 말이야. 이집트 시대에 햄은 아직 없었을 거야. 아, ―자네 밥그릇이 없군."

하루히코는 밥상 위를 바라보며, 재빨리 곁눈질을 해서 반 군을 보았다. 자신의 밥그릇이니 가지러 가리라 생각한 모양이었다. 그러나 이 7대째 호박은 움직일 기색조차 보이지 않았다. 촐싹이는 상대방이 일어서기를 기다려야겠다고 생각했으나, 그보다 먼저 몸이 자유행동을 시작해서 반사적으로 벌떡 일어나 부엌으로 가더니 반 군의 밥그릇을 가져와버리고 말았다.

"맞아, 맞아. 그때의 관전무관 가운데 독일 장교가 있었어." 그의 이야기는 공중제비를 돌아 보였다. "그는 다른 관전무관들보다 더 날카로운 관찰력과 비판성을 가지고 있었어. 귀국한 뒤 상세한 보고를 했던 거겠지. 그것이 히틀러로 하여금 황화론(黃禍論)을 쓰게 한 원인이 됐어. 영미 군부에게 있어서 이 병사들의 식량문제는 언제나 골칫거리였던 거야."

촐싹이는 반 군이 밥 3그릇에 된장국 2그릇 반, 반찬을 혼자서 8할 가까이 쓸어 넣듯 먹는 것을 보고 약간 불안한 듯한 기분이 되었다.

우리의 7대째는 밥을 먹는 것이 빨랐다. 하루 종일 꾸물꾸물하며 철저하게 아무것도 하지 않는 것은 밥을 먹을 때 쓸 에너지를 축적하기 위한 것 같았는데, 일단 밥상을 향해 앉으면 두 손과 입에 모든 기능이 집중해서 마치 전속력으로 도는 발동기처럼 굉장한 속도로 쓸어 넣고, 씹고, 삼키고, 쓸어 넣고, 씹고, 삼키는 식이었으며 어느 정도가 한 사람의 분량인지도 전혀 신경 쓰지 않는 듯한 모습이었다.

밥은 3그릇씩, 된장국은 2그릇씩, 반찬들은 접시에 2인분을 담는 것이 하루히코의 습관이었다. 따라서 속도가 늦으면 늦는 만큼 그는 자신의 몫까지 반 군에게 빼앗기는 셈으로 그렇게는 할 수 없다고 용을 써보지만, 슬프게도 그에게는 대화를 중지하는 일이 불가능했다. 지금은 잠깐 말을 멈추고 밥 쪽을 먼저 처리해야겠다고 생각하면, 반대로 기가 막히게 멋진 이야기들이 한꺼번에 쏟아져 나와 식사의 속도를 크게 떨어뜨리는 결과를 낳았다.

"이보게, 밥은 잘 씹지 않으면 오히려 독이 돼. 우리 나이쯤 돼서 이런 말 하는 것도 우습지만,"하고 하루히코가 한번은 암시하듯 말했다. "그레셤도 말했던 것 같은데, 식사는 한 입에 100번 이상 씹지 않으면 영양이 충분하게 흡수되지 않는대."

반 군은 한쪽의 눈썹만 희미하게 꿈틀 움직이고, 촐싹이가 한 말이 입으로 들어가 목구멍에서 위 속으로 떨어졌으리라 여겨질 무렵에 천천히 트림을 한 뒤, 한 마디씩 끊어서 신중하게 말했다.

"밥은 말이지, 너무 많이 씹으면 맛이 없어. 두어 번 정도 씹은 다음 꿀꺽 삼키면, 반만 찧은 듯한 밥알이 목을 스치고 지나갈 때의 냄새와 맛은 말이지, 견딜 수가 없어." 그리고 실제로 어느 정도 견딜 수 없는지를 표현하려는 듯 아래턱을 앞으로 내밀고, 그런 다음 다시 말했다. "그게 아니라도 그렇게 씹는 건 싫어. ―피곤해지니까."

쓰치카와 하루히코는 사업가라 자부하고 있었으며 지금까지 무수한 사업을 계획했다. 그 자신의 말을 믿는 것이 잘못이 아니라면, 그 가운데 몇 개인가의 사업은 실현되어 상당한 곳까지 궤도에 올랐었다고 한다. 그러나 결과적으로 소자본 기업은 대자본에게 먹히고 만다. 그 사업의 예측이 잘못된 것이라면 말할 필요도 없이 망하지만, 장래 유망해서 발전성이 있는 것이라면 곧 대자본의 손이 뻗쳐와 낚아채버리는 것이다.

"무슨무슨 콘체른이라고 해서 말이지, 일본의 재계는 속이 좁아터진 수전노들의 집단이야."라고 그는 개탄했다. "새로운 사업이 유망하다고 여겨지면 그것을 키우려 하지 않고 약탈하려 덤벼들어. 마치 도둑놈이나 강도처럼. 일본의 재계는 말이지, 아직 전국시대 그 자체야. 미개국 그 자체니까 말이야, 정말."

반 군은 그런 얘기라도 얌전하게 들었다. 약간 믿을 수 없는 일이지만 그만큼이나 게으르고 모든 일에 관심을 가지고 있지 않은 사내가, 하루히코의 이야기를 듣는 역할에는 훌륭하게 책임을 다했으니 놀라지 않을 수 없었다. 물론 이야기의 내용이 재미있다거나, 흥미가 있는 건 아니었다. 그는 자신이 듣는 역할이라는 사실, 그 역할만 잊지 않으면 침식에 부족함이 없다는 사실, 이러한 조건을 명심하고 있었으며, 명심한 일을 지킬 만큼의 양심, 혹은 필요가 있는 듯했다.

출싹이는 종종 일본의 재계와 재계사람, 경제조직 등에 비난을 가했으며, 조롱하고 경멸했다. 예를 들어서 해외에 진출하는 상사만 봐도 같은 지구에 5개의 상사가 개점을 할 경우, 5개 사 모두 만물상처럼 온갖 상품을 팔려고 한다. 그런데 외국의 상사는 그와 반대로 그 회사가 전문으로 하는 물건만 취급한다. 도기 가게에 도기를 사러 온 손님이 "낚싯바늘은 없나요?"라고 물었다고 하자. 그러면 그 가게의 점원은 가볍게 인사를 하고 그거라면 여기서 1블록 앞의 무슨 상회에서 취급하고 있으며, 그 가게에는 무릇 세계의 모든 낚싯바늘이 갖춰져 있으니 당신을 반드시 만족시킬 것이라는 식으로 P·R까지 덧붙인다. 무슨 상회에서도 마찬가지여서, 요컨대 상호부조, 이익 블록의 공동지지라고 하는 국가적 상행위의 책임관념이 보편적으로 퍼져 있다. 따라서 5개 상사는 각자 전문을 지킴으로 해서 서로 번영을 하게 된다. 그런데 일본에서는 모두가 만물상 같은 경영을 해서 모든 고객을 독점하려 하기 때문에 서로가 서로를 잡아먹는 경쟁을 하게 되어, 결국에는 함께 망해버리고 마는 것이 역사적 통례다.

"이건 말이지, 일본이 아직 자본주의국가가 아니라, 자유경제에까지 간신히 도달해서 그 부근에서 얼쩡거리고 있는 데 지나지 않는다는 사실을 증명하고 있는 거야."

일본에 서구식 재계인 같은 사람은 없어, 하나같이 쩨쩨한 상인, 10엔이나 100엔의 이익을 서로 빼앗으려 하는 노점상에서 간신히 벗어난 것 같은 무리들이야, 라고 하루히코는 단언했다.

"지금 국철에서 이음매가 없는 레일을 사용하기 시작했지? 내,

뭘 숨기겠는가? 그 이음매 없는 레일의 아이디어는 내 것이야." 출싹이는 크게 고개를 끄덕여 보였다. "그것도 전쟁 전, 제2차 대전이 시작되기 5, 6년 전이었던가. 나는 그 아이디어를 국철, 아니 당시에는 철도성이었지, 철도성의 차관에게 보여주고 한바탕 연설을 했어. 그에 대해서 차관이 뭐라고 했는지 자네 상상할 수 있겠나? 응? 반 군."

7대째는 아주 완만하게 눈을 왼쪽으로 향했다가 그것을 정면으로 되돌리고, 천천히 오른쪽으로 향했다가 다시 정면으로 되돌렸다.

"상상할 수도 없을 거야, 응." 출싹이가 만족스럽다는 듯이 말했다. "차관은 이렇게 대답했어. 쓰치카와 군, 일본은 말일세, 지금 중요한 시기에 당면해 있네. 자세한 이야기는 기밀이라 말할 수 없지만, 일본은 곧 철 기근에 시달리게 될 거야. 자네의 아이디어는 쓸 수 없어."

"쓸 수 없다니 무슨 말씀이십니까, 라고 나는 물었어." 하루히코가 말을 이었다. "차관이 대답하기를, 국책상 가장 긴급한 물자는 철일세. 철도성에서는 말일세, 지금 레일의 이음매를 2㎜ 더 넓힐 것을 생각하고 있어. 레일 하나당 양쪽 끝의 철을 1㎜씩 깎아서 그것을 국책의 긴급자재로 쓰려는 거야. 자네의 이음매 없는 레일은 국책에 역행하는 것이라고 할 수밖에 없어."

"틀림없이 차관은 없는 소리를 한 건 아니었어." 바로 하루히코가 다시 말을 이었다. "얼마 지나지 않아서 통제경제가 되었고 제2차 세계대전이 일어났어. 시전의 레일까지 떼어낼 정도로 철 부족에 시달렸으니 과연 차관쯤 되면 선견지명이 있는 법이라고 감탄했지. 거기까지는 좋았는데 말이지, 패전 후에 이번에는 국철이 되었잖아. 그런데 말이지, 능률증진 때문인지 합리화 때문인지는 모르겠지만 이음매 없는 레일을 채용하게 됐어. 내 아이디어가 채용된 거야. 전후의 정부는 전쟁 전에 있었던 일에 대해서는 책임을 지지 않는다고 말하고 있지만, 세계적으로 알려진 일본의 대국철씩이나 되는 곳에서 나처럼 가난하고 힘없고 고립무원 같은 사람의 아이디어를 도용하다니, 그러고도 양심에 부끄럽지 않은지 모르겠어."

7대째는 육법전서를 전부 살펴본 뒤에 말을 하는 것처럼 매우 신중하고, 또 정확한 말투로, "특허국에 고소해보는 건 어떻겠나?"라고 말했다. 촐싹이는 머리를 흔들었다.

"특허를 받아뒀다면 그랬겠지만."이라고 촐싹이는 대답했다. "그 차관이 채용해줄 것 같았다면 신청을 할까, 아니 출원을 할까 생각도 했었겠지만, 차관의 말을 듣고 나니 그것도 쓸데없는 짓 같다는 생각이 들었고, 무엇보다 앞장서는 사람이 없었기에 말이지."

반 군의 눈이 조용히 가늘어지더니 그 뒤로 그 자신이 빨려 들어가는 것처럼 보였다.

쓰치카와 하루히코는 말도 잘하고 손재주도 좋고 머리까지 잘 돌아갔다. 그는 끊임없이 움직였으며, 혀를 회전시켰고, 꿈속에서까지 사업을 계획했다.

"자네, 놀랐지? 어젯밤에는 나도 놀랐어." 아침을 지으며 하루히코가 정말 경탄을 금할 길 없다는 표정으로 말했다. "꿈속에서 새로운 사업을 떠올리는 건 드문 일이 아니지만, 어젯밤에는 꿈꿔서는 안 될 사업의 꿈을 꿔버리고 말았어."

7대째 호박의 눈이 서서히 위를 올려다보고, 서서히 정면으로 돌아왔다가 천천히 밑을 내려다보고, 그런 다음 다시 정면으로 돌아왔다.

"지금까지는 자본가 놈들의 눈에 바로 띄거나 소자본으로는 감당할 수 없는 사업만 계획해왔어. 그건 말이지, 어리석은 짓이었어. 응, 어째서 좀 더 빨리 그 사실을 깨닫지 못했는지 내가 생각해도 내 스스로가 의심스러울 정도야."

계획해서는 안 될 사업이 어떤 것인지 예를 들어 말하지는 않았으나 쓰치카와 하루히코가 크게 흥분해서 기운에 넘치고 있는 점을 보니 그는 마침내 무엇인가를 포착한 듯했다.

"그러니까 이런 거야."라고 하루히코가 말했다. "처음에는 아주 작고 평범하게 보이는, 누구나 알고는 있지만 그것이 사업이 되리라고는 생각지 못하는, 에이, 그게 뭐야 할 정도의 일이야. 그러는 사이에 나는 조금씩 영역을 넓혀나가고 세상 사람들이 눈치를 챘을 때는 대사업으로 발전해서 손을 댈 수 없는, 대자본으로 흡수하려 해도 너무 발전해버려서 망설이게 되는 그런 종류의 것이야."

"두고 보라고, 반 군. 이번에는 나도 한방 터뜨릴 거야." 하루히코는 주먹으로 가슴을 두드리려다 생각을 바꾼 듯 그것을 중지하고 말했다. "그리고 드디어 자네가 활약할 시기가 올 것이라 생각해."

반 군의 콧방울이 오므라들더니, 그리고 그가 만약 개였다면 하는 소리지만, 꼬리를 두 가랑이 사이로 말아 넣은 것 같다는 느낌이 들었다. 이를 한마디로 표현하자면, 겁을 먹은 것처럼 보였다고 할 수 있으리라.

쓰치카와 하루히코는 이틀쯤, 평소보다 오래 외출을 했다. 예의 증권가에 간 것인지, 아니면 새로운 사업을 위해서 바쁘게 뛰어다니고 있는 것인지, 반 군으로서는 짐작조차 할 수 없었지만, 한편 반 군 입장에서는 짐작을 해보려고도 하지 않았으리라. 이 가장 호박다운 면을 가지고 있는 7대째는, 오히려 촐싹이가 사업 같은 것 하지 말기를, 설령 시작했다 할지라도 실패하기를 기원했을 것임에 틀림없으리라.

촐싹이의 회전력 좋은 머리가 무엇을 생각했는지, 그는 시전의 북쪽 종점으로 가서 민물고기 파는 가게를 살펴보았고, 살아 있는 붕어와 잉어의 도매가와 그 공급상태를 확인했다.

"지금은 모든 게 인스턴트 시대가 되어버렸어."라고 한 가게에서 그는 말했다. "냉동식품도 유행해서 대부분의 어육(魚肉)이 냉동상태로 비닐 봉투에 담겨 판매되고 있어. 그런데 일본인만큼 간단히 유행을 따라가는 사람들도 없지만, 또 싫증을 내는 것도 세상에서 제일 빨라. 이 인스턴트 시대에는 곧 질려버릴 거고, 그렇게 되지 않는다 할지라도 고급주택가 같은 데서 사는 계급은 살아 있는 민물고기를 평소에도 손에 넣을 수 없으니 가지고 가면 당장 달려들 거라 생각하는데."

"고급주택가라."하고 가게 주인이 말했다. "그런 인종들은 대체로 민물고기를 싫어한다고 들었는데."

"그건 전쟁 전의 얘기겠지." 하루히코가 확신은 없다는 투로, 그러나 분명하게 주장했다. "그건 전쟁 전의 얘기야, 분명히. 누가 뭐래도 말이지," 그리고 그는 갑자기 기운을 얻었다. "누가 뭐래도 지금은 말이지, 연어나 청어가 고급 기호품이 되어버린 시대니까."

가게의 주인은 그렇게 말하자면 그렇기는 하지만, 하고 미적지근하게 대답했다.

"됐어, 그거야." 그 가게를 나온 하루히코가 스스로에게 말했다.

"전문 도매상에서까지 저렇게 말하고 있잖아. 아무도 모르고 있는 거야."

"어째서 이 사실을 아무도 눈치 채지 못한 걸까?" 걸으며 그는 중얼거렸다. "해산식품은 몇 개의 커다란 회사에서 경영하고 있고, 개중에는 발전해서 프로야구 팀까지 가지고 있는 회사도 있잖아. 그런데 민물고기를 전문으로 하는 사업에 손을 댄 사람이 없다는 건 신기한 일이야. 물론 바로 그렇기 때문에 내게 찬스가 온 거지만. 어떻게 그런 일이, 이건 틀림없이 성공할 거야."

하루히코는 우선 자신이 판매원이 되어 착실하게 손님을 확보한 뒤 점점 판매원을 늘려서 판매망을 확보하는 한편, 인근 지방에 양식장을 만들어 입체적 경영에 들어가기로 결심하고, 그 기발한 착상과 확실한 성공률을 생각하며 혼자서 두근두근 사뭇 자랑스럽다는 듯 몇 번이고 고개를 흔들었다.

어쨌든 그날 오전 10시 무렵, 쓰치카와 하루히코는 주택가로 가서 중급주택가의 버스스톱 옆에 짐을 펼쳤다. —그는 숙고 끝에 인근 지방에서 온 농부처럼 보이는 복장을 하고 말에도 사투리를 섞기로 했다. 헌옷집에서 산 낡은 작업복 상하의, 고무장화, 수건을 얼굴에 뒤집어쓴 차림으로 등에 짊어지는 소쿠리 속에서 살아 있는 붕어가 든 법랑으로 된 네모난 용기와, 역시 법랑으로 살아 있는 잉어가 든 통 모양의 용기를 꺼내 그 2개를 플라타너스 가로수 아래에 늘어놓고 손님을 기다렸다.

그는 도매상과 유리하게 교섭을 했다는 사실에 만족하고 있었다. 매출이 좋으면 그 가게하고만 장기계약을 맺겠다고 해서 붕어와 잉어, 2개의 용기와 등에 짊어지는 소쿠리를 아주 싼 가격에 손에 넣은 것이었다.

“간사이의 뭐시기라고 하는 대자본가의 조상은,”하고 그는 두 손을 마주 비비며 중얼거렸다. “길에 떨어져 있는 새끼줄 조각과 멍석을 주워다 그것을 썰어 미장이에게 파는 데서부터 장사를 시작했다고 하잖아. 그러니까 말이지 남들이 깨닫지 못하는 곳에 주목하는 것이, —이봐, 정신 차려. 저 사람이 손님으로 올 거 같잖아.”

한 중년부인이 버스 정류소의 표식이 있는 곳에서부터 그가 있는 쪽으로 걸어왔다. 꽤 고가로 보이는 의복에 굽이 높은 가죽 샌들을 신고 금실로 바느질을 한 허리띠를 매고 있었으며, 그 허리띠의 표면에서는 가느다란 금사슬로 연결한 표주박 모양의 진주가 대롱대롱 흔들리고 있었다. 흔히들 ‘노리개’라고 하는 액세서리일 테지만 마흔예닐곱 살쯤으로 보이는 나이에는 너무나도 소녀취향이어서 썩 어울려 보이지는 않았다. 길이 70㎝, 폭 30㎝나 될 법한, 틀 모양의 무늬에 금박을 새긴 가죽 핸드백을 끌어안고, 두꺼운 알의 안경을 쓰고 있었는데, 촐싹이 옆까지 오더니 그 안경의 테를 잡아 알을 앞쪽으로 내밀며 2개의 용기 속을 들여다보았다.

“신기한 물고기네요.”라고 그 중년부인이 말했다. “이건 무슨 물고기죠?”

촐싹이는 지방의 사투리로 이쪽이 붕어고 이쪽이 잉어인데, 전부 자신이 농사를 지으며 짬짬이 잡은 것이라고 대답했다.

중년부인은 안경을 바로하고 쓰치카와 하루히코를 응시했다.

“당신 시골에서 왔나요?”

하루히코는 그렇다고 대답했다.

“그 사투리는 알고 있어요.”라고 중년부인이 말했다. “얼마 전까지 우리 집에 하녀로 있던 요노라는 아가씨의 말투하고 비슷해요. 당신 미야기 현에서 왔죠?"

출싹이는 침을 삼켰다.

"현에 대해서는 잘 몰러유."라고 그가 더듬거리며 대답했다. "부모님이 미야기 현의 슬쩍 옆에서 살았지만, 지는 꼬맹이 때부터 멀리로 보내졌응께. 이거 사가셔유."

중년부인이 안경테를 잡고 뭔가 신기한 곤충이라도 찾아낸 것처럼 뚫어져라 하루히코의 얼굴을 바라보며, 당신 집은 어디냐고 물었다.

"인근 지방이여유."라고 출싹이는 말하고 얼굴을 얼른 문질렀다. "이 붕애하고 잉애도 보시는 것처럼 지금 막 잡은 거여유. 이렇게 팔팔하게 살아 있응께. 사셔유."

"이상한 사투리도 다 있네." 중년부인은 머리를 흔들고 사투리에 대한 탐색은 포기한 듯 다시 2개의 용기를 들여다보았다. "본 적이 있는 물고기이기는 하지만, 이름이 뭔지 한 번 더 가르쳐줘요."

"이쪽의 작은 놈이 붕어."라고 그는 대답했다. "이쪽의 큰 놈이 잉어구먼유."

"어머, 붕어하고 잉어라고요."

"그렇다니까유."

"어머, 세상에." 중년부인은 소맷자락에서 손수건을 꺼내 코를 가렸다. "붕어와 잉어라니, 무서워라. 아이, 징그러워."

그리고 버스스톱 쪽으로 가버렸다.

"칫, 촌놈이."라며 쓰치카와 하루히코는 콧마루에 주름을 만들어 옆쪽으로 침을 뱉었다. "저런 사람을 교양 떠는 인종의 전형이라고 하는 거겠지. 알지도 못하면서 상대방이 잘못했다고 떠들어대고.

네가 훨씬 더 징그러워. 쳇, 뭐야. 안경 같은 거나 자랑하고 말이야. 그런 안경 같은 거에 깜짝 놀랄, —아이구, 어서 오셔유."

그는 황급히 혼잣말을 멈추고 인사를 했다. 오십 줄의 신사가 다가와서 2개의 용기를 들여다보았기 때문이었다. 뚱뚱할 때 맞춘 양복이, 당사자의 살이 빠져서 사이즈가 맞지 않게 된 것인지 상의와 바지 모두 천은 고가인 듯했으나 헐렁헐렁하게 주름이 잡혔고 엉덩이 부근은 봉투처럼 늘어져 있었다. 신사는 왼손에 들고 있던 짜그라진 손가방과 지팡이를 오른손에 쥐었다가 가방만 옆구리에 끼더니 지팡이 끝으로 포장도로를 두드리며 용기 안의 물고기를 보고, 그 눈으로 쓰치카와 하루히코를 보았다.

"이거 자네가 낚은 건가?"라고 신사가 물었다. "아니면 투망이나 통발로라도 잡은 건가?"

"저는 부근 지방 사람이구먼유." 하루히코가 머뭇머뭇하며 대답했다. "이건 말이쥬, 붕어하고 잉어인디, 지가 농사일 중에 잡은 거여유."

"이 잉어는 논에서 기른 거군."

신사는 촐싹이가 하는 말 따위 들으려 하지도 않고 말했다. 사실은 촐싹이가 말을 채 끝내기도 전에 혼자서 머리를 흔들며 한 말이었다. 논에서 길렀다는 게 무슨 말인지 하루히코는 이해할 수 없었으나, 칭찬하고 있는 것이 아니라 아무래도 트집을 잡으려 하고 있는 것 같았기에 그는 벌컥 화가 났다.

"무슨 말씀을 하시는 겁니까, 영감님. 말도 안 돼."라고 그는 맞받아쳤다. "잘 보세요. 이놈은 엄연히 천연입니다."

"이쪽은 붕어로군. 마치 금붕어 같아." 신사는 신경 쓰지 않고 계속해서 말을 이었다. "이 물고기는 본 적이 있어. 인보 연못이나 데가 연못에서. 이것도 기른 붕어야. 요즘에는 농부들도 그럴 듯한 속임수를 쓴단 말이지."

"영감님은 잘도 아시네요." 출싹이는 전법을 바꾸었다. "영감님 같은 분한테 걸리면 당해낼 재간이 없다니까. 그 높은 안식으로 하나 어떻습니까? 개시입니다. 싸게 드리겠습니다."

"난 말이지, 이쪽으로는 전문가야."라고 신사가 말했다. "장사가 아니고, 낚시 쪽 말이야. 우리 집 정원의 연못에는 잡아온 잉어가 언제나 사오십 마리 정도는 살고 있어. 쓸데없는 말일지는 모르겠지만, 논에서 기른 이런 잉어는 냄새가 나서 먹을 수가 없어."

그렇게 말하더니 신사는 가방과 지팡이를 고쳐 쥐고 마침 달려 들어온 버스 쪽으로 가버렸다.

"잘난 척하기는. 뭐가 논에서 기른 거라는 거야."

출싹이는 비웃었으나, 그래도 마음에 걸렸기에 잉어 용기 속을 들여다보았다. 가만히 손을 넣어 그 녀석을 찔러보고, 그 손가락을 코로 가져가 냄새를 맡아보았다.

"비린내가 날 뿐이잖아. 아는 척 떠들어대기는. 흥, 우리 집 정원의 연못이라고. 인보 연못이나 데가 연못이라고. 흥, 저런 놈이 엉터리 변호사나 그런 걸 하는 거겠지. 틀림없이 무슨 일이든 사람을 놀라게 하면 되는 거라고 생각하고 있는 놈일 거야."

그는 도매상 주인이 한 말을 떠올렸다. 고급주택가 사람들은 민물고기를 싫어하는 듯하다. 어수룩한 투로 말했지만 그 영감쟁이 의외로 잘 알고 있는 걸지도 모르겠는데. 이런 생각이 들자 갑자기 불안한 듯한, 이 세상 전체가 고난으로 가득한, 장래성이 없는, 음흉한 사람들만 살고 있는 세계인 것처럼 여겨져, 그는 크고 길게 탄식

했다.

세 번째로 다가온 것은 스물일고여덟 살쯤으로 보이는 젊은 부인이었는데, 울에 가느다란 세로 줄무늬가 들어간 투피스에 터키식 모자 비슷한 빨갛고 작은 모자를 쓰고 숄더백을 왼쪽 어깨에 걸치고 있었다. 갸름한 얼굴도 아름다웠고 화장도 산뜻했으며 옆으로 다가오자 품위 있는 향수 냄새가 퍼졌다.

적갈색 펌프스의 힐이 너무 가늘고 높은 것을 하루히코는 위험하다고 생각하며, 성의를 담아 웃어 보이고 용기 쪽으로 손을 흔들었다.

"이건 뭐죠?"라고 젊은 부인이 용기 안을 들여다보며 물었다. "생선이네요."

"네, 이쪽이 붕어여유."라고 촐싹이가 대답했다. "붕어, 알아유?"

"어머, 이게 붕어라는 거예요?" 젊은 부인은 몸을 웅크리고 눈을 반짝이며 그 물고기를 가만히 바라보았다. "어머, 예뻐라. 마치 살아 있는 거 같아요."

"맞아유. 가져올 때까지는 살아 있었는데 가져오느라 물에서 건졌구먼유. 시골이 쪼매 멀어서 말이쥬." 그는 친절하게 웃어 보이며 잉어 용기 쪽으로 손을 돌렸다. "그 대신 이쪽 잉어는 살아 있어유. 이렇게 팔팔혀유."

"어머, 정말 잉어네." 젊은 부인은 열심히 들여다보았다. "잉어는 알고 있어요. 어머, 비늘이 금색으로 빛나고 있어요."

"찌르면 펄쩍 뛰어유."

촐싹이는 잉어 한 마리를 손가락으로 찔러보았다. 그 녀석이 튀어오를 기색을 보이지 않았기에 다음을 찔러보고, 다음을 찔러보았으나 녀석들은 입을 뻐끔거리기만 할 뿐, 무엇인가 불만이라도 있는 것인지 어느 하나 힘차게 튀어올라 보이는 녀석이 없었다.

"전 농부여유." 촐싹이가 터무니없이 커다란 소리로 말했다. "농사일 중간에 이놈들을 잡아가지고 온 거여유."

"예쁘네요, 정말 예뻐요. 붕어를 보는 건 처음이에요." 젊은 부인이 감탄의 눈을 반짝이며 붕어를 보고, 또 잉어를 보다가, 잠시 후 촐싹이 쪽으로 시선을 돌리더니 갑자기 사무적인 목소리가 되어 물었다. "당신, 연어자반은 없나요?"

쓰치카와 하루히코의 눈이 갑자기 커지더니 무슨 말인가 하려고 입을 벌렸다가 말이 나오지 않았기에 닫고, 다시 입을 열어 무슨 말인가 하려 했으나 젊은 부인은 벌써 버스스톱 쪽을 바라보고 있었다. 마치 갑작스럽게 하루히코와 2개의 용기 속 붕어와 잉어의 존재가 거기서 사라져버리기라도 했다는 듯. 그리고 이쪽으로 다가오고 있는 버스를 발견한 것이리라. 우아한 동작으로 손목시계를 힐끗 보더니 여유로운 발걸음으로 떠나가 버렸다.

쓰치카와 하루히코는 짐을 정리했다. 등에 짊어지는 소쿠리에 우선 잉어 용기를 넣고 그 위에 판자를 얹은 다음 붕어 용기를 넣고, 대나무로 짠 덮개를 덮고 끈을 걸었다.

"연어자반은 없나요, 라고 나오셨겠다." 그는 소쿠리를 짊어지며 흉내를 냈다. "당신, 연어자반은 없나요. 쳇, 이곳 주택가의 인종들이란. 쳇, 그래서 일본인이라고 할 수 있겠어?"

"난 민물고기를 팔러 온 거야." 시전에 오른 뒤에도, 묵시할 수 없는 부정에 분노를 억누르지 못하는 사람과 같은 투로 그는 중얼거렸다. "그래서 알아듣게 설명했잖아. 이게 붕어, 이게 잉어라고.

그런데 그 얼간이 같은 여자, 어머 예뻐라, 정말 예뻐, 비늘이 금색이에요, 라고 실컷 엉뚱한 소리만 해대다, 뭐? 당신 연어자반, ―."

쓰치카와 하루히코는 허공을 노려보았다.

그날 밤 촐싹이는 저녁을 먹고 난 뒤에 장렬하게 이야기했다. 언제나처럼 재미있지도 우습지도 않은 이야기를 혼자 신나게 떠들어대고, 혼자서 무릎을 치기도 하고 벌렁 나자빠져 웃기도 했다. 7대째 호박인 반 군은 두려워하지도 기가 죽지도 않고 정면에서부터 그 공격을 받으면서도 반걸음도 뒤로 물러나거나 옆으로 피하려 들지 않았다.

"주택가의 길가에서 말이지, 한 농부가 붕어하고 잉어를 팔고 있었어."라고 촐싹이는 말했다. "그런데 세련된 양장을 한 마담이 지나가다가 말이지, 그거 뭐죠, 라며 들여다보았어."

농부는 이거 맞춤한 손님이라고 생각했는지 열심히 그 붕어와 잉어에 대해서 설명했다. 마담은 그것을 끝까지 듣고 난 뒤에 새침한 얼굴로 농부에게 물었다.

"당신, 연어자반은 없나요?" 촐싹이가 과장스럽게 만들어낸 듯한 목소리로 말했다. "아이고 세상에, 그때 그 농부의 얼굴이란." 그는 갑자기 웃음을 터뜨렸다. "살아 있는 붕어와 잉어를 눈앞에 두고 실컷 설명을 하게 한 뒤에, 당신 연어자반은 없나요?"라고 끝까지 말하지 못하고 촐싹이는 빵 터져버린 듯 웃기 시작했으며 결국에는 또 자빠져서 웃었다.

7대째의 입술이 아주 희미하게 움직였다. 촐싹이는 웃음이 가라앉기 시작하던 중에 그 7대째의 입술이 보일 듯 말 듯 움직인 것을 알아채고 웃음을 참으며 일어나 앉았다.

"자네, 이 이야기를 듣고도 우습지 않은가, 반 군?"

반 군은 한참 동안 마음속을 살펴보다, 우습다고 대답했다. 이에 하루히코가 다시 물었다.

"하지만 웃을 정도는 아닌가?"

반 군은 이번에는 생각하지 않았다. 그 점에 있어서 그는 늘 스스로 경계를 하고 있는 모양이었다.

"난 웃는 걸 좋아하지 않아."라고 그는 말했다. "—피곤해져서 말이지."

그 이튿날, 쓰치카와 하루히코는 외출을 한 채 집으로 돌아오지 않았다.

촐싹이는 차분하지 못한 공상가에 지루한 장광설을 늘어놓는 사내였다. 10명의 —정확히 말해서 9명의 아내가 떠난 것도, 이야기상대인 호박이 6명까지 달아난 것도 하루히코의 그런 촐싹맞은 성격을 참고 견딜 수가 없었기 때문이리라. 하루히코는 스스로가 "이야기상대가 없으면 1시간도 지낼 수 없다."고 말했다. 그와 동시에 어디에서 끌고 오는지 알 수 없는 이야기상대에도, —다시 말해서 호박인 그들에게도, 상대가 달아나주지 않으면 하루히코 쪽이 싫증이 나버리는 모양이었다. 지금까지는 그가 질리기 전에 상대 쪽에서 모두 달아나주었다. 따라서 7대째인 반 군도 당연히 예외는 아닐 것이라고 생각한 모양이었다. 인간은 이런 종류의 관성에 종종 속곤 하는 법이다. 예를 들어서 늘 다니던 바나 그런 곳에서, 술값은 늘 이 정도였다며 안심하고 그 정도를 가지고 가서 그 정도를 마셨음에도 불구하고, 아니, —요컨대 7대째 호박은 하루히코의 예상을 그대로 배신한 것이었다.

반 군은 다른 6명의 호박과는 전혀 달랐다. 모든 점에서 달랐으며 가장 본격적인 호박이었다.

이에 양자의 입장이 반대가 되어 쓰치카와 하루히코 쪽에서 달아났다. 별명대로 잽싸게 촐싹촐싹 사라져버렸다. —그리고 80일쯤 지난 어느 날, 황무지의 구불구불한 나무숲 근처에서 놀고 있던 아이들에게 한 남자가 말을 걸어 아이들을 놀라게 했다.

"아, 촐싹이잖아."

라고 아이들 가운데 한 명이 외쳤다.

그건 쓰치카와 하루히코였다. 새것이기는 하나 몸에 맞지 않는 양복에 흐물흐물한 싸구려 중절모자를 쓰고, 왼쪽 옆구리에는 둘로 접게 된 가죽 손가방을 끼고, 그리고 맨발에 나막신을 신고 있었다.

"나야."라고 그는 아이들에게 상냥하게 웃어 보이고 누군가에게 쫓기기라도 하는 사람처럼 차분하지 못한 눈으로 주위를 둘러보며 말했다. "—우리 집에 있던 반 군, 어떻게 됐는지 알고 있어?"

"알고 있지."라고 아이 가운데 한 명이 대답했다. "호박 말이지?"

"맞아, 호박이야. 어떻게 지내고 있지?"

"아무 일도 없어. 아직 원래 집에서 살고 있어, 그치?"

그 아이가 친구들에게 동의를 구하자 모두 고개를 끄덕이기도 하고, 있어, 라거나, 옛날하고 똑같아, 라고 말하기도 했다. 촐싹이는 순간 가슴이 덜컥해서 다시 두리번두리번 주위로 경계의 시선을 보냈다.

"원래 그대로라고?"하며 그가 되물었다. "계속 혼자서 살고 있어?"

"아줌마하고 같이 살아."

"아줌마라고?"

"응, 알고 있잖아."하고 한 아이가 대답했다. "전에 촐싹이네 집에 있던, 그 아줌마 말이야. 그 왜, 늘 화가 나 있는."

"뚱뚱한 아줌마 말이야."라고 다른 아이가 주석을 달았다.

하루히코는 생각한 뒤 입 안에서 중얼중얼 무엇인가를 중얼거렸다. 화가 나 있는 뚱보. 아이들이 알고 있는 아내라면, ─그는 고개를 갸웃거리며 여기서 자신의 아내가 되었던 여자들을 한 사람씩 떠올려보려는 듯한 모습이었으나, 그보다도 7대째 호박에게 발각될 위험이 더 크다고 생각했는지, 혹은 이번에도 머릿속이 새로운 사업계획으로 가득해서 그 외의 사고가 제대로 되지 않는 것인지, 곧 가방을 고쳐 들더니 아이들에게 다정하게 웃어 보였다.

"자, 얘들아, 다음에 또 보자."라며 그는 중절모자를 살짝 잡았다. "내가 왔었다는 얘기는 비밀로 해줘."

"왜?"라고 한 명이 물었다. "집에 안 가?"

"응, 바빠서 말이지." 그는 웃어 보였다. "굉장히 바쁘거든. 등기에 관한 일로 2시에 사람을 만나야 돼. 그럼, 얘들아, 건강해라."

그는 재빠르게 주위로 시선을 돌리며 걷기 시작하더니 점점 걸음의 속도를 더해서 곧 멀리로, 더욱 멀리로, 중앙통을 향해 떠나가 버렸다.

하지메 군과 미쓰코

후쿠다 하지메 군은 27세, 아무개 사립대학 중퇴라고 하는데 지금은 임시로 폐품회수업을 하고 있다. 작고 마른 몸집에 얼굴빛이 좋지 않은 사내로 아래턱이 나왔기에 언제나 아랫니가 윗입술을 씹고 있는 것처럼 보였다.

그의 아내는 미쓰코라고 해서 나이는 스물셋이라고 자칭하고 있었지만, 동네 아낙들은 서른다섯 살보다 아래는 아니라고 판정하고 있었다. 그녀는 후쿠다 군보다 키가 작고 말랐으며, 아낙들로부터 '생쥐랑 똑같다.'는 말을 듣는 얼굴에, 약삭빨라 보이게 부지런히 움직이는 눈이 무엇보다 사람들의 주의를 끌었다. 언제나 새하얗게 분을 칠하고 진한 립스틱을 바르고 상식 밖으로 화려한 빛깔과 무늬의 원피스나 기모노를 입고, 이 역시 아낙들의 말을 빌리자면 '아침부터 밤까지 색기를 내뿜고' 있었다.

이 부부는 아이자와 나미오라는, 고철전문 폐품회수업자의 집 2층에서 살고 있었다. 아이자와의 집에는 부부 사이에 7명의 아이가 있었는데 장남이 11살이었고 막내가 2살. 아내인 마스 씨가 또 임신 중인 떠들썩한 가족이었다.

후쿠다 군 부부는 이사 온 지 닷새나 엿새쯤 됐을 때 자신들의 존재를 온 공동주택 안에 분명하게 인식시켰다. —어느 날 아침, 대략 8시 무렵의 일이었는데 2층에서 뭔가 말다툼을 시작했나 싶더니 잠시 후 후쿠다 군이 계단을 달려 내려와 봉당에 있던 누군가의 샌들을 걸치고 골목으로 뛰쳐나오자마자 뒤를 돌아 지금 자신이 나온 2층을 올려다보며 높다랗게 새된 목소리로 외쳐댔다.

"이봐, 미쓰코, 집에서 나가." 그가 발을 구르자 도랑에 댄 판자가 튀어 올랐다. "미쓰코 계집, 난 더 이상 같이 살지 않을 거야. —야이, 집에서 나가버려."

골목을 둘러싼 좌우의 공동주택에서 무슨 일인가 싶어 주민들이 뛰쳐나왔다. 후쿠다 군은 잠옷으로 입고 있는 홑옷에 가는 허리띠만 두르고 있었기에 앞쪽이 벌어져서 빈약한 가슴과 생기 없는 다리가 그대로 드러나 있었다.

"턱 부근에 이빨 자국이 있었어." 나중에 아낙들은 이렇게 얘기했다. "그건 분명히 마누라한테 물린 거야."

"쓸데없는 참견일지는 모르겠지만, 내 그런 부부싸움을 본 건 태어나서 처음이야."라고 다른 아낙이 말했다. "부부싸움 중에, 집에서 나가라고 말하는 것은 많이 들어봤지만, 남편이 집 밖으로 도망쳐 나와서 집 안에 있는 마누라한테 밖에서 나가라고 호통을 치다니, 그건 대체 어떻게 된 계산법인지 모르겠어."

"나쁜 마음은 없는 거야." 나이 많은 아낙 가운데 한 명이 재미있다는 듯 말했다. "가끔은 그런 사람도 있어줘야 좋지. 안 그러면 공동주택의 분위기가 가라앉잖아."

이렇게 해서 후쿠다 군 부부는 단번에 이 공동주택의 인기를 휩쓸게 되었다. —매일 아침, 아이자와 나미오가 아래층에서 불러 깨우면 아침밥을 먹고 둘은 함께 일을 하러 갔으며, 저녁에도 같이 돌아왔다.

후쿠다 군에게 폐품회수업을 소개한 것은 아이자와 나미오였으며, 동시에 비어 있던 자신의 집 2층을 제공한 것이었다. 아이자와는 후쿠다 군에게 호의를 품고 있는 듯했으며 아내인 마스 씨와 아이들도 마찬가지인 듯했으나, 후쿠다 군의 아내인 미쓰코에 대해서는 싫어하는 것 이상으로 반감을 가지고 있는 듯했다. 물론 이 '거리'에서 짙은 화장을 하거나 터무니없이 화려한 옷을 보란 듯이 입고 다니면 반감을 사거나 '머리가 이상한 사람'이라 불리거나, 어느 한쪽의 난을 피하기는 어렵지만, 미쓰코의 경우는 아이자와의 4살 난 아이까지 싫어했으며 경멸의 시선을 받는 처지였다.

미쓰코는 후쿠다 군을 '하, 지, 메 씨'라고 엿가락을 늘리 듯 달달한 목소리로 불렀다. 후쿠다 군은 '미쓰코'라고 불렀는데, 그러면 그때마다 미쓰코는, 왜~, 하, 지, 메 씨, 라고 달달한 목소리로 대답했다. 아이자와의 아내인 마스 씨는 늘 두통에 시달린다고 하는데 그런 미쓰코의 목소리를 들을 때마다 오래전부터 설탕이 떨어졌다는 사실이 떠올라 두통이 일어난다고 불평을 해댔다.

"우리 집의 후쿠다는 대학의 문과에 갔었어요."라고 미쓰코는 처음으로 마스 씨와 이야기를 나눌 때 말했다. "사립이지만 유명한 대학이어서 입학률은 도쿄 대학보다 어렵대요. 집안사정으로 중퇴했는데, 교감선생님이 매우 안타까워하며 월사금이 부족한 거라면 학복(學僕)을 해서라도 학문을 계속하라고 했대요. 심지어는 교장선생님까지 종종 설득을 하러 오셨다고 해요."

물론 마스 씨는 학제에 대해서 아무것도 몰랐기에 대학에 교감이네 교장이네 하는 명칭이 있는지 없는지도 알지 못했으며, 백묵(白墨)22)이라는 건 소학교에서 봐서 알고 있었지만 학복이라는 존재는 들어본 적도 없었기 때문에, 백묵이 되라는 건 무슨 소리인지 교장이 설득을 하러 왔다는 건 무슨 의미인지, —아마 이야기하는 당사자인 미쓰코가 무슨 말을 하고 있는 건지도 모르고 떠드는 것 이상으로 전혀 이해할 수가 없었던 모양이었다.

미쓰코와 같은 성격을 가진 여성에게 공통되는 점은, 상대방에게 어떤 분야에 대한 교양적인 지식이 있는가 없는가를 감지해내는 능력이 뛰어나다는 점과, 그런 상대를 현혹하기에 적당한, —아니, 그보다는 그 상황에 꼭 맞는 융통성이 있는 보캐뷸러리를 구사하는 신경을 가지고 있다는 점이리라.

"저 어렸을 때 몸이 약했거든요. 알르레기성 체질이라고 하는 거래요."라고 미쓰코는 말했다. "그래서 소학교 3학년 때까지 할머니가 있는 시골에서 자랐어요. 그야말로 풀솜에 싸인 채 유모차에 실려 통학했을 정도로 애지중지 자랐어요."

"세상에, 유모차에 말이지?"라고 마스 씨가 말했다. "소아마비에라도 걸렸었나?"

"어머, 왜 이러실까, 마스 씨. 유모차라는 건 비유하자면 그렇다는 거죠. 짓궂으시기는."하고 미쓰코는 말했다. "사실은 금이야 옥이야 자랐다는 말이에요."

마스 씨는 열아홉에 장남을 낳은 이후 서른 살이 된 그날까지

---

22) 일본어로 학복은 가쿠보쿠, 백묵은 하쿠보쿠로 발음이 비슷하다.

생활의 숫돌과 줄에 갈리고 깎인 덕분에 불쾌한 이웃과도 그럭저럭 관계를 유지해나갈 줄 아는 지혜와 인내력을 익히고 있었다.

"우리 친정은 말이죠, 이세의 후루이치에 있어요. 그 왜, 연극에서 요시하라의 100명 목을 베어 어떻게든 바치겠다고 하는 사무라이가 나오는 곳."이라고 미쓰코는 말했다. "친정의 성은 기바라고 하는데 600년이나 대를 이어온 전통 있는 가문이에요. 전 소학교 4학년 때 할머니 집이 있던 시골에서 집으로 돌아갔는데 그 집의 크기와 넓이에는 어린 마음에도 혼비백산했다니까요."

그리고 그녀가 말한 대로 쓰면, 제아무리 관대한 독자라도 화를 내고 말 정도로 터무니없는 묘사를 시작했다. 10분의 1 정도로 축소해서 예를 들어보자면, 대궐 같은 문에서 현관까지 2㎞나 된다는 둥, 자가용 수도 저수지가 있다는 둥, 그 물을 이용해서 자가용 전력을 생산하는 발전소가 있다는 둥, 하인들의 주택이 십여 채 있고 그들의 자제를 위한 유치원과 특수학급이 있는 소학교가 있다는 둥, 저택의 넓이는 그야말로, —라는 식의 공상적이라기보다 현실과 완전히 유리된 이야기를 자못 사실인 양 끝도 없이 늘어놓았다.

"집에 얌전히만 있었다면 전 어떤 갑부에게라도 신부로 갈 수 있었을 거예요."라고 미쓰코는 말했다. "그런데 말이죠, 여학교 3학년 때 후쿠다 군하고 연애를 해버려서, 신분이 다르다며 부모님은 반대하시고 친척들 사이에서도 말들이 많고, 5번이나 가족회의를 여는 소동이 벌어졌어요. 전 귀찮아져서 후쿠다하고 도망쳐 온 거예요."

"그래요? 그럼,"하고 마스 씨가 반문했다. "후쿠다 씨도 이세 사람인가요?"

“어머, 왜 이러실까? 그건 말하고 싶어도 사정이 있어서 말할 수가 없어요.”

“당신이 여학교 3학년 때였다면 후쿠다 씨는 그때 이미 대학생이었겠죠?”

“의심도 많으시네요, 당신은.” 미쓰코는 마스 씨를 때리는 시늉을 했다. “그것도 사정이 있어서 말하고 싶어도 말할 수가 없어요. 남의 로망스를 꼬치꼬치 캐묻는 게 아니에요.”

마스 씨는 아이의 셔츠 수선에 모든 신경을 집중함으로 해서 간신히 자신을 극복하는 데 성공했다.

미쓰코는 모든 것이 이런 식이었다. 그녀의 이야기에는 연대 구분도 없었고 동서남북, 전후좌우, 사계절도, 밤낮도, 노소의 구별도 전혀 없었다.

“후쿠다가 지금 저런 일을 하는 걸 세상 사람들이 어떻게 받아들이고 있을지를 생각하면 전 정말 우스워요.”라고 미쓰코는 말했다. “그 인문과잖아요. 문학을 하기 위해서는 빈민계급의 생활을 경험하는 것이 무엇보다 중요해요. 왜냐하면 빈민계급 외에 인권문제를 전멸시킬 길은 없잖아요. 제가 오차노미즈 여학교에 다닐 때는,”

미쓰코는 자신이 다녔던 학교를 어떨 때는 도라노몬이라고 했고, 어떨 때는 오차노미즈라고 했으며, 또 쓰다 영어학교라고도 했다. 원칙적으로는 고향인 이세 후루이치의 여학교인 것으로 되어 있지만, 상황과 형편에 따라서 자유자재로 어디로든 바뀌었고 때로는 음악교사나 어학교사의 이름까지 들어보였다.

도라노몬 여학교가 유명했던 것은 상당히 오래전의 일로, 만약 필자의 기억에 잘못이 없다면 1923년의 대지진까지였고, 그 후에는 시부야였던가 어딘가로 이전해서 자연스럽게 도라노몬이라는 명칭은 여학교에 관한 한 사어가 되어버렸을 것이며, 오차노미즈는 사범계열이었지 여학교가 아니었던 것으로 기억하고 있지만, 이 '거리'의 주민들에게 있어서 그런 사실은 소금 한 줌의 유무에 대한 이야기만큼도 관심을 끌지 못하는 것이었다.

그런 여성을 일반적으로는 허영심이 강하다고 말하지만, 미쓰코의 경우는 남들에게 자랑하기 위해서라기보다 자신이 만들어낸 이야기에 자신이 취해 있는 듯한 느낌이었다. 상대방을 감명시키거나 선망의 대상이 되거나 하는 것이 목적이 아니라, 스스로 만들어낸 자신의 환상에 스스로가 취해서 선망하고 있는 것 같다는 느낌이었다. 그녀는 이를 마스 씨뿐만 아니라 후쿠다 군에게도 응용하는 듯했다. 마스 씨는 타인이기에 만담이라도 듣는다는 생각으로 재미있어하면 그만이었고, 실제로도 마스 씨는 남편에게 절반 이상이나 영문을 알 수 없는 말들뿐이지만 그래도 혼자서 삯일을 하는 것보다는 덜 지루해서 좋다고 말했을 정도였다.

그러나 후쿠다 군은 그렇지가 않았다. 미쓰코는 그에게 있어서 아내였으며, 부부가 된 지 얼마나 지났는지는 알 수 없으나 경우에 따라서는 평생을 함께 하지 않으면 안 될지도 몰랐다. 그렇다면 억제를 모르고 엉뚱하기 짝이 없게 꾸며내는 미쓰코의 이야기를 언제까지고 언제까지고 얌전히 듣고 있을 수만도 없으리라. 이에 거의 일주일에 1번 정도의 비율로 끈적끈적하고 음울한 싸움이 시작되는 것이었다.

"이봐, 그런 이상한 영어를 쓰는 건 그만둬. 무슨 말을 하는 건지 의미를 알 수가 없잖아."

"아무렴 어때요?" 미쓰코가 달달한 콧소리로 속삭이듯 말했다.

"부부 사이잖아요. 그렇게 타인처럼 매정하게 말하는 게 아니에요."

"타인처럼 매정하게, —당신은 늘 엉뚱한 곳을 엉뚱한 말로 찌르는데, 좋아, 그럼 묻겠는데 지금 말한 내처리라는 건 무슨 뜻이지?"

"내처리는 내처리지, 대학 중퇴까지 했으면서 그런 것도 몰라요? 하, 지, 메 씨."

후쿠다 군은 아래층 사람들을 생각해서 싸움을 할 때도 커다란 목소리는 내지 않았다. 미쓰코도 마찬가지였다.

미쓰코도 역시 커다란 소리는 내지 않았지만, 마치 걸쭉하게 녹은 흑설탕이 흘러나오듯 끈적하고 독하게 단맛이 느껴지는 콧소리였기에 아래층의 아이자와 나미오는 종종 오해를 해서, 아내 마스 씨의 어깨를 찌른 손가락으로 천장을 가리키며 '쉿' 하고 말한 뒤 귀를 기울이듯 하고 손짓으로 가르쳐 보이는 경우가 있었다.

"아니에요, 음흉한 사람." 마스 씨는 그런 일에 전혀 흥미를 보이지 않았다. 밤늦은 삯일을 하며 무관심하게 남편을 나무랐다. "그냥 싸우고 있는 거잖아요. 당신은 걸핏하면 이상한 쪽으로만 생각을 한다니까."

"하지만 너는 감이 너무 무뎌. 아무것도 느끼지 못하잖아, 정말."

"뱃속에 있는 아이가 태어나면 자식이 8명이 돼요." 마스 씨가 맞받아쳤다. "난 이제 그만 사양하겠어요. 이상한 걸 느껴서 칭얼대 봐야, 난 더 이상은 지긋지긋하니까요."

"알았어. 어쨌든 2층의 싸움 때문에 다툴 필요는 없잖아. 됐어, 알았다니까."

"듣기 싫을지 모르겠지만,"하고 2층에서는 후쿠다 군이 인내심을 가지고 말하고 있었다. "그 하, 지, 메 씨, 라고 부르는 것도 그만둬줬으면 좋겠어. 특별히 한 글자 한 글자 띄어서 말할 필요는 없잖아. 그렇게 부를 때마다 난 뱃속이 근질근질해져."

"당신, 부끄럼쟁이네요. 고생은 했지만 사랑을 받은 적이 없어서 그래요. 서로가 정말 사랑하고 있으면 호칭에도 마음이 깃드는 법이에요. 바, 보, 아, 저, 씨."

후쿠다 군은 목을 움츠렸다. 등뼈의 관절을 연결하고 있는 연골이 녹아 등뼈 전체가 오그라들듯, 몸이 스르륵 작아진 느낌이었다.

"후루이치에 있는 우리 친정에 한 번 가보기로 해요."라고 미쓰코는 입버릇처럼 말하곤 했다. "기바 집안은 동생이 가장 노릇을 하고 있지만 저는 할아버지와 할머니에게 누구보다도 사랑을 받았고, 누가 뭐래도 장녀잖아요."

조부모가 그녀를 너무나도 사랑한 나머지 몇 번이고 그녀에게 데릴사위를 맞아들이게 해서 기바 집안의 가장으로 삼으려 했기에 그때마다 친척들 사이에서 소동이 벌어졌고 가족회의가 헤아릴 수 없이 열렸다. 자가용 발전소를 세운 것도 사실은 그녀가 집안의 대를 이었을 때를 위해서 조부모가 일족의 반대를 무릅쓰고 건조한 것이었다.

"그러니까 전 언제든 당당하게 후루이치로 돌아갈 수 있어요." 미쓰코가 꿈결에 잠긴 듯 눈을 가느다랗게 뜨고 말했다. "재산문제로 무슨 말인가 하려는 게 아닐까 생각해서, 동생들의 소란은 그야말로 장난이 아닐 거예요. 거짓말을 약간 보태서 말하자면 악대를 동원해서 역까지 배웅을 나온 것과 같은 소란일 거예요. 아시겠죠, 하, 지, 메 씨. 한번 같이 가봐요."

아이자와 나미오는 아주 가끔, 돈이 조금 넉넉하게 들어온 날이면 후쿠다 군을 데리고 술을 마셨다. 그는 술이라면 사족을 못 쓰는 사람이었으나 식구가 많아서 아무리 벌어도 좀처럼 술을 마실 정도의 여유는 생기지 않았다.

게다가 마신다고 해봐야 9할까지는 소주였으며, 특히 포도주를 섞은 '소포'라는 소주는 빨리 취하기 때문에 대부분은 그것을 마셨다.

"세상에는 말이지,"라고 아이자와는 조금 취하면 언제나 이렇게 말했다. "매일 반주를 하는 놈도 있다고 하더군. 매일이야, 후쿠다 군. -나는 죽을 때까지 한 번이라도 좋으니 그런 신분이 되어봤으면 좋겠어."

"특별히 아저씨에게만 하는 말인데요, 우리끼리니까 하는 얘긴데,"하고 후쿠다 군이 한번은 작정한 듯 말했다. "반주 같은 건 매일 밤 마시지 않아도 좋으니 미쓰코 녀석하고 헤어졌으면 좋겠다아, 오직 그것만이 소원이에요."

"간단한 일이잖아. 민주주의의 세상이 됐으니 헤어지고 싶으면 후딱 헤어지면 그만이지."

"그러니까 그럴 수만 있으면 좋겠다아, 하고 말씀드리는 거예요."

"좋겠다아, 라니, 헤어질 수 없는 이유라도 있는 겐가?"

아이자와는 별 이상한 소리도 다 듣겠다는 듯한 표정으로 후쿠다 군을 빤히 바라보았다.

"아저씨가 미쓰코를 몰라서 그래요."라고 후쿠다 군은 말했다. "미쓰코 녀석은 말이죠, 뭔가에 씌운 사람처럼 묘하게 기분 나쁜 구석이 있어요. 예를 들어서 그 녀석은 절대로 커다란 소리를 내지 않잖아요. 싸울 때도 생글생글 웃으며 조용한 목소리로 말을 해요."

"맞아, 그건 사실이야."라며 아이자와는 포도주 섞은 소주를 마셨다. "—가끔 무슨 소리가 들린다 싶으면, —아니야, 이건 됐어. 그래서 조용한 목소리가 어쨌다는 거지?"

"제가 생각하고 있는 것을 전부 꿰뚫어본다니까요. 마음속으로 헤어지고 싶다고 제가 생각한다고 해봐요. 그럼 미쓰코 녀석은 입술로 씨익 웃고, 당신 저하고 헤어지고 싶어졌나 보네요, 라고 조용한 목소리로 말하며 눈동자에 힘을 주어 제 얼굴을 가만히 노려봐요. 이렇게 말이에요." 후쿠다 군이 그 눈매를 흉내 내어 보였다. "또 오늘은 몸이 무거워서 일하러 가기 싫다고 생각하잖아요, 그럼 녀석은 입술로 씨익 웃고 가끔은 쉬는 게 좋아요, 라고 말하며 눈동자에 힘을 주어 가만히 제 얼굴을 노려봐요. 네, 저는 소름이 돋아서 일을 하러 나가요."

"씨익 웃고 가만히 노려본단 말이지. 거참."

"처음부터 그랬어요."

그는 교외의 대중식당에서 미쓰코를 만났다. 그는 낮에는 모 전기회사에서 일하며 한 사립대학의 야간부에 다니고 있었는데, 일요일에 1번 그 대중식당에 밥을 먹으러 갔었다. 미쓰코는 거기서 일하고 있었고 대부분은 술을 마시는 손님 담당이었으나, 한번은 그의 눈과 미쓰코의 눈이 마주친 순간 미쓰코가 예의 입술로 씨익 미소 짓고 눈동자에 힘을 주어 그의 얼굴을 가만히 바라보았다.

"순간 저는 머리가 멍해지고 몸도 움직일 수 없게 되어버렸어요."

다음에도 같은 일이 있었고 3번째에는 미쓰코가 밥을 먹고 있는 그의 앞으로 왔다. 데운 술이 담긴 병 하나와 위스키 잔을 2개, 그의 앞에 놓고 자신도 앉아 2개의 잔에 술을 붓더니 하나를 그에게 건네주고 하나는 자신이 든 채 잘, 부, 탁, 해, 요, 라고 말하며 예의 미소와 응시를 그의 내부 가장 깊은 곳에, 리벳을 박아 넣듯 단단히 박아 넣었다.

"제가 이런 데서 일하고 있다는 사실 비밀로 해주세요, 라고 느닷없이 말했어요, 느닷없이." 후쿠다 군이 힘을 주어 말했다. "잘 부탁해요, 라고 말한 뒤, 바로 그렇게 말하더라니까요. —우리 집은 격식을 까다롭게 따지는 집안이라 들키면 집으로 끌고가서 방에 가둬버릴지도 몰라요, 방에 가둔다고 해봐야 10첩짜리하고 8첩짜리 방 2칸에 몸종과 하인도 붙여주기는 하지만, 그래도 전 자유분방한 사람이라 싫어요, 라고 말했어요."

그러는 사이에도 그는 아무런 말도 할 수 없었으며 내민 술잔을 거부할 수도 없었다. 게다가 신기하게 들릴지 모르겠으나, 미쓰코의 말을 듣고 있자니 격식을 까다롭게 따지는 그녀의 집안과 그 가족들과 2칸짜리 방에 몸종과 하녀가 있는 별채 등이 옛날부터 알고 있던 일처럼 여겨지기 시작했다.

"함께 살게 된 계기도 미쓰코 녀석이 만들었어요. 다섯 번째였나 여섯 번째 만났을 때, 저는 그 대중식당에서 밥을 먹고 나왔는데 미쓰코 녀석이 뒤따라 나오더니, —하지메 군, 그쪽이 아니에요, 이쪽으로 가야 해요, 라며 제 손을 잡아 끌고 갔어요."

끌려간 곳은 한 여염집의 3첩짜리 방으로 그 외에도 6첩짜리 방과 4첩 반짜리 방이 있었는데 그 집의 가족은 4첩 반짜리 방을 차지하고 있었으며, 6첩짜리 방에는 중년부부가 살고 있었다. 미쓰코가 빌려 살고 있는 3첩짜리 방에는 얇은 이불 2장과 보자기에 싼 꾸러미가 2개 있을 뿐, 가재도구다운 것은 아무것도 없었다.

—저, 하기 싫은 결혼을 강요받아서 집을 나왔어요, 라고 미쓰코는 말했다. 새장 속에서 자란 것이나 다를 바 없기에 생활을 하는데 무엇이 필요한지 전혀 몰라요, 마치 도깨비가 나무에서 떨어진 것이나 다를 바 없어요.

—하지만 서로 사랑하면 깨소금이 쏟아진다고 하잖아요. 당분간은 여기서 신혼기분으로 만족하기로 해요, 라고 미쓰코는 말했다.

이렇게 해서 동거생활에 들어가게 된 것인데 그는 일을 하며 야간대학에 다니고 있었고 미쓰코는 대중식당의 웨이트리스였기에 틀림없이 가재도구는 없어도 깨소금 정도는 먹을 수 있었다. 깨소금이 어디서 쏟아지는지는 확인해보지 않았으나 야간대학에서 돌아온 그가 노트의 정리 등을 하고 있으면 대중식당에서 일을 마치고 돌아온 미쓰코가, 손님이 먹다 남긴 요리와 술 등을 밥상 위에 늘어놓아, 둘만의 소박한 심야의 향연이 펼쳐졌다.

향연은 틀림없이 소박한 것이었으나 미쓰코의 입에서 격류처럼 쏟아져 나오는 기괴하기 짝이 없는 꾸며낸 이야기가, 그 끊임없는 연속성과 내용을 종잡을 수 없는 비약성으로 매우 다채로운 반주효과를 일으켜 일찌감치 후쿠다 군을 단단히 붙들어 맨 것이었다.

"이세의 후루이치에 친정이 있다는 말, 아저씨도 들었죠?"

"응, 우리 마누라한테."

"처음에는 훨씬 더 간단했어요. 저수지네 발전소네 하는 건 없었어요. 사냥개가 12마리에 페르시안 고양이가 몇 마리 있다는 사실을 자랑했어요. 집 부지의 면적은 지금하고 비슷한 정도였을 거예요. 자신이 태어난 집이지만 부지 전부를 본 적이 없다고, —그런 만담이 있었잖아요. 부지 안을 전부 둘러보려면 도시락을 싸가지고 도중에 묵지 않으면 안 된다는. 그것보다 훨씬 더 넓은 것처럼 얘기했으니까요."

그가 믿지 못하겠다는 듯이 있으면, 당신 거짓말이라고 생각하는 거죠, 라며 그 미소와 그 응시로 그를 사로잡았다. 됐어요, 거짓말이라고 생각하세요, 곧 알게 될 테니. 여학교에 대한 이야기를 했을 때는 야간대학의 도서관에서 조사를 해보았다. 그랬더니 도라노몬 여학교라는 것은 다른 명칭이 있지만 교사가 시바의 도라노몬에 있었기에 그런 통칭이 있었다는 사실, 그리고 오차노미즈는 사범학교였다는 사실 등을 알 수 있었다. 쓰다 영어학교는 미쓰코가 사용하는 엉터리 단어로 정말 다녔었는지에 대해서 의심할 필요도 없었지만, 그러한 사실들을 그가 알아낸 순간, 미쓰코는 그것을 눈치채고 예의 미소와 응시를 불쑥 들이민 뒤, 됐어요, 그렇게 생각하세요, 라고 말했다.

"아저씨는 잘 모르시겠지만 그렇게 말할 때 미쓰코의 미소와 눈동자에는 뭐라 표현해야 좋을지 모를 힘, ―이라고 해야 할지, 사람이 아니라 그와는 조금 다른, 뭔가 정체를 알 수 없는 것의 힘, 이라고 할 만한 것이 있어요. 그것이 저를 꽁꽁 묶어서 꼼짝달싹 못하게 만들어버려요. 설령 눈을 감아버린다 할지라도, 그래도 눈꺼풀을 통해서 그 녀석이 분명하게 보여요."

"좀 이상한 질문일지는 모르겠지만,"하고 아이자와가 후쿠다 군을 슬쩍 바라보며 말했다. "―언젠가 자네 싸움을 했을 때 밖으로 뛰쳐나와, 밖에서 2층에다 대고 집에서 나가라고 외쳤다던데."

"도저히 견딜 수가 없었습니다."

"그야 그럴 테지만," 아이자와가 후쿠다 군의 얼굴을 가만히 살펴보며 말했다. "아무리 그래도 남자가 밖으로 뛰쳐나와서 집 안에 있는 마누라한테 밖에서 집을 나가라고 외치는 건 조금 생뚱맞지 않은가?"

"하지만 그 외에 어떻게 하면 좋겠습니까?"라고 후쿠다 군이 진지하게 되물었다. "그 씨익 웃으며 빤히 쳐다보는 얼굴 앞에서, 저는 말조차 나오지 않습니다. 말을 하기는커녕 꼼짝달싹 못 한다고 조금 전에 말씀드렸잖아요."

"그렇군, 음, 그래." 아이자와는 크게 끄덕이고, 그런 다음 포도주 섞은 소주를 마시더니 가만히 생각하다 이렇게 말했다. "—단바 씨가, ……맞아 자네는 아직 단바 노인을 모르지. 그야 어찌 됐든 우리 공동주택 안에 단바 씨라는 노인이 있는데, 그 노인이 한번은 말이지 이 세상에 부부가 천만 쌍 있다 할지라도 똑같은 부부는 한 쌍도 없다, 천만의 부부가 각각 서로 다르다는 뜻의 말을 한 적이 있었어. 그리고 개중에는, 만나서는 안 될 사람들이 만난 부부가 있어서 그런 부부는 한시라도 빨리 헤어지지 않으면 강한 쪽이 약한 쪽을 잡아먹는다는 뜻의 말도 한 적이 있었는데, —이렇게 말하기는 좀 그렇지만, 자네들이야말로 그 만나서는 안 될 사람들의 조합 아닐까? 쓸데없는 얘기기는 하지만."

후쿠다 군은 아직 첫 번째 잔의 소주를 입술에 살짝 흘려 넣으며 어디를 보는지도 모르게 앞쪽의 한 점을 가만히 바라보았다.

"제가 아저씨를 처음 만난 건, 그 직업안정소에서였죠?"

"그랬었지. 난 조금 부피가 큰 물건이 나와서 손을 빌려줄 사람이 필요했었어."

"화재현장에 있던 고철을 옮기는 일이었지요?"라고 후쿠다 군이 말했다. “그때 저는 이미 학교를 그만두고, 그 전에 전기회사가 도산해버렸지만, 미쓰코 녀석도 대중식당을 그만뒀는데 미쓰코 녀석 말하기를, 주부는 가정을 지키는 것이 부부생활의 근본이다. 그 근본이라는 것을 녀석은 메인 트랩이라고 말했어요. 어디서 잘못 주워들은 건지는 모르겠지만 우리말로는 근본이라고 하는 거래요. —메인을 조금 바꿔줬으면 그나마 좋았을 텐데, —어쨌든 그렇게 해서 대중식당을 그만뒀어요. 어떻게 해서든 제가 생활비를 벌지 않으면 안 되게 되었는데 그때 직업안정소 앞에서 멍하니 있다가 차라리 이 걸음에 어딘가로 도망쳐버릴까 생각했어요.”

“왜 도망치지 않은 거지?”

“아저씨가 말을 걸었어요. 사무직은 없냐고 물었더니 그런 일은 천분의 1 정도밖에 없다고 하더라고요. 그래서 어쩌면 이게 도망칠 좋은 찬스일지도 모르겠다고 생각했는데,”

“내가 말을 걸었다는 얘긴가?” 아이자와는 웃었다. “인연이로군[23]. 아아, 사람은 평생에 그런 인연을 만나는 경우가 몇 번인가 있다고 하지 않나.”

“그럴지도 모르겠지만, 전 더 이상 참을 수 없을 것 같습니다. 요즘에는 밤만 되면, —.”

“밤만 되면 어떻다는 건가?”

“말한들 무슨 소용이 있겠습니까?” 후쿠다 군은 머리를 흔들었다. “미쓰코와 하나가 된 지 그럭저럭 5년이 지났습니다. 그 사이에 한시도 쉬지 않고 빤히 바라보고 씨익 웃고, 아니, —이렇게 아저씨하고 이야기를 나누고 있다는 사실도 미쓰코는 전부 꿰뚫어보고

---

23) 일본어로 인연은 생트집을 뜻하는 경우도 있다.

있으니까요."

"기분 나쁜 소리 하지 마." 아이자와는 후쿠다 군에게서 몸을 슬쩍 멀리하고 포장마차 주인에게 포도주 섞은 소주를 더 주문한 뒤, 애써 객관적이 되려 노력하며 후쿠다 군에게 가만히 질문했다. "—대체 미쓰코의 고향은 어디인가?"

후쿠다 군은 말없이 머리를 흔들고 소주잔을 입에 댔다. 그럼 진짜 나이는, 하고 아이자와가 묻자 후쿠다 군은 이번에도 말없이 머리를 흔들었다.

"그런 걸 누가 알겠어요. 혼인신고도 미쓰코가 혼자서 다 하고 제게는 보여주지도 않았는데."

아이자와는 깜짝 놀라 눈을 둥그렇게 뜨고, 자네들 정식으로 결혼한 건가, 라고 커다란 목소리로 물었다. 후쿠다 군은 오른손을 들었다가 그것을 힘없이 아래로 내리며 허벅지를 두드렸다.

"그건 문제도 아닙니다. 미쓰코 녀석이,"

후쿠다 군의 말은 거기서 뚝 끊어져버리고 말았다. 날리고 있던 연의 실이 끊어져버린 것처럼 갑자기 입을 꾹 다물었는데, 그러자 그 뒤의 말은 실이 끊어진 연이 어딘가로 날아가 버린 것처럼 그의 입에서 날아가 버린 듯 보였다.

"저는 살해당하는 것 아닐까 하는 생각이 듭니다." 후쿠다 군이 다른 화제를 꺼내들었다. "밤에 눈이 번쩍 떠지잖아요, 그럼 미쓰코 녀석이 한쪽 팔꿈치를 방바닥에 대고 상반신을 세운 채 저를 위에서부터 내려다보고 있어요. 그러다 제가 눈 뜬 것을 보면 입술만으로 씨익 웃고 눈동자에 힘을 주어 빤히 바라보는 거예요."

아이자와는 몸서리를 치며 "쇠귀신이 따로 없군."하고 중얼거렸다.

"하, 지, 메, 군, 하고 미쓰코가 말해요. 당신 지금 꿈속에서 예쁜 여자를 품고 있었죠. 그 여자 어디 사는 누구예요?"

"자네 정말 그런 꿈을 꾸었는가?"

"꿨을지도 몰라요. 전 생각이 나지 않지만 미쓰코가 그렇게 말하면 그런 꿈을 꾼 것 같은 기분이 들어요."

"그 다음은 어떻게 되지?"

"저를 덮쳐서는," 후쿠다 군은 침을 삼키고 소주잔을 입으로 가져갔다. "그 사람이 하지메 군을 이렇게 사랑해줬지?"

아이자와는 위를 올려다보며 귀를 기울이는 듯한 표정을 지었다. 마치 그는 자신의 집에 있고 지금이 한밤중이어서 2층의 소리에 신경이 쓰인다고 말하기라도 하는 듯한 얼굴이었다. 후쿠다 군은 일의 경과를 대충 이야기한 뒤 두 손을 천천히 자신의 목에 가져다 댔다.

"그리고는 이렇게 해요."라고 그는 말했다. "제 눈을 가만히 바라본 채, 입술로 씨익 웃으면서 말이에요."

"그때도 눈을 뜬 채인가?"

"계속 뜨고 있어요. 제게도 눈을 뜨고 있으라고 억지를 부려요. 전 싫어요." 후쿠다 군은 머리를 흔들고, 입술을 다문 뒤 힘껏 옆으로 펼쳤다. "정말 싫어요. 반야[24] 같은 얼굴이 되거든요. 섬뜩해요."

"반야라고?"

---

24) 질투에 빠진 여자가 뱀이 되어가는 과정을 묘사한 것 가운데 하나. 3단계 가운데 중간 단계.

"얼핏이기는 하지만 그런 무시무시한 얼굴이 돼요. 반야의 가면이랑 똑같아요, 그건. 전 싫어요. 소름이 돋는다니까요."

"아아, 아아 그런가?" 아이자와는 마침내 무슨 말인지 이해했다는 듯 크게 고개를 끄덕였다. "—반야 말이지. 사람에 따라서 다르겠지만 그건 섬뜩할 것 같군."

"그래서 저는 눈을 감으려 하지만, 미쓰코 녀석은 눈을 뜨고 있으라고 자꾸만 억지를 부려요."

"지나치게 좋아하는 거로군, 아아." 아이자와는 머리를 왼쪽으로 비틀고 오른쪽으로 비틀며 복잡한 미소를 지었다. "지나치게 좋아하는 거야. 사람이라는 건 천차만별이라고 하니. 우리 마누라는 말이지, —아니야, 됐어. 어쨌든 그렇다면 얼른 찢어져버리는 수밖에 방법이 없겠어. 그러다 정말 생사가 오가는 문제가 될 수도 있으니까, 아아."

"—그럴 수만 있다면요." 후쿠다 군이 크고 깊은 한숨을 내쉬었다. "그럴 수만 있다면—."

위의 대화는 한 번 주고받은 것이 아니라, 두 사람이 가끔 술을 마실 때마다 주고받은 것을 종합, 정리한 것으로 실제로는 훨씬 더 미묘하고 자극적인 세부가 많았다. 하지만 부부 사이의 심리적 갈등이나 육체적인 사정은, 단순히 말만으로 추구해봐야 아무런 도움도 되지 않는다. 실제로 이들 대화가 오고간 사이사이에도, —그것은 거의 대엿새에서 열흘 정도의 간격을 유지하며, 후쿠다 군이 갑자기 골목으로 뛰쳐나와 2층을 올려다보고 소리를 지르곤 했다.

"당장 집에서 나가버려."라며 그는 진지한 얼굴이었고 오른쪽 주먹으로 허공을 찔러댔다. "야이 못된 미쓰코야, 집에서 나가버려."

게다가 그로부터 몇 시간 뒤면 2층에서 벌써 미쓰코의 하, 지, 메, 씨, 아잉, 하고 달달하게 속삭이는 목소리가 들려오는 것이었다.

"자, 얼마 되지는 않지만 여기 있네."라고 어느 날 저녁, 아이자와가 몇 장인가의 지폐를 후쿠다 군에게 내밀며 우정이 담긴 목소리로 말했다. "-이걸 가지고 어딘가로 가버리게. 자네는 대학까지 들어갔었다고 하니, 말하자면 전도다난한 몸일세. 내가 권하기는 했지만 폐품회수업까지 했으니 어딜 가든 먹고살 수는 있을 거야. 아아, 뒷일은 어떻게든 되겠지. 자네는 지금 당장 여기서 달아나는 거야, 지,"

아이자와는 '지'라고 말했다가 말을 끊어버렸다. 아마도 그는 지금 당장이라고 되풀이할 생각이었던 듯했으나 그 순간 포장마차 바깥에서 목소리가 들려온 것이었다.

"하, 지, 메, 씨." 아이자와는 하마터면 의자에서 굴러떨어질 뻔했는데, 그 순간 포장을 올리고 미쓰코가 얼굴을 내밀었다.

"정육점에 갔다 돌아오는 길이에요. 당신 목소리가 들리기에."라고 말하며 미쓰코는 아이자와를 돌아보았다. "어머, 아이자와 씨도 계셨네요. 꿈에도 생각지 못했는데."

"거봐요, 제가 그랬잖아요."라고 다음번에 술을 마실 때 후쿠다 군이 소주잔에 입술을 대며 말했다. "미쓰코 녀석은 전부 꿰뚫어보고 있었던 거예요. 그때도 사실은 정육점에 갔던 게 아니라 우리들 얘기를 다 알고서 왔던 거예요, 분명히."

"내 그렇게 놀란 적도 없었어. 태어나서 지금까지 처음이야."라고 아이자와는 말했다. "아이자와 씨도 계셨네요, 라며 돌아보았을 때는 있는 힘껏 눈을 꾹 감아버렸어."

"눈을 감았다고요."

"응, 감았어. 그 사람이 눈동자에 힘을 주고 가만히 바라보며 입술만으로 씨익 미소라도 짓는 게 아닐까 정말 무서워서 도저히 눈을 뜨고 있을 수가 없었어. —그때를 생각하면 지금도," 아이자와는 여기서 입을 다물고 자신의 등 뒤에서 인기척이라도 느낀 사람처럼 숨을 숙여 후쿠다 군에게 속삭였다. "이 이야기는 그만두기로 하세. 아아, 군사는 위험한 곳에 다가가지 않는다고 하니 말일세."

후쿠다 군은 잔의 소주를 단숨에 들이켠 뒤 서둘러 몇 번이고 고개를 끄덕였다.

"저와 후쿠다의 로망스는 굉장했어요."라고 아이자와의 집에서는 마스 씨를 상대로 미쓰코가 이야기하고 있었다. "누가 뭐래도 저는 여학교 2학년생이어서, 법률상으로는 아직 미성년이잖아요. 어디서 쿠스프했는지 신문에서는 떠들어대고, 그래, 맞아. 언젠가 당신에게 그 기사 보여줄게요. 저 전부 크스랩해 두었으니까요. 정말 언젠가 보여드릴게요. 시골 신문이라고 그렇게 만만히 볼 기사는 아니에요."

마스 씨는 삯일하는 손길을 멈추지 않고 움직이며 용케 아이가 들어서지 않았네, 라고 한 조각 감정도 배어 있지 않은 투로 말했다.

"그건 여자 책임 아닌가요?"라고 미쓰코는 대답했다. "여자만 그럴 마음이 있다면, 임신 같은 거 하지 않을 방법은 얼마든지 있어요."

마스 씨는 갑자기 위협이라도 당한 듯 흠칫하며 돌아보았다. 그리고 물에 빠진 사람이 바로 눈앞에 부표가 떠 있는 것을 발견한 듯한 표정으로 그게 사실이야, 라고 되물었다.

"보세요, 살아 있는 증거. 제게는 아이가 없잖아요."라고 미쓰코는 말했다. "당신 그걸 모르나요?"

"몰라, 그런 거."

"하나도 몰라요? —세상에 천하태평이네요, 당신들." 미쓰코는 자세를 바로하고 앉았다. "좋아요, 이 집에도 아이는 이제 지긋지긋하겠죠. 저보다 나이 많은 당신한테 이런 얘기하는 것도 좀 건방진 듯하지만 간단한 방법을 두어 가지 가르쳐드릴게요."

그로부터 약 20분, 미쓰코가 각종 자세와 동작을 해보이며 호흡과 힘을 넣어야 할 곳 등에 대해서 이야기를 계속했는데, 마스 씨는 환멸한 사람과 같은 얼굴로 하품을 하고 다시 일을 시작하며 "구렁이가 뱀 삼키는 것 같은 말을 하는 사람이네."라고 입 안에서 중얼거렸다. 미쓰코는 여전히 열띤 강연을 계속하고 있었다.

검약에 대해서

동쪽 공동주택의, 수돗가에서 가까운 끝 쪽 한 집에 시오야마 게이조의 가족이 살고 있다. 아내의 이름은 루이, 딸이 3명 있는데 장녀인 하루가 12살, 둘째 딸인 후키코가 10살, 셋째 딸인 도미코가 8살이었다. ―이는 일가가 공동주택으로 이사 왔을 때의 나이로, 시오야마는 마흔 줄, 우편국의 배달을 하고 있었다.

시오야마 일가는 아내 루이 씨의 훌륭한 지휘 덕분에 근면, 검약, 소박, 온순, 청결 등의 미덕을 전부 갖춘 선량한 시민의 전형과도 같은 생활을 실천하고 있었다.

이곳 주민들이 가장 먼저 놀란 것은 루이 씨의 물건을 소중히 여기는 태도였다. 날이 맑기만 하면 루이 씨는 하루 종일, 아니 거의 대부분이라고 해야 할 테지만 언제나 수돗가에 머물며 이것저것 씻었고, 집기류는 집 옆에 늘어놓아 말렸다. ―그것들은 상자처럼 생긴 낡은 밥상이네, 사발이네, 젓가락, 밥통, 나막신, 버선, 우산, 바닥에 고무를 댄 작업화, 낡은 고무장화, 고무를 입힌 비옷과 고무를 입혀 비 오는 날에 쓰게 되어 있는 모자 등과 같은 물건이었는데,

그 가운데서는 삼사십 개의 삼나무로 만든 일회용 젓가락이 눈에 띄었다. 이 '거리'의 사람들이 배달음식을 먹는 것은 매우 드문 일이었으나, 메밀국수집이나 대중식당 등에서 삼나무로 만든 일회용 젓가락을 내준다는 사실 정도는 알고 있었다. 그러나 그런 가게에서 일회용 젓가락을 집어오는 경우는 없었다. 만약 일회용 젓가락이 있다면 메밀국수나 덮밥이나 그런 것을 집에 배달시킨 적이 있었던 것이리라. 공동주택의 아낙들은 그렇게 짐작했다.

"일부러 자랑을 하는 거야."라고 한 아낙이 말했다. "예전에는 형편이 좋아서 매일 같이 배달음식을 시켜먹었어, 라고. 틀림없이 그거라니까."

그리고 한번은 참견하기 좋아하는 아낙 중 한 명이 그 말을 루이 씨에게 은근슬쩍 내비추어 보았다.

"아니요, 어림도 없는 소리." 루이 씨는 겸손한 얼굴로 진지하게 부정했다. "저희처럼 절약해야 하는 형편에 그런 사치가 당키나 하겠어요. 이건 누가 준 거예요."

전에 살던 집 바로 앞에 조그만 메밀국수집이 있었는데 장사가 잘 되지 않아 가게를 접게 되었다, 그때 팔아치울 수도 없는 물건들을 모아 버리는 가운데 한 묶음의 젓가락이 있었는데 아깝다는 생각이 들어 그것을 달라고 했다, 그 이후 손님이 오면 그것을 내서 쓰게 했는데 일단 한 번 쓰고 나면 더 이상 손님에게는 낼 수가 없다, 하지만 언젠가 쓸모가 있을지도 모르고 '그것을 만든 사람의 마음을 생각하면' 함부로 버릴 마음도 들지 않는다, 고 루이 씨는 말했다.

"아무리 하찮은 물건이라 할지라도 그것을 만든 사람의 입장에서 생각해보면 함부로 대할 수가 없어요, 안 그런가요?"라고 루이 씨는 말했다. “설령 종이 한 장이라 할지라도 그것을 만들기 위해서는 여러 가지로 수고와 고생을 해야 한다고들 하잖아요. 정말 무엇이든, 형태가 있는 물건은 소중히 여겨야 해요.”

이렇게 해서 루이 씨는 이 거리 아낙들의 인기를 단번에 얻게 되었다.

남편인 시오야마 게이조는 술도 담배도 하지 않았으며, 일을 쉬는 적도 없었다. 하루, 후키, 도미 세 자매는 마르고 혈색이 안 좋기는 했으나, 얌전하고 싹싹했으며 부모의 말을 거역하거나 말대답을 하는 일은 없었다.

“네, 덕분에.”라고 루이 씨가 수돗가에서 언제나처럼 물건들을 씻으며 아낙들에게 대답했다. “모두 고분고분 말을 잘 들어요. 봐줄 데라고는 그것밖에 없지만. 뭔가 잘못한 일이 있으면 신경 쓰지 말고 엄하게 야단을 쳐주세요. 다른 분들한테 야단을 맞는 것이 무엇보다 좋은 약이 되니까요. 잘 부탁드릴게요.”

이렇게 해서 씻은 물건을 자기 집 옆에 문짝을 깔고 그 위에 가지런히 늘어놓아 말렸다. 무엇무엇을 늘어놓는지는 이 장의 앞부분에 적어놓았으니 참고하시기 바라겠는데, 그것들은 청결함과 얼마나 소중하게 관리하는지를 잘 보여준다는 점에서 그야말로 장관이라고까지 할 수 있으리라. ―한번은 지나가던 중년 여성이 이들 전람물을 보고 멈춰 서서 감탄했다는 듯 가만히 바라보다 마침내 루이 씨에게 이렇게 물은 적이 있었다.

“저기, 실례합니다만, 이건 파는 물건들인가요?”

시오야마 일가의 생활은 시계바늘처럼 정확했다. 게이조의 출근시간, 귀가시간, 딸들의 등교시간과 귀가시간, 식사, 목욕시간도 자로 잰 듯이 정확하게 정해져 있었으며, 이 '거리'에서는 상당히 드문 예인데 가족들의 의복도 계절에 따라서 바뀌었다. 물론 그것들은 몇 번이나 빨고 바느질을 해서 수선한 것이었으며 색과 무늬 모두 수수한 것이어서, 겹옷에서 홑옷으로 갈아입어도 그다지 사람들의 눈길을 끄는 일은 없었으나, 개중에는 눈이 날카로운 아낙들이 있어서 화가 난다는 듯 귀엣말을 하는 일도 없지는 않았다.

"자네도 봤는가?"라고 눈이 날카로운 아낙이 말했다. "루이 씨 집에서는 오늘부터 겹옷을 입었어. 첫, 아니꼬워서. 너무 건방진 거 아니야."

이런 공동주택에서 사는 이상은, 공동주택에 사는 사람들과의 교제라는 것이 있잖아, 우리 집에서는 겹옷을 입을 수 있어서 좋아, 라며 마음대로 겹옷을 입는다는 건 교제라는 걸 모르는 허세야, 라고 그 눈이 날카로운 아낙은 결론 내렸다.

루이 씨는 민감하게 이런 험담을 눈치 챈다. 그러면 바로 적절한 수단을 강구했다.

"댁 사람들은 모두 건강해서 좋으시겠어요." 루이 씨가 상냥하게 눈이 날카로운 아낙에게 이렇게 말했다. "저희 집 사람들은 하나같이 약해서 걱정이에요. 댁처럼 벌이가 괜찮은 일이라도 있으면 좋겠지만 저희 집은 배달뿐이고, 제가 삯일을 해봐야 변변한 것도 먹을 수가 없어요. 그래서 아이들의 몸에도 기력이 붙지 않는 거겠죠. 초가을만 되면 벌써 감기에 걸리고 만다니까요."

그리고 겹옷을 입는 것은 필요상 어쩔 수 없는 일이라는 점을 상대에게 납득시킨 뒤, 동시에 그런 것에 신경을 쓰지 않아도 되는 사람들이 얼마나 부러운지를 되풀이하는 것이었다.

그래도 상대방이 항복한 것 같지 않으면 한 줌의 소금이나 작은 종지 절반 정도의 간장을 꾸러 가서 생활의 어려움을 절절하게 한탄해 보이고, "은혜를 입었다."며 마음을 담아 말했다. 갚을 때에는 전부 배 정도의 양으로 했으며 덕분에 아주 좋은 맛을 낼 수 있었다는 감사의 말을 있는 대로 퍼부었다.

"말에는 밑천이 필요 없다."는 것이 루이 씨의 입버릇이었다.

"사람은 말만 제대로 할 줄 알면 어딜 가든 굶어죽진 않아. 잘 기억해둬라."

라고 그녀는 딸들이나, 혹은 남편인 게이조에게도 말하곤 했다.

게이조의 수입이 얼마인지, 루이가 삯일로 어느 정도 버는지는 알 수 없었다. 삯일은 딸들도 도왔기에 전부 합치면 얼마간의 금액이 되리라 여겨졌지만, 생활은 놀랄 만큼 검소해서 나날의 생활 어디를 뒤져봐도 이건 낭비라고 할 만한 것이 하나도 없었다. —루이 씨는 5일에 한 번, 식료품을 사러 커다란 시장까지 갔다.

그 시장은 중심가에서 시전을 타고 5정류장쯤 북쪽으로 가, 거기서 5분 정도 걸어간 거리에 있었다. 쌀과 보리에서부터 메밀국수, 우동, 채소와 생선과 고기와 된장, 간장, 절임 등 무엇이든 있었으며 5일과 10일에는 3할을 깎아주는 행사가 있었다. 그러니까 루이 씨는 그날에 가서 5일분의 물자를 한꺼번에 사오는 것인데 그렇게 하면 3할 싸게 파는 물건이 다시 1할 정도 싸지기 때문에 때와 물건에 따라서는 절반을 깎아내는 경우조차 드물지 않았다.

"차비와 시간을 생각하면 오히려 더 비싸다고 말하는 사람도 있는 걸요, 네."라고 루이 씨는 말했다. "그것도 거짓말은 아니지만, 하루 종일 집에만 있으면 몸을 위해서도 안 좋잖아요. 닷새에 한 번 정도 외출해서 세상 구경을 하기도 하고 운동을 하는 것은 그것만으로도 몸에 약이 된다고 생각해요. 거기다 싼 물건을 구할 수 있으니까요. ―저희처럼 가난한 집안에서는 가난한 집안에 상응하는 지혜를 짜내지 않으면 안 되거든요."

절임 따위를 대량으로 구입할 때는 딸을 데리고 가서 짐을 나누어 짊어졌지만 그래도 시전의 승차를 거절당하는 경우가 있었다. 그럴 때는 모녀가 걸어서 집에 올 수밖에 없었는데 안 그래도 말라서 가녀린 몸매의 딸들은 창백한 얼굴에 식은땀을 흘리곤 했다.

사온 식료품은 철저하게 사용했다. 무의 이파리는 물론 당근의 잎에서부터 꽁다리, 감자 껍질과 미나리, 파드득나물의 뿌리, 머위잎까지 버리는 일은 없었다. 특히 당근과 머위 잎은 비타민C를 풍부하게 함유하고 있어서 "이걸 버리는 건 값비싼 약을 버리는 거예요."라고 말했다.

비타민C에 대해서 말하는 걸 보니 영양에 대해서도 다소간은 지식을 가지고 있는 듯 여겨졌다. 물론 이 '거리'의 주민들은 저수입으로 가족의 식사를 마련해야 하기에 본능적으로 음식물의 영양가에 균형을 맞추고 있다. 현대적 영양학에서 배운 것이 아니라 부모 세대에서부터 입으로 전해진, 경험에 의한 지혜인 것이다. 루이 씨는 새로운 지혜를 가지고 있는 듯했는데도 정어리 등을 사면 수돗가에서 머리와 뼈를 발라낸 다음 몸통만 가른 것을 정성껏 씻었다. 수돗물을 틀어놓은 채 한 마리씩 몇 번이고 씻었다.

"어머, 그렇게 씻어서 어쩔 생각이지?"라고 동네 아낙이 주의를 주었다. "기껏 샀는데 그러면 맛도 영양도 떨어져버리잖아."

"그야 그렇지만," 루이 씨가 대답했다. "우리 집 사람들은 하나같이 정어리의 기름을 싫어해요. 네, 조금이라도 기름 냄새가 나면 먹질 않아요."

정말 어렵다니까요, 라며 점벙점벙 계속해서 씻었다.

2년이 지나고 3년이 지났다. 중학을 나온 장녀 하루는 아버지가 근무하고 있는 우편국에 취직했으며, 밤에는 정시제 고등학교에 다니기 시작했다. 그 바로 직후의 일이었는데 동네 아낙 가운데 한 명이 놀라운 사실을 발견해서 이 거리 주민들에게 커다란 충격을 주었다. —그것은 그 아낙이 소액 우편환을 돈으로 바꾸기 위해 중앙통에 있는 우편국에 갔다가 시오야마 집안에서 저금을 하고 있다는 사실을 알게 된 일이었다.

"그 수염을 기른 사람, 우편국의 주인공 있잖아?"라고 그 아낙이 말했다. "그 사람이 말이지 사무를 보고 있는 하루를 불러서 이자의 기입이 끝났으니 집에 갈 때 가져가라며 저금통장을 3개나 하루에게 건네주지 않겠어. 아니, 나도 설마 했어. 그런데 그 수염의 주인공이 말이지, 네 것이 점점 줄고 있는데, 라고 말했더니 하루가 전 학비가 들잖아요, 라고 분명하게 말했다니까."

"아이고 세상에."라고 그 아낙이 유령이라도 본 것 같은 얼굴을 했다. "난 간이 떨어질 뻔해서 집에 올 때도 어디를 어떻게 지나왔는지조차 몰랐을 정도였어."

"요즘 같은 세상에 저금이라니."하고 다른 아낙이 말했다. "세상에는 천벌 받을 짓을 하는 사람도 다 있군."

이때 루이 씨는 인기를 잃었고 시오야마 일가는 어떤 나쁜 병에 걸리기라도 한 것처럼 동네 사람들로부터 은근슬쩍 외면을 받게 된 듯했다. —그래도 루이 씨는 꿈쩍도 하지 않았다. 이런 '거리'에서는 주민들의 이동이 심해서 3년쯤 살면 선참급에 들기 때문에 루이 씨는 동네 사람들의 눈치를 보거나 필요 이상으로 기분을 맞춰주지 않아도 되는 입장에 있었던 것이다. ―이에 그녀는 숨기거나 감추지 않고 철저한 검약정신을 거리낌 없이 실행에 옮겼다.

가난한 사람들이 검약을 하려면 무엇보다 먼저 식비를 줄여야 한다. 오락비 따위는 물론 없으며, 시간이 나면 일을 해야 한다. 하루는 야간 고등학교에 다니고 있기 때문에 10시 가까이가 돼서야 귀가했으나 고등학교에 다니는 대신 배로 삯일을 하지 않으면 안 되었다. 남편인 게이조도 예외는 아니어서 일을 마치고 돌아와 저녁을 먹고 나면 한시의 쉴 틈도 없이 삯일로 내몰려야 했다.

둘째 딸인 후키와 셋째 딸인 도미에 대해서는 말할 필요도 없을 테지만, 여기서는 그 어떠한 강제도 압박도 행해지지 않았다. 루이 씨가 지휘를 하고 있다고 말하기는 했으나 그녀는 남편이나 딸들에게 이래라 저래라 강요하는 듯한 말은 결코 하지 않았으며, 자신이 누구보다도 열심히 일했다. 조금 삐딱하게 표현하는 것이 허락된다면, 루이 씨는 자신이 일하는 모습을 보임으로 해서 일가를 분발시키고 있는 것이라고도 말할 수 있을 듯했다.

다섯 가족은 묵묵하게 부지런히 일했다. 그것은 컨베이어시스템의 벨트 컨베이어 앞에 앉은 5명의 숙련공과 비슷한 듯도 했다. 가령 루이 씨를 작업반장이라고 한다면, 그녀는 거기에 다시 취사와 허드렛일과 가사의 자잘한 근무까지 끌어안고 있는 셈이었다.

둘째 딸인 후키도 중학교를 나오자마자 바로 취직했다. 모 운수회사의 급사로 아침이 이르고 퇴근은 늦어서, 출근은 7시로 정해져 있었지만 퇴근 시간은 일러야 6시, 늦을 때는 집에 돌아오면 밤 9시가 넘어버리는 경우도 있었다. 노동기준법이라는 것이 있어서 모든 노동자는 그 법에 의해 지켜지고 있다고 들었으나, '법'이라는 것은 지켜지기보다 악용되기 위해서 있는 것이 아닐까 의심이 드는 경우가 드물지 않으니, 모쪼록 독자 여러분께서는 여기서 '노동기준법'을 앞세워 필자를 공격하지 말아주시기 바란다.

후키는 실제로 그렇게 근무를 했으며 초과근무수당조차 없는데 비해서는 불평도 하지 않았고, 또 언니처럼 진학하겠다는 소망도 품지 못한 채 운명론자가 운명에 순종적인 것처럼 순종적으로 통근하고 집에 와서는 삯일에 열심이었다.

저금은 늘어갔다. 이 정도로 근면하게 일하고 거친 옷에 거친 음식, 거의 한계다 싶을 정도로 검약을 하는데 그래도 저금이 늘어나지 않는다면 은행업의 경영은 꽤나 어려움을 겪으리라 여겨진다. 그러나 시오야마 일가의 저금은 확실하게 늘어갔다. 동시에 반대방향에서 이 일가를 향해 눈에 보이지 않는 어떤 것이 가만히 다가왔다.

후키가 취직한 지 반년 지났을 때, 우편국에서 일하던 하루가 쓰러졌다. 처음에는 그저 감기에 걸린 것이라고만 생각해서 사흘 정도 쉰 뒤 출근했으나 다음에 쓰러졌을 때는 고열이 계속되었기에 병원으로 데려갔더니 결핵이라는 진단이 나왔다. 입원하는 편이 좋을 것 같다는 말을 들었으나 일단은 집으로 돌아와 누웠고, 입원을 놓고 가족회의가 열렸다.

아직 건강보건의가 부족한 데다, 환자 수와 침대 수에 커다란 차이가 있던 시절이었기에 입원치료를 기대하기란 매우 어려운 일이었다.

효과가 있는 신약도 속속 발매되었으나 시오야마 일가의 경제로는 손이 닿지 않는 고가의 약품들뿐이었으며, 그 약을 쓰면 결정적으로 치유가 된다는 보장도 없었다.

"옛날에는 이 병을 말이지,"라고 아버지인 게이조가 말했다. "재촉병이라고 해서, 젊은 아가씨는 한 번씩 걸리는 병이라 여기고 있었어."

게이조가 자신의 의견을 이야기하는 것은 극히 드문 일이었기에, 모두가 그의 얼굴을 들여다보며 역시 일가의 가장임을 인정했고, 동시에 이 위급한 상황을 구할 묘안이 나오리라 믿으며 숨을 죽였다. 그러나 게이조는 모두의 주시의 표적이 되자 당황했으며, 멋쩍다는 듯 턱을 쓰다듬었을 뿐, 묘안다운 것을 제출할 수 있을 것처럼은 보이지 않았다.

"그래서,"라고 루이 씨가 더는 기다리지 못하고 물었다. "—그게 어쨌다는 거죠?"

게이조는 턱을 쓰다듬던 손을 뺨에서 관자놀이 쪽으로 미끄러뜨리며, "글쎄."라고 우물거렸다. 그러니까, 라고 그는 다시 우물거린 뒤, 자신 없다는 듯한 투로 말했다. 재촉병이라는 건 그러니까, 아가씨의 나이가 차면 결혼을 하고 싶다, 모쪼록 시집을 갈 수 있게 해주세요, 라고 마음속으로 재촉하게 된다. 그런 마음이 응어리져서 병이 되는 것이니 특별히 치료를 하기보다는 시집갈 곳이 나타나면 그것만으로도 낫는다는 의미인 듯하다고 설명했다.

"어머나." 하루가 창백해진 뺨을 붉게 물들이며 시선을 돌렸다. "저 시집가고 싶다고 생각한 적 없어요."

"하루 네 얘기가 아니란다. 옛날 사람들의 말이야."라고 루이 씨가 말했다. "엄마도 그런 말은 들은 적이 있어. 정말로 시집을 가고 싶어 하는지 아닌지와는 상관없이 나이가 차면 이 병에 걸리는 사람이 드물지 않다는구나. 그러니까 홍역과 같은 거라는 말이야."

이미 짐작하신 대로 부부는 결핵을 치료해야 한다는 본론에서, 어떻게 하면 돈을 쓰지 않고 이번 일을 넘길 수 있을까, 하는 쪽으로 사고가 벗어나버린 것이다. 그렇다고 해서 딸의 병을 낫게 해줄 마음이 없는 것은 아니었다. 부부는 딸 하루를 사랑했으며 반드시 건강하게 만들어주고 싶다는 정(情)에는 변함이 없었다. 그러나 검약과 애정은 공존하지 못하는 듯하다. 입원비용이 싼 침대는 좀처럼 비지 않았고 신약은 너무 비싸서 손이 닿지 않았을 뿐만 아니라 효과도 확실하지 않았다. 그렇다면 예로부터 전해오는 말을 일단 믿고 가정요법을 시도해보는 것도 어쩔 수 없는 일 아니겠는가? 세상에서도 '결핵은 두려워하지 않아도 된다.'거나 '결핵은 반드시 낫는다.'고 책임 있는 사람들이 선전하고 있으니.

하루는 집에서 투병에 들어갔다. 그녀가 일하러 가지 않고 정시제 고등학교에도 가지 않고 집에 누워 있었던 것만은 틀림없는 사실이었다. 그러나 어떤 요법이 실행되었는지, 안정을 유지할 수 있었는지, 제삼자에게는 전혀 알 수 없었으며, 하루를 제외한 가족들의 생활에서는 아무런 변화도 찾아볼 수 없었다.

"네, 덕분에."라고 수돗가에서 일회용 젓가락을 씻으며 루이 씨가 밝은 표정으로 아낙들의 물음에 답했다. "—이제는 말이죠, 다음 달이 되면 병상을 걷을까 상의하고 있는 중이에요. 가난한 사람에게는 병이 제일 무서워요."

그러나 하루는 얼마지 않아서 세상을 떠났다. 병에 걸린 지 반년도 지나지 않았으리라. 장례식에 갔던 사람들은 하루가 인간이 아니라 바싹 마른 고목의 가느다란 가지 같은 모습을 하고 있다는 사실을 알게 되었다.

"내 시골에 있을 때 추석에 절로 참배를 가서 지옥 그림을 본 적이 있었는데 말이지,"라고 아낙 가운데 한 명이 장례식 후에 말했다. "그중에 아귀지옥인가 뭔가 하는 게 있어서 뼈만 앙상하게 남은 망자들의 그림이 있었어. 하루는 그 망자들하고 똑같았어."

"그건 병 때문에 죽은 게 아니야. 굶어죽은 거야."라고 다른 아낙이 말했다. "폐병에 걸렸는데 계란 하나 먹인 흔적조차 없으니 말이야."

어쩌다 정어리를 샀다 싶으면 한나절이나 수돗가에서 씻어대니 살도 살갗도 될 리가 없지, 라고 다른 아낙도 덧붙였다.

"자."라고 첫 7일재가 끝났을 때 루이 씨가 남편과 두 딸에게 말했다. "이걸로 하루에 대해서는 전부 잊는 거야. 하루 때문에 저금을 상당히 써버렸으니 그것을 만회하기 위해서라도 열심히 모아야 해. 후키와 도미도 알아들었지?"

게이조가 먼저 끄덕였고 두 딸이 끄덕였다. 루이 씨는 진지했다. 동네 사람들이 뭐라고 하든 하루를 위해서 할 수 있는 일은 전부 했다. 하루에 계란 하나는 거르지 않았으며 중앙통에 있는 도리큐라는 가게에 가서 닭을 잡을 때 짜내는 선혈을 받아다가, 그것도 하루에 1번은 마시게 했다. 그러나 그런 음식물보다 중요한 것은 애정이라는 사실. 애정으로 당사자에게 '나는 나을 수 있다.'는 자신감을 심어주는 일. 그것이 신약보다, 음식보다 중요하다고 루이 씨는 믿고 있었던 것이다.

"임금님의 자식이라도 수명이 다하면 죽을 수밖에 없는 거야."라고 루이 씨는 말했다. "음식과 약과 의사만 있으면 병이 낫는다고 생각하는 것은 미신이야. 아버지께 여쭤보렴, 지금 임금님의 몇 번째인가의 아기는 일본 전국의 박사를 모아 돈을 쏟아 부어가며 치료했지만 역시 수명에는 이기지 못하고 돌아가셨으니까. 인간이라는 건 그런 존재야."

시오야마 일가는 다시 일어나 씩씩하게 생활의 평정성을 되찾았다. 그리고 해가 바뀌어 도미가 중학교를 졸업하자 그녀도 역시 곧바로 취직했다. 아버지 게이조가 배달인으로 있고 세상을 떠난 하루가 근무했던 우편국에. 도미는 세 자매 가운데서도 제일 마르고 작았기에 취직시험을 볼 때 수염이 있는 늙은 국장은 도미를 소학생이 아닐까 의심했다고 한다.

도미는 일을 시작한 지 세 달 만에 쓰러졌다. 동네 사람들은 전혀 눈치를 채지 못했다. 이웃인 가타누마 지로의 아내는 이 '거리'에서 으뜸가는 정보통으로 다른 아낙들이 방송국이라는 별명을 붙였을 정도였으나 어느 날 밤, 시오야마네 집이 갑자기 소란스러워지더니 루이 씨가 "도미야, 도미야."라고 부르는 소리에 깜짝 놀라 달려가 보고서야 처음으로 도미가 병으로 누워 있었다는 사실, 지금 갑자기 피를 토하며 정신을 잃었다는 사실을 알게 되었다.

의사가 왔을 때 도미는 이미 숨을 거둔 뒤였다. 선천적으로 심장이 약했는데 직장에 다니며 삯일을 해서 과로가 겹쳤기에 심장의 어딘가가 파열한 것이라는 의사의 진단이 있었다고 가타누마 지로의 아내는 방송했다. 그녀는 루이 씨의 부탁으로 의사를 부르러 갔기에 그 진찰에 자연스럽게 입회할 기회를 얻게 된 것이었다.

"그래도 말이지, 하루보다는 효녀인 셈이야."라고 아낙 가운데 한 명이 말했다. "하루는 반년 정도 누워 있었지? 도미는 눈 깜빡할 새도 없었잖아. 그 노랑이 집안의 득실계산법대로 하자면 틀림없이 굉장한 득을 본 셈일 거야."

아낙들은 모르는 것이다. ―루이 씨는 득실계산 따위, ―적어도 의식적으로는 생각조차 하지 않았다. 오히려 하루의 전례가 있었기에 필요 이상으로 신경을 쓴 듯했다. 그러나 루이 씨가 써서 없앤 신경의 소모율보다 도미의 병세의 템포가 우세해서, ―도저히 따라잡을 수 없었다는 것이 실상인 듯했다.

"그 아이는 기름진 음식만 먹고 싶어 했어."라고 루이 씨는 말했다. "의사선생님이 그러는데 심장이 약한 사람에게는 기름진 음식이 무엇보다 좋지 않대. 건강한 사람도 마찬가지고. 기름진 음식은 피를 탁하게 하고, 탁해진 피가 몸 전체를 돌아다니면 찌꺼기가 쌓이기 때문에 암에 걸리거나 중풍에 걸리는 거래."

루이 씨는 자신의 말만으로는 신용을 얻지 못하리라 생각했는지 신문에서 오린 「의료상담」 기사를 남편과 딸에게 읽어주었다. 요약하자면 식사는 저칼로리로, 채소를 많이, 쌀밥은 소량, 과일은 좋다는 내용이었는데, 그 기사는 고혈압에 시달리고 있는 독자의 투서에 아무개 박사가 답한 것으로 루이 씨는 그 부분을 생략하고 읽은 것이었다.

"소나 말을 좀 봐. 풀과 지푸라기만 먹는데도 그렇게 멋진 몸을 하고 있잖아."라고 루이 씨가 말했다. "―맞아, 코끼리도 그렇고 하마도 그렇고 풀밖에 먹지 않잖아. 그런데도 그렇게 커다란 몸을 하고 있고 모두 암이나 중풍 같은 거에는 걸리지 않잖아. 안 그러니? 중풍에 걸린 코끼리 본 적 있니?"

삯일하는 손을 움직이며 게이조는 무표정하게 끄덕였고, 후키는 역시 쉬지 않고 일을 하며 하품을 죽이고 있었다.

그로부터 3년 사이에 후키가 죽고 루이 씨가 죽었다. 후키는 장녀인 하루와 마찬가지로 결핵이었으나 분마성 결핵이라는 악질적인 것이어서 2개월 동안의 자택요양 뒤 덧없이 숨을 거두고 말았다. 루이 씨도 결핵이었는데 그녀는 폐와 장과 임파선까지 침범당해 발견했을 때에는 손을 쓸 방법이 없었다고 한다. ㅡ이렇게 쓰면 매우 단순한 것처럼 들리겠지만, 사실도 역시 단순함 그 자체였다. 비극은 장녀의 죽음에서부터 시작된 듯 보였지만 그것은 형태로 드러난 면만의 일이고, 원인은 아마도 게이조와 루이 씨가 결혼했을 때부터 시작되었다고 보는 것이 정확할 듯하다. 모든 생물은 태어난 순간부터 죽음을 향해 행진하는 것이라는 등의 싸구려 논리는 사양하겠다. 시오야마 집안에서는 결혼한 순간부터 루이 씨가 지휘봉을 잡았다. 어떤 책략이나 폭력에 의한 결과가 아니라 자연스럽게 그렇게 되었으며 근면, 소박, 온순, 검약 등의 가풍도 그때 확립되었다. ㅡ장녀인 하루에서부터 루이 씨 자신이 죽음에 이르기까지, 이 가풍은 표준 시계의 바늘과도 같이 정확하게 움직였고, 정확하게 그 숫자를 가리켰다. 거기에는 로망스도 없었고 유머도 없었고 인간미조차 없었다.

"제가 틀렸던 걸지도 모르겠네요." 죽기 전에 루이 씨가 남편에게 이렇게 말했다. "ㅡ하루 1엔의 저금은 일가의 번영, 저금 없는 집에 장래는 없다는 등의 말을 믿고 있었던 거예요."

"지금도 그런 포스터가 붙어 있어."라고 게이조가 위로했다. "신문에도 저금을 하라는 광고나 훌륭한 사람들의 담화가 실려 있고. 당신은 틀리지 않았어. 괜찮으니 안심해."

"설령 뭔가 잘못 생각하고 있었던 거라 할지라도,"하고 루이 씨가 말했다. "저도 인간인 걸요. 그렇게 하나에서부터 열까지 전부 알고 있을 수는 없잖아요."

"당신은 잘해왔어. 잘못 생각한 건 하나도 없었어. 괜찮아."

루이 씨는 남편의 말을 듣고 있는 것 같지 않았다. 그리고 죽는 순간까지 의식이 또렷했었다는 증거로, 그녀가 지금까지 소중하게 청결상태를 유지해왔던 버선이네, 밥상, 그릇, 일회용 젓가락과 그 외의 기물들은 어떻게 되는 걸까 하는 걱정으로 머릿속이 가득했던 모양이었다.

"네, 정말 흠잡을 데 없이 좋은 아내였습니다." 장례식 때 게이조가 찾아와준 동네 사람들에게 말했다. "맛있는 음식을 먹고 싶다고 한 적도 없고, 옷을 갖고 싶다고 한 적도 없고, 함께 살기 시작한 뒤로 연극 한번 보러 가고 싶다고 말한 적도 없이, 밤이고 낮이고 일하며 검약, 검약. 알뜰하게 살아왔습니다, 네."

"이렇게 말하면 농담이 되겠지만," 게이조가 웃어 보이며 덧붙였다. "그 사람은 자신의 목숨까지 검약한 것 아닐까 하는 생각이 들 정도입니다, 네."

단바 씨

단바 씨도 이제 예순두엇은 되었을 것이라고 어떤 사람은 말했다. 아직 오십대라고 말하는 사람도 있었고, 일흔 살은 됐다고 주장하는 사람도 있었다. 당사자는 부드럽게 웃으며, 나도 잘 모르겠다, 잊어버린 것 같다, 라는 식으로 말해 이야기를 돌려버렸다. 이름도 단바 씨라고 불릴 뿐, 그것이 성인지 별명인지 알 수 없었다. 주민등록이 어떻게 되어 있는지, —여기서는 그런 문제에 관심을 갖는 사람은 없다. 특히 단바 씨의 경우는 더욱 그랬는데, 그가 어떤 사람인지 의심할 여지도 없을 만큼 이곳 주민들은 단바 씨를 의지하고 있었다. 어려운 일에 부딪쳤을 때, 슬플 때, 괴로울 때, 화가 날 때, 기쁠 때, 그리고 그러한 것들을 주체할 수 없을 때, 그들은 단바 씨를 찾아갔다.

간도 세이쿄 선생도 단바 씨의 집에 몇 번인가 상의를 하러 갔으며, 예수쟁이 사이타 선생조차 남몰래 의견을 구하러 갔을 정도였다.

단바 노인이 언제부터 여기에 살았는지 기억하고 있는 사람은 아무도 없었다. 부모 세대 때부터 살기 시작했다는 '감자장수 소 씨'에게조차 분명한 기억은 없었다. —8년 전이었던가 9년 전이었던가, 하고 소 씨가 기억을 떠올리려 하며 말했다. 서쪽의 2세대가 붙어 있는 공동주택에 '말벌' 요시라는 별명을 가진 난폭한 자가 있었다. 아내에 자식이 둘. 당시는 일용직 노동자였으나 원래는 광부 등도 한 적이 있었다고 하는데, 술에 취해서 난동을 부리기 시작하면 손을 댈 수가 없었다. 그는 일본도를 한 자루 가지고 있었다. 손잡이 부분이 바랜 무명으로 감겨 있었으며, 칼날에 이가 빠진 곳이 있었다. 한 광산에서 한바탕 싸움이 벌어졌을 때 열 몇 명인가를 상대로 해서 칼부림이 있었는데 몇 명인가를 베었다는 것이 말벌 요시의 자랑거리였다. —그 요시가 이곳으로 옮겨온 지 1년쯤 지났을 때 술에 취해서 난동을 부렸는데, 예의 일본도로 아내와 자식들을 '베어버리겠다.'고 소리치며 쫓아다녔다. 익숙해져 있었기에 아내와 자식들은 달아나버렸고, 요시는 화를 내며 집 대문의 기둥을 칼로 찍었다. 이런 젠장, 이라거나 두고 봐, 라고 외치며 있는 힘껏 찍어댔다. 어떻게 말려볼 수도 없었다. 제아무리 무뎌진 칼이라 할지라도 칼집에서 빼낸 일본도에는 섬뜩함이 있기 때문에 바라보던 동네 사람들도 새파랗게 질렸으며, 노인이나 아낙 가운데는 다리가 굳어버려서 도망치고 싶어도 도망칠 수 없게 되어버린 사람까지 있었다.

이대로 두었다가는 어떻게 될지 모른다, 경관을 부르러 가기로 했다.

"그때 단바 씨가 나왔어, 응."하고 소 씨가 말했다. "공동주택 사람들 모두가 멀찌감치 떨어져서 당장에라도 죽어버릴 것 같은 얼굴로, 폭풍이 불 때의 낡은 덧문처럼 부들부들 떨고 있을 때 단바 씨가 여유 있는 걸음걸이로 녀석에게 다가갔어. —애초부터 아주 태연하기 짝이 없었어, 응. 나도 보고 있었는데 솔직히 말하자면, 이거 난리 나겠구나 싶었지."

단바 씨는 차분하게 요시 옆으로 가서 무슨 말인가를 했다. 지켜보고 있던 사람들은 소름이 돋고 썩둑 베이는 노인의 모습이 보이는 듯했으며, 아낙들은 눈을 감고 서로의 어깨에 달라붙었다. —하지만 그런 일은 일어나지 않았다. 단바 노인이 말을 건네자 요시는 칼을 툭 내리고 무슨 말인가 두 마디쯤 하는가 싶더니 뽑아든 칼을 그대로 늘어뜨린 채 집 안으로 들어가 버렸다. 그것뿐이었다. 집 안은 조용해서 특별히 난동을 부리고 있는 것 같지도 않았다. 단바 노인은 부드러운 미소를 지으며 모두가 있는 쪽으로 돌아와 이젠 괜찮아요, 라고 말하고 그곳을 떠났다.

모두 기적이라도 본 양 떠들어댔다. 그는 검술의 명인임에 틀림없다거나, 최면술사일 것이라고 서로 말했으며, 대체 정체가 뭘까 하는 의문에 맞닥뜨리게 되었다. —단바 씨잖아, 몰라? 라고 두어 명이 말했다. 벌써 오래전부터 살고 있었던 모양이던데, 저렇게 좋은 사람도 거의 없을 거야, 정말 몰랐어? 라고 그들은 감자장수 소 씨에게 물었다. 소 씨가 부모 세대 때부터 정주하고 있던 사람이라는 사실이 잘 알려져 있었기 때문이리라. 소 씨는 그때 처음으로 단바 노인이라는 존재를 인식하게 되었던 것이다.

그야 어찌 됐든 그 망나니 같은 요시가 술에 취해 흥분해서 난동을 부리던 것을 어떻게 달랜 건지, 겨우 두 마디쯤 말을 건넸을 뿐이었는데 요시는 어째서 단번에 맥이 풀려버린 것인지, 소 씨는 궁금해서 견딜 수가 없었다.

"그래서 내, 요시가 맨정신일 때 물어봤지. 대체 그때 단바 씨가 무슨 말을 했는가? 하고 말이야, 응."하고 소 씨는 말했다. "그랬더니 말이야, 요시 자식 머리를 긁으며, 이제 와서 정말 면목 없게 됐지만 한심한 짓을 해서 모두에게 미안하게 됐어, 라고 말하고 이야기를 시작했어."

요시의 말에 의하면 단바 씨는 그의 옆으로 와서 잠깐 바꿔줄까, 라고 말했다고 한다. 요시는 돌아보고 이상한 노인네라고 생각해서, 뭐야 라고 되물었다. 내가 잠깐 바꿔줄까 하고 말했어, 라고 단바 노인이 다시 말했다. 그리고 한쪽 손으로 기둥을 가리키며, 혼자서는 등골이 빠질 테니, 라고 덧붙였다.

―맥이 풀려버렸어, 라고 요시가 소 씨에게 고백했다. 바꿔준다고 했지만 말이야, 난 공사를 하고 있었던 것도 아니잖아. 단바 씨는 다정한 얼굴로 웃으며 혼자서는 등골이 빠질 테니, 라고, 참 내. 등골을 바꿀 수 있는 것도 아니고, 그럼 부탁드리겠습니다 할 수도 없는 일이잖아. 나는 손에 들고 있던 칼과 흠집투성이가 되어버린 기둥을 보자 갑자기 맥이 풀리고 창피해져서 하는 수 없이 집 안으로 들어가 그날은 하루 종일 곯아떨어져 버렸어.

소 씨는 그 이야기를 할 때면 자신이 말벌 요시라도 된 양 열을 올리며, 손짓이나 표정이나 목소리 등을 가능한 한 실감나게 하려 노력했다.

단바 노인은 조금사(彫金師)라고 했다. 젊었을 때는 담뱃갑의 쇠장식이네 담뱃대, 비녀 등에 조각을 하는 것이 특기여서 한때는 이름도 상당히 알려졌으나, 지금은 그런 물건을 사용하는 사람이 드물어졌기에 고급 콤팩트, 허리띠의 장식, 비녀, 펜던트 등을 다루고 있었다. 주문은 거의 없었기에 자신이 만들고 싶을 때 만들어서 예전부터 거래해오던 가게로 들고 가 맡겨놓았다. 그리고 그런 물건들이 팔리면 돈을 받아온다는 것이었다.

"그냥, 식구도 없이 혼자 사는 몸이고 이렇게 나이를 먹으면 욕심도 없어지니까."라고 노인은 말했다. "그저 죽기 전까지의 소일거리 같은 걸세."

이 공동주택 안에서 집을 깨끗하게 유지하고 있는 몇 세대 중에서도 단바 씨의 집은 틀림없이 첫 번째 손가락에 꼽을 수 있으리라. 장지문도 부드럽게 여닫을 수 있었으며, 집 바깥에 둘러놓은 판자에 진흙이 튄 곳도 없었다. 3자쯤 되는 봉당에는 먼지도 없었으며 신은 언제나 발부리가 출입문 쪽을 향해서 가지런히 늘어서 있었다. 석유풍로로 취사를 하기 때문에 부엌에 그을음이 쌓일 일도 없었고, 다다미도 낡은 것이었으나 신기하게도 보풀이 일거나 닳아 터진 곳은 없었다. 입구 쪽의 2첩 방도, 안쪽의 6첩 방도 늘 정돈되어 있어서 필요 없는 물건은 하나도 찾아볼 수 없었다. 찬장 하나와 탁자. 그리고 일을 하는 튼튼한 작업대와 도구나 쇠붙이를 넣어두는, 서랍이 달린 상자. 그러한 것들이 언제나 같은 자리에 놓여 있었다. 혹시 만들어다 붙인 것이 아닐까 의심이 들 정도로 1㎝의 오차도 없이 같은 자리에. —화로는 없었다. 아침에 한 번, 커다란 질주전자에 차를 조금 넣고 물을 가득 따라, 그것을 조금씩 마셨다. 손님이 오면 따로 차를 우리는 적도 있었으나 대부분은 같은 차를 내주었다.

"정말 희한하게도,"라고 와타 씨가 말했다. "그렇게 재탕, 삼탕한 차라도 단바 씨가 마시는 모습을 보면 군침이 돌 정도로 맛있어 보인단 말이지. 정말이라니까."

노인은 조그만 찻사발에 아주 조금 따라, 그 찻사발을 양손으로 감싸쥐듯 잡고 뾰족하게 내민 입술을 천천히 가져가 매우 소중하다는 듯 마셨다.

손님에게 식사를 내는 일은 없었다. 어떤 음식을 먹고 있는지는 알 수 없었으나 노인의 식사는 아침과 저녁 2번인 듯했다. 옷은 면직물에 가는 줄무늬가 있는 것으로, 바느질은 다른 사람에게 맡기는 듯했으나 언제나 때가 묻지 않은 깔끔한 옷을 입고 있었다. 겨울에도 버선은 신지 않았다.

단바 노인의 집에는 낮에 오는 손님과 밤에 오는 손님이 있었다. 낮의 손님은 각종 상의를 하러 오는 경우가 많았으며, 밤의 손님은 대부분이 금전문제, —라기보다는 돈을 꾸러 오는 사람이었다. 이 '거리'에서 금전을 빌릴 수 있는 것은 노인뿐이었는데, 꾸러 가서 거절당한 예는 없는 듯했다. 없는 듯하다고 말한 것은, 노인에게 돈을 꾼 사람들이 다른 사람에게는 결코 말을 하지 않았기 때문이었다. 노인은 물론 입을 다물고 있었으며, 빌린 당사자도 남에게 이야기하는 경우는 없었다. 이건 비밀이라고 노인이 다짐을 두기 때문이었다.

"남에게 알려지면 내가 난처해져."라고 단바 노인은 다정하게 말했다. "자네에게만 꿔주고 다른 사람에게는 꿔주지 않을 수도 없는 일인데, 나라고 해서 언제나 그렇게 가지고 있는 것도 아니니까."

그리고 갚는 건 서두르지 않아도 돼, 갚을 수 없을 것 같으면 갚지 않아도 되고, 이렇게 진심이 담긴 투로 덧붙였다. 언제, 누가 찾아와도 하는 말은 똑같았다. 한번은 아낙 가운데 한 사람이 찾아와서 우리 남편에게 돈을 빌려주지 말라고 부탁한 적이 있었다. 돈을 꾸고 나면 한껏 취해서 일을 나가지 않기 때문이라고 했다. 그때 노인은, 자기는 돈 같은 거 꿔주지 않는다고 부정했다.

"나는 꿔주지 않지만 말이야,"라고 노인이 미소 지으며 달래는 듯한 목소리로 말했다. "남자라는 건 처자에게도 말하지 못할 고민에 맞닥뜨리게 되는 경우도 있는 법이야. 처자를 끌어안은 채 이렇게 거친 세상의 풍파를 뚫고 나가야 한다는 건 만만한 일이 아니니까 말이지. 정말 쉬운 일이 아니야."

"그건 알고 있어요. 하지만 일을 하러 가주지 않으면 우리 집 사람들은 굶어죽을 거예요."

"그도 그렇군. 그렇다면 말이지," 노인이 아내의 근심에 동정의 뜻을 표한 뒤, 부드러운 목소리로 천천히 말했다. "한번 생각해보세. 그래, 이건 아주 오래 전의 이야기인데, 도편수였던가 목수였던가, 아무튼 그런 사람이 있었어. 아내도 있고 자식도 있고, 아마 어머니도 있다고 들었던 것 같은데."

그 사람이 비뚤어지기 시작하더니 일도 나가지 않고 집에 있는 물건을 팔거나 전당을 잡혀서 술에만 빠져 살게 되었다. 어쩔 수 없다며 여자가 스스로 일을 하려고 하자 어머니가 그녀를 말렸다.

"남편이 일을 해야 일가라고 할 수 있는 게다, 남편은 술에 빠져 있고 아내가 돈을 벌게 되면 그 일가는 깨진 것이나 다를 바 없다, 고 어머니는 말했다고 해." 단바 노인은 조용히 머리를 움직여 보였다. "—그럴 바에는 차라리 일가 모두가 함께 굶어죽는 편이 낫지 않겠느냐."

아내는 그 사실을 남편에게 전하고, 당신이 일을 해주지 않으면 일가 모두 굶어죽을 생각이라고 말했다.

"이건 그냥 이야기라 사실인지 아닌지 알 수는 없지만 말일세,"라고 노인은 말했다. "처자가 굶어죽게 생겼는데 그냥 보고만 있을 남편은 없을 거야. 해보지 않고는 모를 일이야. 자네도 한번 그럴 마음으로 있어보지 않겠는가? 사람은 그렇게 술독에만 빠져서 살아갈 수도 없는 법이니."

그 아낙은 두 번 다시 단바 노인을 찾아가지 않았으며, 그 남편이 단바 노인에게 돈을 빌렸다는 소문도 돌지 않았다.

이는 이 '거리'의 전설이 되어 있기에 진위는 분명하지 않지만, 그리고 불교설화집인지 고금저문집인지에 비슷한 이야기가 실려 있는 듯하지만, 이곳의 주민들 모두가 이야기하고 있으니 독자 여러분의 질타를 예상하면서도 굳이 소개를 해보자면, —훨씬 전에 단바 씨 집에 도둑이 들었다. 아마도 노인이 얼마간의 돈을 모아두었다는 은밀한 소문을 들은 것이리라. 그 무렵 잠시 살았던 적이 있는 단이라는 사내가 교사한 것이라고 말하는 자도 있었다.

단이라 불리던 사내는 독신으로 단바 노인의 옆집에서 반년 정도 살았었다. 시간만 나면 노인의 집에 죽치고 앉아 있었기에 천하의 단바 노인도 할 말을 잃은 모양이었다. 단은 일도 제대로 하지 않았으나, 그러면서도 특별히 궁핍한 모습은 보이지 않았다. 밥은 3번 모두 중앙통에 있는 식당으로 먹으러 갔으며, 아주 가끔이기는 했지만 사탕을 사와서는 동네 아이들에게 나눠주는 등의 행동을 했다.

"난 말이지, 이렇게 사람과 대화를 나누는 게 무엇보다 즐거워."라고 단은 말했다. "대화라는 건 좋은 거야. 안 그렇수, 단바 씨?"

그건 대화라고 할 수 있을 만한 것이 아니었다. 대부분은 단이 혼자서 떠들어댔으며, 이야기의 9할 가까이는 거짓말이라는 사실을 분명히 알 수 있는 것이었다. 필요할 때는 별개였으나 노인은 굳이 말하자면 입이 무거운 편이어서, 예를 들어 '움막'의 히라 씨가 찾아오면 한나절씩이나 마주본 채 말없이 앉아 있는 모양이었다. 이는 히라 씨가 세상에서도 예를 찾아보기 어려울 만큼 말이 없는 성격이었던 탓도 있으나, 그렇기에 노인이 단의 방문을 기꺼이 여기지 않았던 것도 틀림없는 사실이었으리라. 노인은 그런 기색도 내비치지 않았지만 단이 눈치를 챈 듯했다. 마침내 그 방문이 조금씩 뜸해졌으며 결국에는 어딘가로 이사를 해버렸다.

단이 이사를 한 지 얼마 지나지 않아서 단바 노인의 집에 도둑이 들었다. 노인의 집도 역시 문단속은 하지 않았다. 덧문을 닫기는 했으나 자물쇠를 채우지는 않았기에 그 어떤 초짜라도 간단히 숨어들 수 있었다. 도둑은 집 안이 깔끔하게 정돈되어 있다는 사실에 깜짝 놀랐으리라. 서랍이 달린 상자를 보고 돈상자로 오인한 것인지 그것을 끌어안고 달아나려 했다. 노인은 잠에서 깨어 도둑이 하는 짓을 지켜보고 있었던 듯, 그때 비로소 입을 열었다.

"이보게, 그건 아니야." 노인이 낮은 목소리로 부드럽게 속삭였다. "그건 일할 때 쓰는 도구상자야. 돈은 여기에 있네."

도둑은 발걸음을 멈추고 돌아보았다. 단바 노인의 낮은 목소리와 부드러운 말투가 그를 멈춰 서게 한 듯했으나, 그래도 여전히 달아날 듯한 자세를 취한 채, "뭐라고."하며 위협해 보였다.

"지금 꺼내줄게. 많지는 않지만." 단바 노인이 역시 속삭이는 듯한 목소리로 말하고 조용히 일어나 찬장을 열어 지갑을 꺼내들었다. 오래 돼서 닳은 가죽지갑이었는데, 노인은 그것을 들고 다가가 그대로 도둑에게 건네주었다.

"지금은 이게 전부일세."라고 노인은 말했다. "혹시 어려운 일이 있으면 또 오게. 얼마간이라면 가지고 있을 테니."

그리고 다음에는, 앞문으로 나가게, 라고 말했다고 한다. 지갑을 받아든 도둑은 도구상자를 내려놓고 집에서 나갔다.

이 사실은 아무도 몰랐다. 반년인가 1년인가가 지난 뒤 그 도둑이 경찰에게 붙잡혔다고 하는데, 어느 날 형사에게 끌려서 단바 노인의 집으로 현장검증을 왔다. 이 집에서 이러이러한 짓을 했다는 자백에 대한 검토였다.

"아닙니다. 뭔가 잘못 알고 계신 겁니다." 단바 노인은 형사의 질문에 대해서 이렇게 대답했다. "이런 가난한 공동주택에 도둑질을 하러 들어올 사람도 없을 거고, 우리 집에서 그런 일은 절대로 없었습니다."

"그럼 이 사람이 한밤중에 침입했다거나 금품을 훔쳐간 사실도 없었다는 말입니까?"

"네 그렇습니다." 노인은 형사에게 미소를 지어 보였다. "우리 집에 도둑을 맞을 만한 물건은 아무것도 없습니다. 그 사람, 꿈이라도 꾼 것 아닙니까?"

이 형사와 주고받은 이야기로 도둑과의 일이 알려지게 된 것이었다. 단바 씨라면 과연 그랬을 법한 일이야, 그러면 그 도둑놈은 단바 씨의 건 하나만큼 죄가 가벼워질 테니, 라고 이곳의 주민들은 말했다.

"틀림없이 단 녀석이 바람을 넣은 거야."라고 한 사내가 말했다. "녀석은 늘 단바 씨 집에 눌러앉아 있었고, 옆집에 살고 있었으니까. 단바 씨가 얼마간의 돈을 가지고 있다며 바람을 넣은 게 틀림없어."

"단이라는 놈은 믿을 수 없는 녀석이었어."라고 다른 사내가 말했다. "그놈은 언제나 1200엔짜리 지폐로 코를 푸는 것 같은 말밖에 하지 않았어."

맞아, 맞아, 라며 찬성하는 사람은 있었으나, 그 낡아빠진 농담을 알아들은 듯한 기색은 없었기에, 그 말을 한 당사자는 고독감에 사로잡혀버린 듯했다.

고물상인 오다 다키조가 이곳으로 막 이사를 왔을 때, 술에 취해서 단바 노인을 찾아가 동료인 아무개를 패죽이겠다며 씩씩거린 적이 있었다. 사정을 들어보니 소중한 단골손님을 가로챘다는 것이었다. 그 단골은 내다버리는 물건이 아주 많은 집으로 빈 깡통이네 양주와 맥주병이네, 잡지, 신문, 헌옷가지 등이네, 한 번에는 실어 나를 수 없을 정도로 다량의 물건이 한 달에 2번씩 나오는데, 그것들에 대한 대가는 받지 않고 '처분을 해주니.'라며 반대로 얼마간의 돈을 주는 곳이라고 했다.

"별스러운 집도 다 있군."이라고 단바 노인은 말했다. "굉장한 부잣집인 모양일세."

"그게 그렇지도 않습니다. 집은 셋집이고, 담장 같은 곳도 무너진 채고, 술집에는 외상이 쌓여 있다고 합니다. 네, 동네 사람들은 그렇게 말하고 있습니다."

중년 부부가 사는 집으로 남편이라는 사람은 시도 때도 없이 술을 마셨다. 손님이 끊임없이 왔으며 아침부터 밤까지 술을 마시기도 하고 커다란 목소리로 논의를 하기도 하고 노래를 부르기도 했다. 한번은, ―이라고 말을 시작했다가 오다 다키조는 분노 쪽으로 자신을 다시 끌고 갔다.

"그렇게 말입니다, 물건을 처분하고 반대로 돈을 주는 단골이었습니다. 쉽게 찾아볼 수 없는 집입니다. 그런 집을 낚아채갔을 뿐만 아니라, 네놈이 멍청해서 남에게 빼앗기는 거야, 헛소리 하지 마, 라고 지껄였습니다."

"세상에는 그런 사람도 다 있구먼."이라고 단바 노인이 말했다. "자기가 한 짓이 부끄럽기에 오히려 독살스럽게 말하는 거야. 이런 말을 하면 내 못된 짓을 자랑하는 듯하지만 6, 7년쯤 전이었던가? 한 노인네가 죽어버리고 싶다며 찾아왔었다네. 이제는 살아 있는 게 지긋지긋해졌다며."

친척도 없고 처자도 없고, 나이는 일흔 몇 살이라고 했는데 예전에는 상당한 상점의 주인이었으나, 당시는 야시장에서 완구를 팔고 있었다. 몸은 튼튼한 편이었지만 아침에 일어나 식사준비를 할 때, 아아 또 똑같은 일을 해야 하는 건가 하는 생각이 들면 몸에서 기운이 빠져나가는 듯해서 흙으로 만든 풍로 앞에 웅크린 채 30분 넘게 멍하니 앉아 있는 적도 있었다. 무엇을 먹어도 맛있지 않았으며, 특별히 먹고 싶은 것도 없었다. 가끔은 여자가 따라주는 술을 한잔 먹으러 가는 것이 즐거움이었으나, 요즘에는 계속 여자를 멀리서 바라보기만 해도 속이 메슥거렸다. 특히 대중탕에 갔을 때, 자신의 알몸을 보는 불쾌함은 달리 비할 데가 없는 것이었다. 앙상하다거나 바싹 말라서 주름투성이가 되었다거나 하는 것이 아니라, 몸 자체가 추악하고 추잡스러워서 견딜 수가 없었다.

"대충 그런 말들을 늘어놓더군. 깨끗하게 죽어서 자신을 이 세상에서 사라져버리게 하고 싶다고."라고 단바 노인은 말했다. "그래서 내 찬장의 서랍에서 가루약을 하나 꺼내와, 이건 조각할 때 쓰는 쇠붙이에 섞는 약으로 일반인에게는 팔지 않는 극약인데, 먹으면 1시간쯤 뒤에 급사한다, 조금도 괴로움을 느끼지 못하고 죽을 수 있으니 정말 죽을 생각이라면 먹으라고 말하며 물잔에 물을 따라서 건네주었지."

그 노인은 감사의 말을 하고 먹었다. 아무런 망설임도 없었기에 권한 사람이 놀랄 정도였으나 노인은 그것으로 마음이 가라앉았는지 묻는 대로 자신의 신상에 관한 이야기를 시작했다. 이번 전쟁까지 그는 히모노마치라는 곳에서 포목점을 운영하고 있었다. 아내와 아들 둘, 점원 5명에 하녀를 두고 있었으며, 지역에서는 영향력이 있는 편이었다. 전쟁이 일어나자 기업통제 때문에 포목점을 그만두고 국민복과 명주실 등을 취급하는 합동회사의 임원으로 취임했다. 그 무렵에는 군 관계자와 손을 잡고 재미가 좋은 장사를 했으며 돈도 펑펑 쏟아져 들어왔고 첩도 둘이나 생겨 천하를 얻은 것처럼 사치스러운 생활을 했다. —그러던 1943년 겨울, 소집영장을 받은 장남이 유부녀와 달아나 아타미에서 투신, 정사한 것을 시작으로 운이 다해서 그 전에 소집되어 있던 차남이 대륙에서 전사했고, 공습으로 모든 것이 불타버려 알몸이 되었을 뿐만 아니라, 패전 사오일 전에는 아내가 영양실조로 세상을 떠나버리고 말았다.

"요즘에도 매일 밤, 나는 죽은 처자와 첩으로 있던 두 여자들과 이야기를 나눕니다, —라고 그 노인이 마지막으로 말했다네. 아내도, 두 아들도, 여자들도 마치 살아 있는 것처럼 웃기도 하고 이야기를 하기도 합니다."

기묘하게도 처자와 여자들 모두 자신에게 호의를 품고 있어서 원망하거나 미워하는 일은 결코 없다, 다른 사람의 아내와 함께 자살한 장남과도 이야기를 나누어보니 사정을 잘 이해할 수 있어서 그 관계는 극히 자연스러운 것이었고 누구에게도 피해를 주지 않았다는 사실까지 분명히 알 수 있었다, —정말 기묘한 일이지만 모두가 살아서 같이 살았을 때보다 한밤중에 지금은 세상을 떠난 그들과 이야기를 나누는 것이 훨씬 더 현실적이고, 또 생생한 즐거움을 느낄 수 있다고 그 노인은 말했다.

"다 살아 있을 때 얘기지, 라고 나는 말해줬어." 단바 노인은 미소를 지었다. "—다른 말로 하자면, 당신이 살아 있는 동안에는 그 사람들도 살아 있는 거야. 그건 그리 흔히 있는 일은 아닌 듯하지만."

그 노인은 맞는 말이라고 말하기라도 하듯 고개를 끄덕이고 한동안 골똘히 생각에 잠겼다가 마침내 걱정스럽다는 듯, 지금 먹은 약은 1시간 뒤에 듣는다고 했지, 라고 물었다. 맞아, 앞으로 10분쯤 있으면 효과가 나타나기 시작할 거야. 그 노인은 다시 생각에 잠겼고 낯빛이 점점 나빠지기 시작하더니 자신의 손을 빤히 바라보다, 이제는 돌이킬 수 없는가, 라고 말했다.

"아니, 라고 나는 대답했어. 약에는 반드시 그 효과와 반대가 되는 성질을 가진 약이 있는 법이야. 예를 들어서 설사를 멈추게 하는 약이 있으면 변을 통하게 하는 약이 있고, 위산을 중화시키는 약과 반대로 위산을 나오게 하는 약이 있지. 그리고,"

이렇게 말하는 것을 가로막으며 그 노인은 "지금 먹은 독약에도 그런 약이 있는가?"라고 매우 다급하게 물었다.

"물론 독약에는 해독제라는 게 있지, 라고 나는 대답했어. 지금 내게 있는지 없는지는 잘 생각나지 않지만, —이라고 말한 순간 그 노인이 내게 와락 달려들었어. 너무나도 맹렬한 기세였기에 난

목을 졸라 죽이려는 게 아닐까 생각했을 정도였지." 단바 노인이 한 손으로 자신의 목을 누르며 말했다. "그럼 그 해독제를 당장 내놔, 당장 내놔, 라고 카랑카랑한 목소리로 외쳐대더군. 내놓지 않으면 살인죄로 고소할 거야. 아니, 거짓말이 아니야. 그 노인은 정말로 그렇게 외쳐댔어."

단바 노인은 그 노인에게 해독제를 내주었다. 좀처럼 눈에 띄지 않는 척해서 그 노인네에게 점점 다가오는 죽음의 두려움을 충분히 맛보게 한 뒤. 약 가운데 하나는 해열제, 하나는 위장약이었기에 말할 필요도 없이 그 노인네는 무사히 돌아갔다.

"살인자라니."라고 말하며 오다 다키조는 웃었다. "자기가 죽고 싶다고 부탁했으면서 살인자라니, 꽤나 당황했던 모양이군. 역시 사람은 막상 죽을 때가 되면 허세를 부리고만 있을 수도 없는 모양이야."

오다 다키조는 곧 돌아갔다. 동료를 패죽이겠다며 씩씩거리던 일은 벌써 잊어버렸다는 듯이.

오다 다키조는 훗날 간도 세이쿄에게 그때의 일을 이야기하고, 단바 씨는 사람을 훤히 꿰뚫고 있는 사람이라며 감탄했다.

"저는 진짜로 동료 하나를 패죽일 생각이었습니다요. 실제로 죽일 수 있었을지 없었을지는 모르겠습니다만, 스스로는 그렇게 생각하고 있었습니다."라고 오다 다키조는 말했다. "둘째 아이가 태어난 지 얼마 되지 않았을 때였고, 하는 일에도 재미가 붙기 시작해서 이대로라면 그럭저럭 살아갈 수 있겠다고 생각했을 때였으니까요. 그런데 단골을 빼앗긴 것도 모자라 사람을 무시하는 듯한 말을 들었기에, 저처럼 하루 벌어 하루 먹고사는 사람에게는 그야말로 죽느냐 사느냐의 문제였습니다."

"6, 7년 전에 그런 노인네는 없었어."라고 간도 선생은 말했다. "그런 노인네가 살았던 기억은 없는데. 그건 만들어낸 얘기야."

"저도 나중에 그렇지 않을까 생각했습니다. 무슨 일이 있어도 죽고 싶다는 둥, 1시간 지나면 갑자기 죽는 독약이라는 둥, 그런 말을 하기에 저도 모르게 이야기에 빠져서 듣는 동안 열이 식어버렸습니다."

"끓던 물이 미지근해진 거로군." 간도 선생이 웃으며 말했다. "그 이야기 속의 노인네처럼 오다 군 자네도 약을 한 첩 먹은 셈이야."

"덕분에 쓸데없는 짓 하지 않을 수 있었습니다만."

한번은 소네 다카스케가 단바 씨를 찾아와서, 자기 아내가 남자를 만들었는데 어떻게 하면 좋겠느냐고 의견을 구했다. 소네는 날품팔이를 하는 미장이로 38세, 아내와의 사이에 5명의 자녀가 있었다. 그 아내는 이곳의 아낙들로부터 마귀할멈이라 불리고 있었는데 사마귀처럼 마르고 피부가 거뭇했으며, 튀어나온 좁다란 이마 아래에서 독수리처럼 날카로운 눈이 빛나고 있었다. 광대뼈는 뾰족하게 높았고, 언제나 자줏빛인 얇은 입술은 한일자로 굳게 다물어져 있어서 껍데기를 다문 대합처럼 보였다. ―나이는 35세였으나, 그것을 믿는 사람은 아무도 없었다. 마흔대여섯이라고 말하는 사람이 대부분이었으며 50세보다 적을 리 없다고 단언하는 사람까지 있었다.

그녀는 오코토라는 이름이었는데 여자들과는 마음이 잘 맞지 않았는지 불만을 표출하거나 화를 내거나, 자신에게 할 말이 있을 때만 말을 걸었고 그렇지 않은 경우에는 아침저녁의 인사도 하지 않았으며, 인사를 받아도 대답은 하지 않았다. 그 대신 남자들과는 마음이 맞는 것인지 노인이든 젊은이든 남자에 대해서는 늘 관심이 있는 듯했으며, 남자를 보면 눈빛이 바뀐다는 소리를 듣고 있었다.

오코토는 동네 아낙들로부터 솔 만드는 사람의 아내인 미사오와 함께 이야기되어지곤 했다. 몸매와 풍모에도 공통된 점이 많고, 남자를 좋아하는 점도 꼭 닮았다는 것이었다.

"그래도 솔쟁이의 마누라는 그나마 나은 편이지."라고 아낙들은 말했다. "이쪽은 마귀할멈이지만, 솔쟁이의 마누라는 그나마 상냥하고 사람 사귈 줄은 알잖아."

이처럼 오코토는 아낙들의 미움을 사고 있었다.

오코토가 남성에 대해서 아무리 커다란 관심과 흥미를 가지고 있다 할지라도 마귀할멈이라는 별명이 나타내는 것과 같은 풍모와 성격이어서는, 성적 문제는 좀처럼 일어나기 어려우리라. 솔 만드는 집의 아내가 그 방면의 달인인 것과는 정반대로 오코토는 그때까지 결백하고 아무런 흠집도 없었다. 5명의 아이들도 틀림없이 소네 다카스케의 자식이었으며—그것을 증명할 수 있을까, 라는 등의 호기심 강한 사람에게는 일단 오코토를 만나보라고 대답해두겠다— 또 지금 그녀는 임신 중이었는데 그 아이도 다카스케의 씨임을 의심하는 사람은 아무도 없었다.

그런 오코토가 마침내 남자를 만들었다는 것이었다. 소네 다카스케의 말에 의하면, 상대는 2층에 세 들어 있는 22살 청년으로 다카짱이라고 하는데, 낮에는 운송점에서 일하며 밤에는 정시제 고등학교에 다니고 있다는 것이었다. 22살에 야간 고등학교에 다닌다니 호학 정신이 아주 왕성한 사람이리라. 얌전해서 인사와 함께 날씨에 대한 이야기를 나누는 데에도 얼굴이 빨개진다고 했다.

“네, 정말입니다.”라고 소네 다카스케가 말했다. “지난달 말이었습니다만, 아직 어두운 아침에 오코토 녀석이 2층에서 내려오기에 깜짝 놀랐습니다. 잠옷에 가는 허리띠만을 두른 차림이었습니다.”

무슨 일이냐고 묻자 오코토는 태연한 얼굴로, 어머 당신 일어났어, 라고 말하고 “다카 씨가 안 일어나기에 지금 깨우러 갔다온 거야.”라고 대답했다.

“그때는 그냥 그런가보다 했습니다. 그 남자는 6시에 일을 하러 나갑니다. 아니, 일을 하러 가기 위해 매일 아침 6시에 집을 나서니, 늦어서는 안 된다는 생각에 깨운 것이라고, 그냥 그렇게 된 것이라고 생각했습니다.”

그런 일이 몇 번인가 있고 난 뒤, 오코토는 남편을 완전히 속였다고 생각했는지 그저께는 한밤중에 가만히 일어나 2층으로 올라갔다.

“저는 그것을 보고 또 깨우러 가는구나, 세를 주면 마누라도 고생을 하는구나, 생각하고 그대로 깜빡 잠이 들려 했습니다.” 다카스케는 눈을 가느다랗게 떠서 깜빡 잠이 든 듯한 모습을 지어 보이더니, 그 다음 그 눈을 갑자기 번쩍 떴다. “—깜빡 잠이 들려다 지금은 아침이 아니라 밤이라는 사실을 깨달았습니다. 그저께 저는 늦게까지 일을 해서 녹초가 되어 있었기에 8시부터 잠을 잤습니다. 그래서 아이들이 잠들 때의 소란도 몰랐었습니다만, 오코토 녀석이 일어나는 소리에 잠에서 깨어난 거겠지요. 순간 시계가 1시를 쳤다는 사실을 떠올렸습니다.”

그는 일어나 시계를 보았다. 그 낡은 육각형 시계의 바늘은 1시 15분을 가리키고 있었다. 이부자리를 보니 오코토는 없었다. 그렇다면 꿈은 아니라고 그는 생각했다.

"그때부터 졸음이 달아나 잠을 잘 수가 없었습니다."라고 소네 다카스케는 말했다. "기분도 영 좋지 않아서 자꾸만 무언가가 목구멍으로 치밀어 오르고, 갈비뼈 안쪽이 불에 덴 것 같았습니다."

시계가 3시를 치고 나서야 오코토는 밑으로 내려왔다. 내려올 때는 조심조심 발소리를 죽였고, 그런 다음 발소리를 크게 해서 화장에 갔다가 돌아와서는 잠자리에 들어 커다란 하품을 하고 잠을 잤다.

"저는 아침까지 한잠도 자지 못했습니다. 이상한 얘기처럼 들릴지 모르겠지만 오코토 녀석이 가엾고 가여워서, 우스운 말 같지만 그럴 수만 있다면 끌어안고 같이 울어주고 싶은, 이상한 기분이었습니다. 이건 정말입니다."

밖이 희붐해지기 시작한 뒤부터 비몽사몽 잠이 들었다. 막 잠이 들려던 것이었을 테지만, 깊은 잠의 콧등을 두드리듯 오코토가 표독스러운 목소리로 불러 깨웠다. 과장이 아니라 정말 손바닥으로 콧등을 때린 듯하다고 말했다. 언제까지 잘 생각이야 이 사람은, 늦는 거 아니야, 못 말릴 사람이네, 라며 떠들어댔다고 한다.

"그 목소리를 듣고 나자 저는 비로소 밸이 뒤틀리듯 벌컥 화가 났습니다."라고 소네 다카스케는 말했다. "전날 밤의 일을 전부 밝히고 흠씬 두들겨 팰까 싶었지만, ㅡ다섯 아이들이 있지 않습니까? 흠씬 두들겨 패는 거야 상관없지만 전날 밤의 일을 이야기하면 아이들이 얼마나 놀랄지를 생각하니, 말이 목구멍에 걸려서 넘어오지 않았습니다. 한심한 얘기지만, 저는 아무 말도 없이 일어났습니다."

어제도 일을 쉬었고 오늘도 일을 쉬었다. 온몸의 뼈가 빠져버리고 배알이 전부 녹아버린 것 같아서 움직일 마음조차 들지 않았다.

"그래서 어찌 해야 좋을지 몰라 오기는 했습니다만."

"부인은 배가 부풀어 올랐다고 하는 것 같던데."

소네 다카스케는 "네에."하며 자신이 임신이라도 한 것처럼 목을 움츠리고 머리를 긁었다.

"부자든 가난한 사람이든, 학문이 있든 없든,"하고 단바 노인이 말했다. "사람에게는 누구나 그런 잘못을 저지르는 시기가 있는 법일세. 남자든 여자든 살아 있는 몸이라는 놈은 가끔, 스스로도 어떻게 해볼 수 없어지는 경우가 있지. 안 그런가, 다카스케? 그러니, ―그리 알고 한번 생각을 해보세."

단바 노인이 손을 뻗어 2개의 잔에 차를 따르고 하나를 소네 다카스케에게 건네준 뒤, 자신의 것을 천천히 마셨다.

그날 밤, 소네 다카스케의 집 2층에서 그 일이 일어났다. 오전 2시가 조금 못 된 시간, 2층의 전등이 갑자기 켜져 오코토와 다카짱의 간을 떨어지게 만들었다. 두 사람이 돌아보니 다카스케가 전등의 스위치에 손을 댄 채 위에서 두 사람을 내려다보고 있었다.

"놀랄 거 없어, 다카짱."하고 소네 다카스케가 말했다. "밝은 편이 더 정이 들어서 좋지 않겠어? 마음 편히 하라고. 이렇게 하는 것을 보니 오코토에게 홀딱 반한 모양인데, 다카짱에게 깨끗이 바치기로 하지."

오코토도 다카짱도 움직일 수 없었다. 밝은 전등빛 아래서는 움직일 수 없는 상태였던 것일지도 몰랐다. 다카짱의 떠는 모습이 다카스케의 눈에 훤히 보였다.

"오코토는 바치기로 하지."라고 소네 다카스케는 말을 이었다. "거기다 다섯 아이들과 오코토의 뱃속에 있는 아이까지 붙여줄게, 알았지? 내가 할 말은 이것뿐이야. 그럼, 둘이서 천천히 즐겨."

그리고 그는 전등을 켜둔 채 아래층으로 내려와 잤다.

마귀할멈이라는 별명을 명실 공히 구비하고 있는 데다 다섯 아이와 아직 뱃속에 있는 아이까지 딸려 있는 여자를 스물한두 살의 청년이 기꺼이 받을 리 없으리라. 아니, 설령 마흔이나 쉰의 나이 든 남자라 할지라도 그 정도의 용맹심을 가진 사람이 있으리라고는 여겨지지 않는다. 결국 다카짱은 도망쳤고 오코토는 울며 남편에게 사죄해서, 그다지 로맨틱하지 않은 이 로망스는 종지부를 찍고 말았다.

"네, 잘 마무리 지었습니다."라고 소네 다카스케가 일이 정리된 뒤 단바 씨에게 말했다. "다섯 아이와 뱃속의 아이까지 붙여준다는 말이 효과를 본 것 같습니다. 짐이고 뭐고 전부 내버려둔 채 뛰쳐나간 뒤로 돌아오지 않습니다. 오코토 녀석도 아이들을 봐서 용서해 달라며 울어서 말이죠, ―헤헤, 역시 상의하러 오기를 잘했습니다. 그 말은 효과가 아주 좋았습니다."

오코토는 이 일을 어떤 식으로 자기 처리했는지, 그 후에도 아무 일 없었다는 듯 공동주택의 아낙들에게 마구 대들었고 소리를 질러 댔으며 야단을 치기도 했다. 다카짱과의 일을 모르는 사람은 거의 없었으나, 당사자인 오코토만이 그런 일은 꿈에서도 없었다는 듯 행동했기에 말발에 있어서만은 누구에게도 지지 않을 아낙들조차 어디를 어떻게 찔러야 할지 알 수 없는 모양이었다.

지금 우리의 '거리'는 잠들어 있다. 말벌 요시는 어딘가로 가버렸지만, 단바 노인의 도움을 얻었던 사람들 대부분은 이 공동주택 안 각자의 집에 잠들어 있다. 단바 노인에게 도움을 받았다는 사실을 떠올리며 감사의 한숨을 내쉬는 사람도 있을 테지만 대부분은 잊어버렸고, 그럼에도 불구하고 이 공동주택에 단바 씨가 있다는 사실, 어려운 일이 있을 때면 상의를 해준다는 안도감에 위안을 얻어 크게 숨을 내쉬었다.

이 거리를 뒤에서부터 감싸고 있는 서원사의 높다란 절벽과 절벽 위에 거뭇거뭇 우거져 있는 나무들이 지금은 압박하듯이, 가 아니라 이 한 무리의 공동주택 전체를 감싸, 그 편안한 잠을 지켜보고 있는 것처럼 느껴진다. —검은 나무에서 다시 눈을 들어보면 하늘에는 별이 가득 빛나고 있는데, 그 반짝임은 차갑고 매정해서 사랑을 속삭이고 있다기보다는 방관자의 조롱처럼 보인다.

'그래, 그래. 잘 수 있을 때 자둬.'라고 그것은 말하고 있는 듯하다. '내일 역시 밟히기도 하고 차이기도 해서 억울한 눈물을 흘려야 할 테니.'

후 기

나는 작년(1961)에 『파란 배 이야기(青べか物語)』라는 책을 엮었다. 그것은 한 어촌 사람들과 거기서 일어난 일들에 대한 이야기인데, 이 『계절이 없는 거리』는 도회의 『파란 배 이야기』라고 해도 좋을 만큼 내용에는 공통점이 많다.

우리나라에서는 물론, 세계 어디를 가든 극빈자들은 자신들만의 거리를 만드는 듯하다. 계획적으로 그렇게 하는 것이 아니라, 마치 바람에 날린 먼지가 모여들듯 언제 그렇게 된 것인지도 모를 정도로 자연스러운 경과이며, 경제적으로나 감정적으로나 자신들의 '거리' 이외의 사람들과는 교류를 하려 들지 않는 것이 일반적이다.

이곳의 주민들은 '거리'라는 개념에서는 단결하여 외부와 맞서지만, 개별적으로는 고독하며 번쇄론적(煩瑣論的)인 자존심을 고집하는 것이 일상인 듯하다. 번쇄론적이라는 것은 작품 속에 등장하지만―예를 들자면―, 한 줌의 소금을 꾸러 가는 행위만 봐도 정말 그것이 필요한 경우가 많음과 동시에 조금도 필요하지 않지만 친근감을 강화하기 위해서, 혹은 상대방에게 우월감을 부여하기 위해서, 또는 인색함에서 그렇게 하는 경우가 종종 있다.

내가 이런 사람들에게서 가장 인간다운 인간성을 느끼는 것은, 그날의 양식을 얻기 위해서 언제나 한계에 가까운 생활에 쫓기고 있기 때문에 허식으로 남의 눈을 어둡게 하거나 자신을 속일 여유도 돈도 없는, 있는 그대로의 자신을 드러낸다는 점에 있는 듯 여겨진다. —물론 풍족한 생활을 하고 있는 사람들과 마찬가지로 그들에게도 허영심이 있고 겉치레도 있고 질투와 비방과 탐욕 등도 있다. 하지만 그러한 것들은 속이 빤히 들여다보이고 단순하기 때문에 바로 들통이 나버리며 역효과를 내는 경우가 많은 듯한데, 그러한 점에서도 인간의 나약함이나 서글픔이 솔직하게 드러난다.

이러한 '거리'의 주민들은 일시적인 거주자와 영주민으로 크게 나뉜다. 일시적인 거주자 가운데도 그렇게 될 본질을 갖추고 있는 자와 현상적인 불운에 의한 자가 있는데, 전자의 경우는 종종 영주민이 되기도 하지만 후자는 곧 이곳에서 탈출할 가능성을 가지고 있고, 이들이 예전부터 살아온 정주민과의 사이에서 현실적으로나 심리적으로 여러 가지 다양한 문제를 일으키는 원인이 되어, 사소하기는 하나 당사자들에게는 심각한 비극이나 희극을 빚어내고 있는 듯하다.

나는 『계절이 없는 거리』 속에서 이러한 사람들과 다시 대면하게 된 것이다. 등장하는 인물, 사건, 정경 등 모두 내 눈으로 보고, 귀로 듣고, 실제로 접한 것들뿐이어서 『파란 배 이야기』와 마찬가지로 소재노트를 전부 털어낸 것이라 해도 좋을 정도다.

—그 노트를 소설로 재현하면서 작중인물 한 사람 한 사람에게 나는 한없는 애착과 그리움을 느꼈다. 이 사람들은 예전에 내 가까이에서 살았었는데 그들의 웃음소리와 한탄과 분노와 훌쩍이는 울음소리가 지금 다시 내게로 돌아온 것이다. 그것을 왜곡 없이, 가능한 한 있는 그대로 나는 옮겨 나갔다.

그리고 또, 이들은 과거의 사람들이지만, 현재에도 여전히 독자 여러분 바로 가까운 곳에 비슷한 실의와 절망, 슬픔과 체념의 나날을 보내는 사람들이 있다는 사실을 이야기하고 싶다.

따라서 '여기에는 시간적 제한도 없고 지리적 한정도 없다.'는 사실을 기록해두고 싶다. 그것은 연대도 장소도 일정하지 않다. 그럼 어째서 이 '거리'라고 설정했는가 하면, 연대도 장소도 다르고 사회적 상황도 다르다는 조건 속에 있으면서도, 여기에 등장하는 사람들과 그 사람들이 경험하는 희비극에는 극히 보편적인 유사성이 있기 때문이다.

옮긴이의 말

'일본의 체호프'라 불리는 야마모토 슈고로의 대표작 가운데 하나로, 일본 영화계의 거장인 구로사와 아키라 감독이 자신의 첫 번째 컬러 작품(영화 제목은 『도데스카덴』)으로 선택했을 만큼 그 작품성을 인정받고 있는 『계절이 없는 거리』는 지금도 그 독특한 매력으로 수많은 독자들을 사로잡고 있다.

그렇다면 시대를 초월한 그 독특한 매력이란 무엇일까?

그 매력이란 바로 작품 속 다양한 등장인물들이 자기만의 개성으로 뿜어내는 인간미 아닐까 생각한다.

소설 『계절이 없는 거리』에는 참으로 다양한 인물들이 다양한 형태로 등장한다. 그러나 그들은 여느 소설 속 주인공들처럼 특별히 잘나지도 않았고, 특별히 못나지도 않았으며, 특별한 사건 속에 있는 것도 아니다. 간단히 말하자면, 우리 주위 어디에서나 볼 수 있는 평범한 사람들이 평범하게 살아가는 모습을 그린 소설이다. 그럼에도 이 소설 속 사건들은 결코 평범하지 않다. 거기에는 살인 미수가 있고, 강간이 있고, 간통이 있고, 불륜이 있고, 절도가 있고, 사기가 있고, 기만이 있고, 경멸이 있고……, 아무튼 각종 범죄와 인간의 추악한 모습들이 가득 담겨 있다.

그런데도 이 소설 속 등장인물들이 평범하다고 말한 것은, 또 그들이 평범하게 살아가는 모습이라고 말할 수 있는 것은, 오롯이 저자 야마모토 슈고로의 인간을 향한 따뜻한 시선 때문일 것이다. 그는 결코 평범하다고 할 수 없는 인간들의 평범하지 않은 삶을 사실적이고 해학적으로 묘사하면서도, 자신의 시선을 사건 자체가 아닌 인간 내면의 깊은 곳으로 향하게 해서 그 인물들의 인간적인 면을 부각시켰다. '처녀가 아이를 낳아도 할 말이 있다.' 고 하지 않는가. 야마모토 슈고로는 그들의 말에 귀 기울여 그들의 이야기를 우리에게 들려준다. 바로 이러한 점에 저자의 인간을 향한 따뜻한 애정이 있는 것이고, 평범하지 않은 인물과 평범하지 않은 사건을 인간이 사는 곳이라면 어디에서나 볼 수 있는 인물과 사건으로 받아들이게 하는 힘이 있는 것이리라. 또 그렇기 때문에 그의 이야기 속에 등장하는 인물들은 자기만의 독특한 개성을 한없이 내뿜고 있는 것이리라.

사실 이 소설을 번역하는 내내 국내 작가인 성석제 씨를 떠올렸다. 그 이유는 두 작가의 공통점 때문일 텐데, 그 공통점이란 인간을 대하는 그들의 자세에 있는 듯하다. 두 사람은 자신의 입장에서 자신의 시선으로 보고, 자기 나름대로 재해석한 인물들에 대한 기록이 아닌, 그 인물들이 들려준 이야기를 기록한 노트를 각각 가지고 있었다. 그리고 두 사람 모두 자신이 중심이 아니라 개개의 인물, 우리 주위에서 평범하게 살아가고 있는 사람들이 중심이 되는 그들의 이야기를 자신의 작품으로 삼았다. 이는 그들이 현실 속 인물들에 한없는 애정을 품고 있었기 때문이라 생각한다. 그리고 두 사람 모두 최고의 입담으로 그들을 따뜻하게 그려냈다.

성석제 씨는 자신의 한 창작집(『그곳에는 어처구니들이 산다』) 속에서 이렇게 말한 적이 있다.

'여기에 들어 있는 이야기의 주인공 대부분은 현실적으로 실재하는 사람으로 내가 그들에게 무례하거나 무책임하지 않았기를 바란다.'

그리고 야마모토 슈고로는 이 책의 후기에서 이렇게 말했다.

'등장하는 인물, 사건, 정경 등 모두 내 눈으로 보고, 귀로 듣고, 실제로 접한 것들뿐이어서 『파란 배 이야기』와 마찬가지로 소재노트를 전부 털어낸 것이라 해도 좋을 정도다.

—그 노트를 소설로 재현하면서 작중인물 한 사람 한 사람에게 나는 한없는 애착과 그리움을 느꼈다. 이 사람들은 예전에 내 가까이에서 살았었는데 그들의 웃음소리와 한탄과 분노와 훌쩍이는 울음소리가 지금 다시 내게로 돌아온 것이다. 그것을 왜곡 없이, 가능한 한 있는 그대로 나는 옮겨 나갔다.'

이 소설뿐만 아니라 야마모코 슈고로의 이야기 속 주인공들은 대부분 서민이다. 심지어는 역사소설 속의 주인공들조차 이른바 역사적 영웅이라 불리는 사람이 아니라 일반 시정에서 살아가고 있는 평범한 사람들이다. 야마모토 슈고로는 어째서 이러한 서민들의 삶에 그렇게 천착했던 것일까? 거기에는 그가 살면서 겪은 개인적 경험도 있을 테지만, 바로 그런 서민들의 삶에서 인간 본연의 모습 그대로 살아가는 사람들의 참된 인간미를 느꼈기 때문이리라.

야마모토 슈고로가 후기에서도 말한 것처럼 이 소설에 등장하는 인물들은 세계 어디에서나 살고 있으며, 그렇기에 성석제 씨가 말하는 '어처구니들'은 일본에서도 살고 있는 셈이다.

세계 어디에나 있는 어처구니들의 생생한 삶의 모습을 시간과 공간을 초월한 보편적 인간의 모습으로, 혹은 보편적 인간의 심리로 이해하고 이 책을 읽어주시기 바란다.

『계절이 없는 거리』는 1962년 4월 1일부터 1962년 10월 1일까지 아사히 신문에 연재되었던 작품으로, 같은 해인 1962년에 단행본으로 간행되었다. 그리고 인간에 대한 깊은 성찰과 등장인물들의 독특한 매력으로 수많은 사람들에게 감동을 주어 스테디셀러가 되었다.

마지막으로 본문 가운데 굵은 글씨로 표시한 것은 저자가 의도적으로 틀리게 쓴 부분을 나타낸다.

옮긴이 **박현석**

대학 졸업 후 일본으로 건너가 유학 및 직장 생활을 하다 지금은 전문번역가로 활동 중이며 우리나라에 아직 소개되지 않은 유명 작가들의 작품을 소개하기 위해서 출판을 시작했다. 번역서로는 『붉은 수염 진료담』, 『붉은 흙에 싹트는 것』, 『불령선인 / 너희들의 등 뒤에서』, 『운명의 승리자 박열』, 『그럼, 이만…… 다자이 오사무였습니다』, 『그럼, 안녕히…… 야마자키 도미에였습니다』, 『나쓰메 소세키 단편소설 전집』, 『스물네 개의 눈동자』 외 다수가 있다.

계절이 없는 거리

1판 1쇄 인쇄 2019년 6월 5일
1판 1쇄 발행 2019년 6월 17일

지은이 야마모토 슈고로
옮긴이 박현석
펴낸이 박현석
펴낸곳 玄 人

등 록 제 2010-12호
주 소 서울시 도봉구 덕릉로 62길 13, 103-608호
전 화 010-2012-3751
팩 스 0505-977-3750
이메일 gensang@naver.com

ISBN 979-11-90156-06-6